눈

속의

에
튀
드

눈 속의 에튀드

소설

다와다 요코 소설

최윤영 옮김

H
현대문학

베를린의 자연사박물관에는 2011년에 죽은 북극곰 크누트가 박제되어 있다. 그것을 보면 나는 곧바로 크누트가 베를린 동물원의 암벽 가장자리에 서서 공중으로 킁킁거리는 모습이 기억난다. 그때 크누트의 코는 망원경처럼 늘어났었다. 마치 영원한 얼음과 눈의 나라를 갈망하는 것처럼 보였다. 향수병이란 말은 거기에 쓸 수 없었는데 크누트는 베를린에서 태어났기 때문에 유럽인이고 더 정확히 말하면 유럽 곰이기 때문이다.

북극곰들과 비교하면 우리는 거의 '비맹鼻盲'이라 할 수 있다. 크누트는 베를린의 동물원에서 저 멀리 팡코의 바다 표범 냄새도 맡을 수 있었을 것이다, 실제로 있었다면 말이다.

냄새는 냄새가 난다. 나는 소문에서도 냄새가 날 것이라 생각한다. 어원상으로 '소문'이란 단어는 냄새와 관련이 없지만 누구를 부르거나 말하는 것과 관련이 있다.

북극곰은 특별히 진한 체취를 갖고 있다고 한다. 그러나 나는 한 번도 크누트의 체취를 맡아 볼 기회가 없었다. 크누트의 냄새가 아니라 크누트에 대한 소문들이 나로 하여금 크누트에 대한 소설을 쓰게 만들었다. 이 소문들은 북극곰보다는 독일 사회에 대해 더 많은 것을 이야기하고 있었다. 내 귀에 도달한 첫 번째 소문은 크누트의 어머니 토스카에 대한 좀 과한 추측이었다. 사회주의 서커스단에서 일을 했기 때문에 토스카가 모성 본능을 상실했다는 것이다. 이러한 추측에서 무엇이 모성인지에 대해서뿐만 아니라 동독에 대해 어떻게 생각하는지를 알 수 있다.

사육사 토마스 되르플라인은 '모성' 없이도 크누트를 키우는 일을 잘 해냈다. 그는 피 한 방울도 크누트와 같은 종에 속하지 않는다.

크누트가 죽은 이후에 다른 소문이 생겨났다. 크누트의 생모는 크누트의 뇌에 문제가 있다는 것을 즉각 알아보고 거부했다는 것이다. 자연이란 잔인한 것이고 장애아는 그냥 죽게 놔둔다는 것이다.

대중매체는 크누트가 우리와 같은 감정의 팔레트를 갖고 있는 것이 의심의 여지가 없는 사실인 양 크누트의 감정 상태에 대해 보도했다. 양육자와 헤어질 때의 분리불안은 첫 여자 친구인 지오반나와 함께 있는 기쁨으로 이어졌고, 그 후 나이가 더 많은 세 암곰들과의 공동생활에서 소외감을 느끼고 부담을 가졌다고 한다.

인간의 아이들은 모두 별달리 큰 노력을 하지 않아도 작은 곰에게 감정이입을 할 수 있다. 곰이 주인공인 동화책들은 전 세계에서 쓰이고 읽히고 있다. 자연이 이러한 호감을 인간의 머릿속에 프로그래밍 해 놓은 데는 틀림없이 어떤 이유가 있을 것이다.

크누트는 유례없이 큰 국제적인 팬클럽을 가지게 되었다. 이 세기에 자연이 인간으로 하여금 북극해의 빙하가 사라지는 것에 주목하도록 특별히 북극곰을 매력적으로 보이게 만들었다는 소문이 있다.

한국어판 출간에 맞추어 2020년 5월

다와다 요코

일러두기

1. 이 책은 2014년 콘쿠르스부흐출판사에서 발행된 *Etüden im Schnee*
를 번역한 것이다.

2. 옮긴이의 판단에 따라 작중에서 곰이 쓴 부분은 기울임체로 표시했다.

3. 외래어 표기는 한국어 어문 규범의 외래어 표기법을 존중하되 독일어
의 경우 현지 발음에 가깝게 옮겼음을 밝혀 둔다.

4. 이 책의 주는 모두 옮긴이 주이다.

차례

『눈 속의 에튀드』에 부쳐 5

눈 속의 에튀드

제 1 장

할머니의 진화론

누군가가 귀 뒤를, 그다음에는 겨드랑이를 간질였다. 몸을 구부리니 마치 보름달처럼 둥그레져 바닥에서 굴렀다. 그러면서 어쩌면 나는 쉰 목소리로 킥킥거렸던 것도 같다. 그다음에 엉덩이를 하늘 쪽으로 쭉 빼고 머리를 배 아래로 집어넣었다. 이제 나는 초승달 모양이 되었다. 어떤 위험을 묘사하기에는 나는 너무 어렸다. 별생각 없이 내 항문을 우주를 향해 열었고 우주를 나의 내장 안에서 느꼈다. 사람들은 그때 벌써 '우주'라는 말을 사용했다니 하며 틀림없이 나를 비웃을 것이다. 그렇지만 당시에 나는 아직 너무 어렸고 너무 아는 게 없었고 세상은 너무나 새로웠다. 이 뽀송뽀송한 털만 없다면 태아나 진배없었다. 나는 아직 제대로 걸을 수도 없었다. 앞발들은 무엇을 잡거나 쥐어도 될 만큼 힘이 충분히 생겼지만 말이다. 비틀거릴 때마다 나는 앞으로 갈 수 있었는데 이것도 걸음이라고 부를 수 있을까? 시야는 아직도 안개로 덮여 있었고 귓속은 아직도 웅웅 울리고 있었다. 그래서 내가 보고 듣는 것은 아직 윤곽이 분명치 않았다. 살려는 내 의지는 주로 발톱이 있는 앞발과 혀에 자리하고 있었다.

내 혀는 아직도 엄마 젖의 냄새를 기억하고 있었다. 나는 어떤 남자의 집게손가락을 잡아당겨 입안에 넣고 빨았는데 그러면 마음이 편해졌다. 그 남자의 손가락 등에 나 있던 털은 마치 구둣솔의 털 같았다. 그의 손가락이 벌레처럼 기어들어오며 내 입안을 찔렀다. 그다음에 남자는 내 가슴을 치더니 레슬링을 하자고 유혹했다.

놀다가 지쳐 나는 두 앞발을 먼저 배 위에다가 납작하게 놓았고 그 위에 턱을 얹었다. 그것은 곧 올 식사를 기다릴 때 내가 가장 좋아하는 행동이었다. 반쯤 잠에 취해 나는 입술을 핥아 보았다. 그러자 꿀 냄새가 내게 다시 돌아왔다. 비록 내가 이제까지 살면서 딱 한 번밖에 못 먹어 보았지만 말이다.

한번은 그 남자가 이상한 물건들을 내 두 앞발에다가 꽉 묶었다. 나는 몸을 마구 흔들어 이 물건들을 떨어뜨리려 했지만 그렇게 되지는 않았다. 나의 두 앞발은 마치 바닥이 아래쪽으로부터 찌르는 것 같은 아픔을 느꼈다. 나는 처음에 오른 앞발을, 그다음에는 왼 앞발을 높이 쳐들었지만 몸의 균형을 잡을 수 없어서 앞으로 넘어져 버렸다. 그렇지만 바닥에 앞발이 닿으면 아픔이 돌아왔다. 나는 바닥에서 몸을 떼었고 내 몸통 전체를 위로, 그리고 뒤로 뻗게 되었다. 그러자 몇 초 동안은 똑바로 서 있을 수 있었다. 숨을 쉬자 나는 다시 넘어졌고 이번에는 내 왼쪽 앞발로 그랬다. 다시 고통이 찾아왔고 그래서 다시 바닥에서 몸을 떼었다. 몇 번을 연습하자 나는 두 뒷발로 서서 몸의 균형을 맞출 수 있었다.

글을 쓴다는 것. 그것은 무시무시한 일이다. 방금 전에 쓴 문장을 뚫어지게 바라보자 나는 어지러워졌다. 지금 나는 어디에 있는 거지? 나는 내 이야기 안으로 들어갔고 이곳에서 사라졌었다. 여기로 다시 돌아오기 위해 나는 원고지에서 눈을 떼고 시선을 창문 쪽으로 움직여야만 했다. 그래서 결국 여기로, 현재로 돌아왔다. 그렇지만 여기는 어디고 지금은 언제란 말인가?

밤은 이미 이슥했다. 나는 호텔 방 창문에 서서 극장 무대를 기억나게 하는 광장을 내려다보았다. 아마도 가로등이 주위에 둥그렇게 던진 빛 때문일 것이다. 고양이 한 마리가 활기찬 걸음으로 지나가며 그 빛의 원을 반으로 나누었다. 주변은 투명한 고요함이 지배하고 있었다.

이날 나는 어떤 회의에 참석했는데 참석자들은 모두 회의가 끝나자 푸짐한 저녁 식사에 초대되었다. 밤에 호텔 방으로 돌아왔을 때 나는 마치 곰 같은 갈증을 느꼈고 수도꼭지에서 바로 물을 벌컥 들이켰다. 기름진 청어의 맛이 도무지 나에게서 가시지가 않았다. 나는 거울 속에서 붉게 칠해진 입을 보았다. 그것은 레드비트가 만들어 낸 작품이라 할 수 있었다. 나는 원래는 뿌리식물을 좋아하지 않지만 보르시*에서 수영하는 것을 보자 뿌리식물에 바로 키스를 하고 싶었다. 고기에 대한 식욕을 자극하는 아름다운 눈[目] 모양의 기름과 더불어 레드비트는 나에게 거절할 수 없이 매혹적으로 보였다.

나의 곰 체중 때문에 의자 스프링이 아래에서 끼익 끼익소리를 냈다. 나는 호텔의 소파에 앉아서 이번에도 회의는 별 재미가 없었다고 생각했다. 그러나 이 회의 때문에 나는 예상치 못하게 어린 시절로 이끌려 갔다. 오늘의 토론 주제는 여차저차 자전거가 인민경제에 미치는 영향이었기 때문이다.

모든 사람, 특히 예술가들은 무슨 회의에 초대를 받았다면 으레 그것은 함정이라는 가정에서 출발한다. 그래서 대부분의 참석자들은 자기 의견을 말하려 들지 않는다. 말하라고 누가 억지로 시키지 않으면 말이다. 그렇지만 나는 자발적으로 손을 들었는데 의식적으로 그리고 우아하고 스스럼없이 그리고 과장하지 않고 오른손을 높이 쳐들었다. 회의의 다른 참석자들은 모두 나를 쳐다보았다. 청중들의 이러한 관심을 끄는 데 이미 나는 익숙했다.

내 통통하고 부드러운 상체는 고급스러워 보이는 하얀 털로 덮여 있다. 내가 오른손을 높이 쳐들고 가슴을 앞으로 살짝 내밀었을 때 마비시키는 것 같은 빛 가루들이 공중에 둥둥 퍼졌다. 나는 사건의 한가운데에 서 있었다. 반면에 책상과 벽 그리고 참석한 사람들은 점차 얼굴빛이 바래고 뒤로 물러나기 시작했다. 내 털의 빛나는 하양은 보통의 하양과 구별된다. 이 하양은 투명하다. 그래서 햇빛은 털가죽을 통과해 피부에 도달할 수 있었고 조심스럽게 피부 아래에 저장되었다. 그것은 내 조상들이 북극권에서 살아남기 위해 마침내 이루어 낸 색깔이었다.

자기 의견을 말하려면 일단 의장의 눈에 띄어야 한다. 그러기 위해서는 손을 재빨리 들어야 한다, 즉 다른 사람보다 빨리 말이다. 회의장에서 나만큼 손을 빨리 들 수 있는 사람은 거의 없다시피 했다. "보아하니 당신은 의견 내는 걸

---

*   레드비트를 넣어 끓인 러시아 전통 수프.

좋아하시는군요"라는 반어적인 주석도 한 번 들은 적이 있다. 거기에 대해 나는 소박하게 대답을 해 주었다. "그것이 민주주의의 기본 원칙입니다. 그렇지 않나요?" 그렇지만 그날 나는 손을 빨리 드는 것은 내 자유의지가 아니라 일종의 반사작용이었다는 것을 알아내었다. 이를 인지하자 가슴이 무엇으로 찌른 듯 아파서 빨리 고통을 떨쳐 버리고 사 박자로 이루어진 내 고유의 리듬으로 돌아가고자 했다. 첫 번째 박자는 의장의 신중한 "그럼"이었고 두 번째 박자는 나의 "저의"였다. 나는 이 단어를 말하며 책상을 내리쳤다. 청중들이 모두 침을 꿀꺽 삼킨 게 세 번째 박자고, 내가 네 번째 박자에 "생각은"이라고 아주 똑똑하게 말했다. 용감한 일 보였다. 전체를 다 감동시키기 위해서 물론 나는 두 번째와 네 번째 박자에 힘을 주었다.

춤을 출 생각은 없었는데 내 엉덩이가 의자 위에서 이리 저리 흔들거리기 시작했다. 의자도 바로 이에 합세해서 기분 좋게 끽끽 소리를 내 주었다. 강세를 준 음절들은 모두 마치 탬버린을 두드리는 것같이 들리는데 그게 내 말에 리듬감을 준다. 청중들은 마법에 걸린 것처럼 내 말을 경청했고 자기들의 의무감이나 자만심, 나아가 자기 자신도 잊어 버렸다. 남자들의 입술은 힘없이 축 처졌고 이빨들이 크림처럼 허옇게 반질거렸고 그들의 혀끝은 침이라는 액상화된 고기를 방울방울 만들어 아래로 떨어뜨렸다.

"자전거는 의심할 여지 없이 우리 문명사의 엄청난 발명품입니다. 자전거는 서커스 무대의 꽃이자 모든 환경 정책의 영웅입니다. 가까운 장래에 전 세계의 대도시들은 모두 자전거에 점령당할 것입니다. 그뿐만이 아닙니다. 사람들은 가정마다 자전거와 연동된 자가 발전기를 구비하게 될 것입니다. 운동을 하면서 동시에 전기도 생산하게 되는 셈이지요. 그러면 휴대전화나 전자우편을 쓰는 대신에 자전거에 올라타 저절로 친구를 방문하게 될 것입니다. 사람들이 이렇듯 자전거를 다용도로 사용하게 된다면 미래에는 전기 제품들이 무용지물이 될 것입니다."

나는 몇몇 사람들의 얼굴 위로 어두운 구름이 덮여 가는 것을 지켜보았다. 나는 목소리에 더욱 힘을 주며 말을 이어 나갔다. "우리는 자전거를 타고 강가에 가서 빨래를 할 수 있습니다. 우리는 숲에 가서 장작을 모아 올 수도 있습니다. 우리는 세탁기도 필요 없고 더 이상 전기나 석탄을 써서 난방을 하거나 요리를 할 필요도 없습니다." 몇몇 사람들은 내 생각의 유희를 즐기는 듯이 보였고 고상하게 웃음주름을 지어 주었다. 한편 다른 사람들의 얼굴은 완전히 어두운 잿빛으로 굳어져 갔다. 괜찮아, 주눅 들지 마, 나는 스스로에게 용기를 북돋아 주었다. 지루해하는 사람들은 신경 쓰지 마! 긴장을 풀라니까! 네 앞에 있는 저 이상한 청중은 그냥 무시해 버려. 기쁨에 가득 찬 수백 명의 청중을 생각하면서 이야기를 계속해. 이건 서커스야. 회의는 다 그냥 서커스라니까.

의장은 절대로 내 지휘에 따라 춤을 출 생각이 없음을 보이려는 듯 간간이 기침을 해 댔다. 그러더니 자기 옆에 앉은 수염을 기른 공무원과 은밀하게 눈빛을 교환했다. 나는 두 남자가 서로 어깨를 맞대고 이 회의장에 들어왔던 것을 기억해 냈다. 꼭 못처럼 삐쩍 마른 공무원은 장례식장도 아닌데 까만 무광 양복을 입고 있었다. 그는 손도 들지 않고 자기 말을 하기 시작했다. "자동차를 거부하고 자전거를 예찬하는 것. 그것은 우리가 서방 여러 나라를 통해서 익히 알고 있는 감상적이고 퇴폐적인 문화입니다. 네덜란드가 그 좋은 예라 할 것입니다. 기계 문화를 장려하는 것은 우리에게 시급한 과제입니다. 우리는 직장과 거주지를 합리적으로 연결해야 합니다. 자전거는 기분이 내키는 대로 아무 때나 어디에나 갈 수 있다는 환상을 심어 줍니다. 자전거 문화는 우리 사회에 정말 우려하지 않을 수 없는 악영향을 끼칠 수 있습니다." 나는 이 논지에 반박하고자 손을 들었다. 그러나 의장은 내가 든 손을 무시하고 점심 휴식이라고 알렸다. 나는 그 누구와도 말을 나누지 않고 회의실을 빠져나왔다. 그리고 마치 어린 여학생이 운동장으로 달려 가듯 그 건물을 나와 버렸다.

아주 어릴 적 나는 쉬는 시간에 늘 반에서 제일 먼저 교실을 박차고 나왔다. 아직 유치원을 다니고 있을 때였다. 나는 운동장의 가장 뒤 구석으로 갔는데 마치 세상의 이 작은 부분이 나에게는 무언가 특별한 것처럼 말이다. 사실 그것은 무화과나무 아래의 그늘지고 습기 찬 구석자리였을 뿐이었다. 양심이 없는 사람들은 자기 집 쓰레기를 거기에다가 몰래 계속 내다 버렸다. 나 말고는 아무도 그곳 근처에 가지 않았고 그게 나는 좋았다. 한번은 어떤 아이가 무화과나무 뒤에서 내 쪽으로 얼쩡거린 적이 있었다. 장난삼아 뒤에서 나를 놀래려고 했던 것이었다. 나는 그 아이를 내 어깨 위로 휘익 던져 버렸다. 그것은 내 안에 있는 방어기제였을 뿐이었다. 딱히 나쁜 의도는 없었다. 내 몸집에 힘이 붙었기 때문에 그 아이가 공중을 휘익 날아갔을 뿐이다.

나중에 알게 되었지만 다른 아이들은 뒤에서 나를 '튀어나온 주둥이', 아니면 '흰 눈 아이'라고 불렀다. 어떤 아이가 약이 오르지만 않았으면 이러한 별명을 듣는 일도 없었을 것이다. 그때 그 아이는 내 편인 것처럼 행동했지만 어쩌면 나에게 상처를 주려는 어린아이 특유의 소심한 마음을 즐겼을 수도 있다. 내가 다른 아이들 눈에 어떻게 보이는가에 대해 그때까지 나는 한 번도 신경을 써 본 적이 없었다. 내 코의 형태나 내 가죽 색깔은 다른 대다수와 달랐다. 나는 그 별명을 듣고서야 이 사실을 알게 된 것이다.

회의센터 옆에는 긴 하얀 의자들이 놓인 평화로운 공원이 하나 있었다. 나는 그늘에 있는 의자를 골랐다. 뒤에서 졸졸거리는 소리가 들리는 것으로 미루어 시내가 있는 것 같았다. 수양버들은 지루해서 그런지 가느다란 손가락을 물 쪽으로 죽 뻗치고 있었다. 우아하지만 능구렁이같이. 아마도 물과 놀고 싶은 것 같았다. 연두색의 새순은 나뭇가지에 점을 만들어 주고 있었다. 발바닥 아래의 땅이 부슬부슬했다. 그것은 두더지의 작품이 아니라 크로커스의 작품이다. 이 무리 중 많은 종자들은 오만한 데다가 심지어 감히 피사의 사탑까지 흉내 내고 있었다. 귓속이 다시 간질거렸다. 귀는 파지만 않으면 된다! 이것은 아직까지 한 번도 어긴 적이 없는 내 규칙이다. 적어도 서커스단에서 일할 때에는 그랬다. 귀가 간질거리는 것은 귀지 때문만이 아니고 꽃가루나 새들의 노래 때문에 그렇다. 새들은 쉬지 않고 16분의1 박자 음표를 공중에서 쩍쩍 내뱉었다. 장밋빛 봄은 예고도 없이 도착해서 나를 놀라게 만들었다. 도대체 봄은 어떤 마술을 부린 걸까? 봄은 그렇게 수많은 새들과 꽃들을 대표단으로 같이 끌고 오면서 어떻게 아무도 눈치채지 못하게 더군다나 그렇게 빨리 키예프에 올 수가 있었을까? 몇 주 전부터 비밀리에 준비를 해 온 것일까? 나는 겨울하고 씨름하는 데에 너무나 몰두해서 온 정신을 쏟느라 봄이 온 줄도 몰랐던 유일한 존재가 아니었을까? 나는 날씨 이야기 하는 것을 별로 좋아하지 않는다. 그래서 날씨가 크게 변동이 있을 것이라는 예보를 듣지 못했다. 프라하의 봄도 마찬가지로 나에게는 놀라움 그 자체였다. '프라하'라는 지역 이름이 떠올랐을 때 스스로도 느낄 정도로 심장이 뛰기 시작했다. 누가 알랴. 어쩌면 더 큰 기후변화가 곧 나를 놀라게 만들지도. 내가 또 거기에 대해 예상을 전혀 하지 못했던 유일한 한 명이 될지도.

얼어붙은 땅이 녹고 질척거리며 징징거린다. 간지러운 콧구멍에서 콧물이 벌거벗은 달팽이처럼 기어 나온다. 눈물이 눈 주위의 부어오른 점막 피부에서 흘러나온다. 한마디로 말해서 봄은 슬픔의 계절인 것이다. 많은 사람들은 봄이 그들을 더 젊게 만들어 준다고 이야기한다. 그러나 더 젊어지는 사람은 유년 시절로 돌아가는 것이고 그것은 그를 아프게 만든다. 그 회의에서 의견을 첫 번째로 말한 존재가 나라는 것이 자랑스러워 한동안은 기분이 최상이었다. 나는 내가 어떤 연유로 이렇게 손을 빨리 움직이는지에 대해서는 전혀 알고 싶지 않았다.

나에게는 지식에 대한 갈증이 없었다. 지식이라는 이미 엎질러진 우유를 잔에 다시 담고 싶지도 않았다. 아주 달콤한 우유 향내가 식탁보에서 풍겨 나왔고 나는 나의 봄에 대해서 울어 버렸다. 유년 시절이, 쓴 꿀맛이 내 혀를 찔렀다. 내게 음식을 장만해 준 사람은 언제나 이반이었다. 나는 엄마에 대한 기억이 없다. 엄마는 어디로 가 버린 것일까?

그 당시라면 아직 내가 신체 각 부위의 명칭을 모를 때였다. 타는 듯한 아픔은 이제 사라졌다. 내가 뒤로 움찔했다면 그것은 거의 반사작용에 가까운 것이었다. 몸의 중심을 오래 유지하는 것은 내게는 불가능했다. 나는 다시 앞으로 넘어졌다. 바닥에 직접 닿자마자 다시 고통이 느껴졌다.

나는 이반이 실수로 정강이뼈로 기둥을 치거나 벌에 쏘일 때 "아야"라고 소리 지르는 것을 들었다. 그래서 '아야'라는 표현은 사람의 특정한 감각이라고 생각했었다. 나는 바닥이 아프지 내가 아프다고는 생각을 해 본 적이 없다. 그래서 고통이 없어지려면 내가 아니라 땅바닥이 변해야 된다고 생각했다.

나는 고통 때문에 몸을 바닥에서 떼고 상체를 공중으로 들어 올렸다. 그럴 때 나는 등을 활처럼 둥글게 구부렸지만 이런 긴장 상태를 오랫동안 유지할 수는 없었다. 나는 곧 포기하고 다시 네발로 섰다. 땅바닥을 세게 차면 찰수록 내 몸은 점점 더 뒤쪽으로 비스듬하게 넘어졌다. 마침내 똑바로 설 수 있을 때까지 나는 이 동작을 얼마나 수도 없이 반복했던가.

공식 만찬이 끝난 후 나는 호텔로 돌아왔다. 그리고 바로 이 부분까지 글을 썼다. 글을 쓴다는 것은 나에게 익숙한 행위는 아니었다. 나는 너무나 피곤해서 책상에서 잠이 들었다. 다음 날 아침에 일어났을 때 나는 밤새 나이가 들어 버렸음을 알게 되었다. 이제 인생의 후반기가 시작된 것이다. 크로스컨트리 경기로 말하자면 반환점에 다다른 것이다. 나는 이제 돌아가야만 하고 출발점이 나의 목표점이 되었다. 고통이 시작된 그 지점에서 경기는 끝이 날 것이다.

이반은 통조림에서 청어 덩어리를 꺼내어 막자사발에다 찧고 우유를 섞어 나에게 주었다. 나만을 위한 특별 제조인 셈이다. 내가 토하면 이반은 바로 빗자루와 삽을 가져와서 내가 토한 것을 치웠다. 그는 한 번도 나에게 욕을 하거나 불평 한 마디를 한 적이 없었다. 이반에게는 청결함이 언제나 제일 중요했다. 그는 매일 구불거리는 긴 호스와 특수한 빗자루를 가지고 와서 바닥을 청소했다. 가끔 호스로 나를 겨누기도 하였다. 나에게는 얼음처럼 차가운 물세례를 받는 것보다 더 좋은 일은 없었다.

드물기는 하지만 때로 이반은 아무 할 일이 없는 시간도 있었다. 그러면 바닥에 앉아 기타를 무릎에 얹어 놓고 기타 줄을 뜯으며 노래를 불렀다. 가장 뒷골목의 축축한 거리에서 나오는 슬픈 멜로디는 리드미컬한 춤곡으로 바뀌고 마지막에는 끝없는 비통의 나락으로 떨어졌다. 나는 음악에 완전히 빠져들었다. 그때 내 안에 있는 뭔가가 깨어나는 것 같았는데 그건 아마도 먼 나라에 대한 나의 첫 동경이었던 것 같다. 아직 한 번도 가 본 적이 없는 아주 먼 장소들이 내게는 매력적으로 보였다. 거기와 여기 사이에서 내 몸이 찢어져 있다는 느낌이 들었다.

가끔 이반의 시선이 우연히 나의 시선과 마주치면 벌써 나는 다음 순간 그의 팔에 안겨 있었다. 그는 내 머리를 자기 목덜미에 누르고 자기 뺨으로 내 뺨을 비벼 대었다. 그는 나를 간질이고 내 몸이 바닥에 이리저리 구르게 하고 그러고는 내 위로 덮쳤다.

키예프에서 돌아온 다음 날부터 내내 나는 모스크바의 내 방에 웅크리고 앉아서 쉬지 않고 내 글을 끼적거렸다.

머리를 편지지 위에 숙이고 말이다. 이 편지지는 물어보지 않고 호텔에서 내가 그냥 집어 온 것이다. 나는 유년 시절의 같은 기간에 머물러 계속 덧칠을 하면서 앞으로 더 나아가지 못하고 있었다. 내 기억들은 마치 바다의 파도처럼 밀려왔다가는 다시 밀려가 버렸다. 파도들은 모두 서로 닮아 있었지만 그 어느 것도 똑같지는 않았다. 그래서 나로서는 같은 장면들을 여러 번 묘사하는 수밖에 없었다. 어떤 묘사가 최종적인 것인지 말하지도 못하고 말이다.

나는 오랫동안 이 모든 것이 무엇을 의미하는지 모르고 있었다. 나는 우리 안에 있었고 우리 속에서 무대 위에 있었다. 내가 관객인 적은 결코 단 한 번도 없었다. 만약 때때로 바깥에 있을 기회가 있었더라면 나는 무대 아래에 장치되어 있는 화로를 볼 수 있었을 것이다. 그리고 어쩌면 이반이 그 화로에 장작을 때고 있는 것도 볼 수 있었을 것이다. 어쩌면 우리 뒤편에 있는 까맣고 거대한 튤립이 그려진 축음기도 볼 수 있었을지 모른다. 이반은 우리 바닥이 뜨거워지면 레코드판 위로 바늘이 떨어지게끔 만들었다. 그러면 팡파르가 공기를 때리게 되는데 마치 주먹으로 유리판을 치는 것 같았다. 이미 내 두 앞 발바닥은 타오르는 통증을 느끼고 있었다. 일어서야 그 고통이 내게서 사라졌다.

여러 날 여러 주 동안 같은 놀이가 반복되었다. 결국 나는 팡파르를 들으면 기계적으로 일어서게끔 되었다. 나는 당시에는 일어선다는 것에 대한 개념이 없었다. 그러나 그러한 몸의 자세는 나를 아픔에서 벗어나게 해 주었고 이에 대한 지식은 이반의 "일어서!"라는 명령과 또 그가 높이 쳐든 막대기와 함께 내 머릿속에 콕 찍히게 되었다.

나는 '일어서' '좋아' 혹은 '다시 한번'이라는 말도 배웠다. 나는 나의 두 뒷발에 고정된 이상한 물건들이 뜨거운 열을 통과시키지 않도록 특별히 제작된 구두라는 것도 짐작으로 알게 되었다. 내가 두 뒷발로 서 있는 동안은 바닥이 아무리 쩔쩔 끓어도 아프지 않기 때문이다. 팡파르가 끝까지 울리고 내가 두 뒷발로 안정적으로 서 있으면 그다음에 각설탕이 뒤따라 나왔다. 이반은 처음에는 '각설탕'이라는 단어를 조심스럽게 발음하고 각설탕 한 개를 내 입안에 넣어 주었다. '각설탕'이라는 단어는 내게 달콤한 좋은 기분을 일컫는 첫 번째 이름이 되었는데 그것은 팡파르와 일어서기를 한 다음에 내 혀 위로 와서 살살 녹았다.

이반이 불쑥 내 옆에 서서 내가 쓴 글을 위에서 내려다보았다. '이반, 요즘 어떻게 지내? 그동안 어떻게 지냈느냐고?' 나는 그에게 이 질문을 던지고 싶었다. 그러나 목소리가 나오지 않았다. 내가 숨을 여러 번 깊이 들이쉬고 내쉬는 동안 이반의 모습은 아무 기척도 없이 사라졌다. 그는 내가 잘 알고 있는 몸의 온기와 피부 위의 가벼운 간지러움을 남기고 사라졌다. 나는 보통 때처럼 숨을 쉬는 것이 힘들어졌다. 이반은 오랫동안 내게는 죽은 사람이었다가 내가 그에 대한 글을 썼기 때문에 다시 삶의 세계로 불려 왔다. 보이지 않는 독수리의 발톱이 내 가슴을 움켜쥐었고 나는 더 이상 숨을 쉴 수 없었다. 나는 참을 수 없는 이 압박감을 없애려면 저 투명한 성스러운 물을 당장 마셔야 한다고 생각했다. 그때만 해도 이 도시에서 좋은 보드카를 구하기란 쉽지 않았다. 이 나라로 외화를 끌어오기 위해 보드카는 거의 수출을 해 버렸기 때문이다. 내가 사는 이 소박한 집의 여자 관리인은 자기에게 때로 값진 물건들을 가져다주는 인맥을 가진 것에 자부심이 강했었다. 나는 그 여자가 때로 성스러운 물을 한 병 자기 옷장에 숨겨 둔다는 것을 알고 있었다.

나는 서둘러 집 밖으로 나갔다. 그리고 계단을 내려가서 관리인에게 혹시 집에 그 특별한 물이 있는지 다짜고짜 물었다. 관리인의 얼굴에는 아주 드물게만 볼 수 있는 미소가 걸렸는데 그건 내게 수메르인의 설형문자를 생각나게 했다. 그 여자는 자기 집게손가락을 엄지손가락에 대고 좀 점잖지 못하게 비벼 대더니 나에게 물었다. "당신 혹시 이게…… 생긴 거예요?"라고. 나는 발끈해서 대답했다. "아니, 저 외국 돈 없어요." 관리인은 나와 달콤하고 자극적인 비밀을 은밀하게 나누고 싶었는데 내가 사랑과는 상관없고 건조하기만 한 '외국 돈'이라는 말로 그것을 폭로했기 때문에 모욕당한 느낌을 받았고 그래서 내게서 등을 돌려 버렸다. 나는 그 여자를 어떻게든 수다의 세계로 도로 데려와야 했다. "아주머니, 머리 새로 하셨어요? 끝내주게 잘 어울려요."―"아, 이 엉클어진 머리 말이에요? 어제 내가 침대에서 비딱하게 누워서 이렇게 된 건데요."―"아주머니, 그 신발도 새것 맞지요? 무지 좋아 보이네요."―"아, 잘도 보았군요. 이건 근데 내가 새로 산 게 아니고 친척이 준 거예요. 뭐 내 맘에 쏙 들긴 해요." 비록 내 칭찬들은 분명히 과녁을 빗나간 아부처럼 들렸지만 관리인은 그래도 나의 선한 의도 자체는 인정해 주려 했다. 관리인의 시선은 통통한 털북숭이 벌레처럼 다시 내게로 서서히 돌아오고 있었다.

"당신은 술을 거의 안 마시잖아요. 왜 갑자기 내 보드카에 관심이 생겼어요?"―"어린 시절 생각이 나서요. 그런 것들은 오래전에 다 잊었는데도 그러네요. 그리고 이제 그것들이 저를 막 짓눌러요. 숨을 제대로 못 쉬겠어요."―"뭔가 편치 않은 게 기억났나 봐요?"―"아니요. 그 말은 그게 저에게 불쾌할지 어떨지 아직은 모른다는 뜻이지요. 당장은 숨을 못 쉬는 게 문제예요." —"뭔가를 잊으려고 술을 마시면 안 돼요. 그러면 당신 윗집에 살았던 그 불쌍한 공무원처럼 끝이 날 거예요." 그즈음 뭔가 무거운 것이 집 앞의 타일로 떨어져 쿵 소리를 낸 적이 있다. 그것은 성인 남자의 몸집보다도 더 무거운 것처럼 들렸었다. 그 소리를 다시 한번 들었더니 내 온몸에 소름이 돋았다.

"당신의 경험들을 내려놓고 싶으면 일기를 쓰는 편이 더나아요." 관리인의 제안은 나를 놀라게 했다. 너무나 지성적으로 들려 도무지 그녀와 어울리지가 않았기 때문이다. 나는 더 파고들었고 관리인은 자기가 일주일 전에 중세 일본 일기문학 대가의 역작이라 할 『사라시나 일기』를 러시아어 번역본으로 읽었음을 인정했다. 관리인의 그 좋은 인맥이 다시 한번 도움을 주었던 것이다. 5만 부로 발행 부수가 그다지 많지 않았고 더구나 이미 오래전에 예약판매를 거쳐 벌써 절판되었음에도 불구하고 그 책을 한 부 얻을 수 있었다고 했다. 관리인이 그 책을 읽은 유일한 이유는 어쩌면 자기가 가진 인맥에 대한 자부심 때문일 수도 있었다. "그 일기책의 저자처럼 당신도 글을 쓰겠다는 용기를 가져야 해요." —"사람들은 일기에 그날 일어난 일을 쓰는 것 같아요. 그렇지만 저는 더 이상 기억나지 않는 일을 일기에 써서 그걸 다시 불러오고 싶어요." 관리인은 내 말을 유심히 들었다. 그리고 다음의 제안을 덧붙였다. "그렇다면 자서전을 쓰세요."

　내가 왜 무대생활에 종말을 고하고 이 귀한 시간을 마비가 올 만큼 지루한 회의에 허비하는가 하는 데에는 여러 가지 이유가 있다. 내가 서커스단의 빛나는 별이었을 때 쿠바에서 온 무용단과 같이 저녁 프로그램을 기획한 적이 있었다. 원래는 같이 공연을 하지는 않고 교대로 등장하기로 되어 있었다. 그러나 우리의 합동 프로그램은 예기치 않은 방향으로 발전했다. 나는 남미식 춤과 사랑에 빠졌고 그 춤을 배워 내 레퍼토리에 꼭 넣고 싶었던 것이다. 나는 라틴댄스 속성 강좌에 등록했고 열심히 연습을 했다. 그런데 너무 열심히 했다. 날마다 몇 시간씩 연습을 하고 엉덩이를 힘차게 흔들어 대자 내 무릎이 완전히 망가져서 곡예 자체를 더이상 할 수가 없는 지경에 이르렀다. 나는 서커스단에 쓸모없는 존재가 된 것이다. 보통 때라면 사람들이 나를 총으로 쏘아 죽였겠지만 운 좋게도 나는 행정직원으로 전직하게 되었다.

　내가 사무실 업무에 재능이 있을 것이라고는 그때까지 한 번도 생각해 본 적이 없었다. 그렇지만 인사과는 자기

회사 직원들의 그 어떤 사소한 능력도 놓치는 법이 없다. 그들의 능력을 회사를 위해 밑바닥까지 낱낱이 써먹을 때까지 말이다. 나는 사무실 규칙이라면 아예 타고났다고 말할 수 있는 지경에 이르렀다. 내 코는 중요한 영수증과 중요하지 않은 영수증을 구별하는 능력이 있었던 것이다. 내 몸 안의 시계도 항상 정확하게 똑딱거려 시간을 지키기 위해 시계를 볼 필요가 전혀 없었다. 계산 때문에 숫자와 씨름할 일도 없었다. 왜냐하면 나는 사람 얼굴만 보아도 수당으로 얼마를 주어야 되는지를 척척 알아냈기 때문이다. 나의 기획안은 제아무리 허황되게 들려도 내가 원하면 전부 상사로부터 허가를 받아 낼 수 있었다. 내 입은 소화하기 어려운 기획안을 미리 한 번 씹어 보고 이것을 설득력 있는 말로 전달하는 재주가 있었다.

내가 우리 서커스단과 무용단을 위해 할 수 있는 일들은 그 밖에도 충분히 많았다. 바로 외국 순회공연 준비, 언론 홍보, 구인 공고, 기타 서류 업무 그리고 무엇보다도 회의 참석 같은 일이었다.

자서전을 쓰기 전까지는 새로운 삶과 그럭저럭 잘 지내고 있었다. 그런데 나는 갑자기 회의에 가고 싶지 않았다. 방에 앉아서 연필심을 혀로 핥기 시작하면 종일 그것만 핥고 싶었고 겨울 내내 누구도 보고 싶지 않고 자서전 쓰는 일만 하고 싶었다. 글을 쓰는 것은 겨울잠 자는 것과 그다지 다르지 않다. 모르는 외부자의 눈에는 어쩌면 내가 깊은 잠을 잔다고 보일 수도 있었다. 그러나 나는 내 머릿속의 곰 동굴 안에서 내 유년 시절을 낳았고 몰래 키우고 있었다.

내일 어떤 회의에 참석해야 된다는 전보문을 받았을 때 나는 꿈에 잠겨 연필을 빨고 있었다. 회의에서는 '예술가의 노동조건'에 대해 토론하기로 되어 있었다.

회의라는 것은 동물 중에서 토끼와 비교할 수 있다. 회의에서 내려지는 결정은 대개 다음번 회의들이 꼭 필요하다는 것이다. 그렇게 회의들의 수가 급격히 증가한다. 누군가가 거기에 반대하는 뭔가를 시도하지 않으면 회의 수는 너무 많아져서 우리 모두가 하루 종일 회의에만 참석해도 그 수요는 도대체가 감당하기 힘들어진다. 우리는 회의라는 것을 없애기 위해 뭔가를 생각해 내지 않으면 안 된다. 그러지 않으면 우리 엉덩이는 회의 때문에 너무 오래 앉아 있어서 납작해지고 모든 조직과 기구들은 우리 엉덩이 무게 때문에 무너져 내릴 것이다. 또 개중에는 오로지 왜 다음 회의에 참석할 수 없는지의 핑계 연구에만 전념하는 사람들도 있다. 그러면 저 위험한 독감보다도 한층 더 급속도로 핑계라는 바이러스가 퍼지게 되는 것이다. 가상의 친척, 혹은 실제의 친척들은 여러 번 죽어 나가야 한다. 장례식에 간다는 핑계 때문이다. 그런데 나는 거짓으로 죽었다고 할 만한 친척이 아무도 없다. 또 내 몸은 원래부터 독감이라고는 걸리지 않으니 다시 말하면 나는 핑계 댈 거리라고는 하나도 없는 셈이다. 그래서 결국 시간은 자꾸만 가고 나는 적어 놓은 메모 때문에 새까맣게 곰팡이가 슨 일정 달력 속에서 나를 잃어버리게 되고 만다.

나는 회의와 대회 이외에도 공식 방문에다 공식 손님들의 접대를 해야 하는 데다가 또 회식에까지 참석해야 했다. 이 임무들은 나를 포동포동 살찌게 만들었고 이게 이 새로운 생활이 가져다준 유일한 장점이라 할 수 있다. 무대 위에서 춤을 추는 대신 나는 회의실의 푹신한 소파에 앉아 피로시키* 기름으로 손가락을 더럽히고 푸짐한 보르시를 퍼 먹고 까맣게 빤작거리는 캐비아를 입안에 잔뜩 처넣어 그 결과 내 몸 안에 지방이라는 자산을 엄청나게 축적할 수 있었다.

봄이 그렇게 나를 놀라게 하고 내 마음을 흔들어 놓지 않았더라면 계속 그렇게 살아갈 수 있었다. 그런데 나는 지금 꼭 높은 사다리에서 추락한 사람처럼 그렇게 살고 있다. 봄의 첫날에 하는 지붕 정기 점검에서 집 전체가 와장창 무

* 밀가루 반죽 속에 다양한 소를 채워 만드는 러시아식 파이.

너져 내릴 거라고는 상상도 할 수 없었다. 아무런 흠집 없이 조직된 당, 청동으로 된 영웅적인 자화상, 높고 낮은 기복 없이 안정적인 기분, 규칙적인 삶의 리듬. 이것들이 다 무너져 내리기 직전이었는데도 나는 아무것도 예상하지 못했다. 가라앉는 배 안에 가만히 앉아 있는 것은 현명한 짓이 아니다. 사람들은 망망대해에라도 뛰어들어 자기 손발을 움직여야 된다. 그때 나는 난생처음으로 회의 초청을 거절하였다. 불참한다고 했기 때문에 내가 끝장나지 않을까 하는 걱정은 있었다. 왜냐하면 자기의 의무를 이행하지 않는 자는 존재의 근거를 잃게 되기 때문이다. 그러나 자서전을 계속 쓰고 싶다는 내 의욕은 그 당시에는 존재의 상실에 대한 불안보다도 세 배나 더 강했다.

자서전을 쓴다는 것은 이상한 느낌을 준다. 그때까지만 해도 나는 주로 의견을 외부에 전달하기 위해서 언어를 사용했다. 이제 언어는 내 안에 머물러 있고 내 안에 있는 부드러운 부분을 건드린다. 마치 내가 뭔가 금지된 것을 하는 기분이었다. 나는 그것에 대해 부끄러웠고 누군가가 내 삶의 이야기를 읽기 원치 않았다. 그러나 나는 글자들이 종이 위에 무성해지는 것을 보았고 그것을 누군가에게 보이고 싶다는 충동이 들었다. 어쩌면 그것은 냄새나는 자기의 작품을 보여 주고 싶은 어린아이의 소원과 비교할 수 있겠다. 한번은 내가 관리인의 집에 갔을 때 막 그 집 손녀가 어른들에게 자기가 방금 생산해 낸 작품인 갈색 덩어리를 보여 주는 참이었다. 똥에서는 아직 김이 나고 있었다. 나는 그 당시에는 기겁했지만 이제는 그 아이의 자부심을 이해할 수 있다. 그 분비물은 아이가 외부의 도움 없이 스스로 이루어 낸 첫 번째 작품인 것이다. 그러니 그 자부심을 나쁘게 받아들일 만한 하등의 이유가 없다.

그런데 도대체 누구에게 내 작품을 보여 줄 것인가? 관리인은 조금 위험하다. 나에 대한 그녀의 우정이 상당 부분 마음에서 우러난 것은 사실이지만 자기 집에 사는 사람을 철저히 감시하는 것은 그녀의 임무였다. 나는 부모도 없고, 동료들은 원래부터 고려의 대상이 아니다. 그들은 나를 가능하면 멀리하려 했다. 나는 친구도 없었다.

나에게 '바다사자'라 불리는 남자가 떠올랐다. 그는 어떤 문학잡지의 편집인이었다. 내 무대생활의 전성기에 그는 내 팬 중 한 명이었고 엄청나게 큰 꽃다발을 들고 예술가 대기실로 자주 나를 찾아왔었다.

바다사자는 사실 바다사자라기보다는 바닷개처럼 보였다. 그러나 그의 별명은 '바다사자'였다. 그리고 나는 그사이에 그의 본래 이름을 잊어버렸기 때문에 그렇게 부를 수밖에 없었다. 그가 나를 처음 무대에서 보았을 때 소위 갑자기 확 불이 붙었다. 그는 나에게 사랑에 빠졌다고 주장했는데 그것도 치유 불가능한 사랑에 말이다. 그는 예술가 대기실로 수십 차례 찾아와서 베개를 같이 사용하고 싶다는 소원을 말했었다. 그러나 그는 자연이 우리가 서로의 몸을 받아들일 수 없도록 호환 불가능하게 만들었음을 인정할 수밖에 없었다.

　나 역시 첫눈에 우리의 육체가 섹스를 통해 서로 하나가 될 수 없음을 분명히 알 수 있었다. 그의 몸은 축축하고 매끄러웠고 내 몸은 건조하고 거칠었다. 그는 모든 것이 수염을 중심으로 근사해 보였지만 손끝과 발끝은 그에 반해 생기도 없이 빈약한 느낌이었다. 나는 그와 반대로 모든 삶의 에너지는 손가락 발가락의 끝에 있었다. 그는 태어날 때부터 대머리였고 나는 머리끝부터 가장 내밀한 곳까지 두꺼운 털로 뒤덮여 있었다. 우리는 결코 좋은 한 쌍이 될 수 없었다. 그럼에도 불구하고 우리는 서로 한 번 키스를 하게 되었다. 그것은 마치 작은 물고기 한 마리가 내 입안에서 뒹구는 것 같은 느낌을 주었다. 바다사자는 구멍이 숭숭 난 치열 구조를 갖고 있지만 나에게는 별 상관이 없었다. 왜냐하면 나는 그의 진정한 남성적 매력이 바로 그가 치석이 없다는 데 있음을 곧장 알아보았기 때문이다. 나는 그 값어치를 알고 있었다. 충치가 없는 이유를 묻자 그는 자기는 단것은 먹지 않는다고 대답했다. 그에 반해 나는 단것을 포기할 수 없었다. 만약 이 세상에 단것이 없다면 내 인생의 최고의 부분을 도대체 무엇으로 비유할 수 있을 것이냐 말이다.

내가 바다사자를 보지 못한 지 벌써 한참 되었다. 그는 살아 있다는 징표로 사무실 주소가 적힌 출판사의 새 카탈로그를 보내오곤 했다. 나는 용기를 내어 미리 연락하지 않고 그를 찾아가 놀래 주기로 마음먹었다.

'북극성출판사'라는 이름을 가진 그의 출판사 사무실은 도시의 남쪽 끝에 있었다. 바깥에서 볼 때에는 이러한 건물 안에 출판사가 숨어 있으리라고는 상상이 되지 않았다. 젊은 남자 한 명이 건물 입구 쪽에 서서 담배를 피우고 있었다. 그는 이 건물에 무슨 볼일로 왔는지 나에게 날카롭게 물었다. 내가 '바다사자'라는 말을 꺼내자마자 그는 자기를 쫓아오라고 하더니 마치 로봇처럼 내 앞에 서서 복도로 걸어 들어갔다. 복도 벽에는 떨어진 벽지들이 화상을 입은 피부처럼 걸려 있었다. 그리고 복도 끝에서 우리는 녹색 문 앞에 도착했다. 그 뒤에 창문 없는 방이 하나 있었다. 천장은 낮고 원고들은 높이 쌓여 있었는데 모두 누렇게 바랬다.

바다사자는 나를 보더니 흡사 내가 그의 따귀를 때린 듯이 머리를 옆으로 홱 돌렸다. "무슨 일로 여기에 온 거야?"라고 그는 내게 차갑게 물었다. 나는 그 순간 이 세상에서 과거의 팬보다 더 위험한 것은 없다는 걸 알게 되었다. 그렇지만 이미 너무 늦었다. 나, 불쌍한 과거의 서커스 스타는 지금 첫 작품을 들고 피도 눈물도 없는 출판인 앞에 서 있는 것이다. 나는 과거에 큰 공 위에서 여러 번 춤을 추었었다. 그리고 세발자전거와 서커스 오토바이를 탄 적도 있었다. 그러나 자서전을 출간한다는 것은 그보다 훨씬 더 위험한 곡예였다.

나는 조심조심 가방을 열어 완전히 빼곡하게 채운 편지지를 꺼내서 아무 말도 하지 않고 그의 책상에 올려놓았다. 뭔가를 묻는 듯한 그의 시선은 내 코로 향해 있었다. 그는 원고의 글자들을 보더니 안경을 고쳐 쓰고는 글을 읽었다. 그의 안경알은 동그랗고 그의 등은 원고를 읽느라 둥글게 굽어 있었다. 그는 첫 쪽을 읽고는 다음에는 두 번째 쪽을 읽었다. 읽어 나갈수록 그의 두 눈은 점점 더 끌려 들어가는 것처럼 빛나 보였는데 어쩌면 내 착각일 수도 있었다. 몇 쪽을 읽고 나서 그는 자기의 수염을 쓰다듬고 콧구멍을 아주 넓게 벌렁거렸다. "이게 다 당신이 쓴 거야?"라고 떠는 듯한 목소리로 말했다. 나는 고개를 끄덕였다. 그는 눈썹을 모으더니 그다음에는 가면을 쓰듯 피곤하다는 표정을 얼굴에 얹었다. "이 원고는 내가 여기에서 보관하고 있을게. 솔직하게 말하면 나는 좀 실망을 하긴 했어. 일단 글이

너무 짧아. 어쩌면 당신은 더 쓰고 싶을 수 있으니 더 써 가
지고 다음 주에 가져와 봐."

나는 침묵했다. 그런데 내 침묵은 바다사자를 우쭐거리
게 만들었다. "그리고 내가 충고를 하나 더 해 주지. 이것보
다 더 좋은 종이는 없어? 이거 호텔에서 그냥 훔친 거지?
이 불쌍한 종자 같으니. 자 원하면 이걸 가져가." 그는 나에
게 투명무늬로 알프스산이 찍힌 스위스 편지지를 한 뭉치
주고는 거기에다가 공책과 몽블랑 만년필도 같이 주었다.

나는 서둘러 집으로 가서 막 얻어 온 이 귀하디귀한 편
지지의 첫 장에 글씨를 써 보았다. '내가 두 다리로 서면 벌
써 이반의 배꼽 높이까지 올라갔다.' 나는 만년필의 금속
촉으로 종이의 식물성 섬유의 섬세한 표면 위에다가 끼적
끼적했다. 그것은 마치 근지러운 등을 긁어 주는 것처럼 기
분이 좋았다.

하루는 이반이 이상한 것을 타고 나타났다. 그는 여러 번
원을 그리면서 돌다가 내려서 '세발자전거'라 부른 그 물건
을 내 두 다리 사이에 밀어 넣었다. 나는 새로운 탈것의 손
잡이를 한번 이빨로 물어 보았는데 그 물질은 이반이 나에
게 가끔 던져 주곤 하는 빵보다 더 딱딱했다. 나는 땅바닥
에 앉아 그 세발자전거를 조사해 보았다. 이반은 한동안 내

가 그걸 가지고 놀게 해 주었다. 그다음에 그는 바퀴를 다시 내 다리 사이로 밀어 넣었다. 이번에는 내가 안장 위에 앉았더니 대가로 각설탕을 주었다. 그다음 날 이반은 내 두 다리를 페달 위에 얹어 주었다. 나는 그가 손으로 가르쳐 준 대로 페달을 밟았고 그 탈것은 점차 조금씩 앞으로 나아가기 시작하였다. 그다음 나는 각설탕을 받았다. 페달을 밟자 또 각설탕을 받았다. 페달을 다시 밟고서 또다시 각설탕을 하나 받았다. 이제는 내가 멈추고 싶지가 않았는데 이반이 내게서 세발자전거를 뺏어 가더니 자기 하루 일과를 마쳤다. 그다음 날 다시 우리의 놀이가 시작되었고 그다음 날들에도 반복되었으며 하루는 내가 자발적으로 세발자전거에 올라앉는 일까지 있었다. 원리를 이해한 다음부터는 그것을 타는 시간은 나에게 특별히 어렵거나 하지는 않았다.

그렇지만 나는 세발자전거와 더불어 끔찍한 경험을 하나 했다. 어느 날 아침 이반은 끔찍한 악취를 풍겼는데 그것은 향수와 보드카의 구역질 나는 잡탕 냄새였다. 나는 배신당하고 짓밟힌 느낌이 들었고 그래서 자전거를 이반에게 던졌다. 그는 자전거를 잽싸게 피하더니 나에게 소리를 질러 댔다. 그의 두 팔은 독립된 바퀴인 양 공중에서 빙빙 돌았다. 이번에는 각설탕은 없었다. 그 대신 채찍질이 있었다. 내가 이 세상의 행동은 세 가지로 나눌 수 있다는 것을 깨닫기까지는 오랜 시간이 걸렸다. 첫 번째 범주에 속하는 행동을 하면 각설탕을 받았다. 두 번째 범주에 대해서는 아무것도 없었다. 각설탕도 채찍질도 아무것도 없었다. 세 번째 범주의 행동에 대해서는 채찍질로 아주 확실한 보답을 받았다. 나는 새로운 행동들을 항상 이 세 가지로 나누어 분류했다. 집배원이 우편물을 분류하듯이 말이다.

이 말로 나는 자서전의 한 부분을 끝냈고 원고를 바다사자에게 가지고 갔다. 바깥에는 상쾌한 바람이 불고 있었지만 그 출판사의 공기에서는 소련 담배의 냉랭한 냄새가 났다. 나는 그의 책상에서 뼈가 수북이 담긴 접시를 보았다. 아마도 닭 날개 뼈인 듯했다. 그 뒤에는 바다사자가 앉아 있었고 작은 새가 부리를 움직이듯 이쑤시개를 아주 능수능란하게 움직이고 있었다. 나는 글자들이 촘촘하게 죽 서 있는 내 원고를 그에게 후식으로 제공했다. 그는 원고를 게걸스레 먹더니 목쉰 기침을 하고 다음에는 하품을 하면서 말했다. "너무 짧잖아. 더 많이 써 가지고 와!" 나는 그의 오만한 음성에 발끈했다. "얼마만큼 길게 쓸지는 오로지 나만이 결정할 수 있는 문제야. 더 많이 써 오면 당신은 도대체 무엇을 줄 수 있는데?" 왕년의 서커스 스타로서의 내 자존심이 확 돌아왔다. 바다사자는 당황했고 아마도 내가 그

43

에게 뭘 요구할 수 있을 것이라고는 예상하지 않은 듯 보였다. 그는 떨리는 손가락으로 서랍 중의 하나를 열어 초콜릿 하나를 집더니 내게 건네준 다음 주석 하나를 날렸다. "이건 동독에서 만든 정말 끝내주는 물건이야. 나는 단것을 먹지 않아. 그러니 네가 가지도록 해." 나는 그의 말을 하나도 믿지 않았다. 왜냐하면 초콜릿을 덮고 있는 금속 무장 같은 포장지의 색깔은 도무지 동독 것이라고는 믿을 수 없는 방식으로 반짝였기 때문이다. 아마도 바다사자는 그의 서방 인맥을 통해서 그 초콜릿을 얻었을 것이다. 나는 너를 고발할 수도 있어! 그러나 나는 모든 것을 다 알고 있다는 내색을 하지 않고 초콜릿을 포장지까지 합해 반으로 나누었다. 매력적이면서 카카오의 흑진주 같은 맨살이 드러났다. 그렇지만 안타깝게도 이 초콜릿은 내 입맛에는 좀 썼다. "당신이 더 많이 써 오면 초콜릿을 더 많이 받게 될 거야. 뭐, 솔직하게 말하면 쓸 게 더 있나 싶기는 하지만." 바다사자는 다시 바쁜 출판인의 가면을 쓰고는 자기 정신이 서류 더미로 스멀스멀 기어 들어가게 만들었다.

나는 그의 싸구려 자극에 열을 받은 나머지, 집으로 뛰어가 책상으로 바로 돌진했다. 사람들은 화가 날 때 쉽게 생기는 열불을 텍스트를 생산하는 데 잘 이용할 수 있다. 그러면 보통 때라면 다른 곳에서 가져와야 하는 에너지를 절약할 수 있는 것이다. 이 화라는 장작은 그 어떤 숲에서도 구할 수 없다. 그래서 나를 화나게 만드는 사람들에게 고맙다. 아마도 내가 손가락에 힘을 너무 주었나 보다. 내 만년필의 끝은 더 이상 버티지를 못하고 구부러졌다. 산처럼 파란 몽블랑-피가 솟구쳐 나왔고 내 하얀 배를 적셨다. 열이 나서 옷을 완전히 벗고 있었던 것은 내 실수였다. 작가로서 절대로 벌거벗고 일해서는 안 되는 것이다. 나는 몸을 씻었지만 잉크 얼룩은 지워지지 않았다.

나는 끝자락에 레이스가 달린 여자 옷 입는 법을, 아니 입고 견디는 법을 배웠다. 나는 적어도 그 옷을 몸에서 찢어발기지는 않았다. 그리고 머리에 커다란 리본을 매는 것도 참을 수 있었다. 이반은 내가 여자니까 그런 것은 참아야 한다고 말했다. 나는 각설탕과 달리 그의 논리는 꿀꺽 삼킬 수 없었다. 내 머리에는 천 조각 여러 개가 붙어 있었다. 그것도 마찬가지로 나에게 점점 거슬리지 않게 되었고 공포를 자아내는 스포트라이트 불빛들도 내게는 더 이상 당황스럽지 않았다. 나는 북적거리는 사람들 무리를 눈앞에서 볼 때에도 평정심을 잃지 않았다. 팡파르가 나의 등장을 알렸고 나는 밝은 빛을 받은 무대 위를 세발자전거를 타고 돌아다녔다. 레이스가 달린 여자 옷이 내 엉덩이를 감싸고 있었고 이마에서는 커다란 리본이 펄럭거렸다. 나는 세발자전거에서 내려 이반에게 오른쪽 앞발을 내밀어 흔들었고 그다음에는 공 위에 올라가서 한동안 몸의 균형을 잡았다. 쏟아지는 박수 세례 속에서 나는 물이 샘에서 솟아 나오듯이 이반의 손바닥 위에 놓인 각설탕을 보았다. 혀 위의 달콤한 맛, 그리고 관객의 땀구멍에서 올라오는 기쁨의 증기는 나를 취하게 만들었다.

나는 일주일 동안 이 부분까지 글을 쓰느라 애를 썼다. 그러고는 다시 바다사자를 찾아갔다. 그는 내 원고를 게걸스레 읽었지만 그때 무심한 표정 짓는 것을 잊지 않았다. 마지막에 그는 아주 쌀쌀맞은 주석을 달았다. "혹시 우리 회사 제작 부서에 여력이 생기면 당신 원고를 출판해 주지." 그다음에 그는 다시 서방의 초콜릿을 하나 내 앞발에 쥐여 주고 마치 자기의 생각을 나에게 감추려는 듯 몸을 돌렸다. "우리 회사는 원칙적으로 작가에게 인세를 주지 않아. 돈이 필요하면 작가연맹에 회원으로 등록하도록 해."

하루는 회의에 참석하러 비행기를 타고 리가에 갔다. 거기에서 나는 몇몇 참가자들이 곁눈질로 나를 살펴보고 있음을 알아차렸다. 내가 잘 아는 흔한 불신의 시선이 아니고 뭔가가 달랐다. 내가 맡는 공기도 뭔가 심상치 않았다. 혹은 내가 뭔가를 놓치고 있는 것이 분명했다. 쉬는 시간에 몇몇 사람들이 삼삼오오 모여서 서로 속삭여 댔다. 내가 한 그룹에게 다가갔을 때 그들은 바로 에스토니아어로 이야기를 시작해서 나는 한 마디도 알아들을 수가 없었다. 나는 복도로 피해 창가에 서 있었다. 안경을 쓴 남자가 친근한 척 내게 다가오더니 말을 걸었다. "선생님 작품을 읽었습니다." 다른 남자가 그 말을 같이 듣고는 약간 상기된 얼굴을 하고 내게로 왔다. "선생님께서 쓰신 글들을 엄청나게 재미있게 읽었습니다. 속편이 나오기만 기다리고 있고요." 그 남자의 부인인 듯한 여성이 그의 옆자리로 가더니 나를 다정한 얼굴로 바라보고는 남편에게 이야기를 했다. "당신은 참 운이 좋아요. 작가님과 직접 대화를 나눌 수 있으니까 말이에요." 짧은 시간에 사람들의 무리가 나를 둘러쌌다. 나는 바다사자가 아무 말도 없이 잡지에 내 자서전을 실었다는 사실을 천천히 이해할 수 있었다. 나는 이건 용서할 수 없는 일이라고 생각했다.

회의는 예상보다 일찍 끝났고 나는 당장 번화가의 책방으로 달려가서 잡지에 대해 물어봐야겠다는 것 말고는 아무 다른 생각을 할 수 없었다. 잡지 판매원은 요즘 다들 이야기하고 있는 바로 그 잡지의 최신 호를 말한다면 그건 이미 다 팔렸다고 일러 주었다. 그런데 그는 나를 머리에서부터 무릎까지 죽 훑어보더니 귀띔을 해 주었다. "저 맞은편 극장에서 사람들이 매일 안톤 체호프의 〈갈매기〉 공연을 하는데요. 트레블레프 역을 맡은 배우가 방금 전에 그 잡지를 한 부 사 갔어요. 그는 오늘 저녁에 나와요."

내가 그 책방에서 급하게 극장으로 길을 건너가서 닫힌 유리문을 아주 세차게 두드려 댔더니 유리문에 금이 가고 말았다. 운 좋게도 그때 딱 한 사람 빼놓고는 나를 본 사람이 없었다. 그는 포스터에도 나오는 찌그러진 표정을 짓는 젊은 남자였다. 그는 나에게 오른쪽 눈으로 윙크를 했다. 그것도 나를 빼놓고는 아무도 본 이가 없다.

극장 바로 옆에 공원이 하나 있었다. 나는 크바스* 한 잔을 마시고 간이매점의 바깥벽에 마치 벽지처럼 도배를 해 놓은 신문들을 보면서 시간을 보낼 수 있었다. 공연이 시작되기 정확히 한 시간 전에 나는 극장으로 되돌아갔다. "트레블레프와 이야기하고 싶습니다"라고 내가 매표소 여직원에게 말했다. "공연이 한 시간 후에 시작되어요. 그래서 이제 아무도 만날 수 없어요." 그것은 간단한 그리고 꾸미지 않은 거절의 말이었다. 내게는 공연 표를 사서 옆 공원에 가 크바스 한 잔을 더 마시는 것 말고는 아무 떠오르는 생각이 없었다. 한 시간이 지나갔다. 나는 자랑스러운 얼굴로 공연장 앞문으로 들어가서 관객석에 자리를 잡았다. 모든 것이 내게 새로웠다. 서커스 노동은 나라는 사람의 전부를 요구했고 나는 다른 사람의 무대를, 그것도 관객석에서 볼 생각을 한 적이 없었다. 그뿐만 아니라 연극 세계와 서커스의 세계는 아주 두꺼운 장벽으로 분리되어 있었다. 마치 동구권이 서방세계와 분리되듯 말이다. 먹어 본 적도 없으면서 채소 먹기를 꺼리는 어린아이처럼 연극을 거부했던 것은 나의 실책이었다. 연극에는 배울 점이 아주 많았다. 예를 들어 어떻게 공연의 템포를 조절하는지, 또 어떻게 멜랑콜리를 유머와 결합시키는지 등등 말이다. 내가 서커스 무대에 설 당시에 그런 것들을 알았더라면 나는 더 자주 연극을 보러 갔었을 것이다.

공연은 멋졌고 특히 무대 위의 죽은 갈매기가 내 입맛에 아주 딱 맞아 보였다.

공연이 끝나고 화장 분 냄새가 풀풀 나는 공연자 대기실로 갔다. 벽에 나란히 붙은 거울 앞에는 색색의 화장 도구들이 흩어져 있었다. 배우들은 아직 돌아오지 않았다. 나는 내가 찾던 잡지를 발견해 집어서 급하게 뒤적이다가 드디어 내가 쓴 글을 찾아냈다. 글에는 심지어 제목도 달려 있

---

* 호밀을 발효시켜 만든 러시아 전통 음료.

었다. 그렇지만 나는 제목을 주었거나 아니면 제목을 하나 달라는 요청을 그에게 받은 기억이 없었다. 「내 눈물에 대한 박수갈채」라는 싸구려 제목을 단 것은 틀림없이 바다사자일 것이다. 게다가 시건방지게도 거기에다가 '1화'라고까지 붙여 놓았다. 그는 작가에게 물어보지도 않고 후속 편이 나온다고 예고를 한 것이다! 그가 자신의 권한을 아주 넓게 써먹은 것이다.

복도에서 뒤섞인 목소리들이 들려왔고 장미 향수와 엉긴 배우들의 땀 냄새가 났다. 여자 배우들과 남자 배우들은 공연자 대기실 한가운데 내가 서 있는 것을 보고 엉덩이를 갑작스레 뒤로 뺐다. 나는 잡지를 높이 쳐들고는 "저는 이 글 「내 눈물에 대한 박수갈채」의 작가입니다"라고 알렸다. 그것은 딱 맞지는 않은 변명처럼 들렸지만 그래도 효과는 있었다. 배우들의 굳은 얼굴에서 경악의 표정이 사라지고 그 자리에 존경의 빛이 나타났다. 이 변화는 처음에는 입 주변에서 나타났다가 점차 위쪽으로 이마에까지 올라갔다. 그들의 눈썹은 마치 아양을 떠는 것처럼 움찔거리기 시작했다. 제발, 제발, 제발, 여기 좀 앉아 보세요. 그들은 나에게 초라한 둥근 의자를 내주었다. 내가 몸무게의 일부를 얹자마자 의자에서는 부서지는 듯한 소리가 났다. 나는 그 의자를 포기했다. "서명을 부탁드려도 될까요?" 내게 그걸 물어본 사람은 트레블레프였다. 그의 체취는 비누와 땀과 정자가 뒤범벅된 것이었다.

그날 밤에 나는 모스크바로 돌아와서 익숙한 내 침대의 냄새 속에서 이제 나는 작가가 된 것이고 이 길은 되돌릴 수 없다고 생각했다. 잠은 내게서 멀리 가 버렸고 꿀을 넣은 한 대접의 따뜻한 우유도 별 도움이 되지 않았다. 아이였을 때 나는 항상 일찍 자러 가서 다음 날 아침 제때 일어나 연습을 해야 한다는 강박관념을 갖고 살았다. 아이이기 전에는 내게도 시계가 똑딱거리지 않던 시절이 있었다. 나는 달을 바라보았고 내 가죽에 떨어지는 햇빛을 느꼈고 밝음과 어두움이 미묘한 시차들을 두고 천천히 교대하는 것을 정확하게 알아차릴 수 있었다. 잠이 들거나 일어나는 것은 나 한 개인의 일이 아니라 자연의 일이었다. 그러나 어린 시절이 시작되면서 이러한 자연은 끝이 났다. 나는 어린 시절 이전에 나에게 무슨 일이 있었는지를 밝혀내고 싶었다.

익숙한 침대에 누워 천장을 뚫어지게 보다가 나는 거기에서 새우 한 마리를 발견했다. 이 새우는 실제로는 그냥 얼룩에 불과했다. 새우와 비슷한 점이 없었음에도 트레블레프의 좁은 얼굴도 떠올랐다. 그는 다가오는 날들에, 주들에, 달들에, 해들에 계속 무대 위에서 연기를 하고 또 누군가와 사랑에 빠지고 언젠가는 죽게 될 것이다. 그러면 나는? 나는 그보다 일찍 죽을 것이다. 그러면 바다사자는? 그는 아마도 나보다 더 일찍 죽을 것이다. 생명체들이 모두 죽은 후에 이 공간에는 우리의 이루어지지 않은 소망들과 아직 하지 않은 말들이 우리 없이 계속 떠돌아다닐 것이고 서로 섞이고 마치 안개처럼 땅 위에 머물게 될 것이다. 이 안개가 살아 있는 사람들의 눈에는 어떻게 보일까? 그들은 더 이상 죽은 사람들을 기억하지 않을 것이고 '오늘은 안개가 끼었네, 그렇지?'라고 통속적인 날씨 대화나 계속하게 될 것이다.

내가 일어났을 때에는 벌써 정오가 다 되어 있었다. 나는 바다사자가 한참 일하고 있을 때 찾아가 그를 놀라게 했다. "당신 잡지의 최신 호를 줘 봐!"―"이제는 남은 것이 없어. 다 팔렸다고!"―"당신은 내 자서전을 인쇄했잖아!"―"그럴 수도 있지."―"왜 그럼 그 잡지를 나에게는 안 보냈어?"―"당신도 알다시피 우편으로 보내면 검열을 당할 수도 있잖아. 나는 당신에게 직접 갖다 주려고 했었어. 그렇지만 보다시피 나는 항상 너무 많은 것들을 귀로 듣고 있고 당신에게 주려고 남겨 놓은 한 부마저도 어찌어찌 없어져 버렸어. 당신은 당신 글을 또 읽을 필요가 없잖아. 당신이 뭘 썼는지 당신이 다 아는데 뭐, 그래 안 그래?" 그의 얼굴에는 양심의 가책이라고는 한 방울도 보이지 않았다. 왜

안 그렇겠는가. 그의 말이 옳았다. 나는 내 글을 또 읽을 필요가 없었다.

"그리고 2화를 늦어도 다음 달 초까지 보내 줘야 해. 마감일 넘기지 말고"라고 말하고는 헛기침을 했다. "왜 나에게 미리 물어보지도 않고 당신이 연재물이라고 알린 거지?"—"그렇게 재미있는 이야기를 끝까지 다 하지 않는다면 정말 애석하지, 안 그래!" 그의 아부하는 말들이 잠시 나의 마음을 가라앉혀 주었지만 그다음에는 그가 내게 용서받을 수 없는 짓을 했다는 것이 다시 떠올랐다. "당신은 신체 구조상 내가 눈물을 흘릴 수 없다는 걸 잘 알고 있을 텐데. 도대체 이 말도 안 되는 제목은 다 뭐야?" 바다사자는 마치 새로운 거짓말 빵을 만들어야 하는데 거기에 적합한 반죽을 찾는 것처럼 두 손을 비벼 댔다. 나는 공격을 이어 갔다. "기분에 따라 그런 제목을 함부로 붙이지 말라고! 적어도 단어의 뜻은 생각해 봐. 눈물은 인간의 감상에 속한 거라고. 나에게 정말 중요한 것은 얼음과 눈뿐이야. 얼음과 눈을 녹여 당신이 눈물을 만들면 안 되는 거지." 바다사자는 찡그리더니 수염을 만지작거렸다. 이 사건에서 어떻게 자기에게 유리하게 국면을 전환시킬까에 대한 묘안이 드디어 떠오른 듯했다. "당신은 눈물이라는 단어를 듣자마자 당신 눈물일 것이라고 착각한 거지. 그렇지만 이 세상은 당신 주위를 도는 것이 아니야. 당신이 아니라 독자들이 눈물을 흘리는 거야. 당신은 눈물을 흘리지 말고 마감 시간이나 지켜." 나는 그의 오만한 말에 주눅이 들어서 네발이 퇴화된 강치가 된 것 같은 느낌이 들었다. 그때에만 해도 나는 적을 공격할 수 있는 아주 강력한 제어장치와 주행 장치를 갖고 있었다. 바다사자는 나에게 마지막 말을 던졌다. "자 이제 당신의 두루마리를 펼쳐서 끝까지 이야기를 다 한 거야? 그럼 집에나 가 보셔. 나는 할 일이 많다고." 그의 따귀를 때리는 대신 나는 달콤한 냄새를 불러일으키는 혀를 그 앞에 내밀었다. "참 그런데 말이야, 당신이 나에게 선물한 서방의 초콜릿은 나쁘지 않았어. 서방 쪽의 연줄이 좋은가 봐?" 바다사자는 자기가 맡은 역할에서 굴러떨어져 나와 떨리는 손가락으로 서랍에서 초콜릿 한 개를 꺼내더니 내게 던져 주었다.

집에 와 문을 닫자마자 나는 책상으로 달려갔다. 나는 여전히 화가 나 있었고 창작 욕구가 덫처럼 발목을 잡아서 나를 놓아주지 않았다. 중세에는 숲에서 곰을 산 채로 잡으려고 덫을 설치하는 바다사자 같은 인간들이 존재했었다. 그들은 곰들을 잡아 꽃으로 단장시켜 거리에서 춤을 추게 만들었다. 사람들은 좋아했고 박수를 치며 열광하다가 동전들을 던져 주었다. 기사들과 수공업자들은 곰을 경멸했던 것 같다. 왜냐하면 곰들은 민중에게 애교를 떨고 아부를 하고 굽실거리면서 그들에게 예속된 거리의 악사들처럼 보였기 때문이다. 그렇지만 곰들은 이 일을 다르게 받아들였다. 곰은 민중들과 다 같이 동시에 환각의 세계로 들어가고 싶었거나 춤과 음악으로 유령들이나 죽은 자들과 소통하고 싶었던 것이다. 곰은 누가 민중이고 도대체 애교가 무엇인지도 몰랐다.

나는 아이였을 때에도 매일 무대에 섰다. 하지만 내 무대 외에는 다른 공연이 무엇이 있는지를 몰랐다. 때로 나는 사자들이 내지르는 소리도 들었지만 그들이 무대 위에서 어떻게 행동하는지는 본 적이 없었다.

이반 말고도 여러 사람들이 나를 위해 일해 주고 있었다. 그중의 한 명은 얼음덩어리를 가져와 바닥에 던져 주었고 다른 사람은 밥 먹은 그릇 설거지를 해 주었다. 내가 잘 때면 사람들은 나지막한 목소리로 이야기하거나 발끝을 들고 다녀서 내가 깨지 않게 해 주었다. 나는 그것들을 즐겼다. 왜냐하면 자고 있을 때에도 나는 모든 것을 즉각 알아채기 때문이다. 예를 들어 작은 생쥐 한 마리가 같은 방의 다른 끝에서 벨벳 장갑으로 자기 입을 닦고 있는 것도 말이다. 이반과 다른 사람들의 몸은 체취가 너무나 강해서 내가 아무리 깊은 잠에 빠져도 내 코는 그 사람들이 와 있다는 것을 도대체 모를 수가 없었다.

오감 중에서 후각이 내게는 가장 믿을 만한 감각이었다. 그것은 오늘날까지도 그렇다. 내가 뭔가를 듣는다고 해서 그 목소리의 주인공이 언제나 거기 와 있다는 것을 의미하지는 않는다. 축음기나 라디오도 사람 목소리를 재생할 수 있기 때문이다. 내 시각도 마찬가지로 믿을 수가 없다. 속을 빵빵하게 채워 놓은 헝겊 인형 갈매기도 있고 사람이 곰 가죽을 뒤집어쓸 수도 있는데 이들은 내 두 눈을 속이려는 빈 껍데기에 지나지 않는다. 그렇지만 후각은 그렇게 쉽게 속일 수 없다. 나는 누군가가 담배를 피우든지, 양파를 먹든지, 새로운 가죽신을 신든지, 생리를 하든지 모든 냄새를 다 맡을 수 있다. 향수의 향기로는 땀이나 겨드랑이 냄새 혹은 마늘 냄새를 감출 수 없다. 오히려 정반대다. 향수는 그 냄새들을 더 강조할 뿐인데 사람들은 그걸 하나도 모르고 있음이 틀림없다.

설원이 내 시선을 덮는다. 아주 멀리까지 둘러보아도 하양 이외의 색은 없다. 내 위는 비어 있고 허기는 안으로부터 위를 찌른다. 그리고 나는 곧 눈쥐의 냄새를 맡는다. 눈쥐는 보이지 않게 막 땅 밑에 터널을 뚫고 있다. 터널은 그다지 깊이 있지 않고 나는 눈의 바닥 쪽으로 코를 누른 채 이리저리 이

동하는 쥐의 냄새를 쫓아간다. 아무것도 보이지는 않지만 지금 어디에 있는지는 쉽게 알 수 있었다. 여기에 쥐가 있네! 하고. 자 이제 공격이다! 나는 깨어 일어났다. 앉아 있는 내 앞의 하얀 평면은 설원이 아니고 아무것도 쓰이지 않은 원고지였다.

내 망막은 나의 첫 번째 언론 인터뷰를 잘 기억하고 있다. 그 인터뷰 때 사진기의 플래시가 5초마다 터져 내 망막을 찔러 댔다. 이반은 정장을 입고 돌처럼 딱딱해져 굳어 있었다. 그 정장은 어깨뿐 아니라 가슴에도 볼륨 패드를 집어넣은 것이었다. 보통 때의 서커스 공연과 달리 그 홀에는 열 명 정도만의 관객이 있었다. "정신 똑바로 차려. 지금 이건 언론 인터뷰라고." 이반은 '언론 인터뷰'라는 낯선 단어를 나의 귓속에 집어넣어 주었다. 우리는 연단 위에 나란히 얌전하게 앉아 있었다. 국지 호우가 쏟아지듯 우리에게 카메라 플래시가 다시 한번 마구마구 쏟아졌다. 이반의 다른 편에는 그의 보스가 앉아 있었고 머리카락 냄새와, 비겁하면서도 동시에 사디즘 냄새를 풍기는 손가락 운동 때문에 나는 공격적이 되어 갔다. 그가 내 가까이 있었더라면 나는 송곳니를 보였을 것이다. 그는 분명하게 나의 반감을 알아차리고 결코 내 곁으로 오지 않는 듯했다.

"서커스는 노동자 계급의 최고의 오락입니다. 왜냐하면……" 보스는 자기의 허약한 연설에 뭔가 비중 있는 기름기를 보태려는 의도를 분명히 했으나 기자들의 다음과 같은 질문으로 인해 그것은 바로 중단되었다. "혹시 맹수에 물려본 적이 있나요?" 보스는 이러한 질문에 대한 답은 준비해 두지 않고 있었다. 그러면 이러한 질문에 계속 답을 해야 하는 것은 이반이었다. 질문들은 화려한 종이 가루처럼 그에게 떨어졌고 그를 당황하게 만들었다. "곰의 말을 할 수 있다는 것이 사실입니까?"—"곰이 어떤 사람의 마음을 훔쳐가면 그 사람은 일찍 죽는다는 건 단지 미신이라고 생각합니까?" 이반은 다음처럼 알아들을 수 없는 단어들을 말했다. "음, 에 또, 저는, 어떻게든, 죄송합니다, 한마디로 말하면, 오, 그게 그 뜻은 아니고……" 그가 대답을 제대로 하지 않았음에도 불구하고 그다음 주에 우리 나라뿐 아니라 폴란드와 동독에서도 우리에 대한 신문 기사가 크게 났다.

나는 인정해야만 한다. 작가가 됨으로써 바로 그 때문에 내 인생이 달라졌다는 것을. 더 정확하게 말하자면 내가 나를 가지고 뭘 만든 것이 아니라 내가 쓴 문장들이 나를 가지고 작가로 만들었고 그것은 아직 이야기의 끝이 아니다. 어떤 결과는 다른 결과를 낳는다. 그리고 나는 그 이전에는 있는 줄도 전혀 몰랐던 어떤 장소로 떠밀려 갔다. 글을 쓴다는 것은 굴러가는 공 위에서 춤을 추는 것보다 더 위험한 곡예라 할 수 있다. 공 위에서 춤을 추는 것은 뼈를 깎는 힘든 노동이라고 할 수 있는데 사실 나는 공 위에서 춤을 추다가 뼈를 부러뜨린 적도 있었다. 그렇지만 결국 나는 목표를 달성했다. 나는 결국 내가 굴러가는 물체 위에서 균형을 잡을 수 있다는 데 확신을 갖게 되었지만 글을 쓰는 것에 대해서는 똑같이 이야기할 수 없다. 글을 쓰면 그 공은 어디로 굴러갈까? 이 공은 똑바로 굴러서는 안 된다. 그러면 공은 무대 아래로 굴러떨어질 것이다. 내 공은 나 자신의 축을 따라 구르면서도 동시에 무대의 중앙 주위를 굴러가야 했다. 마치 지구가 태양 주위를 도는 것처럼 말이다.

글을 쓰는 데는 사냥을 할 때만큼 에너지가 많이 필요하다. 먹잇감의 냄새가 나면 그때 내가 느끼는 첫 번째 감정은 절망이다. 내가 과연 먹잇감을 잡는 일을 제대로 해낼수 있을까?, 라는 절망. 아니면 또다시 실패하게 될까? 이러한 불안감은 그러나 사냥꾼의 일상에 속한다. 허기가 너무 심하면 나는 사냥을 할 수 없다. 가능만 하다면 나는 사냥을 가기 전에 일류 레스토랑에 가서 3단계 코스 요리를 먹고 싶었다. 그 외에도 큰 사냥이 있기 전에 매번 내 팔다리에 충분한 휴식 시간을 주고 싶었다. 내 조상들은 겨우내 잘 보호된 그들의 동굴 속에서 잠을 잤다. 내가 적어도 1년에 한 번만이라도 은거할 수 있다면 얼마나 좋을까? 진정한 겨울은 빛이나 소리나 노동이 없어야 한다. 대도시에서 겨울은 점점 축소되었고 그럼으로써 삶의 반경도 축소되었다.

내 첫 언론 인터뷰에 대한 기억은 분명하게 마치 그림으로 그린 듯 내 뇌 속에 남아 있고 전혀 빛바래지 않았다. 그러나 그 뒤의 시간이 어떻게 흘러갔는지는 아무것도 기억나지 않는다. 일이 하나 끝나면 다른 일이 연달아 생겼다. 10년 동안이나 나는 겨울도 없이 뜨거운 열기 속에서 일만 했다. 나에게 과중한 짐이었고 나를 아프게 했던 것들은 모두 다 성공 경력을 위한 비료가 되었다. 그래서 나에게 아무런 기억이 없다.

나의 레퍼토리가 확장되었고 단어장도 점점 커져 갔지만 도대체 무대예술이 무엇인지를 처음 알았을 때만큼 그렇게 크고, 그렇게 환하게 밝혀 주는 놀람은 더 이상 없었다. 언제나 다시 새로운 프로그램들을 연습해야 했다. 나는 새롭고 어려운 과제를 맡을 때마다 작업이 단조로워 하는 일에 자부심을 느낄 수 없는 공장노동자 같은 기분이었다. "서커스 일은 벨트컨베이어 작업같이 느껴졌습니다." 나는 이러한 견해를 예전에 「노동자 계급의 자부심」이라는 회의에서 밝힌 바 있다.

바다사자는 이 원고를 읽더니 말했다. "당신은 글에서 정치 비판 따위는 하지 않는 편이 좋겠어. 그리고 당신 철학에도 신물이 나. 독자들은 당신이 어떻게 야생성을 잃지 않으면서도 어려운 무대예술을 익혔는지가 알고 싶은 거야. 그리고 그때 당신이 어떤 느낌이 들었는지도. 중요한 건 당신 경험이지 당신 생각이 아니야." 왜인지는 정확히 모른다. 그러나 그의 의견은 나를 화나게 만들어서 돌아오는 길에 국영 시장에 들러 꿀을 한 병 사서 탁 손바닥으로 한 번에 쳐서 단숨에 먹어 치워 버렸다. 그 이후로 나는 더 이상 정치 이야기는 쓰지 않는다. 무엇이 정치적이고 무엇이 아닌지는 잘 모르지만 말이다.

사람들은 내가 곡예 재능을 타고났다고 생각할 수도 있다. 그렇지만 나는 열심히 연습을 해서 내 능력을 최고조로 높인 것이고 그 결과를 관객들에게 자랑스럽게 내보인 것이다. 그러니 재능이라는 해석은 전혀 맞지가 않는 말이다. 나에게는 직업 선택의 자유가 없었을 뿐만 아니라 내가 가진 재능에 대한 그 어떤 질문도 없었다. 나는 세발자전거를 탔고 그 대가로 각설탕을 받았다. 내가 그러는 대신에 세발자전거를 구석에 처박았더라면 대가는 먹을 것이 아니라 채찍질이었을 것이다. 이반으로서도 다른 선택권이 없었다. 서커스단에 소속된 것은 아니지만 가끔 와서 우리를 위해 연주를 해 주었던 피아니스트조차도 지금 자기가 피아노를 칠 기분인지 아닌지에 대하여 스스로 물어본 적이 없는 게 거의 확실하다. 날마다 우리 모두는 막다른 골목으로 가도록 강요받았고, 살아남기 위해서 때로 우리에게 최대한의 도전일 수도 있는 최소한의 무엇을 한 것뿐이다. 나는 이반의 폭력의 희생양이 아니다. 내가 무대 위에서 보여 주었던 몸짓의 그 어느 것도 남아돌거나 불필요한 것은 없었다. 다시 말해 그것은 절대로 낯선 사람의 폭력의 결과는 아니라는 것이다.

인생에서 우리는 선택권이 없다. 삶이라는 것에 비추어 보면 우리가 할 수 있는 것은 착각하는 만큼 그렇게 많지는 않다. 그러나 이 얼마 안 되는 것조차도 백 퍼센트로 자신 있게 해낼 수 없다면 우리는 살아남을 수 없다. 그리고 이러한 기본 원칙은 풍요 사회에서 응석받이로 편하게 살아가는 젊은 사람들에게도 그다지 다를 것이 없다.

나의 육체적 능력이나 이반의 추진력, 관객의 관심 중 그 어느 것 하나라도 조금이라도 모자랐다면 우리의 무대예술은 와르르 무너져 내렸을 것이다.

　일을 대충 적당히 해치우는 출판사 사장 때문에 빨리 출
판된 내 글은 러시아어를 할 줄 아는 외국 사람들의 관심도
끌게 되었다. 아이스베르크*라는 이름의, 베를린에 사는 한
러시아 문학 전공자는 나의 첫 번째 글을 독일어로 번역하
여 문학잡지에 실었다. 이 번역본은 꽤 명망 있는 독일 신
문에서 상당히 좋은 평가를 받으며 화제가 되었다. 출판사
의 우편함에는 다음 화를 문의하는 독자들의 편지가 쇄도
하였다. 베를린에서 1화가 출간되는 것과 동시에 모스크바
에서는 2화가 출간되었다. 원본과 번역본은 서로 손을 맞
잡고 푸가 춤을 추기 시작했다. 나에게 이것은 푸가라는 고
상한 음악 형식보다는 마치 '쥐와 고양이' 놀이처럼 보였
다. 고양이에게 잡히지 않으려면 쫓기는 쥐 신세인 나는 언
제나 더 빨리 뛰어야 했다.

　내 글을 불법으로 출판한 것은 아이스베르크가 아니다.
바다사자가 내게 묻지도 않고 아이스베르크에게 내 글의
번역권을 판 것임에 틀림이 없다. 그래서 이 글은 서방의
화폐로 변신하였고 바다사자의 바지 호주머니 속으로 사라

* 독일어로 '얼음 산'이라는 뜻.

졌다. 집 관리인이 이 사태의 밑그림을 내게 다 그려 주고
난 후에 나는 바다사자를 찾아가서 이 일에 대해 해명하라
고 요구했다. 그는 자기는 아무것도 모른다고 주장했다. 그
가 지금 거짓말을 하는지의 여부는 그의 두꺼운 피부를 보
는 것만으로는 알아낼 도리가 없다. 그는 나에게 등을 돌리
고 더욱 오만한 충고를 했다. "번역권 행사에 대해 요구할
시간이 있으면 그 시간에 후속 글을 쓰는 게 더 나을 거야."

그의 말은 내 위 속으로 들어와서 온통 헤집어 놓았고,
나는 차라리 전부 토해 내고 싶었다. 나에게는 복수에 대한
비열한 계획이 떠올랐는데 비열하다는 생각을 하기는 했지
만 그 계획을 버릴 수가 없었다. 나는 공중전화 박스로 가서
언젠가 나를 보고 찡그렸던 북극성출판사의 건물 관리인에
게 전화해 바다사자가 엄청난 양의 서방 화폐를 숨겨 놓고
있다고 이야기했다. 관리인은 아마도 오래전부터 그 내막
을 잘 알고 있었던 것 같고 자기도 그 나름대로 이득을 취
하고 싶어 했다. 그러나 동시에 이 익명의 전화 자체가 충
성심을 시험하려는 비밀경찰의 전화일 수도 있다고 생각했
다. 그래서 그는 이 전화 통화를 무시하는 일 따위는 하지
않았다. 그러지 않으면 본인이 감옥에 갈 위험이 커지기 때
문이다. 그는 이것을 제일 먼저 바다사자에게 알려 주고 그
다음에 비밀경찰에 가서 밀고했다. 이건 전부 나의 추측이

기는 하다. 그래서 경찰이 바다사자 집을 조사했을 때 외국 화폐는 고사하고 서방의 초콜릿 하나도 찾아내지 못했다.

나중에 나는 오데사에 사는 어떤 여자가 눈처럼 하얀 토요타 자동차를 그리스인 요양객에게서 샀다는 소문을 들었다. 이웃은 도대체 그 여자의 그 많은 서방의 돈이 어디에서 나왔는지 놀랐다고 한다. 그 바로 직전에 바다사자가 오데사에서 목격되었다. 한 증인 말에 의하면 바다사자는 큰 스포츠 가방을 들고 여자가 사는 빌라에 숨어들었다고 한다. 그러자 내 머리에 어떤 장면이 환하게 그려졌다. 바다사자는 번역권을 팔아서 서방의 돈을 엄청나게 가지게 되었고 그걸로 오데사에 사는 자기 정부에게 자동차를 사 줄 수 있었던 것이다.

아이스베르크가 재능 있는 번역가라는 건 그렇지만 나에게 있어서는 큰 불행이었다. 그는 내 곰다운 문장들을 가지고 뛰어난 문학을 만들어 내었고 그것으로 유수한 서방 신문에서 크게 찬사를 받았다. 그러나 그 어떤 비평가도 내 자서전의 문학적 수준에 대해서는 논하지 않았다. 칭찬을 할 때에도 내가 전혀 예상치 못했던 다른 기준들을 적용하였다.

그즈음 서독에서는 서커스단의 동물 착취에 대한 반대 운동이 벌어지고 있었다. 이 운동의 대표자들은 동물 조련이 동물의 인권을 심각하게 침해하고 있다고 주장하였다. 동구권에서는 서방에서보다 박해가 훨씬 더 심하다고도 주장했다. 동구권에 사는 사람들에게 아이코바 박사의 『사랑의 조련』이라는 책이 출판되어 나왔다. 아이코바의 아버지는 동물학자였다. 그 덕에 아이코바는 채찍질을 하거나 겁을 주지 않고도 시베리아호랑이와 늑대들에게 무대예술을 가르칠 수 있었다는 것이다. 그 책은 아이코바와의 인터뷰로 구성되어 있는데 아이코바는 조련사와 동물 사이의 사랑이 물씬 풍기는 관계에 대해 이야기를 하고 있었다. 그여자의 책은 서방 언론인에게는 일련의 후속 반응을 야기했다. '사람이 강제하기 전에 야생동물이 무대예술에 흥미 따위를 가질 리 만무하다. 아이코바는 지속적으로 서방의돈을 뜯어내려는 사회주의의 가상 예술에 불과한 서커스를이런 방식으로 정당화하려는 것이다.' 뿔난 서방 언론의 반응을 요약하면 대체로 위와 같았다. 그리고 그들은 내 자서전을 사회주의가 동물을 학대하고 있다는 증거로 삼았다.

당국이 내 책에 대한 서방의 명성을 인지하기까지는 그리 오래 걸리지 않았다. 그러자 바다사자는 나에게 전보를쳐서 내 자서전은 이제 더 이상 출판되지 않을 것이라고 통보했다. 나는 바다사자에게 화가 났지만 그럼에도 내 글쓰기의 미래에 관한 한 그 어떤 의심의 여지도 없었다. 바다사자가 내 책을 인쇄해 주지 않더라도 나는 글을 계속 쓰고 싶었던 것이다. 어쩌면 더 나은 출판사를 찾을지도 모른다. 나의 곰 손에서 새로운 글줄을 더 뺏어 내려 하던 바다사자의 가시 돋친 말들도 그럼 이제 안녕이다. 나는 이제 그 어느 누구도 더 생각 안 해도 되고 뒤로 물러서서 나의 펜과의 은밀한 관계를 즐길 것이다.

내 인생은 불 꺼진 화로처럼 조용해졌다. 예전에는 가게에서 통조림 몇 개를 사고 있더라도 어김없이 팬들이 나에게 말을 걸었다. 그렇지만 이제 아무도 내게로 오지 않는다. 심지어 주말 시장의 인파 속에서도 아무도 나와 시선이 마주치지 않았다. 모든 시선들은 하루살이처럼 나에게서 떨어져 나갔고 나는 그중 어떤 것도 붙잡을 수 없었다. 그래서 집배원이 보스의 편지를 가져다주었을 때 기뻐했지만 거기에는 상황이 나아질 때까지 사무실에는 얼씬거리지 말라는 말만 쓰여 있었다. 쿠바에서 온 예술가들과 같이 하는 프로젝트에도 더 이상 참여할 수 없었다. 새로운 사람들이 그 일을 맡았다. 회의 초대장들도 더 이상 오지 않았다.

바다사자의 잡지가 이 나라에서 독점권을 갖고 있지 않을 텐데도 이상하게 그 어느 잡지도 나에게 접촉해 오지 않았다. 문학 시장은 다 같이 나를 무시하기로 약속이나 한 듯 보였다. 마치 물이 샘에서 솟아 나오듯 이러한 생각들을 연이어 하다 보니 쓸개가 뒤집혀서 주먹으로 책상을 쾅쾅 내리칠 수밖에 없었다. 아무 생각 없이 한 짓이었는데 나중에야 내가 볼펜을 손에 쥐고 있었다는 것을 알았다. 흐음 그렇지만 너무 늦었다.

볼펜 목은 이미 부러져 버렸고 볼펜 대가리는 책상의 나무살에 가 꽂혀 버렸다. 볼펜의 몸뚱이는 여전히 내 손안에 있는데 말이다.

예전에는 모든 상징적인 행동들은 한마디로 웃기는 짓거리라고 생각했다. 예를 들어 검열에 항의하려고 자기 펜을 부러뜨린 두 발 가진 인간 작가를 나는 그다지 높이 평가하지 않았다. 그러나 이제 나 스스로가 펜을 부숴 버렸다. 위기가 닥치면 펜이 나에게 확고한 지지대가 되어 줄 것이라고 생각했는데 실제 현실에서는 갓난아기 팔처럼 그렇게 쉽게 부러져 버리고 말았다.

하루는 「국제소통장려위원회」라고 밝힌 국내의 한 위원회로부터 전보를 받았다. 그런데 전보문의 첫 질문이 좀 이상했다. '시베리아에 오렌지를 심는 프로젝트에 참여하지 않겠습니까? 당신처럼 유명한 분이 함께하는 것이 매우 중요합니다. 그러면 많은 대중은 우리 프로젝트에 주목하게 될 것입니다.' 내가? 유명한 분? 이 단어들은 내 귀의 안쪽을 편안하게 간질이는, 마치 장미 꽃잎과 같은 단어들이었다. 망설이지 않고 나는 그 프로젝트에 동참하겠노라 했다.

같은 날 조금 뒤에 쓰레기봉투를 아래에 갖다 놓으려고 현관문을 열었는데 우리 집의 여자 관리인이 거기에 딱 버티고 서 있는 것을 보았다. 관리인은 요즘 어떻게 지내느냐고 내게 물었다. 뭔가 핑계처럼 들렸지만 관리인이 마음속에 뭘 감추고 있는지는 알 수가 없었다. "시베리아에 가서 일을 해 볼까 해요"라고 나는 당당하게 말하고 그 명예로운 초대장에 대해 상세하게 설명을 해 주었다. 관리인의 눈썹이 동정심으로 일그러졌다. "그 프로젝트는 추운 지방에 가서 오렌지를 키우는 거래요"라고 오해하지 않도록 덧붙였다. 그러나 내 말 때문에 관리인은 거의 울기 직전이 되어 버렸다. 그녀는 자기 가방을 가슴에 꼭 껴안고 내게 사과했다. 그러고는 지금 할 일이 있어서 당장 가 보아야 한다며 미안하다고 말했다.

나는 시베리아에서도 오렌지가 자랄 것이라고 믿을 정도로 단순하고 낙관적인 편이다. 사람들은 이스라엘의 사막에서도 키위와 토마토를 키워 내지 않았던가? 시베리아에서 왜 오렌지가 자라면 안 된다는 말인가? 그 이유 말고도 만약 누군가가 시베리아에 적합하다면 그건 바로 나일 것이다. 추위는 바로 나의 정열이기 때문이다.

그 이후로 관리인은 나를 피해 다녔다. 내가 밖으로 나갈 때마다 관리인은 계단에서 잽싸게 사라져 자기 집 문 뒤로 숨었다. 그 집 앞을 지나갈 때에도 나는 여러 번 관리인이 커튼 틈으로 나를 지켜보는 것을 알고 있었다. 한번은 뭔가가 필요해서 관리인 집 문을 두드렸지만 마치 안에 아무도 없는 것처럼 행동했다.

내 귀에는 곰팡이가 슬기 시작했다. 아무도 나와 이야기를 하지 않아서다. 혀는 말을 하라고 있는 것만은 아니다. 음식물을 먹는 데에도 사용할 수 있다. 두 귀는 그에 비해서 목소리와 소음을 듣기 위해 존재하는 것이었다. 그런데 내 두 귀는 전차가 내는 쇳소리만을 듣고 살다가 이제 사용하지 않는 기차 바퀴처럼 녹이 슬어 갔다. 나는 사람들의 목소리가 그리워서 라디오라도 하나 사자는 생각에 전자제품 가게로 갔다. 판매원은 내게 그 가게에 있는 라디오는 지금 전부 다 팔렸다고 말했다. 그 말에 나는 차라리 기쁜 마음이 들었다. 그것도 반항심에서 말이다. 내가 그 기계를 사게 된다 하더라도 품질이 너무 조악해서 전차의 쇳소리와도 구별되지 않을 것이다. 집으로 돌아오는 길에 나는 편지지를 사러 문방구에 잠깐 들렀다. 거기에서 나는 가게 주인에게 시베리아-오렌지-프로젝트에 대해 이야기를 했다. 그리고 그에 대한 반응을 즉각 듣게 되었다. "거참 안됐습니다. 그렇지만 뭔가 피할 방법이 있겠지요." 아마도 그때 나는 나 자신에 대한 걱정이나 했어야 했다. 내가 집에 들어가려고 계단을 올라가노라니 관리인이 자기 집에서 나와 아무 말도 하지 않고 쪽지 하나를 건네주었다. 거기에는 내가 모르는 남자의 이름과 주소가 적혀 있었다. 나는 이 남자가 나를 구해 줄 것이라는 걸 바로 알아차렸지만 그렇다고 즉각 행동으로 옮기는 것은 나의 장기가 아니었다. 아무 일도 하지 않은 채 한 주가 더 흘러갔다.

새로운 한 주가 시작되었고 집배원은 헐떡이면서 얼굴이 벌게진 채 내게 등기우편물을 하나 가져다주었다. 그것은 서베를린에서 열린다는 한 국제회의의 초대장이었다. 편지는 건조하고 냉랭한 말투로 쓰여 있었다. 더욱 수수께끼 같은 것은 그 주최자가 내가 회의에 참석하면 1만 달러의 사례금을 지불하겠다는 제안을 한 것이었다. 나는 뭔가 오해가 있나 보다 하고 우편물을 다시 한번 찬찬히 읽어 보았지만 분명하게 그렇게 적혀 있었다. '1만 달러' '서베를린'이라고. 왜 그 사람들이 나에게 그렇게 큰돈을 줄까? 또 특이한 것은 보수를 나 개인에게가 아니라 우리 나라의 작가연맹 계좌로 이체하겠다는 것이다. 나중에 그 모든 것이 다 해명되었다. 그 금전적 제안이 없었더라면 나는 출국허가서를 얻지 못했을 것이다. 모스크바에서 베를린-쇠네펠트 공항까지의 항공권을 포함하여 필요한 서류를 모두 갖추기까지는 2주도 채 걸리지 않았다.

　나는 여행에 챙겨 간 물건이 거의 없었다. 아주 짧은 여행이었으니까. 비행기에서는 플라스틱 녹는 냄새가 났고 좌석도 편치 않았다. 의자들이 아주 좁게 놓여 있었기 때문이다. 비행기는 베를린-쇠네펠트 공항에 착륙하였고 보아하니 하루 종일 나만 기다린 것 같은 경찰관들에게 인도되었다. 그들은 나와 같이 트럭에 올라타고서 어떤 기차역으로 데리고 갔다. 이 역에서 그 사람들은 서베를린으로 가는 우아한 기차에 나를 앉혔다. 국경 감시인이 왔을 때 나는 그에게 가지고 간 서류를 모두 보여 주었다. 기차 안은 이상하게도 텅 비어 있었고 바깥으로는 인적 드문 풍경들이 지나갔다. 이 풍경들은 두꺼운 열차 유리창 때문에 일그러져 보였다. 파리 한 마리가 내 이마와 부딪쳤다. 아니다, 그것은 파리가 아니라 어떤 문장이었다. '나는 망명을 간다.' 갑자기 내 상황이 이해가 되기 시작했다. 분명히 윤곽을 알 수 없는 위험에서 나를 구하기 위하여 누군가가 이 도피 작전을 기획한 것이다. 빨간 뿔테 안경이 내 눈앞에 나타났다. 어떤 여자였다. 아직 젊었는데 한 스무 살이나 되었을까. 그 여자는 나에게 뭔가를 물어보았고 나는 러시아어로

"무슨 말인지 못 알아듣겠어요"라고 대답했다. 그다음에 그 안경 낀 여자는 서투른 러시아어로 내게 러시아 사람인가를 물었다. 물론 아니다. 그러나 내가 누구인지 어떻게 이 여자에게 설명을 해야 하나. 대답을 궁리하고 있을 때 여자가 말을 했다. "아, 네, 당신은 소수민족에 속하는군요. 그렇지 않나요? 나는 소수민족의 인권에 대한 보고서를 쓴 적이 있고 그때 처음으로 좋은 성적을 얻었어요. 그건 정말 잊을 수 없는 아름다운 추억이었어요. 소수민족 만세예요!" 그 뿔테 안경은 내 옆에 앉았다. 내 머릿속은 여전히 이 혼란과의 싸움이 진행 중이었다. 우리 종족이 소수민족이었던가? 물론 우리가 적어도 도시에서는 러시아 사람들만큼 수가 그렇게 많지는 않을지 몰라도, 저기 북극 깊숙이 자연 속으로 들어가면 분명히 우리 종족이 러시아 사람들보다 수가 더 많다. "소수민족들은 참 대단해요!"라고 그 안경은 소리쳤는데 거의 조증 상태에 들어선 듯했다. 그 여자는 나를 가만 놔두지 않고 연이은 질문으로 융단폭격을 가했다. 예를 들어 내가 지금 어디로 가는지 아니면 서베를린에 친구가 있는지를 말이다. 나는 스파이에게나 적합한 이 질문들에 대답을 하지 않았다.

방금 전에 아주 대단한 속도로 풍경 속을 질주했던 플라타너스들은 지금은 지팡이를 짚는 약해 빠진 고령의 노인들처럼 비틀거리기 시작했다. 기차는 미끄러지듯이 거대한 성당 안으로 들어갔고 끼익 쇳소리를 내면서 정차했다.

　기차역은 거대한 서커스 천막이었다. 비둘기 몇 마리가 높은 홰에 앉아서 구구거렸다. 나는 비둘기들이 마술사의 중산모에서 나온다는 것을 알고 있었다. 등에 산더미 같은 짐을 실은 쇠 당나귀가 내 바로 옆으로 지나갔다. 번쩍번쩍 불이 들어오는 마술 칠판에는 계속 새로운 서커스 프로그램 번호가 안내되고 있었다. 지금 막 아주 화려하게 차려입은 여자가 허벅지를 드러내고서 등장했다. 마이크가 관객들에게 스타들의 이름을 안내했다. 누군가가 내 등 뒤에서 휘파람을 불었고 사람처럼 옷을 차려입은 개 한 마리가 나타났다. 좁다란 탁자 위에는 각설탕이 한 무더기 놓여 있었다. 무대예술가에 대한 전통적인 답례품이다.

　방향을 잃고 허공을 헤매는 내 코앞으로 꽃다발이 확 디밀어졌는데 거기에서는 넥타 냄새가 났다. 이어 환영의 인사말이 꽃 사이로 내게 전달되었다. "환영합니다!" 그리고 내 쪽으로 여러 손들이 내밀어졌다. 퉁퉁한 손, 뼈만 남은 손, 좁은 손, 손, 손, 손, 손, 손. 나는 마치 정치가들처럼 내 손을 주었고 그 낯선 손들을 오만하게 꾹꾹 눌러 주었다.

　나는 아직 한 번도 그토록 커다란 꽃다발을 본 적이 없었다. 뭣 때문에 저렇게까지? 나는 아직 아무런 곡예를 보여 주지도 않았는데 말이다. 망명이라는 것은 보상이 주어지는 줄타기 같은 건가? 사전 연습도 없이 생명 줄인 막대기도 없이 줄타기를 하기란 엄청나게 어려운 도전인 것은 사실이다. 하지만 그렇다고 해서 특별히 더 어렵게 느껴지지도 않았다. 나에게 꽃다발을 준 빨갛게 염색한 이 여자는 내게 분명히 뭔가 말을 하려고 했다. 왜냐하면 입이 말하는 것처럼 움직였기 때문이다. 그렇지만 실제로는 아무 말도 하지 않았다. 그 대신에 먹음직한 젖살이 아직도 통통한 젊은 남자가 이야기를 했다. "죄송합니다. 제가 러시아 말을 할 줄 아는 유일한 사람입니다. 제 이름은 볼프강이고요. 만나 뵙게 되어 반갑습니다." 이 사람 옆에는 땀을 뻘뻘 흘리는 남자가 있었는데 그는 오른손에는 깃발을 들고 왼손에는 통통한 여행 가방을 들고 있었다. 그 깃발에는 '시민 단체 카오스KAOS — 시베리아의 오렌지 플랜테이션 농장에 작가를 한 명도 보내지 말자!'라고 쓰여 있었다. 사람들은 모두 반듯하게 다려진 청바지와 잘 닦인 가죽 구두를 신고 있었다. 아마도 이 단체의 유니폼인 듯했다.

나는 그 사람들이 서로 무슨 이야기를 하는지 한 마디도 알아듣지 못했다. 첫 번째 사람이 인사를 하고 가더니 두 번째 사람이 가 버리고 그들의 수가 점점 줄어들었다. 마지막에는 볼프강하고 나만 남아 있었다. "자 이제 가지요."

왼쪽 오른쪽에 높이가 들쭉날쭉한 건물들이 있었는데 모스크바보다는 훨씬 작았다. 많은 건물이 내 눈에는 아주 세심하게 장식한 케이크처럼 보였다. 자동차들은 햇빛에 반짝였고 나는 얼굴을 자동차의 표면에 비추어 볼 수 있었다. 이 도시에서는 남자들이나 여자들이나 다 같이 청바지를 입었다. 바람이 불어서 나에게 포유류 동물의 고기 탄내와 석탄 냄새 그리고 달콤한 향수 냄새를 날라다 주었다.

볼프강은 어떤 건물 앞에 차를 세우고 계단을 올라갔다. 그때 나는 이 새로 페인트칠을 한 건물에 내 집이 있겠거니 하고 생각했다. 내가 냉장고를 열었을 때 정말 꿈에서나 볼 법한 분홍빛 연어의 구불구불한 언덕 풍경이 펼쳐졌다. 종잇장처럼 얇게 저며져 투명한 플라스틱 안에 눌려 있었다. 나는 바로 한 덩어리를 먹어 보았는데 그을음 같은 냄새가 나는 것 빼고는 맛이 그다지 나쁘지 않았다. 어쩌면 어부가 고기를 잡을 때 담배를 많이 피웠을 수도 있다. 이 그을음 냄새가 마음에 들기까지는 시간이 꽤 걸렸다. 볼프강이 주변을 돌아보더니 "집 멋지지요. 그렇지 않아요?"라고 말했다. 나는 집에는 관심이 없었다. 나로서는 냉장고 안에 기어 들어가 거기에서 살 수 있으면 제일 좋을 것이다. 볼프강은 내가 계속 연어만 보고 있다는 것을 알아채고는 웃었다. "보시다시피 우리가 당신을 위해 연어를 잔뜩 구매했습니다. 우선은 그것으로 충분할 겁니다." 그러나 그가 나가자마자 나는 연어를 몽땅 먹어 치웠다.

냉장고 문을 열고 텅 빈 냉장고 앞에 서서 그 차가운 바람을 즐겼다. 그다음 나는 냉장고 가장 아래에 달린 서랍들을 열어 보았다. 그 안은 작고 매력적인 얼음덩어리들로 채워져 있었다. 나는 얼음을 입안에 넣고 깨물어 먹었다.

부엌은 금세 재미가 없어졌다. 나는 다음 방에 들어가 봤는데 거기에는 텔레비전과 의자가 하나 있었다. 나는 엉덩이를 조심스럽게 의자에 올려놓고 천천히 내 무게를 그리로 이동시켰다. 그렇지만 이미 와그작 소리가 나고 의자 다리 하나가 부서져 버렸다. 이 방 뒤에는 욕실이 있었다. 그것은 이동 서커스의 천막들만큼이나 작았다. 나는 얼음처럼 차가운 물로 샤워하고 몸을 말리지 않은 채 욕실에서 나왔다. 방바닥에 바로 커다란 물웅덩이가 생겨났다. 나는 몸을 부르르 털어 물을 떨어내고 침대에 누웠는데 갑자기 깔깔 웃지 않을 수 없었다. 어떤 동화가 생각났기 때문이다. 옛날에 곰 세 마리가 있었는데 메밀죽을 끓여 놓고 산보를 나갔다. 곰들이 집을 비웠을 때 한 소녀가 길을 잃고 집 안으로 들어와 메밀죽을 다 먹고는 의자를 망가뜨려 놓고 침대에 누워 잠이 들었다. 곰 세 마리가 집으로 돌아왔는데 냄비가 비어 있고 의자는 망가지고 침대에서 어떤 소녀가 자고 있는 것을 발견했다. 소녀는 잠에서 깨어 깜짝 놀라서 침대에서 나와 도망쳤다. 곰 세 마리는 너무 화가 나서 말도 못 하고 그 자리에 서 있었다. 나는 이 소녀의 입장이 되었다. 곰 세 마리가 만약 지금 산보를 끝내고 집으로 돌아오면 나는 뭘 어떻게 해야 하지?

그다음 날 곰 세 마리가 아니라 볼프강이 집에 왔다. 내가 새집에서 잘 지내는지를 보려고 온 것이다. "우리 오늘은 좀 어떤가요?"라고 그가 물어 왔다. "나는 곰 동화에 나오는 소녀가 된 느낌이에요."—"어떤 곰이요 곰돌이 푸요? 아니면 패딩턴이요?" 나는 이 곰이나 저 곰이나 다 이름을 들어 본 적이 없었다. "레프 톨스토이의 세 마리 곰요." 볼프강은 "어, 그런 곰은 들어 본 적이 없는데요"라고 말했다.

볼프강과 나 사이에는 얼음으로 만든 장벽이 있었다. 얼음은 겉보기에는 딱딱한 물체 같지만 몸의 온기에 닿으면 금세 녹아 버린다. 나는 내 팔을 볼프강의 어깨에 얹었는데 장난이기는 했지만 꽉 잡았다. 볼프강은 놀랄 정도로 재빨리 내 손아귀에서 빠져나가고는 네모진 얼굴을 만들더니 말했다. "여기에 종이와 만년필을 가져왔습니다. 우리는 당신이 다시 글을 쓰기를 바랍니다. 그리고 글쓰기는 되도록 빨리 시작하는 게 좋겠습니다. 그러면 더 빨리 끝낼 수 있으니까요. 당신이 글을 쓰면 우리에게서 그 대가를 받게 되리라 보증합니다." 볼프강의 입에서는 거짓말 냄새가 났다. 이 세상에는 여러 가지 종류의 거짓말이 있고 저마다 냄새가 다르다. 이 경우에는 의심이라는 냄새가 났다. 아마도 볼프강은 자기 생각이 아니라 자기 보스의 생각을 옮기고 있어서 그런 것이리라. 볼프강은 거짓말쟁이기는 하지만 아직 어린 거짓말쟁이다. 그의 냄새가 그가 아직도 애송이라는 것을 알려 주었는데 냄새는 거짓말을 하지 않는다. 나는 그를 장난으로 한 대 쳤고 아무런 반응을 보이지 않아서 한 대 더 쳤다. 그는 입을 삐죽이 내밀더니 "그만두라니까!" 하고 소리쳤지만 나와 레슬링을 하고 싶어 하는 그의 개구쟁이 기분을 더 이상 숨기지 못했다. 나는 볼프강을 깔아뭉개지 않도록 조심하면서 바닥으로 내동댕이쳤다. 우리가 서로 어울려 노는 동안 거짓말의 냄새가 그의 몸에서 사라졌다.

곧 내 위가 허기로 인해 수축하기 시작했다. 나는 더 이상 볼프강에게 신경 쓰지 않고 혼자서 부엌으로 달려가 냉장고 문을 열어젖혔다. 그렇지만 연어는 더는 없었다. 그리고 사실 나는 그걸 알고 있었다. 볼프강이 뒤따라오더니 냉장고가 텅 빈 것을 보며 말했다. "오 다행히 연어가 그다지 맛이 나쁘지 않았나 보다. 걱정했었거든." 그는 아마도 이

반어적인 말로 자기의 놀람을 감출 수 있을 것이라고 생각한 모양이었다.

내가 요청하지 않았는데도 그는 다음 날 또다시 나를 찾아왔다. 그는 눈을 심하게 깜빡거리면서 말도 조금 더듬었다. "우리 오늘은 좀 어때?"—"안 좋아." 나는 미소를 짓는 재주를 아직 제대로 터득하지 못해서 가끔 잘못된 인상을 준다. 볼프강은 걱정 어린 눈빛을 하더니 물었다. "잘 못 지낸다고? 뭐가 문제지?"—"허기가 나를 병들게 했어."—"내 생각에 허기는 병이 아닌데." 그런 생각을 이미 전에 한 적이 있었다. 나는 진짜로는 병이 나지 않는다. 예전에 병이란 사무직 직원들이 하는 전통 연극이라는 말을 들은 적이 있다. 이 사람들은 일할 기분이 나지 않을 때 월요일에만 이 연극을 한다. 나는 이제까지 살아오면서 한 번도 아픈 적이 없었다. "어제저녁에 뭘 했어?"—"책상에 앉아 있었지만 글을 쓸 수가 없었어." 볼프강의 눈이 잠시 차갑게 번뜩거렸다. "시간을 두고 천천히 해. 마음의 안정을 잃을 정도로 그렇게 빨리 글을 쓰라고 재촉할 사람은 여기 아무도 없어." 볼프강에게서는 다시 거짓말 냄새가 났고 그게 나를 소름 끼치게 만들었다. "허기가 문학의 제일 좋은 친구는 아니지. 뭐라도 사러 가자."—"난 돈이 없는데."—"그러면 너에게 은행 계좌를 하나 만들어 줄게. 우리 보스가 벌써 그렇게 하라고 시켰어."

　은행으로 가는 길에 우리는 거리 한쪽에 서 있는 아주 큰 코끼리 옆을 지나갔다. 코끼리들은 회색 덩어리로 만들어졌다. 어쩌면 콘크리트일 것이다. "저기에 서커스단이 있어?"—"아니. 저건 동물원 입구야."—"저 문 뒤에는 콘크리트로 만든 동물들이 살고 있나?"—"아니. 동물원에는 여러 동물들이 살아, 진짜 동물들이. 울타리를 친 넓은 대지 위에 살지."—"그러면 사자나 표범이나 말도 살고 있어?"—"응. 저기 가면 너는 100가지도 넘는 동물들을 볼 수 있어." 나는 놀라서 말을 잃었다.

　은행에서 우리가 한 일들은 분명히 범죄는 아니었지만 나는 후에 양심의 가책을 느꼈다. 우리는 뭔가 비밀스러운 로고로 장식된 어떤 건물에 들어갔다. 볼프강은 창구에 있던 남자에게 귓속말을 했는데 그다음에 두 사람은 한동안 목소리를 낮추어 이야기를 나누었다. 그다음에 남자는 확약서 종이를 가져왔다. 나는 그 종이 위에 서명 대신에 내 앞 발자국을 찍었고 나의 첫 은행 계좌를 열었다. 내가 진짜 은행 카드를 받기까지는 일주일 정도가 걸릴 것이라고 했다. 볼프강은 어떻게 자동입출금기에서 돈을 찾는지를 내게 보여 주었다. 그가 불필요하게 다리를 넓게 쩍 벌리고 입출금기 앞에 서 있는 것이 눈에 들어왔다. 그다음 그는 나를 기차역 아래에 지어진 슈퍼마켓으로 데려가 주었다. 슈퍼마켓의 제일 안쪽, 가장 차가운 물건들이 가장 조명을 많이 받는 곳에 바로 훈제 연어가 있었다. "앞으로 며칠 동안은 내가 못 와. 아주 중요한 일을 하라고 해서. 일주일 후에 다시 올게. 그다음에 우리 같이 은행 카드를 찾으러 가면 돼. 그때까지는 이만큼의 연어로 살아야 해. 너무 많이 먹지 마!" 그렇지만 볼프강이 사 준 한 아름 가득한 연어를 나는 그날 저녁에 다 먹어 치워 버렸다. 그다음 날들에는 아무것도 먹지 않았는데 다행히 배도 고프지 않았다.

"캐나다 연어를 이렇게 많이 먹으면 안 돼!" 일주일 뒤에 볼프강이 냉장고 문을 열었을 때 낮은 목소리로 말했는데 사실상의 경고였다. 나는 숨을 잠시 멈추었는데 그가 마음속으로 내 욕을 하고 있었고 마구 소리를 지르고 싶어 하는 것이 분명했기 때문이다. 그는 목소리를 낮추고 조용조용하게, 차별적인 어휘들은 되도록 피해 가면서 말했다. 그때나는 관객 앞에서 실수를 한 서커스 곡예사 같다는 느낌을받았다. 내 생각들은 도대체 왜 내가 캐나다 연어를 많이먹으면 안 되는가라는 질문을 하염없이 맴돌고 있었다. "캐나다가 뭐가 문제인데?" 볼프강은 이 문제를 가장 간단하게 설명해 줄 비유를 머리에 쥐가 나도록 찾았다. "캐나다라도 비싼 연어들이 자기 나라에서 헤엄을 치고 사는 것에 대해서는 뭐라고 반대할 일은 없지. 문제는 연어들이 네 저금을 몽땅 다 먹어 치워서 없앤다는 거야. 돈은 아껴서 써야 해." 나는 도대체 볼프강이 무슨 말을 하는지는 알 수가 없었지만 이것 하나는 분명했다. '캐나다'란 말은 차갑지만 아름다운 느낌을 준다는 것이다. "캐나다에 가 본 적이 있어?"라고 그에게 물었다. "아니."—"어떤 나라인지 아는 게 있어?"—"아주 추운 나라야." 이 말을 들었을 때 나는 그 자리에서 당장 캐나다로 가고 싶었다.

'춥다'라는 특성을 가진 말들은 얼마나 매력적인가. 나는 추운 데 갈 수만 있다면 모든 걸 감내할 수 있었다. 얼음 여왕의 아름다움. 소름이 돋는다는 기분. 얼음처럼 차가운 진실. 또 손발이 차가워지는 용감한 곡예. 모든 경쟁자들을 창백하게 만들고 얼어붙게 하는 재능. 고드름처럼 아주 날카롭게 갈린 이성. 차가움의 영역이란 이렇게 정말 넓다. "캐나다가 정말 그렇게 추워?"—"응, 그곳은 상상할 수 없을 정도로 추워." 나는 건물의 외벽이 투명한 유리로 된, 얼어 버린 도시에 대한 꿈을 꾸었다. 자동차 대신 거리에 연어들이 헤엄쳐 다니는 도시 말이다.

나는 여러 날 동안 문을 활짝 열고 살았다. 베를린은 내 기준으로 보면 열대 도시였다. 더위 때문에 밤에는 도대체 잠을 잘 수가 없었다. 2월인데 기온이 이미 영하가 아니었다. 나는 결국 캐나다로 이민을 가기로 결심했다. 벌써 한 번 망명에 성공한 적이 있으니 한 번 더 망명을 가는 것도 불가능하지는 않을 것이다.

일주일 뒤에 볼프강과 함께 은행에 가서 내 은행 카드를 찾아왔다. 나는 그 딱딱하고 사각형인 카드를 입출금기의 갈라진 틈으로 밀어 넣고 숫자 1을 네 번 눌렀다. 그게 내 비밀번호였다. 그러고는 지폐가 토해져 나오는 것을 보았다. 그다음에 나는 숫자 2를 두 번 눌렀다. "뭐 하는 거야! 돈은 이미 다 받았잖아" 하고 볼프강이 낮지만 날카로운 목소리로 말했다. 나는 이 입출금기가 다른 번호를 누르면 뭔가 다른 재미있는 것을 토해 내는가를 시험해 보고 싶었던 것뿐이다.

슈퍼마켓에 두 번째로 갔을 때는 너무 많은 냄새 때문에 당황하지 않을 수 없었다. 나는 연어가 어디에 있는지를 더이상 알 수 없었다. 슈퍼마켓은 아주 중요한 물품, 예를 들어 연어 같은 것을 팔기보다는 일단 쓸데없는 물건들과 황당한 것들을 너무 많이 팔고 있었다. 나는 관심을 끄는 물건에 대해 모두 설명을 해 달라고 볼프강에게 요구했다. "저건 뭐지? 먹는 건가?" 그리고 그 밖에 어느 곳에서도 볼 수 없는 너무나 많은 물건들이 있었다. 동물의 세계에도 물론 진기한 것들이 존재한다. 예를 들어 찢어진 이파리나 땅에서 파헤쳐진 뿌리들, 아니면 떨어진 사과같이 특이한 것을 좋아하는 동물들도 있다. 그러나 이것들은 인간들이 좋아하는 진기한 것들과 비교하면 아무것도 아니다. 뺨에 문질러 바르는 기름, 발톱에 바르는 색깔이 있는 진득한 액체, 아마도 코를 쑤시는 용도로 사용하는 것 같은 얇은 막대기들, 물건들을 버리기 위해 잠시 보관하는 자루들, 엉덩이를 닦는 데 쓰는 휴지들, 한 번 쓰고 버리는 둥근 접시들, 표지에 판다 그림이 있는 아이들 공책 등. 이 모든 물건들에서는 다 각기 특이한 냄새가 났다. 이것들을 만진 내 앞발은 바로 근질거리기 시작했다.

나는 슈퍼마켓의 냄새들 때문에 코가 막혀 와서 얼른 자서전이 기다리는 내 서재로 돌아가고 싶었다. 볼프강에게 그렇게 말하자 그의 기분이 좋아졌다.

책상은 더 이상 내 마음에 들지 않았다. 일단 너무 낮았고 점잖은 자서전을 쓰기에 수준도 너무 낮았다. 원고지가 내 코앞에 바로 놓여 있다면, 그렇게 가까이 있다면 — 예컨대 어쩌다 코피가 나면 바로 원고지에 떨어질 정도로 — 모든 기억들이 내게로 오도록 기다리기만 하면 되는데. 그것은 어쩌면 고독 때문이었을 수도 있다. 볼프강에게 서재에서 나가 달라고 부탁한 것은 바로 나였는데 말이다.

볼프강은 며칠간 나타나지 않았다. 아마도 그는 은행 계좌를 사랑에 대한 대안으로 생각하는 듯했다. 돈은 계좌로 이체되었고 나는 그걸 찾아서 장을 보고, 사 가지고 온 것을 먹었다. 나는 다시 문 앞에 매달려 초인종을 눌러 댔고 그러면 사랑하는 사람은 지폐의 모습을 하고 나타났다. 그 지폐는 먹을 수가 없었고 나는 슈퍼마켓에 가서 그걸 연어로 바꾸었다. 나는 먹고 먹고 또 먹고 배가 불러 왔다. 나는 뇌의 일부분이 날마다 뒷걸음치는 걸 분명하게 느낄 수 있었다. 밤에는 침대에 누워 있었지만 깨어 있었기 때문에 아침에 일어나도 몸이 가볍지 않았다. 내 팔다리는 면발처럼 흐물흐물해졌고 내 기분에는 빛이 부족했다. 그것은 분명히 퇴화였다. 나는 거기에 맞서기로 했다. 내 꿈은 관객들의 우레와 같은 박수갈채를 받기 위해 살을 엘 정도의 추위 속에서 무대를 위한 새로운 프로그램을 연습하는 것이었다.

나는 집 밖으로 나갔다. 귀를 찢는 것 같은 굉음을 내면서 오토바이 한 대가 내 바로 옆을 지나갔다. 나도 옛날에는 오토바이를 탔는데 나만을 위해 특별히 만들어진 것이었다. 오토바이의 모터 굉음에 겁이 나서 처음에는 오토바이를 멀리했다. 나는 세발자전거는 꽤 잘 탈 수 있었지만 일반 두발자전거는 아니었다. 그래서 사람들은 내가 옆으로 넘어지지 않도록 삼륜 오토바이를 만들어 주었다. 내가 오토바이에 익숙해지도록 이반은 오토바이 소음을 계속 우리 앞에서 냈다. 그렇다. 나는 우리 안에 앉아 있었다. '우리'라는 단어는 내 자존심을 건드렸다. 글을 더 써 내려갈 기분이 사라져 버렸다.

나는 만년필을 내던지고 시내로 나갔다. 내 앞에서는 어떤 여자가 모피 외투를 입고 가고 있었다. 그 여자는 마치 죽은 여우들 안으로 빨려 들어간 듯 보였다. 나는 유리 벽을 통해서 어떤 물건이 가게 안에 있는지 정도가 아니라 레스토랑의 손님들 접시에 뭐가 놓였는지도 볼 수 있었다. 지나가는 사람들은 한눈에도 아주 지루해 보였는데 창문이 클 때에는 쇼윈도의 물건들을 하나하나 점검하고 레스토랑 안의 모든 접시 위까지 살펴보고 있었다. 그들이 레스토랑의 모르는 손님의 음식에 관심이 있을 정도라면 한 아이가 동물 우리에 앉아 있는 이야기는 틀림없이 엄청나게 재미있다고 할 것이다.

은행과 대각선 위치에 서점이 하나 있었다. 지난 며칠 동안 서점 점원의 하얀 스웨터가 몇 번이고 내 시선을 끌었다. 처음에는 그 안에서 아무도 안 보였기 때문에 그날 서점으로 들어가는 용기를 내었다. 책들의 벽으로 둘러싸인 그곳에서 나는 마취된 사람처럼 서 있었고 누군가의 목소리가 내 뒤에서 어떤 책을 찾고 있느냐고 물었을 때에는 화들짝 놀라지 않을 수 없었다. 그가 나가는 쪽 출구를 막고 서 있어서 나는 도망을 갈 수도 없었다. "혹시 자서전이 있나요?"—"어떤 작가의 자서전을 찾는지 물어보아도 될까요?"—"아무거나요." 하얀 스웨터는 자기 뒤에 비스듬히 서 있는 책장을 가리켰다. 그리고 "저기에 있는 책들이 전부 자서전이에요"라고 말했다. 그사이에 나는 벌써 짧은 대화 정도는 그 자리에서 독일어로 나눌 수 있게 되었다.

이미 얼마나 많은 두꺼운 자서전들이 존재하는지를 알게 되자 나는 좀 실망스러웠다. 이 자서전들은 열 칸으로 된 책장의 모든 자리를 빈틈없이 채우고 있었다. 아마도 자서전은 글을 쓰는 사람이라면 다 한 권씩 쓰는 듯했다. "모두 다 독일어인가요?"—"그게 뭐 이상한가요?"—"그러면 독일어로 써야 하나요? 독일어를 배워야 해서요."—"그럴 필요 없어요. 당신이 지금 말하고 있는 언어가 독일어라 부르는 그 언어니까요."—"말은 할 수 있어요. 그건 저의 천성이에요. 그렇지만 읽고 쓰는 건……"—"일단 저기로, 저 책장으로 가 보지요. 우리는 어학 교재들을 아주 많이 가지고 있어요. 혹시 영어 해설이 있는 책을 원하시나요?"—"아니요, 러시아어요. 아니면 북극어로 된 거요."—"우리는 러시아어로 된 어학 교재도 진짜로 갖고 있어요."

내 어학 교재는 큰 덩어리의 연어보다 가격이 훨씬 저렴했다. 그러나 소화가 잘되지는 않았다. 기계의 설치 안내서와 유사하게 그 책의 저자는 동사, 명사, 형용사 같은 말들로 부품들을 하나하나 설명하고 있었다. 하지만 그것을 따라 한다고 해서 사람들이 종국적으로 기계를 설치할 수 있는지는 불확실했다. 책의 뒷부분에서 나는 '응용 문법'이라는 장 제목을 발견했다. 거기에는 읽어야 할 짧은 이야기가 담겨 있었다. 나는 그것을 연어처럼 꿀꺽 삼켰고 그때 문법 전체를 잊어버렸다.

주인공은 쥐였다. 쥐의 생업은 노래였다. 관객은 민중이었다. 나는 단어장에서 러시아어의 '나로드'에 해당하는 '민중'이라는 단어를 찾아냈다. '나로드'란 단어가 서커스 관객 비슷한 것을 의미한다고 내가 확신하던 시대가 있었다. 나중에 수많은 회의와 학회를 통해서 내 추측이 맞지 않았다는 것을 분명히 알게 되었지만 나는 그 개념을 다르게 정의할 수 없었고 또한 나의 무지가 사람들 눈에 띈 적도 없었다.
쥐가 노래를 하는 동안 민중은 그 쥐에게 큰 관심을 쏟았다. 그 누구도 따라 하지 않았고 그 누구도 킥킥대고 웃지 않았고 쥐 같은 소리를 내서 연주를 방해한 사람도 없었다. 내 관객도 완전히 똑같았다. 서커스 생각만 하면 심장이 뛰었다. 내 관객 모두가 두 발로 서서 걷거나 세발자전거를 탈 수 있었다. 그럼에도 불구하고 그들은 내가 무슨 기적을 행하는 양 나를 열심히 지켜봐 주었다. 그리고 마지막에 그들은 나에게 아낌없는 박수갈채를 쏟아 주었다. 그런데 무엇 때문에 그랬을까?

내가 서점에 두 번째로 갔을 때 점원은 바로 다가와 헛기침을 하더니 그 어학 교재가 도움이 되었느냐고 물었다. "예, 그 문법을 이해하지는 못했지만요. 거기에 있는 짧은 이야기는 재미있었어요. 쥐 가수 요제피네 이야기요"라는 내 대답에 그는 크게 웃었다. "그 이야기를 다 이해하셨으면 문법 같은 건 필요 없어요." 그는 책장에서 나에게 새 책을 가져다주었다. "이건 같은 작가가 쓴 다른 책이에요. 이 작가는 동물의 시각에서 이야기를 몇 편 썼답니다." 우리의 시선이 마주치자 그는 뭔가가 혼란스러운 것 같았다. "제 말은 이 문학은 문학으로서 값어치가 있다는 것이지, 소수자의 시각에서 써서 그렇다는 게 아니라는 겁니다. 원래 주인공은 한 번도 동물인 적이 없어요. 동물이 동물 아닌 것으로 변신하거나 인간이 인간 아닌 것으로 변신하는 과정에서 기억이 상실되고, 바로 이 상실 자체가 주인공이니까요." 그의 말은 주된 요리가 없고 반찬으로 채소만 잔뜩 있는 것 같은 느낌을 주었다. 나는 그의 말을 이해할 수가 없었는데 그걸 눈치채이지 않게 하려 했다. 그래서 시선을 내리깔고 책에 대해서 생각하는 척하고 있었다. 한참 뒤에 드디어 질문이 하나 떠올랐다. "당신 이름이 뭐예요?" 그 남자는 내 질문에 놀랐다. "아, 미안합니다. 제 이름은 프리드리히예요." 그러나 그는 나에게 이름을 묻지는 않았다.

나는 마치 시골빵*을 두 조각 내듯 책을 딱 쪼개 열어 보았다. 내 손톱은 너무 길어서 책장을 요령 있게 넘길 수 없었다. 옛날에 손톱을 자르려고 한 일이 있었지만 피가 너무 많이 났다. 그래서 지금은 손톱이 그냥 자라게 놔두었다. 펼쳐 든 책의 제목에서 '개'라는 단어가 눈에 띄었다. 솔직하게 말하면 나는 술수를 쓰는 비겁한 개를 끔찍이 싫어했다. 그 개는 무해하다는 듯 내 뒤로 종종걸음으로 오더니 기회가 생기자마자 바로 내 발목을 꽉 물었었다. 프리드리히의 입에서 그렇게 멋진 울림을 가지고 제목으로 나오지만 않았더라도 무조건 피해 갔을 것이다. 「어느 개의 연구」라니. 물론 개도 연구자 정신을 가질 수 있다. 이 새로운 인식 때문에 이 동물 종에 대한 내 선입견이 좀 누그러졌다. 프리드리히는 그 책에서 내게 다른 이야기를 보여 주었는데 거기에서는 학술원이 이야기되고 있었다. "이 이야기가

* 둥글고 큰 독일 빵.

당신에게 개 이야기보다 더 재미있을 거예요." 학교 선생님이 만약 행복하다면 이 순간의 프리드리히의 모습과 비슷해 보일 것이다.

나는 그 이야기책을 사서 「어느 학술원에 드리는 보고」를 제일 먼저 읽었다. 나는 유감스럽게도 이 원숭이 이야기가 재미있었다는 것을 인정하지 않을 수 없다. 그러나 이러한 재미는 여러 가지 다른 이유에서 나온 것일 수도 있는데 심지어 화가 나서 그랬을 수도 있다. 나는 그 이야기를 읽으면 읽을수록 화가 나서 참을 수 없었다. 그렇다고 책을 읽는 것을 그만둘 수도 없었다. 그 원숭이는 열대지방 동물의 성질을 가지고 있어서 그것 하나만으로도 내가 왜 원숭이 문학을 좋아하지 않는가에 대한 충분한 이유가 된다. 인간이 되려고 한다는 것과 심지어 자기가 인간이 되는 과정을 이야기한다는 것 자체가 나에게는 너무나 원숭이스러운 짓거리로 보였다. 나는 인간을 흉내 내는, 소위 원숭이스러운 짓거리를 하는 원숭이를 상상해 보았다. 그러자 어느새 등이 마구 간질간질했는데 마치 이와 빈대가 내 가죽 속에서 마구 트위스트를 추는 것 같았다. 그 원숭이 이야기꾼은 분명히 자신이 성공담을 쓰고 있다고 생각하고 있었다. 만약 누군가가 내게 물어본다면 나는 진화가 결코 두 다리로 서서 가는 것이 아니라고 바로 대답해 줄 것이다.

어렸을 때 내가 두 다리로 서서 걸어가는 것을 어떻게 배웠는지 떠올려 보노라니 기분이 나빠졌다. 나는 그것을 배웠을 뿐만 아니라 그것에 대한 글을 쓰고 게다가 출판까지 했다. 틀림없이 독자들은 이 원숭이스러운 경험에 대한 보고서로 내가 진화론을 지지한다고 생각할 것이다. 내가 이 원숭이 이야기를 좀 더 일찍 읽었더라면 분명히 자서전을 다르게 썼을 것이다.

그다음 날 볼프강은 나를 놀라게 했다. 나는 그에게 처음으로 원숭이들 이야기를 했다. 그가 나를 고용했으니까 말이다. 그러자 그는 아주 엄청나게 놀랐다는 얼굴로 반응했다. "본인 이야기나 쓰지 그래. 다른 사람 책을 읽을 시간이 있다면 말이야! 책을 읽기만 하는 작가는 게으른 거야. 책을 읽으면 글을 쓰는 데 사용하는 시간을 빼앗기는 것이지."—"그렇지만 내가 그 과정에서 독일어를 배울 수 있잖아. 나는 독일어로 글을 쓸 거야. 그러면 너는 시간을 절약할 수 있잖아. 더 이상 번역을 하지 않아도 되니까."—"안돼, 그건 안 될 말이야! 모국어로 글을 써. 그리고 너의 영혼을 털어놓으란 말이야. 자연스러운 방식으로 그렇게 되어야 돼!"—"내 모국어가 뭔데?"—"너희 엄마의 말."—"난 엄마랑 이야기해 본 적이 한 번도 없어."—"엄마는 엄마지. 한 번도 이야기해 본 적이 없어도 말이야."—"엄마는 러시아어를 못 했을 것 같은데."—"네 엄마는 이반이야. 그걸 잊었단 말이야? 엄마가 여성이어야 하는 시대는 벌써 지나 갔다고!"

나는 혼란스러워졌다. 왜냐하면 볼프강은 거짓말 냄새 를 풍기지 않았기 때문이다. 다시 말해서 그는 지금 자기가 진실이라고 믿는 것을 이야기하는 것이다. 그러나 나는 그 를 믿을 수가 없었다. 내게 러시아어를 강요하는 것은 틀림 없이 그의 보스의 생각이리라. 그러면 번역자는 내 글을 자 기들의 정치적 취향에 맞도록 구부릴 수 있으니까. 벌은 꽃 의 즙을 꿀로 변하게 만들 수 있다. 그 즙 자체가 이미 달콤 하지만 꿀이 가진 강력하고 깊은 맛은, 곤충 몸 안에서 나 오는 구역질 나는 액체가 가세해 시작되는 발효의 과정을 거쳐야 비로소 생겨난다. 이러한 지식은 '양봉의 미래'라는 주제의 회의에서 얻어 온 자료에서 나온 것이다. 볼프강과 그의 친구들은 그들 몸의 액체를 나의 자서전과 섞어서 그 것으로 다른 작품을 만들고 싶은 것이리라. 이러한 위험에 서 벗어나려면 나는 글을 독일어로 바로 써야 했다. 제목도 이번에는 내가 직접 달아야 했다.

볼프강은 내가 글 쓰는 것을 더 이상 방해하지 않겠다 고 말하고 우리 집을 나갔다. 나는 볼프강을 창문에서 지 켜보았다. 그가 버스를 타고 사라지자 그때서야 나는 집을 나서서 서점으로 갔다. 이날은 서점에 다른 손님이 있었다. 그 손님은 구석에 서서 내게 등을 돌리고 있었는데 머리카락이 아주 짙은 검은색이어서 나는 시선을 뗄 수가 없었다. 프리드리히가 내가 온 것을 알아차리고 두 눈썹을 추켜세웠는데 그러자 그의 눈이 훨씬 커 보였고 그의 입술은 친절한 미소를 띠었다. "어떻게 지내세요? 오늘은 춥네요"라고 그가 말했다. 내게는 더운 날씨인데 누가 오늘 날씨가 춥지 않느냐고 물으면 나는 다시 고독 속으로 내동댕이쳐진 기분이 든다. 사람들은 날씨 이야기를 너무 많이 하면 안 된다. 왜냐하면 날씨라는 건 아주 개인적인 것이라서 이 이야기만 나오면 소통이 되지 않기 때문이다. 「어느 학술원에 드리는 보고」는 아주 즐거웠어요. 그렇지만 전 원숭이 생각을 이해할 수 없었어요. 원숭이가 인간을 모방하다니 웃기는 짓이지요."―"그렇지만 혹시 그 원숭이가 자기 자유의사로 그렇게 했나라는 질문을 던져 보지는 않았나요?"―"그는 다른 방도가 없었어요. 그래서 자기를 위한 출구는 없다고 썼지요."―"제 말이 바로 그 말이에요. 제 생각에는 작가에게 그게 문제였던 것 같아요. 우리 인간들 역시 지금 이 상태가 우리가 원해서 이렇게 된 것이 아니에요. 우리도 우리를 변화시키라고 강요당한 거지요. 여태까지 선택이 주어졌던 적은 없어요." 바로 이 순간에 그때까지 책에 완전히 빠져 있던 그 낯선 손님이 우리 쪽으로 몸을 돌렸다. 그러고는 손가락으로 조심스럽게 자기 안경을 고쳐 썼다. "다윈의 대표 이론이 다시 베스트셀러가 되었네요! 여자들은 왜 화장을 하는가? 여자들은 왜 거짓말을 하는가? 여자들은 왜 그렇게 질투심이 많은가? 남자들은 왜 전쟁을 하는가? 이 모든 문제에 대한 답은 하나인데 바로 진화가 그렇게 원하기 때문입니다. 그게 이 모든 경우들을 설명해 주지요. 그렇지만 그렇게 해로운 호모 사피엔스 종족이 자기 후손을 생산한다면, 그게 왜 이 지구에 득이 되는지, 그 이유에 대한 대답은 정말 단 한 가지도 생각나지 않네요. 당신은 어때요, 프리드리히?" 질문을 받은 사람의 목소리가 화악 변해서 소리쳤다. "오 형제여." 그 검은 머리의 사람과 프리드리히는 우러나온 마음으로 서로 껴안았다. 그리고 그들을 방해하지 않으려고 내가 서점에서 슬슬 나가려고 하는 것을 눈치챘다. 서점 점원인 프리드리히는 나를 매장 안으로 잡아당기면서 소위 자기의 형제란 사람에게 소개했다. "이쪽이 「내 눈물에 대한 박수갈채」를 쓴 작가입니다." 나는 당황했다. 프리드리히는 처음부터 내가 누구인지 내내 알고 있었던 것이다!

프리드리히 때문에 나는 그 서점을 자주 방문하였다. 호모 사피엔스 종족의 남자들은 내 마음에 들었다. 그들은 부드럽고 작았고 그리고 잘 부서지는, 그렇지만 사랑스러운 이빨들을 가진 종족이었다. 그들의 손가락은 섬세하게 만들어졌고 손톱은 없는 것이나 마찬가지였다. 때로 그들은 나에게 가슴에 꼭 껴안고 다니는 인형을 떠올리게 했다.

하루는 서점에서 어떤 여성이 나를 기다리고 있었다. 그 여자는 프리드리히의 지인이었고 안네마리라는 이름이었고 인권 투쟁 단체 소속이었다. 여자는 나와 인터뷰를 하고 동구권에서의 예술가와 스포츠 선수들의 상황에 대해 이야기하고 싶어 했다. 인권은 내 관심 주제가 아니라고 대답해 주었다. 안네마리는 처음에는 실망했다가 1초 뒤에는 경악한 듯 보였다.

나와 인권 문제는 운명처럼 엮여 있음이 분명해졌다. 그렇다고 한들 내가 인권을 가지고 시작할 수 있는 일은 없었다. 오로지 인간만 생각하는 인간들이 인권이라는 단어를 만들어 냈다. 민들레도, 지렁이도, 빗물도, 토끼도 그 누구도 인권을 가지고 있지 않다. 어쩌면 고래는 가지고 있으려나. 나는 예전에 '고래잡이와 자본주의'라는 주제의 회의에서 읽었던 글이 생각났다. 이 지구에서 가장 큰 포유류 동물인 고래에게 더 많은 권리가 주어져야 한다는 것이다. 예를 들어 쥐 같은 작은 동물들보다 더 많이 말이다. 그리고 그것은 특정 부류의 인간들 취향에나 맞는 논리인데 그들은 작은 동물보다는 좀 더 큰 동물에 더 많은 가치를 부여한다. 채식주의자가 아니면서 동시에 물속에서 살지 않는 포유류 가운데에서는 우리 북극곰이 몸집이 가장 크다. 그런 이유가 아니라면 사람들이 왜 나에게 인권을 주겠다고 저렇게까지 쫓아다니는지 다른 이유가 생각이 나지 않았다.

안네마리는 이미 서점을 나가 버렸다. 나는 책장들 사이에서 텅 빈 머리로 서 있었고 프리드리히의 들볶는 점잖은 시선을 간신히 막아 내고 있었다. "새 책을 한 권 추천해 줄래?" 프리드리히는 책을 한 권 주었다. "자, 여기, 『아타 트롤』이야. 그건 너를 위한 책이야. 진짜 곰 이야기니까." 하인리히 하이네라고 겉장에 쓰여 있었다. 나는 책장을 열었는데 우연히도 몇 장 안 되는 그림이 있는 면이었다. 그리고 거기에는 앞으로 쭉 내민 앞발과 뒷발을 가진 검은 곰이 한 마리 그려져 있었다. 그 곰은 너무나 매력적이어서 책을 이제 떨칠 수가 없었다. 내가 책값을 내려 하자 프리드리히가 다정하게 앞발을 만지더니 "손이 차구나. 지금 춥니?" 하고 말했다. 내 미소는 내게 쓴맛이 났다.

다음 날 아침 나는 프리드리히에게 가서 불평을 해 댔다. "너는 내가 소화하기 힘든 책을 팔았어!"—"그건 다 그 나름의 이유가 있어. 그 작가는 아마도 적에게 공격을 받지 않으려고 이야기를 여러 번 배배 꼬았을 거야."—"어떤 늑대가 그의 적이었는데?"―"예를 들면 검열."―"검 그리고 뭐라고?"―"검열, 권력의 감각기관이지. 소련에서 그런 이야기 들은 적 없어?" 나는 머릿속에서 이 개념을 찾아보았지만 더 혼란스러울 뿐이었다. "사람들이 그런 이유 때문에 이렇게 복잡하게 쓴다고?"―"작가가 아무리 글을 단순하게 쓴다 해도 그게 사람들에게는 복잡하게 느껴질 수 있어." 프리드리히는 그 책을 손에 들고 여기저기 펼쳐 보더니 말했다. "너는 이 구절들을 읽어 보아야 해! 그러면 이 책에 돈을 들인 걸 결코 후회하지 않게 될 거야."

자연은 인간에게 그 어떤 권리를 부여할 수 없다. 권리는 자연적인 것이 아니기 때문이다. 프리드리히가 말했다. "사람들이 인권을 가지고 싶다면 그럼 동물들에게는 동물권을 주어야 해. 그렇지만 그렇게 되면 내가 어제 고기 먹은 것을 뭐라고 정당화할 수 있을까? 나는 이런 문제를 끝까지 생각할 정도로 용기가 있는 사람은 아니야. 형이 채식주의자가 되기는 했지만 말이야." 그의 시선은 내가 대답하기를 요구하고 있었다. "나는 채식주의자가 될 수 없어"라고 나는 재빨리 대답했다. 비록 내가 조상들이나 먼 친척들이 고기를 안 먹고도 잘 살았다는 것을 알고 있지만 말이다. 그들은 주로 채소와 과일을 먹고 살았지만 아주 드물게는 가재나 생선도 먹었다. 나는 자본주의와 육식이라는 주제에 대해 열렸던 회의 생각도 났다. 그때 나는 다른 동물들을 왜 죽이는가라는 질문을 받았었다. 대답을 할 수 없었다.

　나는 가끔 가다가 손이 먼저 나가는 경우가 있는데 오늘 날까지도 이 일은 부끄럽게 생각한다. 우리 선생님이 하루 는 아끼는 제자인 나에게 용기를 주려고 말했다. "자 이제 우리 모두 원 안에서 춤을 추어요!" 그렇지만 나는 원 안으 로 들어갈 수 없었다. 선생님은 내 앞발을 잡고서 나를 원 안으로 끌어들였다. 비슷한 상황이 여러 번 반복되자 언젠 가부터 선생님은 나를 끌어들이는 것을 포기하고 가만 놔두 었다. 나는 교실 구석에 서서 일어나는 일들을 관찰했다. 하 루는 어떤 아이가 선생님에게 왜 나는 같이 안 하는가를 물 어보았다. 선생님은 쟤는 이기적이라 그렇다고 대답했는데 그 순간에 내가 선생님을 떠밀었고 선생님이 크게 엉덩방 아를 찧었다. 그때 폭력을 쓴 것은 내가 아니었고 내 근육의 반사본능이었다. 나는 나 스스로에게 겁이 났다. 그래서 4층 창문에서 아래로 뛰어내렸는데 다친 데 없이 땅바닥에 떨어 졌다. 그다음 나는 아무 방향으로나 냅다 달렸다. 아무도 나 를 붙잡을 수 없었다. 그때부터 나는 문제아로 공식 등록이 되었다. 스포츠에 재능이 있기는 하지만 반사회적 인물이라 는 것이다. 나는 영재학교에 보내졌어야 했다. 우리 나라에서는 체육성이 아주 중요한 자산으로 간주된다. 그러나 내가 인도된 그 학교는 동물 우리였다. 거기에서는 더 이상 태양을 볼 수 없었다. 동물 우리에 대한 생각을 시작하자 축축하고 음울한 기분이 내게 다시 돌아왔다. 이반이 우리 앞에 서 있었다. 내 유치원 시절은 이반과의 만남이 있기 전이었던 것 같다.

누군가가 문을 두드려 자서전 쓰는 작업이 중단되었다. 볼프강이었는데 모르는 남자를 데리고 왔다. 내가 알아낸 바로는 그는 시민 단체 카오스의 대표였다. 그는 내 독일어가 가벼운 대화가 가능할 정도로 늘었다는 소식을 듣고 온 것 같았다. "잘 지내고 계세요?" 그의 질문은 인위적인 미소와 더불어 나에게 시험하는 듯한 느낌을 주었다. 그는 성이 예거, 즉 사냥꾼이었다. 내 귀에 이 이름은 저열하고도 교활하게 들렸다. 그는 고상한 얼굴을 하고 있었다. 하얀 수염은 그를 장교처럼 보이게 했다. 서커스의 앞줄에는 가끔 그와 비슷한 앞모습을 가진 남자들이 앉아 있었다.

"자서전은 어떻게 되어 가지요? 진전이 좀 있나요?" 나는 이 질문에 약간의 반발심이 생겼는데 그가 내 작품을 빼앗아 갈까 걱정이 되었다. "진전이 있긴 있지만 아주 힘드네요. 언어가 장애물이에요."—"언어요?"—"정확하게 말하면 독일어요." 예거 씨는 볼프강에게 비난조의 시선을 던졌다. 나는 그의 내면이 지금 부글부글 끓는 것을 느낄 수 있었지만 그의 말씨는 여전히 조용하고 냉정했다. 그는 내게 "제 생각에는 저희가 분명하게 전달을 한 것 같은데요. 당신의 언어로 글을 쓰시라고요. 우리에게는 아주 훌륭한 번역자가 있거든요."—"저의 언어라고요? 저는 어떤 언어가 저의 언어인지 모르겠네요. 북극어인가요."—"농담을 잘하시네요. 러시아어는 세상에서 가장 위대한 문학어지요."—"왜 그런지는 모르겠는데 저는 이제 더 이상은 러시아어로 못 쓰겠어요."—"그럴 리가요. 뭐든 원하는 것을 쓰세요. 그렇지만 꼭 당신의 언어로 쓰세요! 글을 쓰면서 생계 걱정은 완전히 내려놓으셔도 돼요. 우리가 다 지원해 드리겠습니다." 그의 얼굴에는 미소가 얹어져 있었다. 그렇지만 그의 겨드랑이에서는 교묘하게 날 속이고 있다는 냄새가 풍겨 왔다. 관대함을 팔아서 나를 조종하려고 하는 사람들은 진짜 많다. 나는 볼프강에게 도움을 청하려 했지만 그의 등만 볼 수 있었을 뿐이다. 그는 나보다 창문 유리에 더 관심이 많은 것 같았다. "당신 자서전이 베스트셀러가 될 거라고 확신합니다."

　두 남자의 방문은 내 펜을 시들하게 만들었다. 펜의 이미지는 수직으로 서 있든 아니든 나에게는 과도하게 남성적으로 느껴졌다. 내가 여성의 입장에서 이야기하자면 새로 탄생한 글은 작으면 작을수록 더 좋은데 왜냐하면 살아남을 확률이 더 높아지기 때문이다. 그 밖에도 나는 아주 조용한 환경이 필요했다. 엄마 곰들은 곁에 아무도 두지 않고 어두운 동굴 속에서 혼자 아기를 낳는다. 엄마 곰은 아무에게도 자기의 출산에 대해 이야기를 하지 않고 거의 보이지도 않는 아기들을 혀로 핥아 주고 가슴으로는 신생아들이 자기 젖을 빨아 먹고 있는 것을 느낀다. 아무도 이 어린 아기들을 보면 안 된다. 엄마 곰은 그들의 냄새를 맡고 쓰다듬지만 보지는 않는다. 아기들이 어느 정도 커지면 그때서야 엄마 곰은 같이 동굴 밖으로 나온다. 굶주린 아빠 곰이 우연히 아기 곰들을 보고 자기 자식인지도 모르고 잡아먹을 수도 있다. 이건 꽤 고전적인 주제다. 고대 그리스인들도 비슷한 경우에 대해 글을 썼다. 나는 아빠 북극곰들은 부모 둘 다 서로 교대해 가면서 알을 부화시키는 펭귄을 보고 배워야 한다고 생각한다. 아빠 펭귄들에게 이 알을 먹는다는 것은 상상할 수도 없는 일이다. 아빠 펭귄들은 알을 품고 먹이를 찾으러 나간 아내를 밤이나 낮이나 눈보라 속에서 몇 주씩 기다린다.

'펭귄의 결혼은 당사자 모두에게 평등한 것이다. 반면에 북극곰들의 결혼은 이와 다르다.' 나는 그 문장을 러시아어로 쓰고는 원고지를 보란 듯이 책상 위에 놓았다. 예거 씨가 지금처럼 미리 예고도 없이 나를 찾아왔을 때 바로 볼 수 있도록 말이다. 예상한 대로 예거 씨와 볼프강이 며칠 뒤에 우리 집에 왔을 때 내가 거기에다가 올려놓은 문장들을 곧바로 발견했다. 볼프강이 그 문장을 독일어로 빈역해 주었고 낙관적인 기분으로 소리쳤다. "이게 바로 세계 문학이지요!" 예거 씨는 내 손을 잡고서 말했다. "계속 이렇게만 글을 써 주세요. 빨리 쓸수록 더 좋아요. 글을 줄이거나 고치는 건 나중에 해도 돼요. 너무 생각만 많이 하고 천천히 쓰면 그게 가장 큰 실책이지요." 물론 그가 이 말을 한 것은 나의 기운을 북돋아 주기 위해서였다. "망명 전에는 저도 쓸 거리가 많았어요. 글을 쓸 소재는 시체에 슨 구더기만큼 늘어났었지요. 그렇지만 여기에 있는 지금의 나는 과거의 나와 아무런 연결점이 없어요. 마치 기억의 실이 끊어진 것 같아요. 어느 곳에서도 더 진전이 없어요."—"아마도 당신은 아직 여기 풍토에 제대로 적응을 하지 못했나 봅니다."—"여기 날씨는 견딜 수 없을 정도로 더워요. 저는 이 더위를 못 참겠어요."—"그렇게 말씀을 하시지만 지금은 겨울인데요. 당신은 손도 차고요."—"그건 원래 그래야 돼요. 손끝과 발끝을 언제나 따뜻하게 유지하는 것은 에너지 낭비예요. 중요한 건 심장만 항상 따뜻하면 된다는 거지요."—"아마도 감기가 든 것 같은데요."—"저는 이제까지 살아오면서 단 한 번도 감기가 든 적이 없어요. 조금 피곤할 뿐이에요."—"피곤할 때에는 예를 들어 텔레비전 같은 걸 볼 수도 있지요." 예거 씨는 이 유용한 제안을 끝으로 방문을 마치고 볼프강과 집으로 돌아갔다. 그들의 축 처진 어깨에서 나는 가벼운 실망을 읽어 낼 수 있었다.

두 사람이 시야에서 사라지자마자 나는 텔레비전을 켰다. 판다처럼 보이는 어떤 여자가 아주 울긋불긋하게 얼룩이 그려진 지도 앞에서 높은 톤의 목소리로 이야기하고 있었다. 내일은 기온이 3도 더 내려가겠습니다. 여자의 목소리는 그 3도의 차이가 마치 세계의 정치판을 바꾸어 놓을 것처럼 극적으로 울렸다. 나는 다른 방송으로 채널을 돌렸는데 거기에서는 판다 두 마리가 나왔다. 판다들의 철창 바깥으로 두 명의 정치가가 서로에게 손을 흔들고 있었다. 나는 판다들이 그렇게 호모 사피엔스의 정치에 끼어드는 것은 옳지 않다고 보았다. 그러나 나 역시 정치에 끼어들었고 그러므로 저 판다들보다 나을 것도 없다는 생각이 들었다. 보이지 않는 동물 우리에 갇혀서 나는 인권 침해의 증거로 일하고 있지 않은가. 심지어 나는 인간도 아닌데 말이다.

황량한 화면들로 이렇게 나를 더 괴롭히는 텔레비전을 껐다. 어두운 화면에 어떤 뚱뚱한 여자의 흐릿한 형상이 나타났다. 그게 바로 나였다. 좁은 어깨와 좁은 이마를 가진 여자. 튀어나온 주둥이 때문에 판다들처럼 귀엽게 보이지는 않았다. 나는 내 열등감을 빵 반죽처럼 주무르기 시작했다. 이런 짓을 나는 어릴 때부터 죽 해 왔다. 그러고 나면 내 동공 속의 기적의 초에 불이 붙여졌다. 그렇다. 그 당시에는 그랬었다. 나를 위로해 주는 누군가가 있었다. 그게 언제였더라?

다른 여자애들은 모두 날씬하고 갈색인데 나만 하얗고 힘이 센 여자애였다. 다른 애들 코는 짧고 이마는 넓었다. 나는 그 애들의 자만심을 어깨에서부터 벌써 알아볼 수 있었다. "나는 다른 여자애들이 부러워. 걔들은 다 예쁘잖아. 나도 그 애들처럼 되고 싶어" 하고 나는 애교도 섞어 감상적으로 말했다. 거기에 누군가가 답을 해 주었다. "걔들은 모두 갈색 곰이야. 만약 네가 모르고 있다면 말해 주겠는데 모든 곰이 갈색곰은 아니지. 너는 지금의 너대로 그냥 있으면 되는 거야. 게다가 언젠가 네가 무대 위에서 일하게 되면 그 거친 성격 덕에 관객들도 엄청 많을 거야." 그는 손에 빗자루를 들고 그렇게 말했다. 그 사람은 유치원과 학교를 청소하는 많은 인부들 중의 한 명이었다. 그들은 언제나 거기에 있었지만 나는 그들의 이름은 몰랐다. 그들은 한 번도 자기 이름으로 불린 적이 없었다. 그들은 하루 종일 익명으로 일을 했고 저녁에는 가족들과 시간을 보낼 텐데 그럼 그때서야 그 이름이 불릴 것이다. 나는 그 남자, 그 수많은 인부 가운데 한 명일 뿐인 그 남자에게 그 말을 해주어 고맙다고 했다.

나는 힘이 센 여자아이였고 힘들이지 않고도 친구들을 공중으로 날려 버릴 수 있었다. 언젠가 또 한 아이를 공중으로 던졌는데 이 아이가 깜짝 놀랄 단어로 내게 욕을 해서다. 그때 문득 아이들이 모두 똑같은 네커치프를 두르고 있는 것이 내 눈에 띄었다. 나는 거기에 속하지 않았다. 그들과 달리 나는 부모와 함께 사는 집이 없었다. 아마도 그래서 무대가 내 집이 된 것 같다. 그리고 거기에서 내 삶이 펼쳐졌다. 나는 자유로웠고 박수갈채를 받았고 그러면 거의 정신을 잃을 정도로 도취 상태를 경험하곤 했다.

볼프강은 아무도 데려오지 않고 혼자서 내게 왔다. 그렇게 하지 않는 편이 더 좋았겠지만 금방 쓴 따끈따끈한 원고를 그에게 보여 주고 싶은 것을 참을 수 없었다. 거의 김이 폴폴 날 정도로 방금 전에 쓴 것이었다. 볼프강은 옷도 벗지 않고 그 자리에 앉아서 원고를 끝까지 읽었다. 그는 마지막 문장을 다 읽었을 때 몸이 마치 자루같이 의자 위로 털썩 떨어졌다. 그리고 말하기를 "그동안 나는 너무나 절망하고 있어서 옛날처럼 다시 손톱을 자근자근 씹어 댔어. 네가 다시 글을 쓰게 만드는 건 절대로 쉬운 일은 아니었거든. 이제 너의 창의력이 돌아왔어. 마음이 놓여."—"내가 쓴 게 좋다고 생각하니?"—"무조건! 그냥 이제 계속 그렇게만 써 줘. 네커치프 일화를 다들 마음에 들어 할 거야. 다른 아이들은 모두 피오네르*에 들었는데 너만 아니었다니. 우리는 보이 스카우트 단체를 파트핀더**라고 불렀어. 내 친구들은 모두 여기에 가입했고 똑같은 네커치프를 두르고 다녔지. 걔들이 부러웠는데 나는 가입할 수가 없었거든."—"왜 가입할 수 없었는데?"—"엄마가 반대하셨기 때문이지. 엄마는 그것들은 죄다 이데올로기일 뿐이라고 했는데 나는 동의할 수 없었어."—"무슨 이데올로기인데?"—"나도 잘 몰라. 아마도 자신을 희생하라는 태도, 뭐 그런 것 때문이었을 거야. 예를 들어 조국을 위해서 희생하라는 말. 엄마는 아이의 머리에다가 그런 생각을 심어 주면 안 된다고 하셨어."—"그게 엄마 의견이었어?"—"그래, 너희 엄마는 어땠는데?"—"오늘 날씨가 좋다. 밖에 나가자."—"어디 가고 싶은데?"—"백화점 구경하러 가고 싶어." 사람들이 백화점이라 부르는 점방은 슈퍼마켓의 훨씬 더 슬픈 형태였다. 같은 면적당 슈퍼마켓보다 가져다 놓은 물건이 더 적었고 방문객도 거의 없었다. 연어-바비큐. 꽃

무늬 침대보. 큰 거울. 껍데기가 바다사자의 피부를 연상시키는 여성용 핸드백. 우리는 손님이 없는 매장에 들어섰다. 시끄러운 음악이 공간을 채우고 있었다. 축음기 하나가 연단에 놓여 있었고 바로 옆에는 플라스틱으로 만든, 실제 크기만 한, 검은 점을 가진 흰 개가 있었다. 레코드 표지마다 그 개 그림을 다시 발견할 수 있었다. 나는 이것이야말로 정말 병적으로 과장된 것이라 생각했다. 볼프강은 "달마티안이야"라고 말하고 자기가 정말 대단한 발견을 하나 한 것처럼 아주 우쭐거리는 표정으로 말했다. "너 그거 알아? 개들은 다 외모가 아주 달라. 그럼에도 불구하고 우리는 모두 다 개라고 부르는 거야. 수수께끼 같지 않니?" 나는 그에게 이런 생각을 이미 「어느 개의 연구」에서 읽었다고 대답하고 싶었으나 그렇게 하지 않았다. 왜냐하면 내가 또 다른 책을 읽었다는 걸 볼프강이 알면 안 되기 때문이다.

무엇을 사러 간 것은 아니었지만 백화점은 신경을 피로하게 만들었을 뿐만 아니라 내 힘도 다 빨아먹었다. 나는 갖고 싶은 물건을 발견하지 못했다. 결국 피곤함이 나를 사로잡았고 낙오자란 기분만 남았다. 백화점 옆에는 놀이공

---

* 소련과 공산권 국가의 스카우트. 러시아어로 '개척자'라는 의미이며, 동독에는 '에른스트텔만 피오네르 조직'이 있다.

** 독일어로 '길 찾는 사람'이라는 의미이다.

원이 하나 있었다. 나는 볼프강에게 이 공원에 가자고 제안을 했지만 그가 그럴 기분이 아니라는 걸 바로 알아차렸다. 그래도 나는 포기하지 않고 마치 복수라도 하는 양 공원에 가자고 퉁명스럽고 끈질기게 계속 우겼다. 우리는 나란히 공원의 긴 의자에 앉았다. 볼프강은 내게 텔레비전을 보았느냐고 물어보았다. "응, 그렇지만 지루했어. 판다밖에 볼 게 없었어."―"판다들이 왜 지루했는데?"―"응, 걔들은 태어날 때부터 표 나게 화장을 하고 있어서 재미있으려는 노력도 하지 않아. 무대 곡예를 배우지도 않고 자서전도 안 쓰잖아." 볼프강은 푸악 웃음을 터뜨렸는데 그답지 않았다.

거의 뼈만 남은 여자 한 명이 지나갔는데 돌돌 만 가죽 줄을 손에 쥐고 있었다. 그 여자 앞에는 개가 아니라 큰 남자가 한 명 걸어가고 있었다. 볼프강이 정말 기가 막히게 조그만 컵에다 아이스크림을 두 개 사 왔다. 내 혀는 한입에 그 바닐라 아이스크림을 홀짝 다 먹어 버렸다. 그러고는 이 혀가 내가 속 깊이 담고 있는 소원을 말했다. "나 캐나다로 이민 가고 싶어."―"방금 뭐라고 했어?"―"나 이민 가고 싶어. 그것도 캐-나-다로!" 볼프강의 혀에서 아이스크림이 떨어져 나왔다. "왜 하필 그 추운 곳이야?"―"너한테는 여기가 좋을지 몰라도 나에게는 너무나 덥다는 걸 몰라?" 볼프강의 눈에 눈물이 글썽 맺혔는데 그걸 보니 그가 개처럼 느껴졌다. 보통 개들은 잃어버린 자기 무리의 동료를 그리워한다. 그들은 보고 싶다고 울부짖는다. 사랑 때문에 그러는 것이 아니라 존재에 대한 불안 때문인데 무리 속에 있을 때에만 살아남을 수 있다고 생각하기 때문이다. 나는 개인주의자는 아니지만 혼자 있는 게 더 좋았는데 먹이를 찾는다는 관점에서 보면 그게 더 합리적이고 실용적이기 때문이었다.

나는 볼프강과 별말 없이 작별 인사를 했고 이제 방해받지 않고 일할 수 있다는 데 기뻐했다. 나는 어린 시절의 축음기 추억에 대해 쓰려 했다. 그러나 애를 쓴 끝에 머리에 떠오른 것은 방금 전에 백화점에서 본 그 축음기였다. 그리고 그 바로 옆에는 건방진 달마티안이 서 있었다. 이 달마티안은 자기가 거기 있는 것이 당연한 듯 행동했지만 잘 생각해 보면 진짜 개도 아니다. 내 기억은 그렇게 백화점의 브랜드 상품으로 대체되어 버렸다.

자서전을 쓴다는 것은 사람들이 이제는 알지 못하는 것을 모두 알아내고 지어내는 것을 의미한다. 나는 내가 이반이라는 인물에 대해 이미 충분하게 묘사했다고 생각했다. 그렇지만 사실상은 더 이상 이반이 생각나지 않는다. 아니면 차라리 그사이에 점점 더 그에 대한 생각이 분명해졌다고 말할 수 있는데 그 이유는 이 이반이라는 남자가 나의 순전한 창작이기 때문이다.

내 기억은 내 팔의 움직임에 담겨 있다. 이 기억은 회의를 할 때 나를 놀라게 만들었다. 내가 이반의 얼굴을 그리려고 하면 그려진 이반은 동화책의 바보 이반으로만 등장했던 것이다.

내 안에서 글 쓰는 작업에 대한 새로운 의심이 들기 시작했다. 자서전을 계속 쓰는 대신 책 한 권을 집어 들었다. 이것은 다른 사람이 먼저 써 버려서 다행히도 내가 쓰지 않아도 되는 책이었다. 글 읽기는 글쓰기에서 도피하는 작업이지만 새 책이 아니라 읽었던 책을 다시 한번 읽는다면 어쩌면 용서받을 수도 있을 것이다. 「어느 개의 연구」에 나오는 개는 믿을 만한 유년 시절을 만들려고 주물럭거리기보다는 현재와 씨름하고, 불평을 하고 고민을 한다. 나도 왜 현재에 대해 쓰면 안 되는가? 왜 나는 진짜처럼 들리는 과거를 지어내야 하는가? 개 이야기의 작가도 자서전을 쓰지는 않았다. 그 대신 그는 때로는 원숭이, 때로는 쥐이기를 즐겼다. 하루 종일 인간의 모습을 한 채 공무원이었던 자기 직업에 충실했다. 밤에는 자기 원고 위에 몸을 구부리고 앉아 있었다. 나는 회의 때문에 프라하에 간 적이 있었다. 그때 '카프카'라는 이름은 회의에서 한 번도 언급되지 않았다. 이 도시 또한 나중에 봄을 겪기는 했지만 카프카는 훨썬 이전에 살았다. 겨울이 오기도 전에 말이다. 그는 우리 나라 사람의 삶에 대해 아는 것이 없었지만 그럼에도 불구하고 내가 자유의지대로 살 수 있는 사람은 없다고 말하면 그게 무슨 뜻인지 알고 있었다.

열대의 날씨는 내내 이어졌다. 펄펄 끓는 두뇌의 세포에서 생각의 조각들은 자라나지 않았다. 뭔가 신선한 느낌을 얻으려면 얼음과 눈의 나라에서 머리를 식혀야 했다. 나는 캐나다로 이민을 가고 싶다! 나는 이미 한 번 동구권에서 서방으로 도망쳤다. 그렇지만 어떻게 서방에서 다른 서방으로 피난을 갈 수 있을까? 어느 날 이 질문에 대한 올바른 답이 생각났다.

산보를 가는 도중에 나는 얼음과 눈으로 뒤덮인 풍경을 발견했다. 그것은 어떤 포스터에 갇혀 있었다. 바깥벽에는 다른 포스터가 있었다. 나는 내가 영화관 앞에 있다는 것을 알아차렸다. 나는 망설이지 않고 입구로 가서 영화표를 샀는데 처음 갔음에도 불구하고 이 모든 것이 익숙한 것인 양 행동했다. 그 캐나다 영화는 나에게 북극에서의 삶을 보여주었다. 눈토끼, 은여우, 하얀 육식동물, 회색고래, 바다사자, 해달, 범고래, 그리고 북극곰. 그곳에서의 삶은 나에게는 잘 상상이 되지 않았지만 동시에 그게 내 조상들의 일상이었다는 것을 알았다.

돌아오는 길에 나는 역 뒤에 있는 한적한 길을 질러왔다. 다섯 명의 젊은 아이들이 빙 둘러서 있었는데 그중의 하나가 스프레이로 벽에 비밀스러운 기호를 그리고 있었다. 나는 호기심 때문에 거기에 서서 아무 말도 하지 않고 지켜보았다. 그 젊은 애들 중 제일 작은 애가 내가 옆에 있다는 걸 알고는 가라는 손짓을 했다. "꺼지라고!" 나는 누군가가 그룹에서 나를 따돌림 시키려고 하면 참을 수가 없다. 나는 무응답으로 대응했다. 한 발자국도 뒤로 물러설 생각이 없었다. 다른 네 명의 젊은 애들이 차츰 나를 알아보았다. 그중의 한 명이 내게 어디에서 왔는가를 물었다. "모스크바"라고 대답했다. 그 순간 다섯 명이 전부 나에게 덤벼들었다. '모스크바'라는 단어가 '공격해'를 뜻한다는 듯이. 나는 머리 가죽이 부드럽고 벌거벗은 이 젊고 비쩍 마른 사람들을 다치게 할 생각은 조금도 없었지만 적어도 나를 방어하기는 해야 했다. 그래서 앞발들을 편 상태에서 부드럽게 한 대 쳤다. 첫 번째 애는 엉덩방아를 찧었고 다시 일어서지 못한 채 나를 노려보기만 했다. 두 번째 애는 멀리 날아갔고 다시 일어서서 이를 악물더니 나에게 덤벼들었다가 새의 깃털처럼 다시 멀리 날아가 버렸다. 세 번째 애는 점퍼에서 칼을 꺼내더니 나를 찌르려 했다. 그 애가 다가올 때까지 나는 기다렸다가 마지막 순간에 옆으로 피한 다음 몸을 돌려 그 애 등을 한 대 후려쳤다. 그 애는 세워 놓은 자동차에 쾅 부딪쳤고 열을 확 받아 입술이 터진 상태로 나에게 달려들었다. 나는 다시금 살짝 비켜서서 그를 뒤에서 가볍게 한 대 쳤다. 그 애는 바닥에 쓰러졌다가 다시 일어났는데 이번에는 그곳에서 빨리 도망치기 위해서였다. 그의 친구들은 벌써 다 보이지가 않았다. 호모 사피엔스는 몸에 불필요한 살이 너무 많다는 듯이 뭉그적대며 움직이지만 그 애는 너무 불쌍할 정도로 말랐다. 호모 사피엔스는 눈을 너무 자주 껌뻑거린다. 결정적인 순간에는 눈을 크게 뜨고 봐도 모자랄 텐데 말이다. 아무 일도 없을 때에는 호모 사피엔스는 격렬하게 움직이기 위해 끝까지 생각을 해둔다. 그런데 정작 진짜 위험한 일이 생기면 너무나 느리게 행동한다. 호모 사피엔스는 도대체 싸움에 적합하지가 않은 종인 것이다. 차라리 토끼나 노루처럼 지혜가 있든지 그것도 아니면 도망치는 기술이라도 배워 두었어야 했다. 그런데도 호모 사피엔스는 싸움과 전쟁을 좋아한다. 누가 이 멍청한 동물들을 창조했는가? 개중에는 자기가 신과 동일한 모습으로 창조되었다고 우기는 종자들도 있다. 그것이야말로 신에 대한 모독이다. 이 지구의 북쪽에는 신이 곰같이 생겼다는 것을 기억하는 소수 종족들도 있다.

땅바닥에는 꽤 좋은 검은 가죽 재킷이 떨어져 있었다. 나는 그걸 집어 집에 가져와서 볼프강에게 선물로 주려 했다.

짜 맞추기나 한 것처럼 볼프강이 그다음 날 우리 집에 왔다. "내가 거리에서 가죽 재킷을 주웠거든. 나에게 너무 작으니 네가 한번 입어 봐." 볼프강은 처음에는 무심하게 그 재킷을 보다가 갑자기 얼굴이 굳어졌다. "이 재킷 어디에서 났어? 이 나치 십자가 안 보여?" 정말로 그 재킷에는 십자가 문양이 있었다. 나는 내가 적십자 사람들을 때린 것은 아닌지 겁이 덜컥 났다. 나는 재빨리 핑계를 댔다. "그놈들이 나를 먼저 공격했다고. 그냥 정당방위였어." 볼프강의 얼굴에 분노의 열기가 퍼져 갔다. 아마도 뭔가를 오해하는 것 같았다. 나는 그걸 신속하게 풀고 싶었다. "걔들은 실제로 살짝만 다쳤어. 필요하면 내가 걔들에게 가서 사과할 수도 있어. 걔들이 나를 오해했어. 나는 모스크바라고만 말했는데 전부 나한테 덤벼들었어. 모스크바가 무슨 암호인가?"

볼프강은 한숨 소리를 내며 앉더니 신新나치들은 통계로 보자면 나처럼 밝은 색깔의 러시아계 독일인을 가장 많이 공격한다고 말해 주었다. 피부가 어두운 사람들이나 오스만족의 검은 머리들이 아니고 말이다. 극우 성향이 강한 사람들이 가장 겁내는 이는 바로 비슷해 보이지만 다른 사람들이라는 것이다. "그렇지만 나는 비슷해 보이지 않는데"라고 내가 항의했다. "어쩌면 아닐 수도. 그렇지만 모스크바라는 지명은 바로 감정적이 되게 만들고 또 어떨 때에는 분노에 확 불을 댕기지."

볼프강은 카오스의 대표에게 전화를 걸고 그다음에는 경찰에 신고했다. 나중에 그가 신문 기사를 보여 주었는데 거기에는 한 망명 작가가 극우파에게 공격을 받았다고 쓰여 있었다. 내가 전혀 부상을 입지 않았기 때문에 희생자가 중상을 입고 병원에 누워 있다는, 훨씬 더 신빙성 있게 들리는 말은 쓰여 있지 않았다. 나에게는 생채기 하나 나지 않았다. 그럼에도 불구하고 나는 여성 한 명으로서 다섯 명의 남자에게 공격을 받았고 이것은 볼프강과 그의 친구들에게는 캐나다 대사관에 가서 나를 정치적 난민으로 받아 줄 수 있는지 물어볼 만한 충분한 근거가 되었다. 서독에서 산다는 것은 나에게 너무나 위험한 일이 되었기 때문이다. 카오스는 내가 연어만 많이 먹고 글은 거의 안 써서 나를 놓아 버리려는 듯했다. "우리는 이제 캐나다 대사관의 대답만 기다리면 돼"라고 볼프강이 가시가 잔뜩 있는 장미 같은 목소리로 말했다.

얼음처럼 차가운 나라를 향한 동경이 사그라지지 않았지만 내게는 예상치 못한 걱정이 하나 생겼다. 처음에는 별로 중요하지 않다가 점점 더 그렇게 되었는데 바로 내가 이제 영어를 배워야 하는 것 아닌가라는 의문이 그것이었다. 그럼 내가 열심히 독일어를 배운 것이 헛일이 될까? 여러 언어가 동시에 내 삶에 대해 쓰는 일이 나를 헷갈리게 만들지 않기를 바랐다. 그다음 떠오른 의문은 첫 번째보다 더 위험해 보였다. 내가 종이 위에 쓴 것은 이제 사라지지 않는다. 그것은 확고한 것이다. 그러나 새로운 세계에서 나를 기다리는 사건들은 어떠할지? 나는 인생이 흘러가는 속도에 맞추어 매번 새로운 외국어를 배울 수는 없다. 사라질 수 있는 것은 예컨대 '나'라는 이름을 가졌다. 죽는다는 것은 더 이상 존재하지 않는다는 것을 의미한다. 그때까지는 나에게 죽음에 대한 공포가 없었다. 하지만 자서전을 쓰면서부터 불쑥 공포가 생겨났다. 내가 내 인생에 대해 끝까지 쓰기도 전에 죽을 수도 있다는 공포 말이다.

우리 조상들은 확실히 불면증 같은 건 몰랐다. 그들과 비교해 보면 나는 너무나 많이 먹고 너무나 적게 잔다. 나의 진화는 명백히 퇴보를 의미한다. 나는 잠이 안 오는 밤을 위해서 책상 뒤에 몰래 숨겨 두었던 보드카 병을 가져왔다. 모스크바에서는 괜찮은 연줄로 모스콥스카야 한 병을 간신히 구할 수 있었지만 서베를린에서는 기차역 가게 아무 데서나 살 수 있었다. 나는 트럼펫처럼 병을 주둥이 앞에 대

고 마치 팡파르를 불듯이 하며 갈증을 달랬다. 어느 순간부
터 나는 병을 얼굴에서 떼어 낼 수 없었다. 억지로 떼어 내
려 하면 아팠다. 병이 내 몸 안으로 들어와 자라났기 때문
이다. 나는 일각수였고 북극곰이 나에게 다가오는 것이 보
였다. 그리고 나는 경악해서 얼음물로 달려들었다. 북극곰
은 입에는 아무런 먹이도 물지 못하고 거기에 서 있었고 화
가 나서 소리를 질렀다. 그는 내가 아는 곰이었다. 바로 삼
촌이었다. 왜 삼촌이 나를 잡아먹으려 할까? "삼촌" 하고
나는 그에게 다정하게 말을 걸었다. 그는 나에게 이빨을 보
이고 으르렁거렸다. 아아, 내 말을 알아듣지 못하는구나. 뭐
이상한 일은 아니다. 나는 물속에 있을 때 가장 안전한 느
낌이 든다. 왜냐하면 물은 내 몸의 기본 구성 성분이니까.
내 옆에서는 일각수가 헤엄을 치고 있다. 그가 나에게 귓속
말을 한다. "취한 상태로 못 버틸 거야. 조심해. 범고래들이
오고 있어."―"말도 안 돼. 여기에 범고래는 안 살아"라고
다른 일각수가 말했다. "웃기네. 범고래들이 이동하고 있어.
고향에 엄청난 기근이 들었거든."―"우리 다 같이 도망가
자." 우리 셋은 어깨를 맞대고 북쪽으로 도망쳤다. 우리는
퍼런 얼음물에 들어갔다 나왔다 하면서 흔들리는 빙하 사
이에서 머리를 물에 넣었다가 다시 뺐다 했다. 동료들과 바
다를 가는 것은 젊은이들이 시쳇말로 하듯 '동물적으로 죽

여주는' 상태였다. 나는 유빙이 내 머리를 때려도 전혀 아픔을 느끼지 못했다. 나는 곧 산만해지기 시작했다. 그때 뭔가가 나타났다. 처음에는 작고 해롭지 않은 유빙인 듯 보였지만 이것은 엄청나게 큰 빙산이었고 나는 그 꼭대기만 본 것이었다. 내 뿔이 이 거인을 찔렀고 우지직 소리를 내며 부서졌다. 별거 아니야. 뿔은 단지 장신구라고, 라고 큰 소리를 내어 생각을 말했지만 이내 이 뿔이 없으면 내가 균형을 잡을 수 없다는 것을 알았다. 내 몸은 척추를 중심에 두고 빙글빙글 돌다가 소용돌이 때문에 아래로 끌려갔다. 살려 줘! 공기가 필요해! 나는 양손으로 버둥거리는 갓 태어난 수많은 바다사자들을 보았다. 아마 그들도 나처럼 물에 빠진 것이리라. 지금 나 자신이 물에 빠져 죽을 위기상황만 아니라면 나는 이 바다사자 새끼들을 잡아먹었을 것이다.

밤의 풍경들이 사라지고 나는 일어났다. 캐나다에 가는 게 겁이 났다. 나는 책상으로 억지로 가려고 했지만 아직 감각이 온전히 돌아오지 않아 시선이 바깥으로 부유하게 놔두었다. 거리에는 소년이 한 명 있었는데 그는 이상한 자전거로 천천히 가고 있었다. 그 자전거는 닥스훈트를 연상시켰다. 두 손잡이를 잡아당기자 앞바퀴가 일어섰고 소년은 뒷바퀴에 앉아 있었다. 그는 한동안 원을 빙글 돌더니 앞바퀴를 다시 바닥에 내려놓았다. 그다음에는 자전거 위에서 몸을 돌렸고, 결국에는 등을 가는 방향과 반대로 하여 앉게 되었다. 언제일지도 모르고 출연할 수 있을지도 모르지만 그는 분명히 서커스 무대에 나오려고 연습을 하는 것이다. 갑자기 그가 옆으로 쓰러졌다. 마치 악한, 보이지 않은 손이 옆에서 그와 부딪친 것처럼 말이다. 그의 벗겨진 무릎은 빨갛게 물이 들었다. 그는 그러나 아픈 것을 무릅쓰고 연습을 이어 갔다. 그는 벌떡 일어났고 다음으로는 달리는 자전거로 물구나무서기를 시도했다. 나는 '손잡이'라는 단어가 떠올랐다. 그렇다, 나는 내 운명을 조종할 수 있는 손잡이가 필요하다. 그러려면 내 자서전을 계속 써야 한다. 내 자전거는 바로 내 언어다. 지나간 것이 아니라 나에게 일어날 모든 것에 대해 쓸 것이다. 내 삶은 내가 글로 고정시킨 그대로 흘러갈 것이다.

'토론토 공항에서 나는 얼음처럼 차가운 바람으로 따뜻한 환대를 받았다.' 나는 낯선 사람들이 나를 데려가는 장면을 글로 쓸 수 있었는데 이미 내가 한 번 글로 옮긴 적이 있는 서베를린에서 겪은 일의 반복이었기 때문이다. 삶에서 같은 일들이 반복되고 있는데 작가는 도대체 어떻게 이러한 반복을 피할 수 있을까? 캐나다로 이민 간 사람들은 그들의 삶에 대해 뭐라고 썼을까? 이러한 질문에 대해서는 좋은 서점을 통해서 도움을 얻을 수 있다. "이민문학 칸은 저기에 있어"라고 프리드리히가 '철학'이라는 옛 팻말이 여전히 붙어 있는 책장을 가리켰다. 책들이 너무 많아서 도대체 어느 책부터 건드려야 할지 감이 오지 않았다. 프리드리히는 나에게 책 세 권을 추천해 주었고 나는 세 권을 다 구입했다.

첫 번째 책에는 캐나다란 나라는 이민자들을 첫날부터 아주 잘 대해 준다고 쓰여 있었다. 새로 시민권을 얻은 사람들에게 시청에서 환영식을 해 주는데 이때 시장이 직접 와서 새 시민에게 악수를 청하고 꽃다발을 건네준단다. 나는 이 부분을 베껴 썼다.

다음 장면에서 서술자인 나라는 사람은 어학원에 다녔다. 새로운 언어에 대한 생각은 나를 짓눌렀다. 독일어는 나에게 아직도 충분히 새로웠기 때문에 새로운 언어는 더이상 필요하지 않았다. 책에 나온 사진은 어학원의 교실을 보여 주었는데 거기에는 왜소하고 낡아 빠진 의자들이 있었다. 나는 새로운 문법을 배우려고 자기 엉덩이를 저 좁은 어학원 의자에 들이밀고 이민까지 갈 필요는 없다고 생각했다. 그 밖에도 저자는 사람들이 에너지 낭비를 걱정해야 할 정도로 교실이 따뜻하게 난방이 되어 있다고 적었다. 그러나 그런 걱정은 불필요한 것인데 캐나다는 엄청난 에너지 자원이 있기 때문이라는 것이다. 이 얼마나 끔찍한 상상인가! 나는 첫 번째 책에 완전히 기분이 상해 버려서 책을 구석에 처박아 두고 두 번째 책을 펼쳤다. 이 책의 저자는 신대륙의 남쪽에서 배를 타고 북쪽으로 가서 비밀리에 캐나다에 들어갔다. '나는 밤에 어두울 때 인적이 드문 작은 어촌 항구에 도착했다. 나는 얼어 있었다. 그리고 바닷물로 흠뻑 젖은 무거운 옷을 벗고 어망으로 나를 감쌌다. 해초 냄새가 코로 올라왔다.' 차가운 흠뻑 젖은 옷과 해초 냄새는 내 마음에 꼭 들어서 나는 이 장면을 열심히 베껴 썼다. 그러나 이 저자도 해변에 오래 머물지 않고 벌써 다음 날에 관청으로 가 버렸다. 그러고는 마찬가지로 어학원에 도착했다. 나는 책을 닫고 세 번째 책의 중간 정도를 펼쳤다. 인생의 중간에 도착하고 싶었기 때문이다. 거기에서는 첫 만남, 동경, 첫 키스가 나를 기다리고 있었다. 나는 바로 책에 빠져들었다.

그때 나는 직업학교에 다니고 있었다. 처음에는 영어를 배우겠다는 목표 하나밖에는 없었다. 나는 사람들과 이야기하는 것을 좋아했고 다른 사람들이 나를 어떻게 생각하는지에는 전혀 신경을 쓰지 않았다. 몇 주가 지나자 내가 우리

반에서 유일하게 눈처럼 하얀 존재라는 것을 알게 되었다. 내 열등감은 마치 독을 품은 꽃처럼 활짝 피어났다. 아무도 그 때문에 나를 욕보이지는 않았고 아무도 나의 색깔에 신경을 쓰지 않았지만 거울은 항상 나에게 창백한 얼굴을 보여 주었고 내가 건강이 좋지 않고 슬퍼 보인다고 속삭였다. 나는 수업이 끝난 후에 도시의 끝에 있는 호수를 찾아가기 시작했다. 거기에서 선탠을 하면서 내가 갈색이 되는 기적이 일어나기를 기다렸다. 그러나 타고난 나의 본성은 그 어떤 색깔도 나에게 덧입혀 주지 않았다. 우리 반에 크리스티안이라는 이름을 가진 남자아이가 있었다. 그 아이는 호감형이라 눈에 띄었다. 그는 뭐가 나를 그렇게 짓누르는지를 물었다. 대답하는 대신 나는 다음 주 일요일에 같이 수영을 하러 가자고 제안했다. 그는 바로 나에게 좋다고 말했는데 조금의 망설임도 없어 보였다.

우리는 젖은 몸을 하고 호수에 있었고 석양의 작고 부드러운 빛의 입자들 속에서 샤워를 했다. 크리스티안도 나처럼 창백했다. 그게 그때까지 왜 눈에 띄지 않았는지는 설명할 수 없었다. 나는 내 고민을 털어놓았고 그러자 그는 못생긴 오리에 대한 동화를 들려주었다. 크리스티안은 자기의 출신지인 오덴세*에 대해 자부심이 강했는데 들려준 동화의 작가도 그 고장 출신이었다. 명랑한 기분이 나를 사로잡았고 우리의 시선이 서로 마주쳤다. 그리고 나는 내 앞발을 그의 머리에 얹었다. 그는 천천히 몸을 숙이더니 자기 코맹맹이 코로 내 가슴을 눌렀다. 우리가 애무하는 동안 해는 마지막 계단을 꼴까닥 넘어가 지하실로 사라졌다. 우리는 셋이서 거기에 누워 있었다. 크리스티안 나 그리고 밤, 이 셋이.

크리스티안은 나와 교회에서 결혼하고 싶지는 않다고 말했다. 종교는 시대에 걸맞은 마약이 아니라는 것이다. 우리는 결혼식을 우리만의 작은 방에서 하고 싶었다. 그 후 나는 마치 단추로 누른 듯 바로 임신을 했고 쌍둥이를 낳았다. 여자애 하나, 남자애 하나. 남자애는 이름을 갖기도 전에 죽어 버렸다. 나는 여자애에게 토스카라는 이름을 지어 주었다.

책에서 이 부분을 베껴 썼을 때 나는 주인공으로 이야기 속으로 들어갔다. 나는 여기에서 이야기된 것을 내 삶의 이야기로 입양하고 마지막 마침표를 찍을 때까지 실제로 그렇게 살아 보고 싶었다. 나는 모든 문장을 큰 목소리로 읽고 베껴 썼지만 어느 시점에서부터 책 보는 것을 그만두었다. 책 안에서 어떤 목소리가 나에게 이야기를 속삭였다. 나는 그걸 잘 듣고 글을 썼다. 이러한 일들은 나에게서 엄

---

* 덴마크의 도시로, 한스 크리스티안 안데르센의 고향이다.

청난 에너지를 빼앗아 갔다.

　남편과 나는 직업학교를 졸업했다. 절정은 그가 시계공에게서 일자리를 구하고 내가 간호사 실습을 하게 된 것이다. 남편은 곧 수공업자 노동조합에 가입했는데 정치 활동을 하느라 제때 집으로 저녁밥을 먹으러 온 적이 별로 없었다. 주말이 되면 남편은 쉬는 대신 더욱 열성적으로 노동자를 위해서 투쟁을 하였다. 그래서 토스카는 내 손으로 키웠다. 토스카는 천성이 명랑해서 나에게 기쁨을 가져다주었지만 가끔은 나를 혼란에 빠뜨렸다. 길에서 춤추고 노래하는 것을 좋아했기 때문이다. 지나가는 사람들이 박수를 열광적으로 쳐 주면 토스카는 도무지 멈추려 들지 않았다. 하루는 남편이 느닷없이 "우리 소련으로 이민을 가자"라고 제안해서 나를 놀라게 만들었다. 그 무엇으로도 고칠 수 없는 불안감이 나에게 닥쳐왔다. 내가 태어난 나라를 떠나려고 과거에 얼마나 애를 쓰고 얼마나 괴로워했던가. 만약 그곳에서 사람들이 내가 과거에 조국을 배신한 여자라는 걸 알게 되면 과연 내게 무슨 일이 일어날까? 남편은 내가 걱정하는 것을 듣더니 더 이상 이민 이야기를 꺼내지 않았다. 나는 마음이 다시 가벼워졌고 이제 망명은 우리 집에서 더 이상 이야기되지 않으리라 생각했다. 나는 캐나다를 많이 사랑했다. 그렇다고 이 사랑을 지나치게 높이 평가하고 싶지는 않다. 나는 미국도 사랑하고 미국에서 생산된 팬케이크도 사랑했다. 일주일이 지나자 나는 남편의 고집을 과소평가했다는 것을 알게 되었다. 그는 내게 다른 제안을 했다. "우리 동독으로 망명 가자. 거기에서는 아무도 당신의 과거를 몰라. 우리는 캐나다 시민으로 신청을 하고 이상적인 국가를 건설하는 데 일조하고 싶다고 말하면 돼. 내가 당신보다 캐나다를 덜 사랑하는 건 아니지만 제1세계는 지금 막다른 골목에 다다랐어. 우리 엄마가 덴마크에서 극렬 좌파 운동을 했다는 이유로 해고되었다고 이야기한 적 있지. 그래서 엄마는 나와 여기 캐나다로 왔는데 엄마는 얼마 안 있어 신경쇠약인 남자친구 손에 살해당했어. 계속 여기에서 살게 되면 죽어라 일만 하고 지금처럼 남는 게 없을 거야. 또 우리 딸 토스카는 제대로 된 교육도 받지 못할 거야. 토스카는 재능이 정말 많은데. 동독에서는 제대로 교육을 받을 수 있겠지. 토스카는 피겨스케이팅 선수나 발레리나가 될 거야." 이 말을 들었을 때 우리 가족과 같이 동독에 간다는 내 결정이 확고해졌다.

마음이 가벼워져 나는 기지개를 펴고 침대에 누워서 귀를 부드러운 베개 속으로 폭 잠기게 했다. 나는 크루아상처럼 거기에 누워 아직 태어나지 않은 우리 딸 토스카를 껴안았다. 토스카는 아직은 내 꿈의 일부분이고 나는 가벼운 잠에 빠져들었다. 한 가지는 분명하다. 우리 딸은 나중에 커서 무대에 올라 차이콥스키의 〈북극곰의 호수〉의 주인공이 될 것이다. 토스카는 너무나 사랑스러워서 보자마자 사람들이 크누 크누 하고 만져 주지 않을 수 없는 아들을 하나 낳을 것이다. 그러면 나는 나의 첫 손자인 그 애에게 '크누트'란 이름을 줄 것이다.

나는 저 먼 들판을 바라다보았다. 집도 없고 나무도 없고 지평선까지 얼음으로 덮여 있었다. 첫걸음을 뗄 때 이미 나는 이 땅바닥이 유빙인 것을 알아차렸다. 내 두 발은 발을 디딘 유빙과 더불어 가라앉았다. 이미 나는 무릎까지 얼음처럼 차가운 물속에 있었다. 그다음에는 배가, 또 어깨가 차가워졌다. 나는 수영을 꺼리지 않았고 얼음처럼 차가운 물이 나를 식혀 주는 것도 기분 좋았다. 그럼에도 불구하고 나는 물고기가 아니기 때문에 언제까지고 물속에 있을 수는 없었다. 내가 육지의 한끝이라고 생각한 평평한 부분이 있었다. 내가 거기를 건드리자마자 그 땅 조각은 벌써 옆으로 기울기 시작하더니 바닷속으로 사라졌다. 그래서 더 이상 육지를 찾지 않고 좀 더 큰 얼음덩어리를 찾았다. 몇 번의 실패를 경험한 끝에 드디어 아주 큼지막해서 내 무게를 감당하는 유빙을 찾아냈다. 나는 그 위에서 몸의 균형을 잡고 앞을 뚫어지게 보다가 그 유빙도 내 발바닥의 온기로 인하여 시시각각 녹는 것을 느꼈다. 얼음으로 된 섬은 내 책상만큼이나 컸다. 그러나 언젠가는 더 이상 존재하지 않을 것이다. 도대체 나에게는 얼마만큼의 시간이 남아 있는 것일까.

제 2 장

죽음의 키스

내 척추는 위로, 내 가슴은 옆으로 늘어난다. 나는 턱을 약간 내 쪽으로 당긴 채로 살아 있는 얼음벽 앞에 서 있지만 하나도 겁이 나지 않는다. 이건 싸움이 아니다. 이 얼음벽은 실제로는 눈으로 만든 따뜻한 곰 가죽 털로 만들어진 벽이다. 나는 얼음벽을 올려다보는데 거기에서 흑진주 같은 까만 두 개의 눈과 젖은 코를 본다. 나는 각설탕을 재빨리 혀 위에 올려놓고 혀를 그녀 쪽으로 내민다. 북극곰은 천천히 내게로 몸을 구부린다. 그녀는 처음에는 엉덩이를, 그다음에는 무릎을 구부리고는 두 뒷다리로 몸의 균형을 잡는다. 그녀가 헐떡거리며 입을 열자 눈 냄새가 강하게 입에서 뿜어져 나온다. 그리고 그녀의 혀는 내 입속의 가장 은밀한 공간에서 각설탕을 능수능란하게 쏘옥 빼앗아 간다. 저 입은 다른 입을 건드린 적이 있을까, 없을까?

관객들은 모두 숨죽인 채 박수를 치는 것도 잊고 마치 얼어 버린 듯 조용히 있다. 수천 개의 눈이 겁을 집어먹고서 북극곰 토스카를 뚫어져라 쳐다본다. 관객 중 그 누구도 이게 실제로는 위험하지 않다는 것을 모른다. 물론 키가 3미터나 되는 토스카가 그 강력한 앞발로 제대로 한 방을 먹이면 내 인생은 바로 끝장이 날 것이다. 그러나 그녀는 그러지 않을 것이다. 지금 뒤에 배경으로 서 있는 저 아홉 마리 북극곰 앙상블이 자기네들의 평화 상태에서 벗어나게 되면 그때가 정말 위험한 상황이다. 곰들 중 한 마리만 평정심을 잃어버려도 그 작은 불씨는 다른 곰들의 불안감에 불을 붙여 곧장 엄청난 불길로 번져서 무대를 뒤덮어 우리 모두를 태워 버릴 수 있다. 그래서 나는 무대 위의 곰을 하나하나 예의 주시하고 있고 내 뒤에 서 있는 곰들에 대해서도 마찬가지다. 이때에는 내 몸 전체가 감각기관이 된다. 내 땀구멍 하나하나가 모두 눈이 되고 내 등 뒤에도 눈이 수없이 많이 달려 있게 된다. 내 뒤통수의 머리카락 하나하나가 이 그룹 안에서의 권력 관계를 감시하기 위한 안테나로 작동한다. 나는 조금도 주의를 게을리하지 않는다. 토스카와 내가 키스를 하는 바로 이 1초만 빼고 말이다. 그때에는 내 모든 신경이 입술 위로 몰려 있어서 나는 다른 곰들을 관찰할 수가 없다. 채찍을 들고 있는 내 왼손은 키스를 할 때 잠시 움찔한다.

관객들은 내가 들고 있는 이 채찍이 맹수들에 대한 지배권을 보장해 줄 것이라 생각한다. 사실상 이 가죽 채찍은 남을 해칠 리 없는 지휘자의 지휘봉과 비견할 만하다. 오케스트라의 음악가 어느 누구도 자기가 이 지휘봉으로 두드려 맞거나 다칠 수 있을 거라고 생각하지 않는다. 그렇지만 그 가늘고 작은 막대기는 지휘자의 권력을 상징하고 있는데 그건 어쩌면 그가 다른 연주자들보다 한 걸음 앞서 서 있기 때문일 수도 있다. 똑같은 관계가 바로 내 채찍과 맹수들의 관계라고 생각한다.

나는 무대 위의 살아 있는 동물들 가운데 가장 작고 가장 약하고 가장 재미없는 동물이다. 내 유일한 장점은 다른 동물들의 기분의 변화를 미리 그리고 정확하게 감지할 수 있다는 것이다. 만약 아홉 마리 곰들 사이에서 권력 관계가 흔들리기 시작하거나 아홉 마리 중에 두 마리만이라도 서로 으르렁대기 시작하면 내 물리적인 힘으로는 그 싸움판을 도저히 막을 수가 없다. 그래서 나는 아주 조금이라도 서로 적개심이 싹튼다고 생각되면 곰들의 주의를 다른 데로 돌리기 위해 곧바로 채찍을 울리고 소리를 지른다. 그러지 않으면 그 적대 관계는 급수직 상승해 되돌리는 것이 불가능해진다.

아홉 마리 북극곰들은 북으로 만든 다리 위에 서 있다. 그들은 마치 전설에 나오는 아홉 개의 머리를 가진 뱀 나가처럼 보인다. 첫 번째 곰의 머리가 벽시계의 추처럼 이리저리 움직인다. 두 번째 곰의 머리는 목구멍에서 깊숙한 소리를 낸다. 곰 머리들은 다들 자기 차례가 와서 달콤한 대가를 받기를 기다린다.

내 치마는 짧고 장화는 길고 구불거리는 내 긴 머리는 말총처럼 묶여 있다. 나는 키가 1미터 58센티미터인데 아무도 내 나이가 마흔을 넘었다는 것을 모른다. 서커스단 단장인 판코프는 내 외모 때문에 다음과 같은 선전문을 프로그램에 넣었다. '한 자그마한 소녀가 엄청나게 커다란 곰 열 마리를 지휘합니다. 대단하지 않습니까! 벌써부터 소름이 쭉쭉 끼쳐 옵니다! 우리는 감각적인 공연이 필요합니다. 북극곰은 갈색곰보다 훨씬 크지요. 그들은 하얗기 때문에 실제보다 훨씬 더 커 보입니다. 곰들이 열을 지어 서 있으면 커다란 얼음벽처럼 보인답니다. 끝내주게 멋있지요!' 내 귀에는 오늘날에도 판코프의 쉰 목소리가 쟁쟁 울린다. 그의 담배 소비 행태는 사회주의 계획경제와는 한참 거리가 멀었다. "자, 뭐라고 하겠어. 당신, 이 요구 사항들을 다 해

낼 수 있겠어? 한번 해 봐! 실패할까 겁먹지 말고! 다 망하게 되더라도 당신을 해고하는 일은 없을 거니까. 뭐 정 안되면 우리 서커스단에서 청소나 하면 되잖아." 그러면서 그는 얄밉게 웃었다. 나는 지금의 성공의 열쇠를 손에 쥐기전 몇 년 동안 서커스단에서 말 사육장 청소를 했던 시절이있었다. 판코프는 그걸 너무나 잘 알고 있는 것이다. 그는지금 나를 약 올리고 있다. 아마도 내가 화가 나서 씩씩거리기를 바랄 것이다.

나는 딱 한 번 실패했던 시도를 빼고는 지금까지 북극곰과 지내 본 경험이 없다. 그 시기는 내 인생에서 짧지만 잊을 수 없는 시기였다. 그즈음에 나는 맹수 그룹의 조련을담당했는데 어느 날 내 의지와 상관없이 북극곰 한 마리를내 그룹에 받으라는 강요를 받았다. 나는 포유류라면 다 좋아하지만 당시에 널리 유행하던, 맹수들을 죄다 같이 섞는서커스 프로그램은 증오했다. 정확히 말하자면 호랑이와사자, 표범을 나란히 세우는 걸 자랑하는 인간의 어리석음과 자만심을 싫어했다. 그것은 나에게 화려한 전통 의상을입은 소수민족들을 동원해 자기 나라를 과시하려는 전시용퍼레이드를 생각나게 했다. 국가는 그들에게 정치적 자치권은 보장해 주었지만 그 대신 자기 나라의 문화적 다양성을 시각적으로 보여 주어야 한다는 과제를 안겨 주었다. 인간들과 다르게 맹수는 생존하려면 종별로 자기들끼리 무리를 짓고 사는 것이 필수적이다. 그들은 서로 의미 없이 싸우거나 죽이지 않기 위해 다른 종들과 거리를 두고 지낸다. 인간들은 그 동물들을 정말 좁은 공간에 다 같이 가두었고 그래서 동물 백과사전의 항목들을 보는 것같이 만들었다. 나는 호모 사피엔스라는 어리석은 종족의 대표자로서 무대에 설 때 종종 부끄러움을 느끼지 않을 수 없었다.

나의 보스와 보스의 전 보스는 내 맹수-앙상블 공연에 북극곰이 없으면 무슨 재미가 있겠느냐고 말하곤 했다. 지금 돌이켜 보면 그들은 마치 맹수들처럼 정치가 무리를 이루어 살고 있으면서도 다른 동지에게 잡아먹히지나 않을까 내내 전전긍긍했었던 게 틀림없다. 1953년 스탈린이 죽은 후에 누가 누구를 그다음에 잡아먹을지 예견하기는 쉽지 않았다. 우리는 서커스가 개인들의 수중에 있어서는 살아남기가 힘들 거라는 생각을 점점 더 많이 하게 되었다. 우리는 새로운 종류의 불확실성을 느꼈다. 그 누구도 우리가 계속 더 일하게 될지 아니면 갑자기 폭풍이 몰아닥쳐 우리 서커스단 천막을 그 자리에서 순식간에 철거할지를 몰랐다.

1961년에 부슈, 아에로스, 올림피아 이 세 서커스단은 독일민주공화국(동독)의 국립 서커스단으로 새롭게 출발할 수 있게 되었다. 나는 이 국립 서커스단이 맹수 혼합 우리 프로그램을 포기하기를 바랐다. 왜냐하면 이 원시적인 야만성과 현대 국가라는 개념은 서로 너무나 어울리지 않았기 때문이다. 그러나 평화로운 사자 가족을 만들고자 하는 나의 소원은 서커스 세계에서는 전혀 호응을 받지 못했다. 점점 더 많은 관객이 위험한 맹수들이 섞여 있는 것을 보고 싶어 했던 것이다.

나는 당시에만 해도 북극곰들이 사자들만큼이나 평화로운 종족인지 아닌지에 대한 확신이 없었다. 그것 이외에도 판코프가 그런 제안을 한 것은 오로지 나를 곤란에 빠뜨리기 위해서가 아닐까라는 의심을 하고 있었다. 그렇지만 결국 나는 그의 제안을 받아들이기로 결심했다. 내 출세의 문을 나 스스로 닫고 싶지는 않았던 것이다.

남편인 마르쿠스는 처음 만났을 때에 이미 곰 조련사로서 경력의 절정기를 지나고 있었다. 나는 몇 년 동안은 그의 곰 조련 레퍼토리에 열광하는 수많은 팬 중의 한 명이었다. 그가 이끄는 대로 곰의 몸뚱이는 빛의 입자처럼 아주 밝고 아주 가볍고 아주 반짝거리면서 무대 위를 흘러 다녔다. 내가 마르쿠스와 사랑에 빠졌을 때에 그는 인생의 위기에 있었다. 우연히 나는 그의 연습 시간에 참여한 적이 있었다. 그때 그는 자기를 우러러보는 실습생으로 둘러싸여 있었다. 그의 머리카락은 공들여 빗겨졌고 실제 공연이 아니라 연습인데도 영국제 승마 바지와 아주 멋진 장화를 차려입고 있었다. 그는 경험 많은 마이스터처럼 서 있었지만 나는 그의 얼굴에서 혼란과 더불어 막 피어나기 시작한 불안감을 읽어 낼 수 있었다. 갈색곰은 마르쿠스의 명령을 따르지 않았고 심지어 나는 곰의 눈에서 경멸의 표시까지 알아차릴 수 있었다. 갈색곰은 그게 자기에게 더 낫다 싶으면 인간이라는 존재쯤은 가볍게 무시할 수 있다. 즉 인간과 아주 좁은 공간에 같이 있더라도 마치 자기 혼자만 있는 것인 양 행동한다. 그것이 좁은 공간을 다른 동물들과 함께 나누어 쓰는 곰 나름의 지혜였다. 그런 방식으로 그들은 불필요한 싸움을 피할 수 있었다. 나는 매일 아침 완전히 만원인 전철을 타고 다니는 일본의 사무직 직원들도 똑같이 그러한 지혜를 갖고 있다는 말을 들은 적이 있다.

그러나 갈색곰은 자기에게 시비를 걸면 어느 누구도 가만두지 않았다. 마르쿠스는 원치 않으면서도 곰에게 시비를 걸었고 그건 곰 조련사에게는 절대 용납이 되지 않는 큰 실수였다. 그 자리에 있었던 사람들 중에서 내가 그걸 알아차린 유일한 사람이지 않았을까? 마르쿠스는 인생의 위기에 봉착해 있었고 그는 더 이상 곰들을 이해할 수 없었다.

그 대신 그는 자신의 마음을 인간에게 열어 주었는데 이것
은 그가 전에는 하지 않았던 일이다. 연습 후에 나는 그와
같이 긴 의자에 앉았고 우리는 같은 리듬으로 숨을 쉬었다.
그래서 우리 사이의 거리는 굉장히 빨리 줄어들었고 국가
의 결혼 대상자 명단에 우리의 이름을 등록하기까지 그리
오래 걸리지 않았다. 그건 나로서는 두 번째 결혼이었다.
마르쿠스는 첫 번째 결혼에서 얻은 딸이 친정엄마 집에서
살고 있다는 이야기를 했을 때 아무 말도 하지 않았다. 내
첫 번째 남편도 곰 조련사였다고 이야기를 해 주었을 때에
도 그는 눈썹 하나 까딱하지 않았다.

마르쿠스는 다가오는 시즌에 코디액 불곰과 함께 무대
에 설 준비를 하고 있었다. 새로 온 곰은 아직 환경에 적응
하지 못해 아주 사나운 표정으로 우리를 째려보았는데 설
탕을 한 양동이를 갖다 바쳐도 귀 하나 쫑긋하지 않겠다는
듯이 보였다. 판코프가 총연습에 왔을 때 마르쿠스는 뒤에
서 여러 번 채찍을 휘둘렀다. 열심히 일하고 있는 척 보이려
그런 것이다. 마르쿠스는 날이 갈수록 점점 외모에 신경을
쓰지 않는 듯했다. 그는 이미 빛이 바랜, 오래된 군청색 운
동복을 입고 맨발인 채로 연습에 왔다. 그의 땀으로 흠뻑 젖
은, 가는 머리카락은 이제 빗질조차도 하지 않은 상태였다.

첫 공연까지는 아직 날짜가 충분히 남아 있었다. 그는 시간을 더 많이 가져도 되었다. 그러나 곰이 이빨을 내보여도 그가 곰의 분노를 알아차리지 못하고 있는 것은 우려할 만한 일이었다. 그는 언어조차도 제대로 이해하지 못하면서 대화를 통해 이 위기를 헤쳐 나가려는 모양이었다. 내 등 뒤로 식은땀이 쭉 흘러내렸다. 차라리 나는 눈을 감아 버렸다.

판코프가 요즘 코디액 불곰의 행동이 좀 이상하다면서 잠시라도 동물심리학자의 손에 넘기자는 제안을 했을 때 마음이 놓인 것은 나뿐만이 아니고 마르쿠스도 마찬가지였다. "그 대신 우리는 북극곰들을 받기로 했어"라고 판코프가 얼굴을 찡그리면서 말했는데 우리 중 누구도 왜 그가 찡그리는지 이해하지 못했다. 마르쿠스는 처음에는 상당히 놀랐지만 판코프가 그가 아니라 내가 북극곰 프로그램으로 무대에 설 것이라고 말하자 곧바로 진정되었다.

남편은 나와는 완전히 다른 인생의 단계에 와 있었다. 그는 관객이 많은 것도 원치 않았고 또한 앞으로의 출세에도 그다지 예민하지 않았다. 남편 마음 저 깊숙이에는 맹수 조련사의 역할에서 이제 그만 영원히 하차했으면 하는 소망이 싹을 틔우고 있었다. 그렇다고 한들 지금 달리는 열차에서 뛰어내릴 수는 없는 것이다. 자살하는 경우를 제외하고는 말이다. 만약 누군가가 남편에게 지금의 완행열차에서 북극곰이라는 초특급열차로 갈아타야 한다고 말했더라면 어쩌면 남편은 기차 창문으로 뛰어내렸을지도 몰랐다. 북극곰은 유달리 공격적이고 행동이 예측 불가하다고 알려져 있었다.

그즈음 남편은 밤에 잠을 자다가도 악몽 때문에 깨곤 했다. 마치 어린아이가 큰 개에게 물린 것 같은 비명을 지르면서 말이다. 나는 이럴 때 내지르는 괴성에 대해서 잘 알고 있다. 어렸을 때 친구 하나가 큰 개의 공격을 받아 희생자가 되는 것을 직접 본 적이 있기 때문이다.

판코프는 아마도 그때 이미 무대에 올릴 작품을 머릿속에 아주 정확하게 다 그려 놓고 있었던 것 같다. 나는 머리띠를 둘러 이마를 환하게 드러내고 짧은 치마를 입고 등장해서, 요정처럼 힘을 하나도 안 들이고 북극곰을 조종해야 한다. 마르쿠스는 그때 무대 옆에 서서 곰들을 잘 지켜보고 있어야 한다. 만약에 생길지도 모를 위험에서 나를 보호하기 위해서 말이다. 그러면 관객들은 마르쿠스를 내 조수라고 생각할 것이다. 실제로는 마르쿠스가 그늘에서 조종하는 진짜 권력자여야 한다. 이렇게 판코프는 남편 마음을 상하지 않게 하려고 단어 선택에 있어서도 세심한 배려를 해 주었다. 남편은 이미 걱정을 떨쳐 버리고 기분 좋게 마음이 가벼워지고 있었는데도 말이다. 마침내 마르쿠스는 아주 즐거운 목소리로 물어보았다. "그러면 우리는 북극곰을 몇 마리나 받게 됩니까?"—"아홉 마리야"라고 판코프가 대답했다. 마르쿠스는 그날 내내 아무 말이 없었다.

나중에야 나는 그 뒷이야기를 알게 되었다. 판코프는 아홉 마리 북극곰을 소련에서 선물로 이미 받았기 때문에 그렇게 화급하게 새 아이디어를 내야 했던 것이다. 우리 서커스단은 한 번도 그렇게 대단한 선물을 받은 적이 없었다. 사람들은 모두 그렇게 큰 나라가 이렇게 작은 나라인 독일에 왜 그런 엄청난 선물을 했을까라고 각각 그 나름대로 자문했다. 아마도 선물하는 이는 선물 받는 이가 자기 곁을 곧 떠나 옛 파트너인 서독에게 돌아갈까 봐 걱정을 했던 것 같기도 하다. 아니면 소련은 지금 온 사방에 판다를 선물하면서 우호 국가 수를 급격히 늘려 가는 아시아의 이웃과의 경쟁심 때문에 그렇게 했을 수도 있다. 어찌 되었든 간에 선물인 북극곰들은 곧바로 우리 서커스단으로 몰려 들어 왔다.

사람들은 케이크 선물을 받으면 빨리 다 먹어 없애야 한다. 선물이 그림이라면 바로 벽에 걸어 놓아야 하듯 말이다. 이것이 선물을 받는 사람으로서 보일 수 있는 가장 좋은 예의다. 아홉 마리의 곰들은 전시용 물품이 아니라 제대로 교육을 받은 무용수들이었다. 그들이 들고 온 추천서에는 북극곰들이 레닌그라드에서 예술아카데미를 뛰어난 성적으로 졸업했다고 적혀 있었다. 즉 그들은 지금이라도 당장 무대에 오를 수 있는 상태인 것이다. 판코프는 담당 관청으로부터 압력을 받았다. 크렘린에서 방문하기 전에 빨리 이 아홉 마리의 북극곰이 저녁 프로그램의 하이라이트로 등장하는 볼만한 쇼를 완성시키라고 말이다. 지진이나 뇌우를 예측할 수 없는 것처럼 언제 크렘린에서 다시 사람들이 공식 방문을 하게 될지는 미리 알 수 없었다. 그래서 판코프는 공황 상태에 빠진 사람이나 다름없이 되도록 빨리 북극곰 쇼를 무대에 올려야 했던 것이다.

나는 '북극곰'이라는 말을 들었을 때 맹수 앙상블에 통합되어야 했던 예전의 문제의 곰을 떠올렸을 뿐 아니라 어린이 극장의 다른 암곰 생각도 같이 났다. 그 곰은 배우였는데 내가 착각한 게 아니라면 이름이 토스카였다. 당시 나는 직업과 관련된 통로로 입장권을 한 장 받았고 시간을 죽이러 극장에 갔었다. 나는 그때까지는 한 번도 토스카란 이름에 대해 뭔가를 들은 적이 없었는데 관객석에 앉자마자 옆자리의 부부가 토스카 이야기 하는 것을 들었다.

토스카는 발레 학교를 뛰어난 성적으로 졸업하였지만 아무 작품에서도 역할을 받지 못했다. 사람들이 기대한 〈백조의 호수〉에서도 못 받았다. 지금은 계속 아동극만 하고 있다. 토스카의 엄마는 엄청 유명했었는데 캐나다에서 사회주의 동독으로 이민을 와서 자서전을 썼다고 한다. 그 책은 안타깝게도 오래전에 절판되었고 읽은 사람도 없어서 이제 거의 전설이나 마찬가지다.

나는 맨 앞줄에 앉았다가 그 부드럽고 하얗고 엄청나게 거대한 몸집이 무대에 올라오는 것을 본 순간 숨이 멎는 줄 알았다. 이전에는 한 번도 그 비슷한 것조차 본 적이 없다. 깃처럼 가볍고 부드러운 동물은 나에게 그 무거운 체중과 살의 따뜻함을 느끼게 해 주었다.

이 어린이극에서 토스카는 아무런 대사도 하지 않았지만 가끔 입을 움직였다. 나는 그 입을 뚫어져라 바라보았다. 나에게는 토스카가 뭔가를 말하려고 하는 것이 점점 확실하게 보였기 때문에 나는 숨을 쉴 수 없을 지경이었다. 그러나 그녀의 말은 이해할 수가 없었다. 무대의 조명 장치는 그 당시로서는 굉장히 앞선 것이었다. 커튼은 북극의 빛을 흉내 낸 것이었고 우리에게 신비스러운 빛깔을 보여 주었다. 빛과 더불어 토스카의 털 색깔도 계속 바뀌었다. 상아색에서 대리석 색깔로, 그다음에는 거친 서리 색깔로 말이다. 공연 도중 우리의 시선은 도합 네 번 부딪쳤다.

그 아홉 마리 곰은 도착하자마자 일주일도 채 되지 않아

노동조합을 결성하여 우리 모두를 놀라게 만들었다. 곰들은 판코프에게 요구 사항을 전달하는 데 있어 점잔을 빼지 않았고 그래서 요구 사항들이 무시되자 바로 폭풍과도 같이 파업에 돌입했다.

북극곰들은 정치 연설을 독일어로 청산유수처럼 할 수 있었다. 그들의 입에서는 새로운 전문용어들이 마구 쏟아져 나왔는데 노동운동에서 나온 용어인 듯했고 그들의 요구 가운데 거참 곰 아니랄까 봐라고 할 만큼 곰만을 위한 특별 요구는 없었다. 초과 노동에 대한 추가 수당, 암컷을 위한 월차휴가, 매일 신선한 고기와 해초가 제공되는 직원 식당, 얼음처럼 차가운 물이 나오는 샤워 룸, 서커스단원을 위한 에어컨과 도서관이 그들의 요구 사항이었다. 물론 인간들도 샤워 룸이나 직원 식당이 필요하지만 우리는 판코프에게 감히 한 번도 그런 요구를 할 생각조차 하지 못했다. 우리는 밤이나 낮이나 쫓기다시피 일만 했고 노동계약 따위는 잊어버린 지 오래였다.

판코프는 노조 대표자가 와서 자기들의 요구 사항 목록을 읽어 내려갔을 때 너무나 화가 나서 얼굴이 붉으락푸르락했다. "샤워 룸이라고! 직원 식당이라니! 미쳤군그래! 너희는 바깥 아무 데에서나 차가운 물로 씻으면 되는 거 아냐. 해초라고? 뭘 먹든지 다들 각자 알아서 먹어. 그렇지만 그게 나랑 무슨 상관이냐고? 이 나라에서 파업을 한다는 것 자체가 도대체 돼먹지 않은 생각이야. 우리 나라는 노동자의 나라야. 그래서 우리 나라에는 원칙적으로 파업이란 없다고, 알아듣겠어?"

판코프는 속은 중세 사람이었다. 그가 생각하기에 곰들에게는 노예와 마찬가지로 인권이란 없는 것이다. 그러나 그는 지성적이라는 약점 때문에 약간의 양보의 여지는 보였다. 그래서 도서관은 만들어 주겠다고 약속했지만 나머지는 모두 거절했다. 강대국에서 온 곰들은 작은 나라와 절충안을 맺는다는 것에 익숙하지 않았다. 그들은 상호 접근을 오로지 침략이라는 형태로 알고 있었다. 파업을 중단하고 판코프에게 도서관에 대해 감사 인사를 할 생각은 눈곱만치도 없었다.

내가 어둠의 경로로 입수한 보드카 병을 주려고 판코프의 방문을 두드렸을 때 그는 이미 열흘이나 전쟁 상태에 있었다. 그는 마치 작은 화분의 식물처럼 보였다. 그는 내 손의 보드카 병을 보더니 미소만 시들하게 지어 보였다. 그다음에는 잔을 두 개 가져왔는데 이를 닦는 데나 적합한 컵들이었다. 그리고 거기에 보드카를 따랐다. 우리는 건배를 했고 나는 마시는 척만 했다. 판코프는 그 액체를 진짜 몸 안에 꿀꺽 털어 넣었다. 그는 잠시나마 기력을 되찾았고 나는 기회를 놓치지 않고 그에게 토스카에 대한 이야기를 했다. '북극곰'이란 말 때문에 그는 바로 술이 깼었고 한 잔을 더 따라 마셨다. 나는 몇 초 기다리다가 그에게 제안을 하나 했다. 토스카를 데려와 같이 프로그램을 만들자고 말이다. "내가 토스카를 데리고 아주 근사한 무대를 만들어 내면 그 크렘린에서 온 냉소적인 관객들의 태도도 바로 녹아내릴 거예요. 설령 그 파업이 시베리아의 서리만큼 오래간다 해도 말이에요. 걱정일랑 내려놓으세요! 러시아 정치가들은 토스카가 소련이 아니라 캐나다에서 온 걸 절대로 눈치채지 못할 거고요."

곰들에게 국가 정체성이라는 개념은 언제나 낯설었다. 그들은 그린란드에서 임신하고 캐나다에서 아기를 낳고 그러고는 소련에서 키워 왔기 때문이다. 그들에게는 국적이 없었고 여권도 없었다. 그들은 망명을 가지도 않았다. 허가증 없이 그냥 국경을 넘었다.

판코프는 내 말을 철석같이 믿었는데 마치 보드카의 바다에서 익사할 때 빨대 하나에 매달려 있는, 술 취한 사람 같았다. 그는 자기 비서에게 어린이 극장에 전화를 걸라고 지시하고는 결과를 듣기도 전에 소파에 누워 드르렁대며 코를 골면서 잠이 들었다. 비서는 전화를 걸어 토스카를 객원 곡예사로 데려오는 데 필요한 조치들을 취했다. 그 당시에는 토스카가 맡은 역할이 없어서 빈둥거릴 때였다. 어린이 극장장은 우리 서커스에 와서 일해도 된다고 그 자리에서 바로 허가를 내주었다.

나중에 나는 정보들이 조작된 것은 아니지만 손을 좀 탄 것임을 알게 되었다. 토스카가 맡을 적당한 역할이 없었던 것은 아니었다. 토스카는 어떤 역할을 맡을 수도 있었는데 마음에 들지가 않았다. 그래서 이에 대해 항의를 했고 극단과의 사이가 틀어졌다. 어떤 동독 작가가 하이네의 『아타 트롤』을 완전히 쭈그러뜨려 어린이극으로 각색했는데 그 작품에서 토스카는 흑색 암곰 뭄마의 역할을 맡았다. 토스카는 뭄마 역할 자체에는 불만이 없었다고 말했다. 심지어는 자기 몸에 검은 칠을 하고 곰 지도자가 자기 몸에 기어 올라오고 또 시장에서 야릇한 춤을 추는 것까지도 영광스럽게 생각한다고 말했다. 그렇지만 그 줄거리에는 동의할 수 없었다는 것이다. 자기랑 같이 춤을 추는 남편은 자유를 동경했고 곰 지도자의 속박에서 풀려났다. 그런데 토스카는 뭄마가 자유를 동경하지 않기 때문에 그녀의 신념의 수준이 더 낮다는, 작품에 깔린 기본 가정에 동의할 수 없었던 것이다. 길거리에서 몸을 파는 예술을 보여 주고 돈을 달라고 하면 다 저열하단 말인가? 한자동맹 상인들도 돈 때문에 일을 했는데 그러면 그들은 거리의 예술가보다 더 고귀하단 말인가? 관객들에게 벌거벗은 몸의 상당 부분을 드러내는 레닌그라드에서 온 저 소련 국립 발레단의 프리마 발레리나는 그럼 어떤가?

토스카가 매달리는 문제는 하나가 더 있었다. 바로 뭄마가 싱글 맘이라는 점이다. 사실상 곰들의 세계는 언제나 그래 왔다. 그러나 자연의 세계에서는 엄마 곰이 막내 곰을 너무나 예뻐한 나머지 귀를 잘라 먹었던 적은 한 번도 없었다. 토스카는 극작가가 이 부분을 바꾸어야 한다고 주장했다. 그것 이외에도 토스카는 자본주의자들의 도시 파리에서 뭄마가 성공을 거두어 하얀 남자 곰을 애인으로 얻었다는 것에 대한 비웃는 어조가 영 거슬렸다. 파리가 뭐 어떻다는 것인가! 하얀 남자 곰이 뭐 어떻다는 것인가! 그러나 연출가와 각색자는 여배우가 고전극의 내용을 비판하는 것은 부적절할 뿐만 아니라 심지어 용납이 안 될 정도로 시건방진 일이라고 생각했다. 각색자는 자기 체면에 손상을 입었다고 생각했고 연출가는 눈물을 터뜨리면서 극장장에게 달려가 항의를 하였다. 극장장도 토스카의 만용에 대해 극도로 화를 냈지만 노동법 때문에 토스카를 내쫓을 수도 없었다. 그가 화가 나서 바닥을 쿵쿵 치고 있을 때 서커스단에서 한동안 일하게 하면 안 되겠느냐는 문의가 들어간 것이다.

토스카는 이 제안을 그 자리에서 바로 받아들이고 너무나 기뻐했다. 그렇지만 서커스단에 도착했을 때 토스카는 첫 번째 실망을 겪지 않을 수 없었다. 토스카는 아주 화려하게 장식되고 커다란 바퀴가 달린 우리를 타고 이동했다. 그 차가 아홉 마리의 북극곰의 눈앞을 지나갈 때 그들은 야유하는 소리를 질러 댔던 것이다. "배신자!"—"파업 중단자!"

토스카가 나를 보았을 때 얼굴에 알아보았다는 표식이 번개처럼 잠깐 일어났다. 토스카는 일어서려 했지만 우리의 천장이 너무나 낮았다. 내가 토스카에게 다가가자 토스카는 나를 바라보고는 내 숨 냄새를 킁킁 맡았다. 토스카의 눈빛에서 어떤 종류의 애정을 본 것 같았다.

그날 밤에는 한참 동안 잠이 오지 않았다. 어릴 적 처음으로 강아지를 얻었을 때와 똑같았다. 아침 5시에야 나는 옅게 든 잠에서 깼는데 더 이상 침대에 누워 있을 수 없었다. 나는 토스카 우리를 무대 연습장으로 밀고 가서 그 앞의 땅바닥에 앉았다. 토스카는 나를 호기심 어린 눈으로 쳐다보더니 마치 내게 오려는 듯 우리의 창살을 앞발로 꽉 눌렀다. 시간이 멈추었고 나는 움직이지 않았다. 토스카가 안정을 찾았다는 것을 확신하고서 나는 우리를 열었다.

토스카는 우리에서 천천히 나오더니 여기저기를 킁킁거

리며 냄새를 맡고는 내가 내민 손바닥을 핥고 나서 아무 힘도 들이지 않고 두 발로 일어섰다. 토스카는 몸집이 적어도 내 두 배는 되었다. 순간 나는 그에 비하면 갈색곰들은 얼마나 작은 종자인가 하는 생각이 들었다. 나는 각설탕 하나를 손바닥 위에 얹어 내밀었는데 토스카는 혀를 한 번 내밀어 설탕을 먹으려고 앞발을 다시 바닥에 내려놓았다.

"토스카는 두 발로 일어서는 것이 쉬워 보이는데. 이 재능은 아마도 유전인가 봐." 나는 남편의 목소리를 들었는데 아마도 문틈으로 우리를 내내 관찰한 것 같았다. "마르쿠스, 당신 일어나 있었네."—"토스카는 그 재능을 엄마에게서 물려받았을 거야. 엄마가 서커스단의 스타였거든."—"그런 게 유전되려고"라고 나는 정신이 나간 듯한 목소리로 대꾸했다. 남편은 손을 들어 내 의견을 옆으로 치우면서 이야기를 이어 갔다. "왜 아니겠어? 인간이 두 다리로 서기까지 수만 년이 걸렸는데. 우리가 두 발로 서는 데는 1년도 필요치 않잖아. 그 말인즉슨 훈련의 결과는 유전자에 쓰여 계속 전달된다는 거지."

오후에 우리는 둥그런 아치가 있는 다리 교각을 배달받았다. 그 다리는 튼튼한 강철로 만들어졌다. 사람들이 다리를 조립해서 연습장에 세워 놓았다. 토스카는 앞발을 다리위에 얹더니 한 발 한 발 조심스럽게 올라가다가 가장 높은 데에 이르자 멈추었다. 그러고는 주위를 한번 둘러보더니 목을 길게 뻗고는 천천히 주둥이로 흔들거리기 시작했다. 이건 벌써 공연의 한 장면일 수도 있었다. "이 한 장면만 해도 와 벌써 작품이네"라고 남편이 말하고 흡족하게 고개를 끄덕였다. 판코프도 옆에 와서 아주 자랑스러운 표정을 짓고 있었다. "언젠가 아홉 마리 북극곰들도 그 웃기는 파업을 끝내고 착하게 우리랑 일하게 될 거야. 그러면 그들이 열을 지어서 이 다리 위에 서게 되겠지. 끝내주는 풍경일 거야. 인조 다리를 만들라고 시켜야겠군. 5천 킬로그램을 견디는 다리 말이야. 벌써 이름도 지었어. '미래로 가는 다리' 어때? 근사하지? 내가 그 이름을 지은 사람이란 거 나중에도 잊지 마."

오후에는 마르쿠스가 그전에 바다사자를 조련했던 파란색 공을 가지고 왔다. 토스카는 공을 물더니 다음에는 주둥이로 밀었다. 공이 가볍게 구르기 시작하자 공을 쫓아갔다. 토스카는 그 대가로 나에게 각설탕을 받고서 같은 놀이를 반복했다.

토스카가 새로운 장면을 연습하는 것은 너무나 쉽다 못해 맥이 빠질 정도였다. 나는 토스카에게 더 가르칠 게 없었다. 그저 토스카가 호기심을 가지고 하는 것을 반복하게 놔두고 그것들을 서로 조합만 하면 되었다. 토스카는 공연을 할 때 그냥 특정 동작들을 실제로 반복만 하면 되는 것이다. 그러면 우리는 관객들을 만족시킬 쇼 프로그램을 갖게 된다.

마르쿠스와 판코프는 마음이 놓여 이를 축하하려고 맥주를 가져왔다. 그러나 나는 아직 우리 공연에 만족하지 못하고 있었다. 주둥이로 공이나 움직이다니. 그것은 북극곰 토스카의 신적인 아우라에는 걸맞지 않았다. 아무리 형편없는 배우라도 누구나 '미래의 다리'에 올라가 동경이 담긴 눈빛으로 먼 곳을 바라볼 수 있다. 아니다. 토스카는 그런 낯 뜨거운 일을 해서는 안 된다! 관객을 완전히 정신이 번쩍 들게 흔들 뭐 참신한 아이디어가 없을까? 내 명예욕이 다시 돌아온 것에 대해서 나는 자조하며 미소 지었다.

그사이에 나에게는 가벼운 우울증 전조가 있었다. 내가 첫 번째 결혼을 했을 때와 꼭 같았다. 나는 그때 그것을 우울증이라 부르지 않고 남몰래 '적막감'이라고 불렀다. 첫 번째 적막감의 징조는 내가 딸을 낳고 하루의 대부분을 포유동물이 으레 다 하는 것처럼 아이에게 젖을 주고 기저귀를 갈아 주며 보냈을 때 찾아왔다. 또 그 와중에도 나는 내 첫 남편의 서류 작업을 도와주고 빨래도 해 주고 무대의상을 다려 주었다. 나는 맹수 조련사라는 경력을 포기하고 한동안 서커스의 잡일을 도맡아 했다. 내 안에서 느껴지는 텅 빈 공간의 크기는 작지 않았다. 그 반대였다. 손을 놓고 몇 초라도 일을 하고 있지 않을 때면 가슴속의 그 빈 공간은 점점 더 커져서 나를 짓눌렀다. 밤 동안 나는 침대에서 5분 마다 몸을 뒤척여야 했다. 그 빈 공간은 가슴 위에 얹혀서 숨을 쉬기도 어려웠다. 나는 다시 무대에 서서 스포트라이트 빛 속에서 샤워하고 관객들의 우레와 같은 박수갈채에 내 귀가 찢어지게 하고 싶었다. 무엇보다도 나는 다시 동물들과 일하고 싶었다. 내가 계속 주부로 일하면 세상에서 잊힐 것이다. 이런 것을 걱정했기 때문에 나는 맹수들을 섞어서 조련하라는 위험한 제안을 받아들였고 내 어린 딸을 엄마에게 봐 달라고 맡겼다.

내가 두 번째 남편인 마르쿠스와 결혼한 다음, 그 옛 적막감이 다시 찾아왔다. 오로지 무대예술만이 그 서글픈 하늘을 메우고 관객들을 빛나는 파란색으로 놀라게 만들어 줄 수 있었다.

마르쿠스는 나에게 무슨 일이 있느냐고 걱정스레 물어보았다. 내가 한동안 아무 말도 하지 않았기 때문이다. 하늘이 너무 서글프잖아라고 나는 대답했다. "당신의 안나는 하루 종일 당신 어머니 집에 있어. 당신은 안나를 거의 못 보고 살잖아. 그래도 괜찮은 거야?" 나는 남편이 내 딸 생각을 했다는 것에 놀랐다. "당신은 왜 딸을 보러 가지 않아?"—"시간이 없어서. 당신도 알다시피 버스가 터무니없는 시간에만 다니잖아. 지금 딸 생각을 하면 안 돼. 해야 소용도 없으니까."

통일 이후라면 사람들은 나를 까마귀 엄마*라고 불렀을 것이다. 그렇지만 당시에는 아이를 유치원 같은 데 보내고 주말에만 볼 수 있었던, 그 밖에 달리 방법이 없었던 엄마들도 많았다. 어떤 직업을 가진 엄마들은 심지어 몇 달 동안이나 아이를 보지 못하기도 했다. 그렇다고 그들을 비난하는 사람들은 없었다. 모성애라는 개념은 그때에는 신화에조차 없었다. 성모 마리아가 자기 자식을 모범처럼 품에 안고 있는 걸 보여 주는 교회들도 그때에는 모두 문을 닫았다. 종교에 대한 억압이 풀렸을 때 모성애 신화가 마치 신기루처럼 국경 지방의 지평선에서부터 피어 올라왔다. 통일이 되고 난 후에 토스카가 자기 아들 크누트를 쫓아냈다고 엄청난 비난을 받았을 때 나는 참 마음이 아팠다. 많은 사람들이 토스카가 동독 출신이라서 자기 아들을 남의

---

* 독일어권에서는 까마귀가 자신의 새끼를 돌보지 않고 둥지에 버려두고 방치한다는 근거 없는 속설에 빗대어, 자식을 빈집에 놔두고 일하러 나가는 어머니를 가리켜 '까마귀 엄마'라고 한다.

손에 맡겼다고 말하기도 했다. 또 다른 어떤 사람들은 토스카가 사회주의의 전형적인 동물 적대에 스트레스를 받으며 일을 해서 모성 본능을 잃어버렸다고 신문에 쓰기도 했다. '스트레스'라는 단어는 내가 보기에는 적합한 단어가 아니었다. 통일 이전에는 스트레스가 없었다. 고통이 있었을 뿐이다. 똑같이 빗나간 것은 '모성 본능'이라는 단어다. 동물이 아이를 키우는 것은 본능이 아니라 기술이다. 인간에게도 이 점은 크게 다르지 않을 것이다. 그렇지 않다면 인간이 다른 종족의 동물을 입양해서 키우지 못할 것이기 때문이다.

나는 또다시 적막감이 닥칠까 봐 걱정하고 있었기 때문에 어쩌면 그에 대한 보상 심리로 명예욕이 새삼 불타올랐을 수도 있다. "토스카가 다리에 오른다거나 공을 차는 것 같은 이제까지 의례적으로 해 오던 쇼로는 내 성에 차지 않아요. 우리는 이제까지 서커스 세계에 없었던, 완전히 새로운 것을 보여 주어야 해요." 나는 내 명예욕을 숨기지 않고 탁상 위에 확 펼쳐 보였다. 판코프는 맥주를 죽죽 목에 넘기는 것을 그만두었고 어쩌면 인류학이나 신화학 책에서 뭔가 새로운 실마리를 얻을 수 있을 것이라고 말했다. 서커스 계통 사람들은 대체로 지적인 척하기를 거부한다. 그랬다가는 비밀경찰의 관심을 너무 많이 받게 되기 쉽다. 그 외에도 지성이 관객의 식욕을 망칠 것이라는 우려도 있었다. 그래서 판코프는 일상화된 못된 행동을 통해 자기가 인류학 박사 학위 소지자라는 사실을 사람들이 잊게 만들려 애를 쓰고 있었다.

남편과 나는 연구를 위한 휴가를 하루 받았다. 판코프가 추천서를 써 주어서 우리는 공공 도서관에 갈 수 있었다. 우리의 새 도서관은 아직 만들어지지 않았기 때문이다. 도서관에서 우리는 곧바로 북극에 대한 많은 자료를 발견했고 독서에 빠져들어 우리의 목표와 우리 자신까지도 잊어버렸다.

북극곰들은 오랫동안 인간과의 접촉이 없었다. 그래서 이 두 발로 걸어 다니는 작은 짐승이 자기들에게 얼마나 위험한지에 대해서 전혀 경각심이 없었다. 어떤 북극곰이 호기심에서 자기 영역에 착륙한 경비행기에 접근한 적이 있었다. 그 취미 사냥꾼은 비행기에서 내려 아주 침착하게 이 북극곰을 조준하여 총을 쏘았다. 만약 이 죽음의 총알이 빗나갔다면 그게 차라리 기적이었을 것이다. 북극곰 사냥은 인기가 높은 취미가 되었다. 사냥 기술도 그다지 필요 없었고 위험을 감내할 필요도 없었다. 그렇지만 곰으로 돈을 벌려는 사람은 곰을 산 채로 포획해야 했는데 그러려면 제대로 된 기술이 필요했다. 사람들이 여러 가지로 노력을 해도 많은 곰들이 마취 때문에 죽어 갔고 또 많은 곰들은 이송 중에 죽었다. 1956년 소련은 북극곰 사냥을 금지하였지만 미국과 캐나다, 노르웨이는 계속 사냥을 허용했다. 1960년 한 해에만도 300마리가 넘는 북극곰들이 이 취미 사냥꾼의 총에 맞아 죽었다.

나는 분노가 치밀어 올라 동물처럼 씩씩거렸다. 남편은 나를 달래고 화를 풀어 주려고 말했다. "당신이 카우보이로 분장해서 토스카를 총으로 쏘는 것처럼 하면 어떨까? 탕 소리가 나면 토스카가 바닥에 쓰러지는 거야. 죽은 거지."―"우습게 보일까 봐 좀 그렇기는 한데. 어찌 되었든 그럼 그다음에는 어떻게 되는데?"―"토스카가 갑자기 벌떡 일어나서 당신을 잡아먹는 거야. 즉 인간 폭력의 희생자가 부활해서 그 사악한 인간을 죽여 버리는 거지."―"그건 안 되겠어. 관객들은 서커스에서 사회주의 도덕을 보고 싶어 하는 게 아니야. 차라리 신화에서 줄거리를 찾아보자."―"그러면 에스키모 책을 한번 읽어 볼까." 우리는 에스키모(당시만 해도 이누이트 종족을 그렇게 불렀다)들이 북극곰에 대해 엄청나게 많은 지식을 가지고 있지만 대부분의 학자들이 그걸 인정하지 않는다는 사실을 책에서 읽은 적이 있었다. 인정하지 않는 이유는 그 지식들은 근거가 없기 때문이라는 것이다. "우린 학자가 아니잖아. 에스키모들이 하는 말을 그냥 믿으면 돼."—"내 어릴 때 소원이 동물학자가 되는 거였어. 안 되기를 잘했다는 이유를 드디어 하나 찾았네." 그 책에는 에스키모들은 북극곰이 겨울잠을 잘 때 항문을 코르크 마개로 막는다고 생각한다고 쓰여 있었다. "우리 토스카에게 무대 위에서 포도주 마개를 항문에 꽂았다가 방귀와 함께 공중으로 푹 날아가게 시키면 어떨까?"—"으악이네! 당신이나 무대 위에서 그렇게 한번 해 보든지."

어떤 에스키모들은 북극곰들이 바닷속에서 주둥이로 유빙을 민다는 보고를 하고 있다. 그건 아마도 아주 현명한 사냥 전략일 것이다. 눈치채이지 않고 먹잇감에 다가갈 수 있으니까 말이다. 나는 토스카 생각을 해 보았다. 토스카는 공을 코앞에 갖다 놓자마자 바로 주둥이로 밀지 않았던가.

"당신이 유모차에 앉아 있고 토스카가 그 유모차를 주둥이로 밀고 가면 어때?" 나는 그 아이디어는 그렇게 비껴가지는 않는다고 생각했다. "그러면 관객들이 우리에게 역할 분담을 기대할 텐데 그건 어떻게 하지? 내가 아이고 토스카가 엄마가 되나? 아님 토스카가 내 엄마 노릇을 하는 거야?"—"로마 제국을 건설한 사람들도 늑대 젖을 먹었지. 세계를 뒤흔든 업적을 남긴 아주 위대한 사람이라면 동물에게 입양되어 그 젖을 먹어야 돼."—"뮤지컬은 어때? 시작할 때 내가 어린아이로 나와서 곰 젖을 먹다가 나중에는 여자 황제가 되는 거지."—"좋은 생각이기는 한데. 당신은 그새 잊었어? 우리는 여기 이 도서관에 빨리 실현할 수 있는 아이디어를 찾으러 온 거야. 나는 우리가 그렇게 빨리 뮤지컬을 쓰고 작곡하고 노래까지 할 수 있을 거라고 생각하지 않아."

우리는 계속 책을 읽었다. 몇몇 에스키모들은 북극곰이 상처를 입으면 지혈을 하기 위해 눈으로 그 상처 부위를 누른다고 보고했다. 그것은 아주 멋진 그림이긴 하지만 무대에서 보여 주기는 어렵다.

많은 에스키모들은 북극곰이 왼손잡이라고 여긴다. 만약 토스카가 교실처럼 꾸며 놓은 곳에서 칠판 앞에 나가 단어들을 쓰는데 그것도 왼손으로 쓰면 재미있을 거라고 생각했다. 판코프의 가장 중요한 관객은 러시아인들인데 그러면 토스카는 키릴 문자를 쓸 줄 알아야 한다. 나는 왼손잡이 토스카에게 키릴 문자는 너무 어렵지 않을까라는 생각이 들었다. 그러자 남편은 대답했다. "그렇지만 중국의 한자가 러시아 키릴 문자보다 훨씬 복잡해. 그래도 중국의 판다는 한자를 쓰잖아, 물론 사회주의 정부에서 개혁된 백화문이긴 하지만." 내가 판코프에게 글자를 쓰는 판다 이야기를 했을 때 그는 질투심에 이를 갈면서 그건 단순히 선전, 즉 프로파간다일 뿐이라고 말했다. 자기네들의 문자개혁을 정당화하려는 중국 정부의 프로(친)-판다-프로파간다pro-panda-propaganda일 뿐이라고 말이다. 나는 그게 왜 선전일 뿐이냐고 판코프에게 물었다. 그렇다면 획수가 적으면 곰들도 글자를 쓸 수 있다는 말인가? "그 사람이 뭐라고 대답했는데?"—"판코프는 판다는 글자를 쓸 수 없다고 우겼어. 아무리 간단해진다 해도 글자는 글자라고. 판다는 판다고. 나는 만약 판다가 실제로 우리보다 훨씬 똑똑하게 태어났다면 우리가 달리 뭘 할 수 있겠느냐고 자문해 보기는 해. 그럼 우리가 할 수 있는 유일한 일은 크렘린에서 오는 손님들 앞에서 이 사실을 숨기는 것뿐이지."—"인간이 서로 다른 동물들의 지능을 비교할 수는 없어. 그리고 서커스가 지능을 과시하는 자리도 아니잖아. 더구나 우리가 판다들의 지능을 부러워한다고 해서 그게 무슨 이득이 되겠어. 모든 곰 종류는 자기들의 강점이 따로 있지. 서커스는 각 국민의 지능지수를 보여 주는 장소가 아니야. 그리고 말이지, 당신 『곰 세 마리』란 동화책 기억나?" 나는 남편이 이야기 주제를 갑자기 홱 바꾸는 데에 언제나 놀라지 않을 수 없다. "만약 암곰이 우리 인간들이 매일 하는 자잘한 일들을 하게 된다면 아주 귀엽게 보이고 또 재미있을 것 같아. 예컨대 식탁에 앉거나 냅킨을 자기 무릎에 깔거나 아니면 잼 병을 열어서 딸기 잼을 빵 위에 바른다거나 카카오를 병에다 마신다거나 뭐 그런 자잘한 일들 말이야."

남편의 좋은 기분은 꽤 오래갔다. 그래서 도서관 개방 시간이 끝나기도 전에 와서 우리를 내보내려는 도서관 사서의 경우 없는 말조차도 남편을 화나게 만들지 못했다. "누가 그런 걸 생각해 내겠어? 나는 여기 도서관에 앉아 있는 게 좋아! 자료를 조사하고 무대 동선에 대한 아이디어를 모으고. 그게 맹수 조련보다 나에게 훨씬 더 어울리는 일이지." 그의 뺨은 홀쭉해 보였고 눈자위에는 이미 다크서클이 생겨 있었다. 머리에는 이미 초겨울의 서리가 내렸고 눈썹은 너무 길게 자라 있었다. 그는 더 이상 살아 있는 곰과는 씨름하지 않아도 되었다. 이 생각이 그를 편안하게 해 주었고 마음속에 댐을 하나 만들어 주었는데 그때까지 참아 왔던 여러 해들이 다시 그의 삶으로 거꾸로 흘러 들어가자 며칠도 안 되어 엄청나게 빨리 파삭 늙어 버렸다.

그다음 날 우리는 토스카와 일상생활에서 따온 상황들을 연습하기 시작했다. 토스카는 아무런 문제 없이 잼 병을 열 수 있었지만 잼을 빵에다 바르는 것은 어려워했다. 토스카의 손가락 자체는 충분히 훈련되어 있어 문제가 없었지만 병 속의 잼을 한꺼번에 입안에 털어 넣는 것이 문제였다. 내가 원하는 것을 하게 만들 묘안이 떠오르지 않았다. 토스카를 설득하기란 불가능했다. 공통 언어가 없었기 때문이다.

"나도 이제 아무런 생각이 안 나는데. 잠깐 밖에 나가서 담배나 한 대 피우고 올게"라고 남편이 말하고 한 공간에 토스카와 나 둘만 남겨 두고 나갔다. 남편은 요즈음 담배를 점점 더 많이 피우고 있고 보드카도 점점 더 많이 찾는다. 나는 슬픈 표정으로 토스카를 바라보았다. 토스카는 애기처럼 등을 바닥에 대고 누워 있었다. 그래서 나는 우리 딸 안나의 어릴 적 생각이 났다. 나는 안나 생각을 했다. 우리 딸 안나가 지금 잘 지내고 있는지, 학교에서 친구들은 사귀었는지.

그다음 날 마르쿠스는 다시 도서관에 갔다. 이번에는 혼자서 갔다. 우리는 우리 쇼를 어떻게 구성할지 아직 감을 잡지 못했다. 그렇지만 나는 벌써 토스카와 무대에 나가고 들어오는 걸 연습하고 있었다. 이게 얼마나 중요한지 아마 추어들은 잘 모른다. 나는 연습실의 구석으로 걸어가면서 등을 보이지 않도록 조심했다. 바닥에는 공과 양동이, 헝겊 인형들이 있었다. 토스카는 곧바로 나에게 왔다. 그러고는 내 몸의 여러 부위의 냄새를 맡기 시작했다. 특히 내 자궁에 관심이 많았다. 하지만 내 입과 두 손에도 그러했다. 나는 지금은 웃음이 터져 나오는 것을 참아야 한다고 생각했다. 그러나 참아야 했던 것은 웃음만이 아니었다.

남편은 점심시간에도 여전히 돌아오지 않았다. 위가 꾸르륵거리기 시작했다. 나는 토스카에게 동물 우리로 가서 거기에서 나를 기다리고 있어 달라고 부탁했다. 그 순간 판코프의 비서가 방에 들어와서 나에게 이상한 기계, 특이하게 만들어진 세발자전거 같은 것을 주었다. "어쩌면 당신이 이 작은 곰을 위한 탈것에 관심이 있을지 모른다 싶어서 가져와 봤어요. 이건 러시아 서커스단에게서 선물로 받은 거예요. 중고고 좀 부서지기는 했지만 아직 쓸 수 있어요." 세발자전거는 아주 튼튼하게 만들어진 것이었다. 내가 올라탔지만 자전거는 앞으로 나아가지 않았다. 토스카는 우리 속에서 나를 부러운 듯이 바라보고 있었다. 세발자전거는 토스카가 타기에는 너무 작았다. 내가 판코프에게 토스카에게 맞는 세발자전거를 만들어 달라고 부탁할 수는 있지만 그러면 판코프는 틀림없이 서커스단의 적자에 대한 연설을 한바탕 길게 늘어놓을 것이다.

나는 무릎을 많이 굽히고 세발자전거 위에 앉아서 옛날에 자전거를 타고 전보문들을 배달했던 시간들을 떠올렸다. 월급이 많지는 않았던 이 시대에 대한 기억은 모두 '가난'이란 표제를 달고 있었다. 그 후 동독에서는 경영 보고

서들이 갑자기 다 흑자로 반짝거리기 시작했다. 누군가가 적자란 자본주의의 구성 요소고 그래서 우리는 그런 것들을 원치 않기 때문이라고 말해 주었다.

전보국과 고객 사이의 길을 왔다 갔다 할 때 나는 매일 자전거 곡예 연습을 했다. 내가 브레이크를 밟지 않고 속도를 높이면 날카로운 커브가 그려졌고 내 복사뼈는 끼이익 하면서 땅바닥을 긁었다. 구심력은 내게는 아주 관능적인 매력으로 보였다. 위쪽으로 날아가고 싶은 생각이 들면 손잡이를 가슴에 붙이고 앞바퀴를 공중으로 들어 올렸다. 그러면 뒷바퀴로만 가는데 그럴 때면 편안한 마음이 한가득 밀려왔다. 자부심도 같이 말이다. 혹은 골반을 안장에서 들어 올려 몸무게를 천천히 두 손으로 옮기고 엉덩이를 쳐들었다. 그러면 나는 두 발을 동시에 페달에서 떼어 지금 굴러가고 있는 자전거 위에서 물구나무서기도 할 수 있겠다는 생각이 들었다. 나는 늘 뭔가 자발적으로 하려 했고 용기도 있었고 겁이 없었다. 곡예 체조는 나의 꿈이었고 나는 무지개를 넘어 구름을 타고 가고 싶었다.

나는 토스카의 동공에서 까만 불길이 일렁이는 것을 보았다. 내 주변이 화악 밝아졌는데, 너무나 밝아져서 눈이 부셨고 벽과 천장의 구분이 사라질 정도였다. 나는 토스카가 여전히 겁나지 않았지만 토스카를 둘러싼 주위 상황은 공포심을 불러일으킬 만했다. 나는 이제까지 아무도 들어설 수 없었던 그 영역에 이미 들어가 있었다. 그곳, 그 어둠 속에서는 다양한 언어들의 문법이 그 색깔을 잃고 서로 녹아들어 섞이고 다시 얼었다가 바다 위에서 떠돌다가 바다에서 돌아다니는 유빙이 되었다. 토스카와 나는 단둘이 같은 유빙 위에 앉아 있고 토스카가 나에게 하는 모든 말을 다 이해했다. 우리 옆에는 밍크와 눈토끼가 같이 앉아서 수다를 떠는 유빙도 하나 떠다니고 있었다.

"난 너에 대한 모든 걸 알고 싶어." 그 말을 한 건 토스카였고 나는 단어 하나하나를 알아들을 수 있었다. "어릴 때 넌 뭐가 겁이 났어?"

토스카의 질문은 나를 놀라게 했다. 아무도 내게 그런 질문을 한 적이 없었다. 나는 아무것도 무서워할 게 없는 유명한 맹수 조련사였다. 그렇지만 실제로 내가 무서워하는 것들이 있었다.

어렸을 때 나는 가끔 내 등에 벌레가 있는 게 아닌가 하는 느낌이 들곤 했다. 한번은 늦여름 저녁의 어스름한 시간에 혼자서 집 문 옆에 있었다. 누군가가 내 등 뒤에 있는 느낌이 들어 돌아다보니 거기에는 반쯤 접은 더듬이를 가진 풍뎅이 한 마리가 있었다. 풍뎅이 다리는 금방이라도 없어질 듯 가늘었고 부피가 큰 등의 방패를 간신히 이고 있었다. 나는 그때 다리들이 곧 벌레인지, 등은 단지 짐일 뿐인지, 벌레들도 피를 가지고 있다면 그 딱딱한 방패에도 피가 통하는지를 모르고 있었다. 나는 몰랐다. 내 등에는 학교 가방이 마치 풍뎅이의 등 방패처럼 공격에 대비한 방어용으로 얹혀 있었다. 나는 오랫동안 가방을 떼어 놓지 않아 가방이 점점 내 살로 파고 들어와 자랐다. 식물들이 뿌리를 땅 밑으로 뻗어 가듯 모르는 새에 내 혈관들은 등에서 기어 나와 가방 속으로 자라 나갔다. 이제 가방을 내려놓으면 내 살도 같이 떨어져 나가서 피가 날 것이다. "너 거기에 있니?"라고 엄마가 물었다. "오늘은 엄마가 아직 할 일이 있으니 혼자서 저녁 먹어."—"엄마는 어디에 갈 건데?"—"의사에게 가 보아야 해."—"치과 의사?"—"아니, 산부인과 의사." 산부인과라는 단어를 들었을 때 나는 바깥에 있었다. 아직도 가방을 내려놓을 기회가 없었다. 나는 녹색 지대로 달려갔는데 우리 집 주위의 내가 잘 아는 풍경들은 더 이상 보이지 않았다. 거기에서는 어두운 녹색 냄새가 났다. 녹색은 녹색 냄새가 난다. 빨간색은 빨간색 냄새, 피 냄새와 그리고 빨간 장미 냄새가 난다. 하얀색은 눈 냄새가 난다. 그러나 아직 겨울은 저 먼 곳에 있었고 나는 아마 당분간은 눈을 보지 못할 것이다. 나는 멈추어 섰다. 더는 달릴 수가 없었다. 그러고는 펌프처럼 숨을 격하게 쉬었고 두 손으로 무릎을 잡았다. 작은 파리 한 마리가 비단처럼 얇은 날개를 가지고 내 정수리에 내려앉았다. 나는 그걸 손으로 획 치워 버렸다. 파리는 날아갔지만 곧 다시 돌아왔는데 정확하게 같은 자리로 돌아왔다. 나는 손을 뻗어서 이 포획물을 다짜 고짜 꽉 잡았다. 내가 다시 주먹을 천천히 펴서 보았을 때 그 짓이겨진 날개는 가루처럼 파삭 말라 차가운 빛 속을 헤 엄치고 있었다. 그 곤충의 배는 더 이상 존재하지 않았다. 그럼 이 곤충은 내가 잡았을 때 몸뚱이 없이 날아다녔단 말 인가? 아니면 내가 너무 세게 짓이겨 공중에서 분해되었을 까? 어쩌면 내 머리카락들도 이 곤충과 다를 바 없는지 누 가 알겠는가? 머리카락은 전부 내 머리 피를 빨아 먹기 위 해서 내 머리 피부에 딱 자리를 잡은 가늘고 긴 동물이라 할 수 있다. 나는 내 머리카락들을 증오하기 시작했다. 그 리고 하나하나 뽑아 버렸다.

내 왼쪽 발등에서 몽고점 하나를 찾아냈다. 그때까지는 한 번도 보지 못한 것이다. 나는 그것을 조심스레 건드려 보았다. 그랬더니 그것은 개미가 되었다. 나는 개미의 얼굴 표정을 읽어 보려고 두 눈이 빠지도록 살펴보았다. 집중해 서 쳐다보니 그 역청처럼 까만 얼굴이 점점 확대되었다. 그 얼굴은 눈도 입도 없었다. 그때 방광이 갑자기 다 차 버려 나는 일어나서 두 다리를 옆으로 넓게 벌렸다. 오줌이 나가는 출구가 뜨거워졌지만 아무것도 나오지 않았다. 나는 바닥을, 즉 개미 몸통으로 된 구두점을 뚫어져라 쳐다보았다. 모든 것이 다 개미였다. 개미 아닌 것이 없었다. 내가 이걸 알아차렸을 때 뭔가 뜨거운 것이 요도를 통해 흐르다가 거품을 일으키며 쏟아져 나와 넓적다리 안쪽을 따라서 흐르기 시작했다. 개미들은 샤워를 하면서 새로운 생명력을 얻은 듯했고 내 다리를 기어오르기 시작했다. 오줌 길을 따라서 위로 말이다. 살려 줘! 살려 줘!

나는 머리를 토스카의 무릎에 대고 훌쩍거렸다. 이 나이가 되어서야 드디어 친구가 하나 생긴 것이다. 그 친구에게 안겨 내 끔찍했던 기억에 대해 말하면서 이제야 마음 놓고 울 수 있는 것이다. 눈물은 사탕수수 맛이 났는데 내가 너무 빨리 울음을 그치면 참 서운할 것이다. 그래서 목소리를 높이고 새롭게 제대로 울기 시작했다. "무슨 일이야?"라고 토스카와는 완전히 다른 주파수를 가진 목소리가 나에게 물었다. 침대 옆의 조명이 켜지고 나는 남편이 체크무늬 잠옷을 입은 것을 보았다. 어쩌면 나는 꿈을 꾼 것일지 몰랐다. "악몽을 꾸었어?" 나에게는 이 상황이 민망했다. 나는 손가락으로 눈물을 닦아 냈다. "어릴 때 벌레를 무서워했는데 벌레 꿈을 꾸었어."—"벌레라고? 개미나 뭐 그딴거?" 남편은 상체를 다 들썩이며 웃었다. 잠옷도 같이 웃어 주름이 졌다. "곰이나 사자도 안 무서워하면서 당신이 개미가 무섭다고?"―"응."―"당신이 벌레가 무서워서 울었단 말이야?"―"응, 나한테는 언제나 거미가 최악이었어." 나는 기분이 너무 긁혀 금방 다시 잠들 수 없다는 것을 알았다. 그래서 그 끔찍한 거미에 대한 이야기를 하기 시작했다.

당시에 나는 근처에 사는 남자아이를 한 명 알고 있었다. 그 아이 이름은 호르스트였다. 다른 남자아이들과 달리 그 아이에게서는 좋은 냄새가 났다. 무슨 냄새인지는 몰랐다. "기차역 뒤에 과수원이 하나 있어. 우리 거기 가서 과일 서리를 하자." 그가 거짓말을 하든 안 하든 내게는 상관이 없었다. 나는 그 생각 자체에 솔깃해서 그 아이를 따라갔다. 따라가 보니 진짜로 숨겨진 과수원이 있었고 사과가 아주 많이 피처럼 빨갛게 익어 가고 있었다. 나뭇가지들은 천장을 이루었는데 우리 도적단에게도 충분히 낮았다. 내가 발끝으로 서서 빨갛게 빛이 나는 커다란 사과를 따려고 했을 때 내 눈 바로 앞에서 거미 한 마리가 거미줄을 타고 내려오고 있었다. 그 끔찍한 찡그린 얼굴, 안 돼, 그것은 등에 있는 무늬였는데 마치 얼굴처럼 보였고 그래서 내가 소리를 너무 크게 질러서 고막이 아플 정도였다. 안 돼라고 생각했다. 그러나 그것은 나 자신의 목소리였다. 과수원 주인이 내 목소리를 듣고는 급히 달려와서 웬 소녀 하나가 의식을 잃고 땅바닥에 누워 있는 것을 보았다. 주인은 나를 돌보아 주었다. 내가 정신이 들었을 때 그는 야단을 치지 않고 나를 집에 데려다주었다. 며칠 뒤에 호르스트는 다시 한번 서리를 하러 가자고 제안했다. 이번에는 복합 상점의 창고에 가서 맛있는 것을 같이 훔치자는 거였다. 우리의 장애물은 거길 지키고 있는 개였다. 그 개는 창고 문 앞에 줄로 매여 있었다. 개는 윗입술을 위로 젖히더니 경고하는 듯 으르렁거렸다. 그 개의 언어는 분명했다. 나는 호르스트에게 말했다. "저 개는 옆을 지나가면 우리를 물 거야. 그냥 집으로 돌아가자."—"이렇게 작은 개를 무서워하니?" 호르스트는 비웃으면서 그 말을 내뱉고는 앞으로 갔다. "개가 문다니까!" 내가 소리를 질렀을 때 그 개는 이미 소년의 장딴지 살을 꽉 물고 머리를 흔들어 대고 있었다. 그리고 자기가 문 것을 놓으려 하지 않았다. 호르스트가 그때 지른 비명은 평생 내 고막에 아로새겨졌다.

나는 그다음에 호르스트와 같이 우연히 그 창고 앞을 지나가게 되었다. 그날 그 개는 기분이 좋은 상태였고 꼬리를 살살 흔들고 있었다. 그 두 눈은 나에게 자기 머리를 쓰다듬어 달라고 말하고 있었다. 나는 조금도 망설이지 않고 개에게로 다가가서 쓰다듬어 주었다. 호르스트는 나를 제정신이 아닌 사람처럼 바라보았다.

동물들의 생각은 알파벳처럼 분명하게 얼굴에 쓰여 있다. 사람들은 이 글자를 읽지 못할 뿐만 아니라 나아가 전혀 안 보이는 것으로 간주한다는 사실이 나에게는 이해하기 어려웠다. 많은 사람들은 심지어 동물은 얼굴이란 없고 기껏해야 주둥이만 있다고 말하기까지 한다. 나는 사람들이 용기라고 부르는 것을 그다지 높이 평가하지 않는다. 동물이 나를 미워하면 나는 그냥 도망간다. 반대의 경우로 동물이 나를 사랑하면 그것은 그냥 느껴지는 것이다. 포유류를 이해하기란 쉽다. 그들은 화장도 하지 않고 또한 연극도 하지 않는다. 그렇지만 벌레들은 그 속마음을 느낄 수 없기 때문에 겁이 나는 것이다.

남편은 내 이야기를 처음부터 끝까지 아주 열심히 들었다. 내가 마지막까지 다 이야기하고 말을 그치자 남편은 멜랑콜리하게 말했다. "나는 이제 동물들의 마음을 이해할 수가 없어. 옛날에는 그 마음을 손안에 쥔 물건처럼 분명하게 느낄 수 있었는데. 당신은 내가 언젠가 이 능력을 되찾을 수 있을 거라고 생각해?"—"당연하지! 지금 당신은 공회전하고 있지만 언젠가는 다시 옛날처럼 될 거야." 꺼림칙한 내 양심을 이제 *끄고* 싶었던 것처럼 나는 침대 옆 탁자의 불을 껐다.

죽음의 키스

그다음 날 토스카와 나는 다시 무대로 나가고 들어오고 인사하는 법을 연습했다. 가끔 토스카가 내 눈을 깊이 들여다보면서 암시를 주었다. 내가 토스카와 이야기한 것은 분명히 내 착각이 아니었다. 우리는 사실상 동물과 인간 사이에 있는 영역에 진짜로 들어간 것이다.

10시경에 판코프가 나타났다. 그의 수염에는 아침 식사로 먹은 반숙 달걀의 노른자가 아직 묻어 있었다. 판코프는 연습에 진전이 있는가를 물어보았다. "잼이 잘되지 않아서요. 꿀로 실험을 해 보려 해요."—"아하, 그럼 꿀 프로그램은 어떻게 진행이 되는데?"—"토스카의 등에다 날개를 붙이려고요. 그러면 토스카는 꿀벌처럼 보일 거예요. 토스카는 꽃가루 즙을 벌집으로 옮기고 꿀을 만들지요. 그다음 장면에서 토스카는 곰으로 변해서 꿀을 다 먹어 치우고요." 판코프의 얼굴은 어두워져 그늘이 드리웠다. "당신들은 쉬운 곡예는 안 할 거야? 예를 들어 굴러가는 공 위에서 춤을 추든지 줄넘기를 하든지 아니면 배드민턴 치는 거 같은 것 말이야? 당신들은 그렇게 해석하기 어려운 프로그램을 제공하면 무슨 문제가 생기는지 몰라서 그래? 사람들은 우리가 은밀하게 사회 비판을 한다고 몰아세운단 말이야."

판코프를 달래려고 우선 그에게 토스카를 위한 공을 주문했다. 세발자전거는 너무 비싸지만 공 정도는 어쩌면 요구해도 될 듯했다. 그 외에도 배드민턴을 치려면 라켓이 두 개 그리고 셔틀콕도 하나 필요했다. 곰을 위한 특별한 도구를 마련하는 것은 어려울 수 있다. 그런데 줄넘기 줄은? 나는 줄은 발견했지만 토스카가 줄넘기를 못 하는 것은 행운이었다. 나는 처음부터 그 안에는 반대였는데 토스카의 뒷다리들이 몸무게에 비해서 너무 빈약했기 때문이다. 줄넘기를 하게 되면 토스카의 무릎이 망가질 것이다. 나는 러시아 서커스단에서는 줄넘기를 할 줄 아는 푸들이 많다는 것을 알고 있었다. "우리가 러시아 사람들을 흉내 내기 시작하면 우리의 미래는 없는 거예요!" 내 목소리는 나도 모르게 높아져 갔다. 남편은 집게손가락으로 입술을 꾹 누르더니 속삭였다. "벽에서도 비밀경찰이 듣고 있어." 우리는 서커스 안 어딘가에 도청 장치가 설치되어 있다는 것을 사실 알고 있었다.

남편과 나는 우리 서커스 카라반에서 먹고 잔다. 물론 우리 사무실도 카라반에 있다. 연습을 위해서 우리는 옆 건물의 큰 공간을 사용하고 있다. 도시에 작은 방을 빌려서 서커스 카라반에서 자지 않는 단원들도 있다. 그렇지만 남편과 나는 진짜 골수까지 서커스인이다. 우리는 오로지 서커스 공간에서만 살고 있다. 마치 단 한 순간도 서커스를 떠나고 싶지 않다는 듯 말이다. 솔직히 말하면 나는 서커스 밖에서 만나게 되면 익숙한 내 남편이 낯설게 보일까 봐 겁이 났었다. 곰들은 우리 둘을 아주 깊숙하게 엮어 주었다. 우리의 은밀한 삶보다 훨씬 더 많이 말이다.

아무런 진전을 보지 못하고 다시 또 하루가 지나갔다. 나는 하루 종일 해가 지기를 은밀히 기다리고 있었다. 나는 딱딱한 흑빵 한 조각을 치즈 한 조각과 같이 빨리 먹어 치우고 홍차를 한 잔 마시고는 원숭이의 속도로 재빨리 이를 닦았다. "벌써 자러 가려고?" 남편이 놀라서 나를 쳐다보았다. 그의 오른손에는 바둑판이, 왼손에는 손가락 사이로 보드카 병과 담뱃갑이 숙달된 솜씨로 꼭 쥐어져 있었다. "오늘은 머릿속이 좀 복잡해서. 아마도 우리가 줄넘기 줄을 못 넘어서 그런 것 같아." 나는 남편과 이 밤을 같이 보내고 싶지 않았다. 나는 보드카도 안 마시고 바둑도 둘 줄을 몰랐다. 그런 동무를 해 주기에는 판코프의 여비서가 제격이다.

들쑥날쑥한 지평선과 나 사이에는 설원이 펼쳐져 있다. 나는 모피 한 장을 딱딱한 눈 바닥에 깔고 그 위에 앉는다. 토스카가 가까이 와서 턱을 내 무릎에 놓고 두 눈을 감는다. 토스카는 아무 소리도 내지 않는다. 눈의 여왕에게 목소리는 없어져 버렸다. 수천 년 동안 말을 하지 않았기 때문이다. 나는 토스카의 생각을 읽을 수 있었다. 그 생각은 연한 연필로 제도지 위에 쓴 것처럼 분명했다. '칠흑같이 깜깜했어. 나는 젖먹이였고. 나는 꽁꽁 얼어서 몸을 엄마에게 기대고 있었어. 엄마는 지쳤고 아무것도 먹지 않았어. 우리가 어느 날 동굴 밖으로 나갈 때까지 나는 아무것도 보지도 듣지도 못했어. 나중에 내가 엄마에게 나를 조산했느냐고 물었지. 엄마는 곰 아기가 일찍 태어나는 건 흔한 일이라고 했어. 너희 엄마는 어땠어?'

이 질문은 나에게 놀라웠는데 나는 다시 나 자신으로 되돌아왔다. 방금 전까지만 해도 나는 내가 아기 곰이라고 느끼고 있었다. 이제 나는 다시 인간으로 돌아왔다.

내가 기억하는 한 나는 늘 엄마와 둘만 살았다. 아빠는 베를린에서 혼자서 산다고 엄마가 말해 주었다. 나는 베를린을 모르지만 그럼에도 불구하고 그 도시를 한 번도 머리에서 지워 버린 적이 없다. 나는 우리 집의 벽지 문양은 아직도 분명하게 기억하지만 아빠 얼굴은 그렇지 않다.

한번은 부모님의 결혼식 사진을 본 적이 있다. 적어도 나는 그 하얀 장갑과 결혼식 드레스의 아랫단을 멜랑콜리하게 장식한 레이스는 기억할 수 있다. 아빠의 가슴 옷 주머니에는 장미가 머리를 내밀고 있었다. 내가 태어난 후 어릴 때에는 아빠가 우리와 같이 살았을 수도 있다. 그건 그냥 나의 막연한 추측이고 확실한 기억은 아니다. 나는 언제 그리고 어떻게 아빠가 엄마와 싸우고 우리 곁을 떠나갔는지 모른다.

엄마는 드레스덴의 섬유 공장에서 일했다. 어느 날 엄마는 신도시의 다른 지역으로 옮기게 되었고 나와 같이 새집으로 이사를 가고자 했다. 새집은 해변가에 있었는데 지금의 직장만큼 새 직장에서 떨어져 있었다. 그 집에서는 버스를 한 번만 타고 가도 된다고 엄마가 건조한 목소리로 말했고 나는 이사를 가는 다른 이유가 있다는 것을 즉각 알아차렸다. 어쩌면 그 이유는 엄마가 가끔 목소리를 낮추어 이야기하는 옆집 사람과도 상관이 있을 수 있다. 어찌 되었든 간에 나는 이사에 반대였고 그래서 엄마에게 싫다고 했다. 지하실에 사는 쥐와 헤어지기 싫었던 것이다. 엄마가 말했다. "이사는 때로 행운을 가져다준단다. 새로운 장소에는 새로운 동물들이 있으니까!" 엄마는 나를 달래려고 그 말을 한 것이지만 그 말이 맞았다. 우리의 새집에서 1킬로미터도 떨어지지 않은 곳에 그 유명한 '자라자니 서커스'가 있었던 것이다.

꿈에서 깨어나 눈을 뜨니 남편의 등이 보였다. 곧 해가 뜰 것이다. 남편은 몸을 돌리더니 내게 토스카랑 무대 위에서 춤을 추면 어떻겠느냐고 물었다. "밤새 그 생각을 했어?"—"아니야. 눈을 뜨자마자 막 생각이 난 거야."—"춤추는 게 내가 잘하는 건 아니지만 뭐 한번 해 볼 만하겠네."

낮 동안에는 토스카와 우리의 꿈에 대하여 이야기를 할 수가 없었다. 우리 사이에 공통의 언어가 없기 때문이다. 그러나 토스카의 몸짓과 눈빛에서 우리의 지난밤의 대화가 토스카 머리를 관통한 것 같은 작은 암시들을 받을 수 있었다.

나는 토스카의 맞은편에 서서 앞발을 잡았는데 우리는 댄스 파트너로서는 확실히 웃기게 보일 거라는 생각이 들었다. 토스카는 내 몸집의 두 배이기 때문이다. 판코프가 시험 삼아 마련해 준 전축은 염려했던 것보다도 훨씬 질이 안 좋았다. 나는 그 잡음 사이에서 〈라쿰파르시타〉*의 멜로디를 찾아내려고 헤매다가 토스카의 발을 밟고 말았다. 운이 좋았던 것은 나는 토스카에게 깃털처럼 가벼운 존재여서 그녀를 아프게 하지 않았다는 것이다. 토스카는 몸을 굽히고 내 뺨을 핥았다. 아침 식사의 잼 맛이 났을 것이다. 음악이 갑자기 중단되었고 나는 남편이 전축 옆에서 중얼중얼 불평하는 것을 들었다. "정말 웃긴다. 세상에 이보다 더 고물이 있으려고!" 나는 조심스레 토스카의 배를 쓰다듬었다. 튼튼하고 두꺼운 털이 한 층 있었고 그 아래에는 짧고 섬세한 털이 있었다. 토스카를 쓰다듬노라니 내 첫 탱고 시간이 기억났다. 부드러운 목소리가 탱고 멜로디를 흥얼거리면서 춤에 대한 지시를 해 주었었다. "뒤로, 뒤로, 두 다리 엇갈리고, 옆으로 놓고!" 이 여자 목소리의 주인공이 누구였더라? "이제 한 번 돌고 그리고 뒤로 한 발 놓고!" 나는 목소리를 쫓아가면서 춤을 추었다. 토스카가 나를 좀 이상하게 바라보았으나 내가 팔을 잡아당기자 전혀 망설이지 않고 앞으로 걸어왔다. 내가 토스카를 꽉 누르면 토스카는 뒤로 한 발 물러섰다. "두 다리 엇갈리고 옆으로 놓고, 그다음에는 앞으로 한 발!" 그때 나에게 탱고를 가르쳐 준 사람은 기계체조 선수였다. 그 여자의 엄마는 쿠바 사람이었다. 우리는 춤을 추었고 둘이 바닥에 쓰러졌다. 그러다가 우리의 입술이 서로 포개졌다.

판코프가 연습장 한구석에 앉아서 우리를 바라보고 있었다. 나는 그가 안으로 들어온 줄도 몰랐다. "둘 다 춤을 잘 추지는 못해도 서로 바라보고 서 있는 건 그림처럼 근사한데. 하하하. 탱고가 어려우면 둘이서 카드놀이나 하면 어떨까." 남편이 휘파람을 불었다. "바둑을 두면 어때?"—"당신이 하루 종일 두고 있는 그 일본 장기 말이야?"—"맞아.

---

* 1915년경에 작곡된 아르헨티나탱고의 명곡. 아르헨티나 속어로 '가장 행렬'이라는 뜻이다.

바로 그거야. 바둑에는 백돌과 흑돌을 사용하지. 그리고 그게 우리와 같이 일하는 직원들에게 딱 맞는 색깔이야. 열마리의 북극곰이 백돌이 되어서 흑돌과 싸우는 거지. 흑돌로 열 마리의 바다사자를 빌려 오는 거고."—"그러면 백돌이 흑돌을 잡아먹지. 그럼 우리에게 남는 것은 적자뿐이고. 그리고 왜 하필 바둑이야, 체스가 아니고? 러시아 사람들이 우리가 체스를 싫어한다고 생각할 수도 있잖아. 세계적으로 유명한 체스 선수들은 다 러시아 사람인데. 그런 골치 아픈 이중 암시는 그만두어야 돼! 아 참 그리고 오늘 젊은 감독 하나가 우리에게 중요한 이야기를 해 주러 오기로 했어. 그 사람이랑 이야기할 때 당신 올 수 있어? 그 사람은 옛날에 토스카랑 같이 일했었거든. 어쩌면 우리에게 쓸 만한 아이디어를 갖다 줄지도 몰라."

젊은 감독은 이름이 호니히베르크*였고 〈백조의 호수〉 제작 부서의 인력채용위원회에 있었다. 이 위원회는 그의 노력과 다르게 토스카에게 아무런 역할도 주지 않기로 결정을 했었다. 그는 토스카를 위해서 자기 의견을 관철시키지 못한 데에 죄책감을 느끼고 있었다. 그 당시에 그는 안무가로서 지방의 발레단에서 일하고 있었다. 그는 보수적인 판정관들에 대해 화를 내고 그들에게 토스카의 마술과도 같은 대단한 재능을 설명하려고 애를 썼다. 그는 그런 천재가 곧 잊혀 암흑 속의 존재가 되는 것을 더는 볼 수 없다고까지 아무 거리낌 없이 말했다고 한다. 토스카만큼의 재능도 없는 옛 동창인 까마귀 부인이나 여우 씨는 엄청난 무대 성공을 거두었는데 말이다.

가장 연장자인 한 위원은 호니히베르크에게 그런 힘 좋은 암곰의 몸은 이 시대의 취향이 아니라고 경고하듯 말해 주었다. "남자 무용수에게는 사람들이 다부진 몸매를 원하지만 여자 무용수에게는 마치 공기의 요정 같은 몸매를 원한다네." 호니히베르크는 동료의 이러한 썩어 빠진 생각에 경악해서 홀로 토스카를 찾아가 자기의 성급한 제안으로 놀라게 만들었다. "이 나라에 있는 것은 너에게 아무런 의미가 없어. 우리 같이 서독으로 도망가자! 우리 함부르크의 존 노이마이어**에게로 가자고! 거기 가서 일하는 건 틀림없이 멋질 거야!" 그의 제안에 토스카는 솔깃했지만 토스카의 늙은 엄마는 그 제안에 반대했다. 그녀는 정말 독특한 과거사를 가지고 있다. 그녀는 서독은 천국 같은 거라고 말했었다. 사람들은 거기에 대해 아름답게 꿈을 꿀 수는 있다. 그러나 너무 일찍 거기에 가면 안 된다. 토스카의 엄

* 독일어로 '꿀의 산'이라는 뜻.
** 미국 태생 현대무용가 겸 안무가로 슈투트가르트 발레단에서 활동하다가 프랑크푸르트 발레단을 거쳐 함부르크 예술단의 예술 감독을 지냈다.

마는 소련에서 태어나서 서독으로 이민을 갔다가 거기에서 또 캐나다로 이민을 갔다. 그녀는 캐나다에서 남편을 만나 결혼했고 토스카를 낳았다. 그다음에 그녀는 그 덴마크인 남편의 소원에 따라 동독으로 왔다. 그녀는 이미 망명이라면 신물이 났다. "네가 그래도 함부르크로 가고 싶으면 엄마는 말리지 않을게. 그렇지만 우리는 아마 다시는 못 볼거야. 내 유언장을 가지고 가렴!" 토스카는 망명을 포기하고 어린이 극장에 자리를 얻어서 기약 없이 기다리고 있었다. 그러다가 우리 서커스단의 제안을 받은 것이다. 호니히베르크는 토스카가 서커스단으로 일자리를 옮겼다는 말을 들었다. 그리고 이미 오래전에 한물간 문학극장과 이별하고 무대예술의 미래를 서커스에서 찾기로 결심했다. 그는 토스카의 개인 감독이 되고 싶어 했다. "저는 이를테면 가출한 청소년이나 마찬가지예요. 저는 가진 게 이제 아무것도 없습니다. 집도 없고 먹을 것도 없습니다. 여기 서커스단에서 먹고 자고 해도 될까요? 그 대신 제가 무대를 만들 때 무보수로 도와드리지요." 호니히베르크는 우리에게 받아들여질 권리가 있는 사람처럼 당당하게 나왔다.

판코프와 마르쿠스는 호니히베르크의 짝 달라붙는 청바지에 아주 회의적인 시선을 던지고 있었다. 그 반면에 나는 그의 다리를 해석할 필요성을 전혀 느끼지 않았다. 토스카에 대해 더 알아볼 수 있는 좋은 기회라는 사실만으로 나는 그에게 흥미를 느꼈다. "이제까지 토스카가 역을 맡은 게 어떤 작품들이었지요?"라고 나는 그에게 물어보았는데 가능한 한 부드러운 목소리로 말했다. 그는 의미심장하게 미소를 지었지만 답을 하지는 않았다.

그다음 날 우리 모두는 토스카의 우리 앞에 모여서 의자 셋을 원형으로 놓고 회의를 하였다.

남편은 젊은 청년, 그 집 없는 호니히베르크에게 처음에는 회의적인 태도였지만 이야기를 하면서 두 남자의 긴장된 근육이 천천히 풀어져 갔다. 마르쿠스는 아동극의 탄생이 현대연극을 망쳐 놓았다고 주장했다. 왜냐하면 연극을 흥미롭게 만드는 많은 것들이 아동극에 흘러들어서 성인 극장에 남은 것이 별로 없어졌기 때문이다. 호니히베르크는 그의 주장에 맞장구를 치면서 서커스가 예술의 진정한 공간이라고 말했다. 서커스는 어린이를 배제하지 않기 때문이다. 두 남자가 의견을 교환한 결과는 맥주였다. 해가 아직 중천에 높이 떠 있는데도 그들은 이미 같이 마시기 시작했다. 나는 토스카가 볼 때에는 담배를 피우지 말아 달라고 이미 부탁을 해 놓았다. "그러면 우리는 회의를 밖에 나가서 계속해야 하겠네. 담배 없는 맥주는 소금 치지 않은 고기 요리나 마찬가지니까."

장소 변경. 우리는 세탁실 옆에 앉았다. 거기에는 서커스 단원들의 빨래가 바람에 펄럭거리고 있었다. 마치 우리의 대화에 끼어드는 것 같았다. 호니히베르크는 내키지 않는 듯했지만 어찌 되었든 내 질문에 어느 정도 상세하게 대답을 했고 토스카가 그 몸과 언어 때문에 얼마나 차별을 받아 왔는가를 이야기해 주었다.

나는 토스카의 고통이 상상되자 괴로워졌다. 그리고 생각했다. '무대예술가의 삶이란 얼마나 불쌍한가!'라고. 예술가가 되는 과정이 얼마나 고통스러웠는가에 상관없이 관객들은 오로지 공연에 따라서만 판단을 내린다. 예술가가 아주 유명해지고 어떤 작가가 전기를 써 주지 않으면 모든 것은 사라진다. 만약 토스카가 사람이라면 자서전을 쓰고 자비로 출판도 했을 텐데. 그러나 동물이기 때문에 처음부터 암곰으로 시작했던 그 고통스러운 여성으로서의 삶은 죽음과 더불어 잊히고 말 것이다. 불쌍한 존재여, 그대 이름은 암곰이구나! 나는 이런 생각을 홀로 했다. 두 남자는 동맹을 결성하더니 자리를 잡고 앉았다. 마시면 마실수록 이 남성 동맹은 더욱더 공고해졌다. "토스카가 기중기를 운전해 보는 거예요, 그건 어때요?"—"헬멧을 쓰고 말이야. 손에다가 곡괭이를 드는 거지."—"여성 노동자들을 위해 건배!" 어둠이 다가와 머리에 부드럽게 모자를 드리워도 두 남자가 거기에 앉아 마시는 것을 그만두게 할 수는 없었다. 나는 안으로 들어가 두 남자가 말한 단어들을 모두 씻어 내 버리려고 샤워를 했다. 9시에 벌써 나는 자러 갔다.

"우리 엄마는 자서전을 썼어."―"대단한데."―"엄마에게 는 장애물이 많았어. 엄마는 때로 비틀거렸고 일곱 번이나 넘어지기도 했지. 그렇지만 여덟 번 일어났대. 엄마는 글 쓰기를 그만둔 적도 없어." 토스카의 목소리는 얇고 투명 한 막처럼 분명했다. "그런데 엄마와 달리 난 글을 쓸 수 없 어."―"왜 못 쓰는데?"―"엄마가 이미 엄마 책에서 나를 등 장인물로 다루어 버렸거든."―"그럼 내가 너를 위해 써 줄 게. 너의 전기를 말이야. 그러면 너는 엄마의 자서전을 벗 어날 수 있을 거야."

이 약속을 할 때만 해도 나는 그걸 지키는 게 어려운 일 일 거라는 것을 몰랐었다. 나는 새벽 4시에 일어나서 난생 처음으로 자문해 보았다. 지금까지 글이라곤 편지밖에 써 본 적이 없는데 내가 어떻게 토스카의 전기를 쓰지? 옆에 서는 남편이 코를 골며 자고 있었는데 기관차가 떠오를 정 도였다. 나는 살짝 침대에서 빠져나와 사람들이 없는 식당 으로 가서 식탁에 앉았다. 턱을 괸 채 생각을 이리저리 왔 다 갔다 해 보았는데 더불어 내 시선도 그랬다. 내 시선은 곧장 짧은 연필에 꽂혔다. 연필이 바닥에 있었다. 이런 게 바로 운명이 아니라면 무엇이 운명이란 말일까! 나는 토스카의 전기를 쓰기 위해 인간으로 태어난 것이다! 나에게는 괜찮은 종이만 있으면 된다. 우리 나라에서 종이 부족은 항구적인 고질병이다. 서커스단에서도 그랬다. 때로 화장실 휴지 한 통을 구하러 도시 전체를 떠돌아다니는 오디세이아 항해가 필요했다. 식당에서 나는 책장 뒤를 뒤졌고 드디어 오래된 청소원 교대 목록을 찾아냈다. 그 뒷면에는 아직 아무것도 안 쓰여 있었다.

나는 작가로서의 첫걸음을 위해 종이를 찾아낸 것 자체에 감사해야만 했다. 그럼에도 불구하고 어쩐지 창피한 생각이 들었다. 다른 곳에서는 고양이조차도 자서전을 쓰기 위한 종이를 풍족하게 가지고 있다.* 고양이의 원고지 뒤쪽도 내 종이처럼 이미 가득 뭔가 쓰여 있지만 거기에 쓰인 것은 이 청소원 교대 목록보다는 훨씬 흥미로운 것일 것이다. 사람들은 종이를 필요로 한다. 그것은 클 필요도 없다. 북극곰이 자기 삶을 쓰게 되는 설원만큼 크지는 않는 것이 훨씬 더 낫다. 나에게는 하루에 종이 한 장이면 충분하다. 내가 글을 쓰다 내 스스로 망가지지 않는다면 하루에 한 장을 채울 수 있다. 나는 손으로 그 청소원 교대 목록을 판판하게 펴서 몽당연필로 토스카의 전기를 일인칭으로 쓰기 시작했다.

내가 태어났을 때 주위는 어두웠다. 나는 아무 소리도 들을 수 없었다. 나는 내 옆에 누워 있는 어떤 따뜻한 몸뚱이에 파고 들어가 그 젖꼭지에서 달콤한 액체를 빨아 먹고 다시 잠이 들었다. 내 옆의 따뜻한 몸을 나는 마마-리아라고 불렀다.

나에게 정말 무서움을 자아낸 무엇인가가 거기에 있었다. 엄청난 거인. 그는 어디에선가 와서 우리 동굴로 들어오려 했다. 마마-리아는 거인에게 소리를 질렀고 그 목소리는 거인을 내쫓을 정도의 힘 있는 무기였지만 점점 작아지는가 싶더니 거인의 한 다리가 이미 내 앞에 와 있었다. 마마-리아는 쉿소리를 질렀고 거인은 흥분해서 짖어 댔다. "왜 그래? 당신 벌써 침대에서 나갔어?"라고 남편 목소리가 내게 물었다. 그는 내 뒤에 서 있었다. 나는 금방 쓴 문장들을 왼손으로 가렸다. "뭘 쓰고 있었어?"—"아무것도 아니야."—"목이 마른데. 우리 차나 마시자."

그때 실습생 한 명이 보온병을 들고 나타났다. 보온병에는 홍차가 담겨 있었다. 나는 그 오래된 구식 보온병의 뚜껑을 돌려서 열려 했지만 잘되지가 않았다. 보온병 속의 공기가 차가워져 뚜껑을 안쪽으로 잡아당기고 있었기 때문이

---

* 독일 낭만주의 작가 E. T. A. 호프만의 『수고양이 무어의 인생관』을 말한다.

다. 나는 왼손으로 병을 꽉 잡았다. 상체를 보온병으로 숙이고 뚜껑을 돌리려 애를 썼다. 마치 내가 거인의 나사를 내 가슴 안으로 돌리려는 듯 말이다. 내 오른손은 이미 독수리의 발톱으로 변해 있었다. "당신 진짜 괜찮아? 그 망할 놈의 보온병을 내가 열어 줄까? 토스카가 무대 위에서 보온병을 열면 어떨까?"—"나쁜 생각은 아닌 것 같아. 사무실에 가서 쇼를 위한 보온병이 있나 물어볼게."—"같이 가자. 호니히베르크는 아직도 자고 있으려나?"

우리는 사무실로 쓰고 있는 카라반으로 가서 총연습에 필요한 새로운 보온병이 있는가 물어보았다. 얼굴로 행정을 대변하는 그 남자는 즉각 대답했다. "없어요. 그런 일은 없을 거예요. 우리 나라에는 지금 보온병이 품귀 상태입니다. 지난 몇 년 동안 생산이 수요를 감당하지 못해서요. 우리는 새것을 대체할 고장 난 보온병도 없어요. 무대에 쓸 것은 당연히 없지요." 판코프가 두 팔에 서류를 잔뜩 안고는 사무실로 들어섰다. "당신들은 아직도 곰 쇼에 적합한 아이디어가 없어? 도대체가 가망이 없는 크로스컨트리 선수들이라니까." 판코프는 다시 금방 사라졌다. 보기에도 할 일이 아주 많았다.

나는 판코프의 말에서 이례적으로 인간적인 온기를 느꼈다. 남편은 그와 반대로 이 말들이 아주 얼음처럼 차가운 비난이라고 생각한 듯했다. 남편은 사무실을 박차고 나가 바깥의 나무 상자 위에 앉아서 고개를 숙이고 두 팔로 머리를 눌렀다. 남편은 자기 종족의 감정도 이제는 제대로 해석을 못 하는 것처럼 보였다. 남편은 곰들의 생각과의 소통 통로만 잃어버린 것이 아니었다. 아니면 판코프의 냉정한 생각을 알아차리기에 내 피부가 그사이에 너무 두꺼워진 것일까?

마르쿠스는 영원히 안 일어날 것처럼 보였다. 나는 그를 다른 생각으로 이끌기 위해 옛날이야기를 하기 시작했다. "내가 당신에게 이미 이야기한 적이 있는 것 같은데. 내 데뷔는 당나귀 프로그램이었어. 내가 당나귀 프로그램을 토스카와 같이 한번 해 보면 어떨지?"

호니히베르크는 잠옷 바람으로 나타났는데 마치 나의 이 말을 기다린 듯 보였다. "당나귀 프로그램요? 와우 좋은데요. 그 이야기 좀 더 해 보세요." 호니히베르크는 남편 옆에 바싹 붙어 앉았는데 남편은 특별히 기분이 좋은 듯했지만 나에게조차 이상하게 들리는 말을 했다. "이제까지 잤어? 걱정 많이 했어. 어쩌면 당신이 우리한테서 도망친 게 아닌가 하고." 남편은 자기 손을 호니히베르크 어깨에 얹었다.

내가 무대예술가가 되는 돌파구를 연 계기는 바로 검열이었다. 나는 스물여섯 살이 되었지만 뭔가를 열심히 하는 유형이 아니고 마치 당나귀처럼 나사가 느슨하게 풀려 있었다. 정확하게 이야기하자면 내 행운은 우리 서커스 플래카드가 그 당시에 문화경찰이라 불렸던 엄격한 검열에 통과하지 못한 데에서 왔다. 그 과정에 얀이라는 이름을 가진 젊은 광대가 있었다. 사람들은 서커스단장이 글자나 숫자같이 정확히 이해해야 하는 결정을 내릴 때 그 젊은 남자를 완전히 신뢰한다고 말했었다. 그즈음 나는 공간이나 도구들을 정리하는 일을 하고 있었고 동물과 어린이 돌보기도 같이 담당했다. 보름달이 뜬 어느 날 밤 나는 달에 홀린 한 아이를 찾으러 다니고 있었다. 그 애는 침대에서 사라졌다. 나는 사무실 차에서 손전등 불빛을 발견했다. 나는 아이가 거기에 숨어 있다고 생각해서 창문 아래에 가 보았다. 거기에서 나는 얀의 목소리를 들었다. 그 목소리는 보통 때와는 다르게 아주 당당했다. 나는 얀의 말에 맞장구를 치거나 뭔가 더 물어보는 서커스단장의 목소리를 들었다. 어찌 되었거나 단장은 얀과 같은 눈높이에서 이야기를 하고 있었다. 그들의 대화를 엿듣고 싶었던 것은 아니었지만 그냥 지나칠 수는 없었다. 얀은 단장에게 마치 자기가 선생님인 양 이야기를 하였다. "만약에 사람들이 그 포스터의 의도에 대해 묻거든요, 우리가 일부러 이 중요한 문장을 포스터 한가운데 넣은 것을 잊지 말고 꼭 강조해서 말하셔야 해요. '서커스는 인민의 삶에서 나온 예술이다' 말이에요. 그건 루나차르스키*가 한 말을 따온 거예요." 얀의 목소리는 심지어 건방지게까지 들렸다. 반면에 단장은 질문을 할 때 거의 풀이 죽은 것처럼 들렸다. "우리가 그런 뻣뻣한 광고로 관객을 모을 수 있을까?"—"물론이죠. 그 문장은 중간에 크게 쓰여 있지만 눈에 띄지는 않거든요. 그 글씨가 배경색과 잘 구별되지 않기 때문이라고요. 보통 사람의 시선은 맨 처음 작게 쓰인 부슈 서커스로 갈 거예요. 그건 단어라기보다는 그냥 로고예요. 사람들은 로고를 이미지로 보고 자동적으로 감정과 연관시키지요. 코카-콜라 로고 같은 거예요. 그 다음에 보는 사람의 시선은 황금색 사자와 수영복을 입은 관능적인 여자에게로 가게 되어 있어요. 그건 다 디자인의 문제예요. 우리는 시각을 조작할 수 있지요. 우리 나라에서는 아직 소비자심리학은 거의 연구를 하고 있지 않지요. 관청의 시험관들은 우리 전략을 절대 알아차리지 못할 거예요. 그 포스터를 본 사람은 묘한 감각적 자극을 받아 공연을 보러 올 거예요. 그렇지만 서커스가 퇴폐적인 방식으로

* 소련의 정치가이며 예술 이론가. 극도로 곤란한 상황하에서의 예술 창조의 자유를 옹호하는 데 주력했다.

돈을 번다고 아무도 우리를 비난하지 못하겠지요."—"그 렇지만 솔직하게 말하면 이 여자는 스트립 댄서처럼 보이 잖아."—"만약 공무원들이 이 여자가 퇴폐적으로 보인다고 이야기하면요, 간단하게 그건 올림픽 공식 수영복이라고 대답하세요. 맹수 프로그램은 스포츠예요. 두 팔과 두 다리 는 노출이 되어야 해요. 그렇지 않으면 노동자의 몸이 위험 에 빠지지요."—"노동자 계급이 누군데?"—"서커스단에서 일하는 사람들 모두 다요. 그 논리가 맞지요? 그렇지 않아 요?" 보통 때라면 모든 기회를 자기 권력을 과시하는 데 이 용할 단장은 지금은 얀에게 아주 고분고분했다. 나중에서 야 나는 그 이유를 듣게 되었다.

며칠이 지난 후에 날카로운 눈을 가진 남자 몇 명이 서 커스단으로 왔다. 그들은 쉬지 않고 이마에서 땀을 닦아 냈 다. 나는 계속 말을 열심히 돌보고 있었다. 그때 나는 그 방 문은 나와는 아무 상관이 없다고 생각했었다. 그러나 서커 스단장은 남자들을 나에게로 데리고 와서 마치 토끼의 목 덜미를 잡고 들어 올려 손님에게 보여 주는 것처럼 아주 오 만하고 낮게 깔린 목소리로 말을 했다. 남자들은 나를 둘러 싸더니 내 몸을 가슴부터 허벅지까지 훑었다. 단장은 아주 흡족해했다. "제가 좀 전에 말씀드렸던 그 여자입니다. 지 금은 동물들을 돌보고 있어서 일하기 편한 복장을 하고 있

지요. 그렇지만 보시다시피 원래는 아주 예쁘고 스포츠형
인 것은 누구도 부인할 수 없지요. 이제 우리는 이 여자에
게 무대의상을 입힌 다음 당신들 앞에 등장시킬 겁니다. 좀
기다려 주시겠어요? 그동안 저리로 가서 음료수나 한잔 들
고 계세요"라고 말하고 단장은 '음료수'라는 단어를 반복
하면서 자기의 능숙한 어릿광대의 손으로 보드카 잔을 기
울이는 시늉을 했다. 남자들이 처음으로 큰 소리로 웃었다.
얀의 눈빛은 여전히 차가웠다.

　좀 지나자 나는 이 희극의 배경을 알게 되었다. 검열 당
국은 우리의 포스터가 의심스럽다고 생각했고 예상치 못했
던 질문들로 단장을 괴롭혔다. 질문들 중의 하나는 '왜 이
허구의 퇴폐적인 여자가 포스터에 그려져 있는가? 맹수 조
련사는 비쩍 마르고 머리가 센 남자 아닌가?'였다. 단장은
대답할 말이 없었다. 반면에 얀은 자기를 구원하는 혀를 쑥
내밀었다. "이제 우리 사이가 사이인 만큼 비밀을 하나 말
씀드리죠. 물론 기꺼이 말입니다. 그래도 지금 말씀드리는
건 비밀로 해 주세요. 우리 서커스단에는 재능 있는 젊은
여자가 한 명 있어요. 그 여자는 맹수 조련사인데 깜짝 데
뷔로 다음 시즌을 장식할 거예요. 현재는 공식적으로는 동
물 돌보는 일을 하고 있어요. 동물들의 성질을 더 잘 배우
기 위해서지요. 그렇지만 모든 일이 생각대로 된다면 그 여

자는 다음 시즌에는 무대에 설 겁니다. 우리는 모든 경우를 다 생각해서 포스터의 한구석에서 그 여자의 등장을 예고하고는 있지만 견습생 기간에 그 여자가 얼마나 해낼지는 사실 확신은 없어요. 맹수란 백 퍼센트 확실하게 통제할 수는 없으니까요." 얀은 아주 수준이 높은 이 거짓말로 위기 상황을 모면해서 이제는 현실이 그 거짓말을 따라 주어야 했다. 나는 그가 즉석에서 그런 생각을 해 냈다고는 도저히 믿을 수 없었다. 관청의 남자들은 이 재능 있는 젊은 여자가 실제로 존재하는지를 자기들의 눈으로 직접 확인해야 했다.

안은 나를 탈의실로 데려가 옷을 벗기고 단장의 옛 애인이 입었던 장미색 복장으로 갈아입히고는 머리카락을 묶어 마지막에는 머리 위에 마치 양파처럼 얹게 했다. 그다음에는 나에게 인조 눈썹을 달아 나비처럼 팔랑팔랑하게 하고 입술은 장밋빛 윤기가 돌게 연어 색깔로 칠하고 보드카 덕에 기분이 풀어진 남자들이 나를 기다리는 방으로 안내했다. 그들은 나를 즉석에서 장래가 촉망되는 위대한 떡잎 스타로 인정하고 박수갈채를 선사했다.

어느새 공무원들은 서커스단을 떠났다. 나는 다시 카라반으로 사라져 무대의상을 벗으려 했다. 그러나 동료들이 나를 말렸다. "그렇게 급하게 할 것 없어요. 우린 진짜로 새 여자 동료가 생긴 것처럼 흥분되는데."—"솔직히 말해서 네가 그런 옷을 입으면 어떤가 생각해 본 적이 있긴 있었어."—"정말 깜짝 놀랐어. 이건 여자로서 여자에게 하는 칭찬이야!"—"너는 진짜는 예쁜 백조인 못생긴 오리야."—"와, 너 진짜 너무한다. 쟤가 못생겼었대."—"그렇지만 눈에 띄지 않았던 건 맞잖아." 몇몇은 내게 고개를 끄덕여 주었고 몇몇은 삐쳤고 몇몇은 칭찬인지 아니면 질투에서 나온 상처를 주는 말인지 내가 분간 못 할 말들을 내뱉었다. 얀은 단장에게 내게 5분짜리 공연을 시키자고 제안했다. 왜냐하면 거짓말이야말로 진실의 어머니니까. 사람들이 보는 앞에서는 얀은 단장에게 아주 공손했다. 이제 단장은 맹수를 조련하는 마이스터의 말을 들어 봐야 했다. 나랑 훈련하는 게 가능하냐고. 마이스터의 진지한 얼굴은 아무런 표정이 없었다. 하지만 이렇게 말했다. "그 여자는 초보자니, 그래서 말인데 당나귀부터 시작을 해 보지"라고. 마치 손녀딸의 직업을 결정하는 할아버지 같았다. 권위적이지만 사랑도 없지는 않은 말투로 말이다. 서커스단원들이 놀라서 그와 나를 번갈아 바라보았다. 마이스터는 그때까지 그 누구에게도 자기 동물들과 같이 무대에 서는 것을 허락하지 않았었다.

얀 덕분에 그 포스터는 허가가 났고 바로 인쇄소로 보내졌다. 일주일 후에 경찰관이 사복을 입고 찾아와서 우리의 시범 공연을 보았다. 나는 마이스터 옆에서 아주 열심히 그와 더불어 연습을 하는 척했다. 경찰관들은 나를 거들떠보지도 않았다. 그 대신 얀에 대해서 묻고는 그가 나타나자마자 양팔을 잡고서 데려갔다.

나는 잠을 제대로 자지 못했다. 그날뿐 아니라 그다음 날들에도. 한번은 그 무더운 카라반 차에 누워 있을 수가 없어서 어두웠지만 밖으로 나갔다. 그때 어떤 여자가 훌쩍거리는 소리를 들었다. 나는 내 귀를 따라가서 빨간 머리 여자를 찾아냈다. 그 여자는 밝은 창문 아래 쪼그리고 앉아서 울고 있었다. 한때 얀의 숨겨 놓은 여자 친구라 여겨진 여자였다. "얀이 돌아오지 못할까 봐 걱정이 돼서 그래요?" 내 질문은 조심스러운 문의였다. 그러나 그 여자는 코 위의 피부를 찡그리면서 대답했다. "그가 체포되었다고 그냥 대놓고 이야기하세요. 나도 다 알고 있어요. 누가 배신했는지도 알고요."—"단장요?"—"절대로 아니에요. 누가 자기 아들을 감옥으로 보내요?"—"뭐라고요? 얀이 단장의 아들이란 말이에요?"—"예, 당신은 그것도 몰랐어요?"

남편이 내 말을 중간에서 자르고 물었다. "당나귀랑 했던 건 어떤 공연이었어? 당신 이야기는 재미는 있는데 너무

죽음의 키스

길어."—"나 좀 이야기하게 놔둬 봐. 내가 나중에 책이라도 쓰면 그게 좋은 예습이 되는 거야. 그러려면 세세한 걸 구체적으로 이야기할 줄 알아야 돼."—"당신이 책을 쓰고 싶었어? 뭐? 자서전 같은 것?"—"아니야. 나는 다른 사람의 인생 이야기를 받아 적을 거야. 그래서 내 이야기를 가지고 미리 연습을 해 보려는 거지. 자 잘 들어 봐. 이제 당나귀랑 한 공연 이야기를 할 순서야. 당신은 내 말을 잘 들어 주기만 하면 돼."

"이제 우리는 연습을 해야 해. 첫 공연까지 시간이 많이 남아 있지 않아. 얀이 사라져서 생긴 빈틈을 당신이 당나귀로 메꾸어야 한다고!" 마이스터의 목소리가 완전하게 내 기억으로 돌아왔다. 당나귀와 함께하는 우리의 총연습이 시작되었지만 내 스승은 마이스터가 아니라 당나귀를 우리에게 데리고 온 베저를 교수였다. 교수라는 그의 직함은 단순히 별명이 아니었다. 그는 실제로 예전에 라이프치히의 대학에서 학생들을 가르쳤고 행동연구 분야에서도 꽤 이름이 있었다. 은퇴한 이후에 그는 서커스단에서 당나귀 프로그램을 무대에 올렸고 하루아침에 유명해졌다. 그렇지만 몇 년 뒤 무릎에 문제가 생겨서, 공연 도중에 주저앉아 무릎에 주문을 걸면서 주물러야 할 휴식 시간까지 여러 차례 넣어야 했다. 의사는, 틀림없이 서커스단장의 사주로 그 늙은 교수에게 잘못된 희망을 심어 주었고 그의 인내심을 칭찬해서 당나귀 프로그램이 중단되지 않고 계속되게 만들었다. 그러나 교수의 무릎은 어느 날 기어코 큰 소리를 내며 나가 버렸고 그는 정신을 잃고 말았다. 그날 관객들이 다 같이 그 소리를 들었다. 그 후로 교수는 은퇴해서 쇠락해 가는 작은 집에서 소박하지만 행복하게 자기 당나귀와 살고 있었다. 그는 서커스단장의 요청을 받았을 때 기뻐서 서커스단으로 오는 긴 여정을 기꺼이 감내했다. 자기의 비밀 당나귀 조련술을 다음 세대에 전수하기 위해서였다.

그는 첫 연습 날 나에게 말했다. "너는 채식동물만 좋아해야 해. 만약 육식동물로 외도를 하게 되면 네 운명은 제멋대로 돌아갈 거야. 제대로 잘 봐 봐. 저 당나귀 예쁘지 않아? 당나귀는 아주 용감하지도 않지만 그렇다고 비겁하지도 않지. 그건 다른 말로 하면 곡예에 딱 적당하다는 거야." 교수의 당나귀 이름은 플라테로*였다.

사람들은 자기 눈을 믿는다. 그리고 다른 사람을 처음 만났을 때 그의 몸매, 옷차림 또 얼굴을 확인한다. 당나귀는 그와 달리 이 사람이 도대체 자기에게 어떤 맛을 제공해 줄 수 있는지를 아주 중요하게 생각한다. 교수는 제일 처음에 당근으로 당나귀에게 강한 인상을 주어야 한다고 말했다. 그래야 당나귀가 나를 다시 보면 제일 먼저 당근 하고 생각을 한다는 것이다. 나는 당근을 플라테로의 주둥이 앞에 갖다 댔다. 당나귀는 '카로, 카로'** 하는 것처럼 식욕을 자극하는 소리를 내며 당근을 씹어 먹었다. 그러더니 자기의 윗입술을 높이 쳐들고는 자신의 자랑스러운 이빨을 보여 주었다. 마치 당나귀가 소리 없이 웃는 것 같았다. 그렇지만 기분이 좋아서 웃는 것인지 아니면 누구를 비웃는 것인지 알 수 없는 웃음이었다. "웃음이 정말 근사하지 않아? 당나귀는 지금 사실은 이빨 사이에 낀 음식 찌꺼기를 빼내느라 웃는 것처럼 보이는 거야. 그러면 당나귀에게 끈적거리는 것을 주고 다 씹기 전에 말을 걸면 돼. 이렇게 말이야." 교수는 플라테로에게 끈적거리는 것을 바른 당근을 주고 물어보았다. "너는 나를 비웃지 않지, 안 그래?" 플라테로는 입을 찡그리는 듯이 움직였다. 그것도 딱 적당한 타이밍에. "무대극을 만들려면 이런 작은 장면들을 잘 연결해야 하는 거야."—"교수님이 그런 트릭들을 쓰는지 정말 몰랐어요."—"정치가들은 인민들을 조종하는 데 당근과 채찍을 사용하지. 우리는 동물들을 움직이기 위해 우리의 두뇌를 사용하는 것이고." 교수는 당나귀와 똑같이 윗입술을 위로

---

* 스페인어로 은회색 털 당나귀를 가리킨다. 후안 라몬 히메네스의 산문 시집 『플라테로와 나』가 있다.

** 독일어로 '당근'은 '카로테'이다.

올리더니 웃었다.

"사람들이 땅만 파고 있다고 예술이 생겨나지 않아. 넌 고생스럽지 않고 자연스럽게 보이는 작업을 해야 돼. 네가 하는 일이 마술처럼 보여야지, 뼈를 깎는 노동처럼 보이면 안 돼. 그게 바로 중요한 거지." 나는 그 순간에 플라테로가 동의하는 듯 고개를 끄덕인다고 생각했지만 그건 단지 햇빛의 장난일 뿐이었다.

속눈썹 아래로 플라테로의 두 눈이 너무 부드러운 빛을 내서 나는 무시무시한 생각마저 들 정도였다. 채식동물은 화를 절대로 안 내나? 자기들끼리 서로 물어뜯는 일은 없나? 사람들이 채식주의자가 되면 성격도 변할까?

첫 공연이 바로 코앞으로 다가왔고 우리는 되도록 모든 일을 착착 처리하려 했다. 우리는 절대로 멈추지 않고 사이에 쉬는 시간도 두지 않고 앞만 보고 계속 연습을 해 나갔다. 플라테로는 자기가 해야 할 기술을 이미 숙지하고 있었고 나는 아직도 새로운 것을 많이 배워야 했다. 나는 교수의 역할에 스며들어 가려 했다. 아직도 갈 길이 한참 멀었다.

커다란 카드에 적힌 숫자들은 한 줄로 늘어서 있었다. 나는 플라테로에게 2 곱하기 2는 얼마지? 하고 물어보았다. 플라테로는 4가 보이는 카드로 갔다. 다른 카드는 아니고 이 카드에만 당근 즙을 발라 놓았기 때문이다. 이 트릭은 아주 간단한 것이었지만 그래도 당나귀가 매번 정확하게 이 카드 앞으로 가게 만드는 것은 쉽지 않았다. "당나귀는 어떤 카드에서 당근 냄새가 나는지 잘 알고 있어도 다른 카드를 고르는 게 더 좋다고 생각하는 날이 있어. 사람들도 가끔 뭔가를 의도적으로 하고 그것 때문에 자기가 받을 대가를 포기하기도 하잖아. 연습을 충분하게 했다고 해도 완전히 망할 가능성은 언제나 있는 거야. 대략 치면 열 번 중에 한 번은 실패한다고 봐야지. 문제는 그 10퍼센트의 불운이 무대 위에서 일어나지 않도록 하는 게 중요한 거야. 어떻게 하면 그렇게 될지 이제 뭐 좀 알겠어?" 나는 고개를 하도 세차게 흔들어서 머리카락이 뺨을 찰싹 때렸다. "너는 실패라고는 모르는 정신 상태에 도달해야 되는 거야. 호숫가에서 봄에 잠을 잘 때처럼 마음이 편안해야 하지. 그렇지만 머리는 유리처럼 맑아야 돼. 모든 근심 걱정에서 벗어나 있어야 하지만 늘 주의를 기울이고 있어야 하지. 몸 전체가 센서처럼 작동해서 주위에서 일어나는 일은 모두 다 감지하고 있어야 하는 거야, 그렇다고 그게 또 너에게 부담이되면 안 되지. 넌 전체 사건의 일부기 때문에 모든 것에 자동으로 반응하게 돼. 어떤 의도를 갖지 않고 행동을 하지만항상 올바른 방식으로 하는 거야. 무대 위에서 너는 이런 상태로 자신을 만들어야 해. 그러면 실패라고는 모르게 되는 거지."

당나귀는 내가 '2 곱하기 2'라는 곱셈 문제를 주면 언제나 틀림없이 숫자 4 앞으로 갔다. 한번은 단장이 오는 걸 보고 나는 내 능력을 보일 좋은 기회라고 생각했다. 나는 플라테로의 귀를 사랑스럽게 쓰다듬으면서 "2 곱하기 2는 얼마지?"라고 물었다. 플라테로는 그 자리에 서서 꼼짝도 하지 않았다. 교수는 아무런 표정을 짓지 않은 채 총연습 공간의 구석에 있는 나무 상자에 앉아서 나를 도와줄 생각을 전혀 하지 않았다. 나는 똑같은 질문을 한 번 더 하면서 당나귀 귀를 또 만져 주었지만 플라테로는 여전히 꼼짝을 하지 않았다. 단장은 실망을 금치 못하면서 으이그 하고 나가 버렸다. 나는 그 자리에 주저앉아 엉엉 울고 싶었다. 교수가 조금 시간이 흐른 후 지나가듯이 말해 주었다. "좀 전에 네가 플라테로의 귀를 쓰다듬어 주었잖아. 넌 이제까지는 그런 적이 한 번도 없었어. 그래서 당나귀는 네가 더 쓰다듬어 주기를 바랐던 거야. 그래서 그 자리에 가만히 서 있었고. 당나귀는 너를 택하고 당근을 포기한 거지."—"왜 그 말을 그 자리에서 바로 해 주지 않았어요?"—"내가 그럴 의무라도 있어? 나는 여기에 재미를 보려고 와 있는 거야. 젊은 사람들이 생고생하는 걸 보는 것도 별로 나쁘지 않아."—"너무해요!"—"무대 위에서 그렇게 함부로 동물들을 쓰다듬어 주면 절대 안 돼. 서커스에서는 행동 하나하나가 모두 지시가 되는 거야. 그래서 예를 들면 무대 위에서 코를 훌쩍이거나 코를 풀어도 안 되는 거지."

나는 더 이상 절망하거나 그때 얻게 된 조그만 지식에 대해 기뻐할 틈이 없었다. 그다음으로 나는 관객이 낸 산수 문제를 당나귀가 답하는 법을 가르쳐야 했다. 당나귀는 정답으로 가거나 그 앞에 서 있어야 했다. 당나귀는 자기 바로 앞에 누군가가 서 있으면 가만히 서 있는 특성이 있다. 내가 당나귀 왼쪽 뒤에 서 있으면 당나귀는 비스듬히 왼쪽으로 간다. 내가 오른쪽 뒤에 서 있으면 비스듬히 오른쪽으로 간다. 나는 당나귀를 목적지로 데려가기 위해 이 법칙을 잘 이용해야 했다.

당나귀는 내가 귀를 만져 주면 머리를 흔들었다. 내가 몸통을 만지면 고개를 끄덕거렸다. 우리는 질문에 대해 예, 아니면 아니요라고 대답하는 법을 연습했다. 우리는 아침 일찍부터 밤늦게까지 연습을 했다. 내가 더 이상 못 하겠다 싶어 잠깐 바깥 공기를 쐬러 나가면 마주치는 사람마다 다 내게는 당나귀 얼굴로 보였다. 한번은 어떤 남자가 귀 뒤를 긁적거리는 것을 보고 좀 도와주려 했다가 다른 사람의 몸을 그렇게 함부로 만지면 안 된다는 생각이 퍼뜩 들었다.

평소에 교수는 총연습이 끝나고 나면 바로 집으로 돌아

갔다. 그러나 이날은 나와 이야기하기 위해 그곳에 남았다. "플라테로는 늙었고 나도 늙었지. 곧 우리가 이 세상에 더 이상 없을 수도 있는데 너는 그때를 대비하고 있어야 해." 교수는 분명히 자기가 죽고 난 다음의 시간에 대해 이야기를 하려고 한 것이었겠지만 목소리는 외려 기쁜 듯이 들렸다. "우리가 죽은 다음에 새로운 당나귀랑 일하게 되면 무슨 프로그램을 할 거야? 나는 너에게 마지막 비밀을 전해주려 하는 거야. 나는 이제까지 아무하고도 그런 이야기를 한 적이 없었다. 그렇다는 건 네가 지금 엄청난 유산을 상속받는 거나 마찬가지란 거지. 넌 큰 약점을 지니고 서커스단에 들어왔어. 네 부모가 서커스단에서 일한 적이 없다는 거지. 너도 눈치는 챘겠지? 안 그러니?" 나는 고개를 끄덕이기를 거부하고 뻣뻣하게 서 있었다. "좋아. 너는 지금 네가 차별받고 있다는 걸 인정하고 싶지 않다는 거지. 의지가 강하군. 너는 해낼 수 있을 거야."

당나귀와 함께한 내 데뷔 무대는 스물여섯 살 생일날 바로 뒤에 있었다. 비록 눈에 확 띄는 동물도 아니었고 주목받는 위치에 있지도 않은 짧은 공연이었지만 그것은 열화와 같은 성공을 거두었다.

"산수 문제라고! 우리 토스카와도 한번 해 보면 어때? 토스카가 산수에 재능이 있을 수도 있잖아." 내 당나귀 이야기를 듣고 자극을 받아 마르쿠스는 숫자를 쓴 큰 카드를 만들기 시작했다. 종이 상자가 없었기 때문에 남편은 물어보지도 않고 버려진 건물의 지하실에 있는 고급 목재를 가져다가 썼다. 1부터 7까지의 숫자를 써 놓았는데 카드 하나에만 꿀을 발라 놓았다. 토스카는 바로 꿀 바른 숫자에 가서 핥아 먹었다. "토스카는 카드로 가서 킁킁거리다가 핥아 먹네. 관객들이 이 트릭을 알아차리지 못하면 차라리 그게 더 이상하겠다. 게다가 곰이 산수를 한다는 것도 별로 설득력이 없고. 왜 당나귀 때에는 그렇지 않았을까?"―"당나귀는 아이들 동화책에도 글 읽고 숫자 계산을 하는 것으로 나와. 『틸 오일렌슈피겔』에 나오는 당나귀 생각 안 나? 거기에 당나귀 목소리를 가지고 한 트릭이 나오잖아."―"그래 맞아. 그리고 당나귀는 제일 똑똑한 동물이 아니라는 것도 그때 중요하지. 대조되는 게 재미있는 거야. 즉 사람들이 생각하는 전형적인 클리셰의 반대되는 모습을 무대 위에서 보여 주어야 하는 거지."―"곰의 클리셰가 뭘까?"―"언제나 얼음 속에 앉아 있는 것?"―"얼음의 반대는 뭘까?"―"불."

맹수를 불길이 훨훨 타오르는 큰 링을 통과하게 하는 것.

그것은 서커스 무대의 필수 프로그램이었다. 남편이나 나나 우리가 그걸 계속 피해 갈 수는 없다고 생각하고 있었다. 만약 토스카가 불길을 통과한다면 그건 너무 진부한 것이다. 우리는 적어도 하나 이상의 테두리 이야기를 만들어야 한다. 예를 들어 백설 공주 이야기를 뮤지컬로 바꾸면 토스카가 백설 공주로 분장해 불길을 넘어가게 만드는 것이다. 내 생각에 서커스단에서 불꽃 장치를 추가로 구입할 수는 없을 것이었다. 게다가 서커스단은 이미 새빨갛게 적자를 기록하고 있다. 판코프는 우리에게 묻지도 않고 커다란 불꽃 링을 서커스단 창고에서 가져오라고 비서에게 지시했다. 다음 날에는 이미 그 장비 일체가 반짝거리게 잘 닦여 연습장에 놓여 있었다. 나는 그걸 보지 못한 척했고 토스카와 나란히 걸어가거나 마주 보고 서는 연습을 했다.

해가 뉘엿뉘엿 지고 있었다. 나는 잠의 막이 오르면서 얼음 세계로 들어갈 수 있었다. 거기에서 나는 날이 갈수록 진보하는 진화를 읽어 낼 수 있었다. 흑자도 적자도 없었고 오로지 진보만 있었다. 산업도 병원도 학교도 없었다. 살아 있는 존재들 사이에서 오가는 말들만 있었다. "나 너의 전기를 쓰기 시작했어"라고 토스카에게 말했다. 토스카는 놀랍게도 코를 풀었다. "너 춥니?"—"지금 장난하니? 난 꽃가루 알레르기가 있을 뿐이야. 북극에는 꽃이 피지 않지만 공기 중에는 먼지가 있어서 나는 계속 코를 풀어야 돼. 꽃도 없는데 이 가루들이 있다는 게 무시무시한 거지."―"지금 네가 막 탄생한 직후까지 썼어. 두 눈은 아직 뜨이지 않았지. 엄마랑 너랑 둘만 있는 게 아니라 세 번째 그림자가 있어."―"아빠는 우리랑 같이 살고 싶어 했어. 그런데 엄마는 아빠가 같이 있는 걸 참지 못했어. 엄마는 아빠가 보이기만 하면 주먹질이었지."―"그게 암곰에게는 늘 있는 일 아니야?"―"옛날에는 흔히 있는 일이었을지 몰라도 자연이라는 것도 역사가 흐르면 변하는 거야."

마마-리아의 목소리는 사람을 식겁하게 만들었다. 나는 위험하지 않다는 것을 아주 잘 알고 있었지만 그래도 엄마 곰 앞에서는 덜컥 겁이 났다.

사람들도 다른 사람을 겁주려고 소리를 크게 지를 수 있다. 처음에는 뭔가 뜻이 있는 단어들을 내지르지만 차츰 시간이 지나면 어느 순간부터는 그 말에서 소리 지르는 것만 듣게 되고 누가 소리를 지르기 시작하면 같이 소리를 질러 대응하는 것밖에는 달리 거기에 대처할 방법이 없다. 이 생각을 하고 있을 때 우리 아빠가 우리를 떠나 베를린으로 가버린 때의 광경이 생각이 났다. 나는 어린아이의 타고난 육감으로 소리를 지르기 직전 상태인 엄마의 목소리에 작은 가시들이 돋아 있는 걸 느낄 수 있었다. 나는 갑자기 아주 큰 목소리로 엉엉 울음을 터뜨렸다. 엄마의 주의를 분산시키기 위해서였다. 엄마는 나를 달래다가 아빠를 잊어버렸다. 그러나 아빠가 뭔가 다시 단호한 말을 했고 그게 엄마 신경을 다시 건드렸다. 엄마는 아빠를 쫙 째려보더니 무슨 말을 했는데 이미 목소리도 완전히 뒤바뀌어 버렸다. 아빠는 화가 나 폭발하고 말았는데 거의 식탁을 뒤집어엎을 기세였다.

불쑥 떠오른 이 기억은 그냥 내가 지어낸 것일 수도 있다. 엄마와 나는 아빠 이야기를 한 적이 한 번도 없었다. 엄마는 매일 아침 일찍 집에서 나갔다. 내가 학교에서 돌아오면 엄마는 벌써 집에 와 있었다. 엄마는 아름다웠지만 두 눈은 아침이면 쑥 들어갔고 오후면 뺨이 축 처졌다. 한번은 엄마 얼굴을 자세히 들여다보려고 했지만 엄마는 집안일을 한다며 등을 돌려 버렸다. 엄마 등에는 톡 쏠 정도로 화려한 문양들이 인쇄되어 있어 무도거미처럼 보였다. 이 문양들은 엄마의 손이 움직이는 데로 따라갔고 매끈하고 차가운 폴리에스테르 위에서 흔들거리고 있었다. 아 왜 지금 나는 내 이야기를 쓰고 있을까? 나는 토스카에게 물어보았다. "너희 아빠의 자랑은 뭐였어?"—"아빠는 가끔 자기가 키르케고르의 나라에서 왔다고 이야기했어. 아빠는 그걸 아주 자랑스러워했지. 그러면 엄마는 웃으면서 아빠가 조그만 나라 출신이라 정말 다행이라고 말했어. '우리 나라 문화 속의 모든 위인을 그런 식으로 하나하나 다 꼽아 보자면 정말 한도 끝도 없을 거니까.'"—"좀 못된 것 같다."—"엄마는 아는 것도 많고 호기심도 많았어. 그러니까 망명도 가고 자서전도 쓴 거지. 엄마랑 비교하면 나는 글도 못 쓰고 언제나 사람들이 도와주지 않으면 안 돼."—"다른 사람의 도움을 받는 것도 네 능력이야. 내가 네 이야기를 쓰게 해 줘!"

내 머릿속에는 짙게 안개가 끼었다. 이 이야기는 어떤 방향으로 흘러갈까? "당신 무슨 일 있어?"라고 어떤 목소리가 내게 물었는데 토스카도 우리 엄마도 아니었다. "누구랑 사랑에 빠졌어?" 마침내 나는 눈을 떴고 내 앞에 서 있는 남편 얼굴이 보였다. 그 얼굴은 내가 대답을 하지 않으니 찡그렸다가 지금은 걱정하는 표정을 짓고 있었다. "누구랑 바람피우는 거야? 당신은 할 일이 너무 많지. 도대체 외도 따위를 할 시간이 없잖아. 그럼 그놈은 서커스단에 있는 놈이야?"—"당신이 헛소리를 계속하기 전에 우리 연습이나 한바탕해 보자."—"나는 종일 우리 공연 이야기만 하고 있는데 당신은 도대체 듣지를 않고 있잖아."—"나는 다른 생각을 하고 있었어. 내 어린 시절 말이야."—"또 어린 시절이야? 우리 잠깐 산책이나 다녀오자."—"나쁜 생각은 아니네. 우리는 머리를 비워야 해."

판코프가 정문 쪽에서부터 우리에게로 왔다. 우리는 굉장히 피곤해 보였던 것 같다. 아니면 판코프가 우리를 두둔하는 말을 할 하등의 이유가 없기 때문이다. "토스카는 진짜 배우야. 무대에만 서면 빛이 나지. 당신들이 토스카와 성공을 거둘 거라고 나는 확신하고 있어." 판코프가 가 버리고 우리끼리 남자 남편이 내게 작은 목소리로 말했다. "되게 꼬여 있는 말이야, 그렇지 않아? 우리가 도대체 뭐로 어떻게 성공을 한다는 거야? 나 오늘 다시 도서관에 가 볼게. 여기 서커스단에 있으면 아무 생각도 떠오르지 않아. 간혀 있다는 느낌을 참을 수가 없어. 도대체 내가 한평생을 어떻게 서커스단에서 보냈는지 이해가 안 된다니까."

남편이 내 눈앞에서 사라졌다. 나는 토스카의 우리 앞에 쪼그리고 앉았다. 서커스단에 갇혀 있다는 느낌은 나로서는 같이 나누기 어려웠다. 왜냐하면 나에게는 모든 것이 여기에 있고 모든 것이 서커스로 돌아오기 때문이다. 어린 시절, 죽은 사람들, 친구들. 이 모든 것을 서커스 바깥에 가서 찾는다고 나에게 무슨 득이 있을까?

나는 토스카 앞에 계속 조용히, 그리고 움직이지 않은 채 쪼그리고 앉아 있었다. 토스카는 지루해서인지 자기 앞 발톱을 가지고 놀았다. 등 뒤에서 뜨거운 입김이 느껴져 몸을 돌리니 내 뒤에 호니히베르크가 서 있었다. "혼자 있었어요?"라고 그는 찡그리면서 물었다. "우리 둘이 있는 거 안 보여요? 당신까지 합하면 벌써 셋인데."—"남편은 또 없어졌네요? 맨날 혼자 있고. 외롭지 않아요?"—"너무 가까이 오지 말아요. 구두가 더럽잖아요. 어디서 그렇게 흙을 많이 묻혀 왔어요?"—"가면 안 되는 데 갔어요." 그가 내내 찡그리고 있는 것은 나에게는 편치 않았다.

서커스단 주위에 늪 같은 곳이 많았던 기억이 아직도 난다. 몰래 서커스단에 갔다가 집에 돌아오면 나는 구두에 지구 그림이 지저분하게 얼룩져 있는 것을 종종 보곤 했다. 한번은 짓이겨진 나방처럼 보이는 얼룩이 있어 깜짝 놀란 일도 있다. 다른 쪽 구두에서 이 나방의 그림자를 볼 수 있었다. 나는 잡초 뭉치로 구두의 곤충들을 닦아 내려 했지만 허사였다. 흙은 끈적거리는 데다 악취가 났는데 어쩌면 육식동물의 똥 같은 것일지도 모른다. 그러자 구두에 묻은 흙은 나에게 신성한 것으로 보였고 그래서 그걸 더 이상 긁어 내려고 하지 않았다. 그림책에서나 보고 실제로는 한 번도 본 적이 없는 사자가 이웃에 있는 서커스단에 산다. 그 증거로 나는 사자의 똥을 집에 가지고 있는 것이다! 나는 그 더러운 구두를 베란다의 양동이 뒤에 가져다 두었다. 엄마는 직장으로 가는 5시 버스를 놓치면 절대로 안 되는 사람이라 항상 4시면 벌써 일어나 앉아 있었다. 그러고는 저녁 9시면 엄마의 두 눈은 이미 이불 속에서 감겨 있었다. 나는 귀를 기울여서 엄마가 깊게 천천히 숨을 쉬는가를 확인하려 했다. 그다음에 내 구두 상태를 보러 베란다에 갔다. 가죽은 끈적끈적한 흙 때문에 노랗게 굳어 있었다. 나는 그 구두를 신고 한번 걸어 보았다. 걸을 때마다 그 뻣뻣한 가죽은 사포처럼 발뒤꿈치를 쓸었다. 고통을 줄이려면 다리를 둥근 칼 모양으로 하고 걸을 수밖에 없었다. 그래서 나는 이구아나가 되었다. 도마뱀이나 곤충 같은 냉혈동물들을 보면 나는 즉각적으로 미워했다. 나는 신발과 속옷을 벗었다. 허벅지와 배는 눈처럼 하얀 털로 덮여 있었다. 달은 그늘진 구름 속에서 내려다보며 벌거벗은 하체를 비추어 주었다.

나는 잠에서 깨어 내 앞에 있는 토스카를 보았다. 토스카는 몸을 구부리고 자고 있었다. 왼쪽 팔을 베고 있었는데, 마치 거울에 비친 토스카인 양 나도 똑같은 자세로 누워 있었다. 내 치마는 외설적으로 말려 올라가서 허벅지도 제대로 덮어 주지 못했다. 나는 천을 바로 잡아당겨서 손가락으로 슥슥 쓸었다. 그 순간 남편이 아주 인상적인 걸음걸이로 내게로 다가왔는데 막 도서관에서 돌아오는 것처럼 보였다. "당신 잤어?"—"그런 것 같아."—"누가 당신에게 왔었어?"—"누가?" 내 치마의 밑단에서 나는 구두 발자국을 보았다. 더러운 구두를 신은 사람이 거기에 서 있었음에 틀림없었다.

그다음 주에 몇 가지 새로운 사실이 우리를 놀라게 했다. 첫 번째로 호니히베르크가 노조에 가입을 하겠다고 선언했다. 이미 당시에 인종적인 이유로 노조 가입을 거절하는 것을 금지하는 노동법이 존재하고 있었다. 그래서 북극곰들은 의심스러운 호모 사피엔스인 호니히베르크를 노조에 가입시켜 줄 수밖에 없었다.

그는 가입한 지 하루 만에 노조에서 서커스단을 주식회사로 만들자는 제안을 했다. 그러면 장부를 이중으로 만들어야 한다. 그렇지만 그렇게 하는 것은 외부에는 비밀로 해야 한다. 원래는 국가에 공식적으로 회계 보고를 해야 했기 때문이다. 그러나 이미 끼리끼리 자유로운 시장경제를 발전시키고 있었다. 만약 주식이 오르면 비싼 무대장치를 살수 있을 것이다. 새로운 매력적인 무대는 입장권 판매고를 올려 줄 것이고 그러면 우리의 이득도 같이 올라간다. 다음 시즌은 틀림없이 히트를 칠 텐데 유감스러운 것은 수익의 상당 부분을 공무원에게 갖다 바쳐야 한다는 것이다. 이 사람들은 매일매일 외환 결제 식당에서 캐비아를 삽째 퍼 먹으며 우리가 번 돈을 물 쓰듯 써 버릴 것이다. 그 돈은 그렇게 물처럼 쏴쏴 다 써 버리면 안 되고 미래의 무대에 투자하기 위해서 얼음처럼 굳혀야 된다. 물론 번 돈이 전부 투자로만 가지는 않는다. 주주라면 각자 주식을 가지고 트랜지스터라디오나 꿀이나 그 외 다른 상품들을 살 수도 있어야 한다. 처음에는 이러한 호니히베르크의 제안을 이해하지 못했던 곰들은 결국에는 모두 그의 제안에 홀딱 넘어가서 그 자리에서 주식을 사겠다고 달려들었다. 판코프도 그 제안을 받아들였는데 내 상상력은 이 젊은 남자의 진짜 의도가 무엇인지를 알아내기에는 부족했다.

"도대체 호니히베르크가 원하는 게 뭐야?" 남편은 우리끼리 있으면 호니히베르크에 대해서만 물었다. 내가 심드렁해하면 남편은 더 꼬치꼬치 캐물었다. "생각하는 걸 말해 보라니까." 나는 구석에 몰린 쥐 같은 생각이 들어 반대 질문을 했다. "왜 그 덜떨어진 젊은 남자 생각을 떨쳐 버리지 못하는 거야? 이제 자기는 스태미나라곤 없어?" 내가 한 비난이 맞는다는 듯 그의 핏줄 선 눈이 번뜩거렸다. "나는 그 생각을 진즉에 하고 있었어. 그 젊은 남자가 스태미나가 넘친다는 걸 도대체 당신은 어떻게 알고 있어? 나는 진즉부터 알았다니까. 당신이 그 남자랑 바람피우는 거."—"그럴 시간이 어디 있어? 당신은 언제나 나랑 같이 있었잖아."—"나는 시공간에 항상 빈틈이 있다고 느껴. 하루라는 시간에도 그 빈틈은 있다고. 우리가 하루 종일 일만 하고 있어도 그 빈틈은 있다는 거지. 이 빈틈에서 당신은 누구를 몰래 만나고 있고." 어쩌면 그때 남편은 미친 사람이 되는 길에 이미 반쯤 가 있었다.

나는 내가 사랑에 빠졌다는 것을 느낌으로 알고 있었지만 호니히베르크와는 아니었다. 그것은 생각할 수 없는 사랑이었다. 나는 누구에게도 뭘 감추려고 하지는 않았는데 나 자신도 누구와 사랑에 빠졌는지 몰랐다. 어릴 적 서커스에 매일 갔을 때 나는 내가 서커스와 사랑에 빠졌다는 생각은 하지 못했다. 나는 서커스에 간 걸 엄마에게 비밀로 했지만 서커스와 사랑에 빠진 것을 감추려고 그런 건 아니었다. 단지 엄마가 내가 신발을 더럽힌다고 사자에게서 멀리 떼어 놓을까 봐 그런 것이었다. 내가 엄마에게 비밀로 한 것은 그것 말고도 더 있었다. 예를 들어 내가 여자 친구가 없다거나 우리 선생님이 내가 재능이, 특히 자연과학에 재능이 많다고 말한 것 등이다. "왜 너는 너희 엄마에게 이 모든 것을 비밀로 한 거니?" 하고 토스카가 물었다. "나도 몰라. 어린아이의 본능이야. 어른이 되어서야 여자들은 모든 것을 다 털어놓을 수 있고 또 털어놓고 싶은 여자 친구를 만나게 되는 거니까."

내가 서커스를 보러 다녔다는 비밀이 어느 날 탄로가 났다. 나는 엄마가 더러워진 신발 때문에 나를 야단칠까 봐 걱정이 되었다. 그렇지만 엄마는 그렇게 하지 않았다. 엄마는 내게 서커스 표를 사서 앞문으로 들어가라고만 말했다. 뒷문을 이용하는 사람은 결국 곡예사 대기실에나 가게 된다고 말이다.

그때까지 나는 단 한 번도 '곡예사 대기실'이란 말을 들어 본 적이 없었다. 그것은 관심에 불을 붙이는 단어였다. 엄마가 나에게서 떼어 놓으려고 하는 불꽃들은 전부 나에게는 정말로 불타는 관심사가 되었다.

내가 서커스에 다닌다는 것을 엄마가 알게 된 뒤에도 나는 그걸 포기하려 들지 않았다. 나는 가는 길에 신발을 벗어서 풀숲에 감추어 두었다. 맨발로 진흙탕을 건너가는 것은 불안하면서도 동시에 날아가는 기분이 들었다. 좀 간질거리기는 했다. 어쩌면 지하 세계의 땅 정령들이 내 발바닥을 핥는 건지도 몰랐다. 미지의 동물 냄새가 났고 나는 서커스 카라반의 미로 속으로 들어가서 내 코를 따라 걸어갔다. 그러다가 갑자기 내 앞에 말의 얼굴이 나타난 걸 보았다. 말은 꼼짝도 하지 않고 나를 뚫어지게 보았다. 말의 긴 속눈썹은 부드러운 인상을 주었다. 바닥에서 올라오는 향기는 정말 사람을 질식시킬 듯이 달콤했다. 나의 가슴은 안으로부터 갑자기 꽉 조여 왔고 심장이 뛰는 소리가 들렸다. 아 이런 게 성적 자극이라는 것일까? 말의 두 귀가 움찔했고 나는 다가오는 발자국 소리를 들었다.

누군가가 나를 뒤에서 밀었다. 하얗게 얼굴을 칠한 광대였다. 광대가 얼굴에 분칠을 한 지는 시간이 꽤 지난 것이 분명했다. 하얀 화장층은 벌써 금이 가기 시작했고 지금은 웃지 않고 있는데도 웃어서 생긴 깊은 주름이 두드러져 있었기 때문이다. 별처럼 생긴 눈물은 이미 반은 닦였고 이제 더 이상 울지 않는다. 그 광대가 남자인지 여자인지는 확실치 않았다. 그 이유 때문에 내가 무슨 말을 먼저 해야 할지 잘 몰랐다. 그래서 나는 미안하다는 뜻으로 머리를 숙여 꾸벅 인사하고는 그 자리에서 도망쳤다. 이후로 수많은 광대들을 보았지만 이 광대가 나의 첫 광대였고 그는 그렇게 영원히 나의 기억에 남았다.

그다음 날 나는 다시 콧구멍의 크기에 반한 말에게로 갔다. 이번에는 그 광대가 천천히 그리고 조심스럽게 다가왔는데 그러면서 자기의 집게손가락을 두 입술 앞에 세웠다. 오늘 그는 눈 주위만 화장을 하고 있었다. 두 입술은 얇았고 입 주위는 금방 면도를 해서 피부가 약간 푸르스름했다. 그는 분명히 나를 놀래지 않으려고 애를 쓰고 있었다. 나는 불안해서 얼어 있었지만 그럼에도 그를 기다렸다. "너 말을 좋아하나 보다?"라고 그가 물으면서 앞으로 바싹 다가와서 나는 그의 몸의 온기를 느낄 수 있었다. 나는 그에게 고개를 끄덕여 주었고 그는 카라반으로 가서 손을 흔들었다.

건초의 향기가 내 콧속의 솜털을 간질이다가 내 폐의 창고를 가득 메웠다. "이제 건초를 잘라 말에게 주어야 돼"라고 광대가 한가득 건초를 안고 오더니 거대한 건초 절단기에 올려놓고 녹슨 칼로 리드미컬하게 요리조리 싹싹 잘랐다. 자른 건초를 양동이에 담고는 막 자른 싱싱한 먹이를 들고 말에게로 돌아갔다. "자, 어때? 혹시 말 관리사 한번 해 보고 싶지 않니? 내일도 오늘과 같은 시간에 오면 건초도 자르고 말에게 먹이를 주게 해 주마."

그래서 나는 매일매일 학교가 파하면 말 관리하는 일을 하려고 서커스단으로 달려갔다. 곧장 나는 말의 털을 빗겨 주어도 되고 그다음에는 말의 똥을 퇴비장으로 날라도 된다는 허락을 받을 수 있었다. 나는 의욕이 충만했고 무보수로 일했다.

내가 어린아이의 고사리손으로 말을 돌보아 주고 있을 때 광대는 의자 팔걸이 위에서 물구나무서기를 하거나 공위에서 허리를 이리저리 흔드는 연습을 했다. 가끔 나는 어쩌면 그에게 이용을 당하고 있는 것 아닌가 하는 생각이 설핏 들기도 했지만 그렇다 하더라도 딱히 거슬리지는 않았다. 나는 새로운 내 경제 이론을 개발했다. 즉 말의 몸뚱이에 손만 대더라도 적자를 표시하는 모든 빨간 숫자들은 바로 순흑자로 전환된다고.

얼마 안 있어 다른 서커스단원들이 나에게 인사를 하기 시작했다. 나는 사실 뒷문으로 몰래 들어온 불법 노동자이긴 했다. 그럼에도 불구하고 서커스단 식구들이 나를 받아 주었다는 느낌이 들었고 이런 느낌은 학교에서는 한 번도 든 적이 없었다. 그 광대가 나에게 "너 도대체 이름은 뭐니?" 하고 묻기까지는 시간이 꽤 많이 걸렸다. 그 전까지는 나를 늘 "거기 너"라고 불렀다. 통상 이름이 그에게는 별 의미가 없었든지 아니면 내 이름을 알게 되면 자기가 나를 책임져야 된다고 생각했을 수도 있다. "엄마는 그냥 장난처럼 바라고 불러요. 제 원래 이름이 바바라거든요."—"좋은데. 바는 꼭 베어(곰) 같다." 나는 집에서 엄마에게 이 바바라라는 이름이 곰을 가지고 있다는 이야기를 해 주었다.* 엄마는 눈썹을 치켜세웠다. "그런 바보 같은 소리를 하다니. 내가 너에게 동물 이름을 지어 주었다고 생각하니? 도대체 누가 그런 말도 안 되는 소리를 해?" 나는 엄마에게 내가 매일 가는 서커스에 대해 고백해야 했다. 엄마는 놀라지 않

---

* 독일어로 바바라의 '바'는 Bar, '곰'은 Bär(베어)이다.

왔다. 이미 짐작하고 있었던 것 같다. 해가 지기 전에는 집에 꼭 돌아와야 한다고 엄마가 말했다. 그리고 계속 서커스단 직원처럼 일하는 것을 허락해 주었다.

나는 말을 빗겨 줄 때마다 기분이 고조되었다. 말의 털은 정말 특이한데 대체로 기분 좋은 상태로 말라 있다. 심지어 말들이 땀을 낼 때에도 말이다. 그 아래의 살은 정말 믿음직하게 단단했고 마음을 편하게 해 주는 온기를 내뿜었다. 빗기는 동안 내 손안에서는 욕망이 생겨났고 손목을 움직일 때 내 몸 안으로 들어가서 자궁 속에서 잉어처럼 헤엄을 쳤다. "네가 어렸을 때 말은 너보다 훨씬 컸을 텐데. 너는 올려다보았겠지. 너는 지금 그때의 그 자세를 다시 취하고 있는 거고"라고 토스카가 나에게 말했다. 토스카의 두 눈과 코는 하얀 눈의 풍경 속에서 검은 세 점을 이루었다. 사람들이 이 세 점을 서로 이으면 삼각형이 생긴다. 토스카의 하얀색은 눈 속에서는 완벽한 보호색이었다. 나는 토스카를 볼 수가 없고 이 삼각형의 보이지 않는 가운데 점에다 대고 말했다. "어린 시절로 돌아가 생각해 보는 것은 나에게 아무것도 득 될 게 없다는 생각이 가끔씩 들어."—"우리 엄마는 우리가 유년 이전의 시공간에 도착해야 된다고 말했어"라고 토스카가 대꾸했다. "나는 정말 너희 엄마의 자서전을 읽고 싶다."—"그 책은 안타깝게도 이미 오래전에

죽음의 키스

절판되었어. 북극성출판사의 모든 책들이 절판되었어. 그리고 이제 모든 인쇄소가 해체되고 합병되었지. 그래서 더이상 새 판을 찍을 수가 없어." 토스카는 슬픈 표정으로 일어섰다. 토스카의 가슴은 납작했기 때문에 토스카의 우아한 목은 원래보다 더 길어 보였고 두 앞발은 더 짧아 보였다. 토스카는 나를 떠나가려고 했다. "잠깐 기다려"라고 내가 소리 질렀다. "왜 그래? 당신 악몽을 꾸었어?" 마르쿠스였다. 남편은 내 상태에 대해서 합당한 설명을 찾지 못해 난감하다는 표정을 지었다. 남편이 요즘 나에 대한 나쁜 소문을 퍼뜨리고 다닌다는 것을 나는 이미 알고 있었다. 내가정신이 나가서 계속 환각과 악몽의 공격을 받고 있다는 것이다. 아마도 남편은 이런 말을 통해서 다른 사람들 앞에서자신의 신경쇠약과 병적인 질투를 감추려 하는 것이리라. 판코프도 와서 나에게 물어보았다. "당신이 불을 가지고 하는 프로그램에 대한 자신감을 잃었다고 들었어. 이제 무대위의 열정이 다 식었다는 거야?" 나는 대답했다. "식었다고요? 제가 아니고 제 남편이 질투의 불길 때문에 다 타서 곧재가 될 거예요. 단장님이 남편을 좀 구해 주시면 안 돼요? 저는 그 열기를 감당할 수 없어서 눈으로 도망치는 거예요. 눈의 풍경에서 저는 토스카를 바로 알아볼 수 있거든요. 그검은 세 점에서요." 판코프는 웃다가 까무러칠 뻔했다. "당신이 삼각형을 이루는 세 불빛이 점점 다가오는 걸 보면 그건 바로 기관차야. 철로에 몸을 던질 생각이야? 그럴 수 없잖아. 제발 좀 쉬어!"

아무런 근거가 없는데도 남편의 질투심은 날이 갈수록 짙어졌다. 토스카와 내가 절하는 연습을 할 때 호니히베르크가 연습실로 왔다. 그다음에 남편이 뒤따라왔다. 남편은 내가 그에게 잘 보이려고 아양을 떨었다고 비난하면서 화가 나서 내 어깨를 밀쳤다. 토스카가 으르렁거렸다. 그때 호니히베르크의 안색이 창백해졌다. 그럼에도 남편은 나를 한 대 더 치려고 했다. "그만두라니까요!"라고 호니히베르크가 소리를 지르더니 남편의 팔을 잡고 연습실 구석으로 끌고 가서 그를 옥죄었다. "나를 놔줘! 나한테 지금 폭력을 행사할 참이야?"—"지금 저 암곰 화난 거 안 보여요? 이제 진짜 위험해질 수 있어요."

판코프는 남편과 호니히베르크 그리고 나를 자기 사무실로 불렀다. 나는 그가 화가 났을 것이라고 예상했지만 그렇지는 않았다. "우리가 다음 달에 크렘린의 방문을 받을 거라는 소문이 있어. 나는 이번에 새 시즌을 더 일찍 시작하려고 해. 중요한 방문이 있는데 그때 뭔가를 망치지 않기 위해서지. 그때 우리가 희생양 의식을 하면 안 된다고.

내 말은 바바라가 러시아 사람들이 보는 앞에서 곰에게 잡 아먹히면 안 된다는 거야." 판코프는 우리를 심각한 얼굴로 쳐다보았다. 반면에 호니히베르크는 자신만만하게 쉽게 대 답했다. "걱정하지 마세요. 우리의 연습은 이제 거의 끝난 거나 마찬가지예요. 바바라하고 토스카는 참우정을 맺었고 요. 둘 다 같이 무대에 오를 거고 봉지에서 과자를 꺼내서 같이 먹을 거고 주전자에서 우유를 따라서 그걸 다 마실 거 예요. 그다음에는 바바라가 근사한 여성용 모자를 토스카 의 머리에 얹어 줄 거고 조끼도 입혀 줄 거예요. 둘이 같이 거울 앞에 나란히 서서 자기들이 친구인 것을 바라보는 거 지요. 그걸로 충분해요. 비록 대단히 극적이지는 않더라도 진정한 우정은 관객들의 마음을 움직일 거예요."―"여자들 의 우정이 아름다운 것이기는 하지만 서커스 공연에 적합 한 주제는 아니야."―"걱정하실 필요 없어요. 아홉 마리의 북극곰이 뒤편 다리 위에 서서 무대가 남성적인 활력으로 가득 차게 만들 거예요. 곰은 한 마리가 500킬로나 나가니 까 다 합치면 4,500킬로예요. 이 작은 바바라가 채찍을 휘 두르면 그 거인들은 바바라를 쫓아가지요. 동물들 무게를 합치면 거의 스무 명의 스모 선수들이랑 맞먹거나 아니면 훨씬 더 나가지요. 압권이지요, 그렇지 않나요?" 호니히베 르크는 남편과 나를 내려다보았다. 마치 그는 판코프의 대변인처럼 보였지만 사실상 그는 노숙자고 우리가 그냥 참아 주는 그런 신세다. 마르쿠스는 목을 쭉 빼고 호니히베르크보다 더 커 보이려고 하면서 화급하게 물었다. "잠깐만, 파업은 어떻게 되었어?" 호니히베르크는 차분하게 대답했다. "파업은 끝났어요. 내일부터 아홉 마리 곰은 다시 일할 거예요." 우리는 판코프를 바라보았고 그는 땅을 바라보았다. 호니히베르크는 자신 있게 말을 이어 나갔다. "더 이상 파업할 이유가 없는데요, 뭐. 북극곰들은 주식을 샀고 자기들의 요구 사항들을 철회했어요. 저는 곰들에게 너희는 이제 주주고 노동자가 아니니까 파업을 하면 안 된다고 말해 주었어요."

마르쿠스는 호니히베르크의 청바지로 감싼 가느다란 다리를 증오에 가득 찬 시선으로 보더니 화를 내며 말했다. "당신은 원숭이처럼 교활한 계략으로 동물들의 순수한 마음에 사기를 친 거야. 인간의 수치라고!" 남편은 목도리도 마뱀처럼 보였다. 나는 그의 목덜미에 내려앉은 피의 환영을 보았고 그걸 떨어내려고 손을 그의 어깨에 얹었는데 남편은 내 손길을 거부하더니 화를 내며 말했다. "당신은 그러니까 저 남자 편이다 이거군." 나는 우리의 상황이 더 나빠지지 않도록 분명하게 정리해야 한다고 생각했다. "당신은 우리 사이에 뭔가가 있다고 여기기 때문에 질투하는 거예요. 그건 말도 안 돼요. 당신은 진짜 말도 안 되는 상상을 하고 있다고요." 내가 호니히베르크와 관계를 맺고 있다는 생각을 마치 난생처음 한 것처럼 그는 내 말을 듣고 깜짝 놀랐다. 남편은 소리를 질렀고 나의 말에 마찬가지로 깜짝 놀란 호니히베르크도 소리를 질렀다. 판코프는 휴 하고 한숨을 쉬더니 나가면서 말했다. "바바라. 당신은 병이야. 의사에게 가 보아야 해."

내가 신경과 의사를 찾아가야 했던 것은 그때가 처음은 아니었다. 국민 의무교육을 마쳤을 때 나는 대학에 가지 않고 가사 도우미로 일하려고 결심했다. 나는 환각 때문에 고생하고 있었고 사방에서 부유한 남자의 엉덩이를 보고 있었다. 말의 똥을 치우는 것은 나에게는 아무 문제가 아니었으나 부유한 고용주가 자기의 살찌고 땀난 엉덩이로 앉았던 변기를 청소하는 것은 생각만 해도 어쩔어쩔했다. 길을 갈 때마다 이 엉덩이에 대한 상상이 나를 쫓아다녀 숨을 쉴 수가 없었다. 나는 나를 보이지 않게 하려고 사람들 무리 속으로 뛰어들었지만 환각은 나를 놓아주지 않았다. 엄마에게 이 이야기를 했더니 엄마는 내가 생각을 너무 많이 한다고 말했다. "세상에 진짜로 존재하는 것들만 생각해." 그러나 존재하지는 않지만 내 눈앞에 있는 이 사물들은 그러면 대체 다 무엇이란 말인가?

엄마는 처음에는 나를 가사 도우미로 만들 생각이 없었다. 내가 학자가 되었더라면 존재하지 않는 것에 대해 생각하는 것도 허용되었으리라. 선생님은 대학에 가서 공부하라고 권했지만 나는 반발하며 단호하게 그 제안을 거절했다. 엄마는 내가 거절했다는 것을 나중에 들었는데 큰 충격이었던 모양이다. 나는 엄마가 화석처럼 굳어져서 식탁에 앉아 있는 것을 보았다. 엄마는 어찌어찌 차를 끓이는 데는 성공했으나 차를 마시는 것까지는 못 했다. 엄마의 두 손은 무거운 머리를 받치고 있었고 두 눈은 푹 꺼져 있었으며 두 손은 허예져 있었다. 당시만 해도 엄마가 딸을 대학에 보내고 싶어 하는 것이 당연한 일은 아니었다. 내가 왜 공부하는 걸 거부했는지 이제는 기억이 나지 않는다. 가끔은 포유류의 삶에 대해 연구하고 학위를 따는 상상까지 하곤 했다. 그러나 나의 꿈은 자기가 숨은 은신처에서 나오려고 하지 않았다. 마치 내가 좋아하는 말[馬]에 관한 책들을 장 뒤에 숨겨 놓고 아무도 없을 때 그 뒤에 숨어서, 오로지 그곳에서만 읽었던 것처럼 말이다. 어니스트 톰프슨 시턴의 동물 이야기는 내게 동물학자뿐만 아니라 작가가 되어야겠다는 생각을 가지게 해 주었다. "너는 왜 이제 와서야 대학에 가지 않은 것을 후회하니? 너의 대학은 서커스야." 토스카의 말은 나를 위로해 주었다. 나는 내가 어쩌면 옳은 결정을 했다고 생각하게 되었다. 그러나 그즈음의 나는 절망적이었다. 계속 부유한 남자의 엉덩이에 쫓기고 있었다. 나를 진찰했던 의사는 나를 진지하게 대하지 않았다. 그 의사는 내가 신경쇠약에 걸린 것이라고 대수롭지 않게 이야기했고 나에게 뭔가 약을 주었다.

의사가 약을 잘못 주었거나 아니면 나에게 뭔가 원인이 있었다. 내가 그 알약을 삼켰을 때 내 안에서는 서커스단에서 일하고 싶다는 저항할 수 없는 소망이 생겨났다. 나는 엄마와 싸우고 집을 나와서 마치 분노를 휘발유로 쓰는 오토바이처럼 서커스단으로 뛰어갔다. 서커스단 친구들이 둥글게 앉아서 해 질 녘에 맥주를 마시고 있었다. 그들은 바로 자기들의 무리 속으로 나를 받아들여 주었지만 서커스단의 정식 단원으로 받아들여 달라고 요청하자 분명히 혼란에 빠진 듯했다. 그중 나이가 가장 많은 남자가 일어나서 수염을 만지작거리다가 내 어깨에 손가락을 내려놓았을 때 나는 거의 울부짖기 직전이었다. "서커스단에서 나고 자란 사람들에게는 너무나 당연한 관습과 행동들이 많아. 이런 것들은 노동자의 자식들에게는 이해도 안 되고 참을 수도 없는 걸 거야. 물론 많은 것들은 후천적으로 배울 수 있지. 그렇지만 이 세상에는 어디에도 쓰여 있지 않은 수많은 일들이 있어. 그게 보통 사람들이 서커스단에서 살아남을 수 없는 이유야. 사자는 호랑이가 될 수 없어. 너는 도시에서 직업을 찾는 게 더 나을 거야." 나는 눈물을 터뜨리고 말았다. 줄타기 선수인 코르넬리아가 일어나서 말했다. "내가 이 아이랑 안더스 씨에게 가 볼게. 어쩌면 이 애를 위한 일을 찾아 줄지도 몰라." 그 신사는 서커스의 오랜 팬이었고 전보국에서 팀장으로 일하고 있었다. 코르넬리아는 앞서 걸어갔고 내가 뛰어서 따라갔는데 코르넬리아가 너무 빨라서 나는 그 등을 놓치지 않으려고 낑낑거려야 했다.

넓은 어깨를 가진 남자가 문을 열어 주었다. 나는 내가 모르는 어떤 냄새를 즉각 맡았다. 그는 우리를 보자마자 기뻐 두 눈이 가늘어졌다. 나는 그때까지 한 번도 학력도 높고 부자인 남자의 집에 가 본 적이 없었다. 나는 기가 죽은 채로 수작업으로 만들어진 장식이 달린 가죽 소파에 앉았다. 은으로 된 쟁반에는 삶아 저민 소고기와 빵 그리고 과일이 유채화에 나오듯이 담겨 있었다. 코르넬리아는 얼굴에 뻣뻣한 미소를 띠고 있었지만 첫 단어들을 유연하게 가지고 놀았다. 가끔 가다 나에게 공범인 듯한 신호를 두 눈으로 보내기도 했다. 안더스 씨는 분명히 코르넬리아의 마법에 걸려 나에게, 이 근본을 알 수 없는 어린 여자애에게 일거리를 찾아 주겠다고 약속을 하고 있었다.

서커스단에 받아들여지지는 않았지만 나의 추적 망상은

사라졌다. 엄마는 내가 전보국에 취직이 되었다는 말을 듣자 열광 그 이상으로 기뻐했다. 엄마는 어떤 관청이든 간에 내가 그곳에서 일하면 나는 국가공무원인 것이고 서커스단과 달리 그건 안정을 의미한다고 말했다. 나중에는 서커스단도 국유화되었다. 그래서 나 같은 맹수 조련사나 광대나 다 국가공무원이 되었다.

"내가 너의 삶의 이야기를 써 주겠다고 약속했는데 이제까지 내 이야기만 썼네, 미안."—"괜찮아. 먼저 너 자신의 이야기를 글자로 옮겨. 그다음에 너의 영혼이 다 비워지면 암곰을 위한 자리가 날 거야."—"너는 그럼 내 안으로 들어오려고 하는 거야?"—"그래."—"나 겁이 나는데." 우리는 한마음으로 웃었다.

나는 국가공무원이 되었고 하루 종일 자전거를 타고 다녔다. 한 달이 지난 뒤에 사람들은 내 허벅지와 바깥쪽 장딴지에 근육이 생긴 것을 볼 수 있었다. 나는 더 빨리 달려 시간을 줄일 수 있었다. 그래서 더 이상 시간에 쫓기지 않고 그사이에 공원이나 길거리에서 자전거 곡예 연습을 할 수 있었다.

하루는 자전거 위에서 물구나무서기를 시도해 보았다.

"그러려면 특별한 자전거, 특수 제작된 자전거가 필요해요"
라고 지나가는 사람이 말해 주었다. 나는 그와 이야기를 하
고 싶었는데 이미 가 버리고 없었다. 나는 나를 바라보는
관객이 있다는 것이 피부로 느껴지기 시작했다. 관객이 한
명이라도 있으면 벌써 그것은 머리로 하는 상상이 아니라
실제의 연습 공연이었다. 그리고 연습 공연이 가능하다면
언젠가는 진짜 공연에 갈 수도 있겠다는 생각을 배제할 수
없었다.

　나는 연습을 더 열심히 했다. 어느 날 돌로 된 계단을 자
전거로 철거덕철거덕 내려갈 때 보스의 친척이 나를 보고
말았다. 나는 자전거 걱정을 하는 보스에게 날카로운 지적
을 받았다. "당신은 서커스단에서 일하는 게 아니야. 알겠
어?" 내가 그 '서커스'란 단어를 듣지 못한 지도 벌써 오래
되었다. 예, 맞습니다. 보스가 옳아요. 전보국은 서커스단이
아니지요. 그리고 저는 서커스단에서 일하고 싶어요.

　그리고 내가 서커스단에서 새로운 인생을 시작하기 전
에 전쟁이 터져 버렸다.

　"북극에 사는 사람들이 부러워. 거긴 전쟁이 없잖아."―"전
쟁은 없지. 그렇지만 사람들이 무기를 가지고 우리에게 오지.
그리고 그들은 총으로 우리를 쏴."―"왜?"―"나도 몰라. 인

간에게는 사냥 본능이 있다는 말을 들었어. 나는 본능이 뭔지 모르겠어."—"내 생각에 사냥은 옛날에는 사람들에게 생존을 위해 중요했었어. 오늘날에는 그렇지 않지. 인간들은 이제 그냥 그만둘 수가 없는 거야. 인간들은 어쩌면 수많은 난센스 행위들로 이루어져 있는지도 몰라. 그래서 삶에 뭐가 진짜 필요한 행위들인지를 모르는 거야. 그들은 기억의 잔재들에 조종을 당하는 거지."

아빠는 전쟁 중에 한 번 집으로 돌아왔다. 나는 어떤 남자가 우리 집 앞에서 왔다 갔다 하는 것을 보았다. 어째서 그 남자가 아빠일 수 있다는 생각이 내게 들었는지 모른다. 남자는 나에게 눈으로 자기를 쫓아오라는 신호를 보냈다. 우리는 작은 강가 기슭에 도달할 때까지 한참 걸어가서 강둑에 앉았다. 나는 누렇게 변한 그의 손가락을 보고 있었다. 그 손가락 사이에 그는 짧은 담배를 쥐고 있었다. "나는 어렸을 때부터 동물들을 괴롭혔지. 마치 많은 부모들이 자기 자식을 괴롭히듯 말이다. 나는 동물들을 죽이기도 했어, 예를 들어 고양이를 말이야. 나는 칼로 고양이 가슴을 찌르고 고양이가 죽는 걸 정말 아무렇지도 않게 지켜볼 수 있었어. 내가 미처 날뛰지 않는다는 것이 나에게는 중요했거든. 나는 계속 새로운 희생 제물을 만들었지. 결국 나는 군대의 말을 죽였어. 군대 사람들은 그걸 전쟁에 대한 저항이라고 생각했어."

나는 엄마에게 남자를 만난 것을 이야기했다. 엄마는 화를 아주 많이 냈다. 내가 이야기를 지어냈다고 생각했기 때문이다. "너희 아빠가 아직 살아 있다는 건 말도 안 돼. 누구한테도 그런 바보 같은 이야기를 하지 마."

전보국은 곧 문을 닫았고 나는 직업을 잃어버렸다. 그래서 엄마와 함께 무기 공장에서 일하기 시작했다. 일요일마다 나는 양동이에 엄마와 내 옷을 넣어 빨았고 우리를 위해 요리를 했다. 나는 커다란 통을 들고 걸어서 도시로 가 먹을 것을 구해 왔다. 가다가 만난 사람들은 거칠게 조각한 얼굴을 하고 있었다. 만약 모르는 두 사람이 황량한 거리에서 마주치면 서로 불신의 시선을 교환할 것이다. 운명은 언제나 어떤 사람을 살인자 혹은 희생자로 만들 수 있다. 내가 사거리에서 군인을 만나게 되면 우리 편이라도 떨지 않을 수 없었다. 우리 편이라니 그게 무슨 말일까? 군인들은 모두 사람을 죽일 준비가 되어 있는데 말이다. 결국 나는 그가 내가 아니라 다른 사람을 쏘기를 바란 것이다. 나는 배를 곯았고 또한 다른 사람을 불신하도록 내몰렸다. 겨울이 다가오자 배고픔은 더 커지지는 않았지만 더 진해졌다. 드물게 고개를 들면 항상 모든 게 헷갈려 보였다. 거울 속에서 내 갈라진 피부를 보았다. 나뿐만 아니라 거리의 다른 사람들도 망가진 피부를 가지고 있었다. 그들의 두 눈은 벌겠다. 그들의 기침은 멈추지를 않았다. 엄마는 내가 누군가에게 실수로 아빠 이야기를 할까 봐 겁을 냈다. "누가 너한테 아빠 이야기를 묻거든 갓난아기일 때 헤어져서 아무것도 기억이 나지 않는다고 말해야 돼."

이웃 사람들의 눈은 어떤 때에는 내가 이해하지 못하는 언어를 말한다. 나는 길을 걸어가다가도 가끔 뒤를 돌아보는데 누군가가 등에 어떤 쪽지를 써 붙여 놓은 것 같은 기분이 들어서다. 나는 내가 체포되어 벽에 과녁으로 세워지는 상상을 했다. "넌 도대체 왜 그런 상상을 하니. 사람들이 너를 왜 체포하겠니. 그럴 이유가 하나도 없는데"라고 엄마 목소리가 말했다. 내 코는 이상하게 변해 갔고 시체의 냄새를 맡을 수 있었다. 냄새는 희미했지만 오래 지속되었고 나는 내가 지금 상상을 하고 있는지 아닌지가 분간되지 않았다. 내가 아직도 살아 있는 것은 정말 기적이었다. 엄마는 내가 혹시 저항운동의 조직원인지를 물어보았다. 그러나 그러기에 나는 너무 비정치적이었고 저항운동에 대해 아는 것이 없었다.

대규모 공중전이 있고 나서 도시의 벽과 지붕들이 무너져 내려 폐허 더미가 되었다. 다시 내가 제정신이 들었을 때 나는 어떤 공장의 강당으로 대피해 있었다. 그때 내 옆에 누워 있는 여자는 엄마였다. 달빛이 창가에 비치면 주위 사람들 무리의 땀 냄새가 죽고 싶을 정도로 역겹게 진해졌다.

나는 불타 버린 쇳덩이를 찾아내고 이건 어쩌면 자전거의 시체라고 생각했다. 나는 고장 난 물건과 기계의 아직 쓸 만한 덩어리와 부서진 덩어리들을 모으기 시작했고 그걸 작업장에 갖다 팔았다. 그러나 현금을 받는 데 성공한 경우라도 그것으로는 제대로 된 빵 한 덩어리 사기에도 부족했다. 그래서 도시 외곽에 농가를 가진 친척의 밭일을 도와줄 수 있었을 때 기뻤다. 나는 아직도 무와 양배추, 특히 순무 생각이 난다.

전보국이 다시 문을 열었다. 사무실에는 새로운 얼굴들이 보였고 나를 다시 채용하지 않았다. 나는 엄마의 지인들을 도왔고 거기에서 먹을 것을 얻었다. 나는 더러워진 것을 모두 치웠고 부족한 모든 것을 구하려고 애썼다. 나는 시의 폐허 청소에도 가서 도왔다. "나는 왜 이렇게 외로울까?"라고 토스카에게 물었다. "너는 외롭지 않아. 내가 여기에 있잖아."—"그러나 나 말고는 그 누구도 내가 너와 이야기를 할 수 있다고 믿지 않을 거야. 가끔씩 나 스스로도 그게 실제인지를 자문하곤 해. 많은 사람들이 나하고 이야기하려 했어. 그러나 전쟁이 아니라 서커스에 대해서였지. 사람들은 모두 내게 질문을 던지면서 대화를 시작해. 서커스를 하게 된 계기가 무엇이었느냐고. 나는 어렸을 때 '자라자니 서커스단'에서 보조 일을 한 적이 있다고 이야기를 하지. 스물네 살이 되었을 때에는 '부슈 서커스단'에서 청소부로 받아들여졌었고. 그런데 그사이에 일어난 일은 아무도 알고 싶어 하지 않아. 그들은 말하지. 전쟁이라면 우리도 모두 잘 알고 있다고. 그렇지만 나는 전쟁 이야기를 하려는 게 아니야. 내 서커스 경력에 구멍이 하나 있다는 건 나를 불안하게 만들어. 그런 구멍은 나중에는 내 무덤이 될 거야."—"나는 네 말을 열심히 듣고 있어."—"내가 어떻게 그게 너라는 걸 알 수 있지? 내가 꿈을 꾸는 게 아니라는 걸?"

어디선가 개가 짖었다. "부자인 사람들은 전쟁 후에도 다시 부자로 부활했어. 그들의 화폐는 다 타서 재가 되어 버렸는데도 말이야. 너는 그게 참 이상하다고 생각하지 않니?" 그것은 토스카의 목소리가 아니었다. 활력이 넘치는 어떤 젊은 남자의 목소리였다. 그의 개 이름은 프리드리히였다. 내가 그 집에 가면 개가 얼른 뛰어서 내게로 왔다. 그러고는 커다랗고 축축한 혀로 내 얼굴을 핥기 시작했다. "계급사회란 전쟁을 한다고 없어지지 않아. 그 반대지. 부자와 빈자의 차이는 전쟁 중에 더 커지고 전후에도 그

237

래. 그래서 우리에게는 되도록 빨리 혁명이 필요한 거지."
그 젊은 남자, 그의 이름은 칼인데, 언젠가 길거리에서 내
게 말을 걸어왔다. 나는 최단시간에 대화에 말려들었고 그
를 이미 오래전부터 알고 있다는 느낌을 받아서 고전적인
가구로 가득한 그의 집으로 따라갔다. 그의 소파와 침대는
공중전을 겪지 않은 듯 보였고 그에게는 시급하게 꿰매거
나 보충할 것도 없어 보였다. 가구들과 반대로 책장의 책들
은 아주 최근 것이었다. 나는 붉은 책등을 가진 책을 한 권
꺼냈다. 내가 우연히 선택한 문단을 채 끝까지 읽기도 전에
그는 뒤에서 나를 안았고 눌렀다. 나는 뼈만 남은 마른 인
간이지만 가슴은 이제 막 시작되는 둥그런 형태를 보이고
있었다. 그의 두 손이 나의 가슴을 꽉 눌러 나는 모든 힘을
다해 머리를 돌렸고 그는 두 손을 밑으로 내려 내 아랫도
리를 누르면서 턱으로는 내 어깨를 고정시켰다. 마치 클립
이 종이를 물듯이 말이다. "마른하늘에 날벼락 같았어. 나
는 사랑을 동경하거나 사랑에 빠지거나 첫 번째 키스가 어
떤 맛이었는지를 느낄 시간도 없었어."—"만약 거기다 더
해 임신까지 되었더라면 자연은 이미 자기 목적을 이룬 거
야."—"위대한 자연이란 작은 거야. 자연은 작은 세포를 더
욱더 작게 나누는 것에만 관심이 있어. 내 마음이 자연에게
아무런 관심 주제가 못 된다는 걸 난 금방 알 수 있었어. 세

죽음의 키스

포분열. 언제나 세포분열뿐이야!"—"너는 칼을 매일 만났니?"—"우리는 곧바로 싸웠어."—"왜?"—"내가 그 사람 개인 프리드리히와 말을 너무 많이 했거든. 칼은 그걸 싫어했어. 아마도 그게 싸움의 원인이 맞을 거야."

어느 날 나는 열이 많이 났다. 열은 머리로 올라갔고 내 온 정신을 앗아 갔다. 나는 침대에 누워 있어야 했으며 엄마는 얼음주머니를 채웠고 나는 유리 같은 얼음 소리를 들었다. 그다음에는 차가움이 나의 펄펄 끓는 이마를 놀라게 만들었다. 나는 엄마가 의사와 이야기하는 소리를 들을 수 있었다. 그 소리들은 점점 멀어져 갔다. 나의 의식은 저 멀리로 여행을 하고자 했다. 나는 평지에 있었는데 그곳은 설원이었다. 그리고 눈[雪]은 나를 눈부시게 했다. 나는 눈토끼가 설원을 뛰어다니는 것을 보았다. 그다음 순간 눈토끼는 더 이상 보이지 않았다. 걸을 때마다 불빛은 방향을 바꾸었고 방금 전에 보여 주었던 것을 부인했다.

눈바람이 세찬 따귀를 때렸다. 이제 차가운 느낌은 더 들지 않았다. 땅바닥은 얼어 버렸고 한 조각 우윳빛 유리처럼 흐릿했다. 나는 그 유리를 통해서 물과 더불어 헤엄쳐 지나가는 두 마리의 바닷개를 보았다. 아마도 엄마와 자식인 듯했다.

긴 여행을 하고 난 후 나는 일어났는데 내 안에서 뭔가

야생적인 것, 성숙하지 않은 것, 예측할 수 없는 것이 느껴졌다. 나는 담요를 걷어찼고 재빨리 옷을 입고 신발을 신었다. 엄마는 나를 말리려고 했다가 어디로 가는지만이라도 알려고 했다. 그렇지만 나 자신도 몰랐다. 걸어가는 동안 여전히 어지러웠고 비틀거렸지만 쓰러지지는 않았다. 왜냐하면 바람이 나를 양방향에서 지탱해 주었기 때문이다. 옥외 광고탑이 내 앞에 서 있었다. 포스터가 열대의 꽃처럼 화려하게 피어 있었다. 부슈 서커스! 나는 날짜를 살펴보았다. 마지막 공연은 안타깝게도 하루 전에 있었다. 옥외 광고탑 앞에 자전거가 한 대 있었는데 열쇠로 잠가 두지 않았다. 나는 금속 말 위에 올라타고는 온 힘을 다해 페달을 밟았다. 도시가 끝나더니 다음에 참깨밭이 그 노란 팔로 나를 안아 주었다. 저 멀리에서 천천히 서커스 카라반의 행렬이 지나가고 있었다.

왼쪽, 오른쪽, 왼쪽, 오른쪽, 나는 미친 듯이 페달을 아래로 밟았고 엄청나게 가하는 압력 때문에 이 삐걱거리는 낡은 자전거가 박살이 날까 봐 겁이 났다. 나는 숨을 거칠게 쉬면서 내 꿈의 자전거 페달을 계속 더 밟았고 내 뇌 속에서 지나가는 영상들을 잡으려 했다. 어느 정도 가서 나는 서커스의 행렬을 따라잡았는데 달리는 자전거에서 서커스의 마지막 카라반에 앉은 남자에게 말을 걸었다. "어디로 가세요?"—"베를린." 그가 대답했다. "베를린에서 공연이 있나요?"—"그래, 베를린은 엄청난 세계적인 도시지. 너 베를린에 가 본 적이 있니?" 그 순간에 마치 번개를 맞은 듯 나도 베를린에 가고 싶다는 것이 갑자기 분명해졌다. 이 자전거로 거기에 갈 수 있을까? 하늘이 돌연 어두워졌다. "빨리 집에나 가거라. 곧 소나기가 한바탕 뿌릴 거야." 나는 올려다보았다. 기름진 빗방울이 내 눈 안으로 떨어졌다. "저 좀 베를린에 데려다주세요."—"그건 안 돼. 다음번에 우리가 여기에 다시 오면 말이다. 그때 우리가 너를 데려가마!"—"그게 언제인데요?"—"참을성을 가지고 기다리라니까." 나는 깨어났고 내게 친숙한 침대에 누워 있는 것을 알았다. 엄마는 내가 이틀 동안이나 잠을 잤다고 말해 주었다. 나는 아직도 열이 높았다.

"당신은 의사에게 한번 가 보는 게 좋겠어. 다시 병이 도졌다고. 요새 당신은 뭔가 이상해." 그 말을 한 것은 엄마가 아니라 남편이었다. "뭐가 어떻다고? 내가 어떻게 이상하다는 거야?"—"내가 뭘 물어도 대답을 안 하잖아. 그리고 당신 눈이 이상하게 번뜩거려." 남편이 뭔가 이상했다. 그게 바로 그가 내가 뭔가 이상하다고 말한 이유일 것이다.

열에 들뜬 꿈이 내가 서커스단을 낡은 자전거로 따라잡

은 그 장소였을까? 일주일 후에 나는 우연히 도시에서 서커스의 플래카드가 옥외 광고탑에 걸려 있는 것을 보았다. 마지막 공연은 내가 그 꿈을 꾼 날 하루 전에 있었다. 나는 엄마에게 이 사실을 발견한 것을 숨겼다. 아이가 부모에게 무엇이 그들의 마음을 사로잡고 억누르는지 말하지 않는다고 해서 비난할 수는 없다. 그것은 어린아이가 성인이 되려는 시도이기 때문이다. 반대로 어른들은 어린아이에게 자신의 약점을 보이기보다는 차라리 거짓말을 하려 든다. 엄마는 갑자기 코가 없어져 버린다면 얼굴을 티슈로 감추고 자기가 지금 감기에 든 것뿐이라고 내게 말할 것이다. 위대한 자연이 우리에게 그런 특성을 선물했을 때 도대체 무슨 생각을 한 것일까?

"너는 나더러 너희 개랑은 말을 하지 말라고 했지. 나도 물론 곤충하고 이야기를 나누거나 하지는 않아. 그렇지만 개는 우리처럼 포유류 중에서 큰 동물에 속하지. 왜 내가 나의 동류와 이야기를 나누면 안 되지?" 이러한 논리로 나는 칼에게 반항했다. 그가 나에게 소리를 지를 때 나는 그의 체온이 올라가는 것을 느꼈다. "인간은 근본적으로 개와 다르다고. 개라니. 그게 다 뭐야? 그런 건 그냥 은유잖아!" 칼은 '은유'라는 단어를 좋아했고 나를 기죽이기 위해

이 단어를 사용했다. 서커스단에서 일하겠다는 내 평생의 꿈에 대해 이야기했을 때에도 그는 다음처럼 대답했다. "서커스는 은유에 지나지 않아. 너는 제대로 된 책을 읽지 않기 때문에 네가 보는 건 모두 실제라고 생각하는 거야." 그는 나에게 아무런 애정 없이 이사크 바벨*의 책을 던져 주었다. 그 이후로 나는 칼을 본 적이 없다. 그 책은 오랫동안 내 책장 모서리에 꽂혀 나를 원한에 차서 바라보았다. 나는 칼이 나에게 돌아오기를 원하지는 않았다. 그렇지만 서커스는 돌아와야 했다.

"그 남자를 오래 기다릴 수는 있겠지. 그렇지만 그는 돌아오지 않아." 나는 제정신을 차렸다. 내 앞에 남편이 서 있었다. 그는 얼굴을 찡그리더니 계속 말했다. "나는 그 녀석을 화장실에 가두었어." 나는 호니히베르크를 가두었다는 남편의 말을 믿고서 화장실 문 쪽으로 몸을 돌렸다. 만족한 표정으로 그 문에서 나온 것은 호니히베르크가 아니라 판코프였고 그는 나에게 물었다. "뭔 일이야? 당신 왜 그래?"—"호니히베르크는 어디에 있어요?"—"저기!"라고 말

---

* 러시아의 작가로, 20세기 전반의 가장 탁월한 문체주의자로 손꼽힌다. '비유는 막대자처럼 정확해야 하고, 아니스 향기처럼 자연스러워야 한다'라는 말이 유명하다.

하고 내 뒤에 서서 이야기를 하고 있던 두 남자를 가리켰다. 나를 등지고 선 남자는 의심할 바 없이 호니히베르크였다.

나는 이제 남편의 신경이 다 닳고 위험해졌다는 걸 알았다. 이 이상 신경 끝이 닳아 버리면 그는 호니히베르크에게 달려들어 죽여 버릴 것이다. 나는 이 생각을 떨쳐 낼 수가 없었다. 어릴 때 나는 계속해서 서로 죽이려고 달려드는 개와 고양이 꿈을 꾸었다. 나는 할 수 있는 한 그 두 동물이 서로 죽이지 못하게 하느라고 애를 썼다. 죽이려는 기운은 공기 중에 거칠게 떠돌고 있었고 둘을 자극해서 죽도록 싸우게 시켰다. 나의 과제는 이 싸움을 되도록 빨리 그치게 하는 것이었다. 아직 젖먹이였지만 나의 머리는 근심으로 가득 차 있었다. 오로지 내가 모르는 것은 내 근심이 언어가 없으면 어떻게 보일지의 문제였다.

내 아이는 남편이 사람의 목숨을 해치는 것을 보아서는 안 된다. 어쩌면 마르쿠스는 호니히베르크가 아니라 나에게 달려들 것이다. 어쩌면 희생자는 그 자신일 수도 있다. 내 아이는 엄마네 집에 계속 있어야 한다.

한 번이라도 남편이 어떻게 죽을까에 대해 실제로 생각했더라면 나는 그의 종말이 어땠어야 했다는 생각을 해 보았을 것이다. 그러나 나는 내 삶의 한가운데 있었기 때문에 거기에 대해 진지하게 생각을 해 볼 수가 없었다. 그렇지 않았다면 나는 베를린 장벽이 무너지는 것도, 그 사건이 나의 삶에 어떠한 영향을 끼치게 되었는지도 예언할 수 있었을 것이다. 동독이 죽었고 그리고 남편 역시 죽었다.

내가 머리를 들었을 때 판코프가 표백된 종이로 된 공책 하나를 책상 위에 올려놓고는 말했다. "이건 당신에게 주는 선물이야. 나는 당신이 중요한 우리 자료들을 원고지로 사용하는 것을 원치 않아." 소련이 우리에게 북극곰을 선물한 이후부터 판코프는 '선물'이라는 단어를 피하고 있었다. 그가 나에게 이 단어를 사용하면서 글 쓰는 것을 허락한 것은 그래서 더욱 의미가 깊었다. 나는 그에게 감사하다고 말을 했지만 계속 누런 종이에 글을 써 나갔다.

서커스 생활을 꿈꾸었던 소녀인 나에게 기다린 보람이 있었다. 1951년 도시 온 사방에 '부슈 서커스'라는 플래카드가 걸렸다.

당시에 우리의 일상생활에는 색채가 부족했다. 컬러사진이 들어간 화보 잡지들도 아직 나오지 않을 때였다. 서커스의 화려한 플래카드는 색깔이 없는 환경에서 마치 꽃처럼 보였다. 플래카드 중의 하나가 내 눈 안으로 들어오면 나의 머릿속 극장의 막이 열렸다. 북과 나팔은 서곡을 알렸고 실린더의 빛은 약속을 구체화해 주었으며 다른 별의 생물들은 반짝거리는 용의 비늘을 달고 등장했다. 많은 생물들은 날개 없이도 날 수 있었고 다른 생물들은 동물들과 이야기했다. 그러한 흥분과 박수갈채, 환호성은 서커스 천막조차도 지탱할 수 없었다. 공기는 천막의 무게 아래에서 금이 갔다.

첫 번째 공연까지 나는 사흘을 더 기다려야 했다. 그다음에는 이틀을, 그다음에는 하루를 기다려야 했다. 드디어 그날이 오늘이 되었고 이제 두 시간, 한 시간 남았다가 지금 막이 열린다. 사과 코를 가진 광대가 무대 위에서 비틀거리고 넘어지고 공중제비를 했다. 서커스는 자신만의 독특한 자연법칙을 개발했다. 누군가가 걷는 걸음부터 이미 수상쩍다는 인상을 주면 그는 스포츠맨인 것이다. 관객을 웃게 하는 자는 사실 점잖은 사람이다. 나는 어쩌면 뭔가 할 수 있을 것이다. 어쩌면 날 수도 있지 않을까. 길고 우아한 다리를 가진, 은빛으로 반짝이는 옷을 입은 여성이 아주 작아 보일 때까지 점점 더 높이 줄을 타고 올라갔다. 근육질의 남자 한 명이 무대 중앙으로 들어섰다. 나의 시선은 그의 꽉 끼게 재단된 하얀 복장에서 검은 가슴 털로 옮아갔다. 그 복장은 가슴 털을 완전히 가릴 수 없었다. 공중그네

와 더불어 공연이 시작되었을 때 나는 이상한 생각이 들었다. 마치 최면에 걸린 것처럼 나는 비틀거리면서 일어났다. 내 뒤에 있던 남자가 쉿소리를 냈다. "아무것도 안 보여요. 거기 좀 앉으세요!" 나는 내 엉덩이를 의자에 다시 붙이느라 애를 써야 했다.

그네 프로그램이 끝난 후에 악단은 탱고에서 끈적거리는 멜로디로 곡을 바꾸었다. 쇠창살이 긴 병풍처럼 펼쳐져서 관객의 공간을 무대와 분리했다. 나는 사자 한 마리를 보았고 그러자 다시 어지러워졌다. 나는 일어나 무대 위로 올라가서 창살을 잡고 얼굴을 거기에 대고 눌렀다. 사자의 두 눈이 나를 노려보았다. 나의 등 뒤에서는 웅성거리는 소리가 커져 갔지만 나는 신경 쓰지 않았다. 그날 저녁 관객석의 안전 담당인 서커스단원이 나에게로 급히 달려왔다. 그러나 사자가 더 빨랐다. 사자는 나를 향해 뛰어들었고 사랑스럽게 그의 차가운 입으로 나의 코를 눌렀다.

경찰서에서 나를 데려온 엄마는 도대체 왜 그런 짓을 저질렀느냐고 내게 물었다. 내 대답은 이해하기에는 너무나 단순했다. "서커스단에서 일하고 싶어서요." 엄마는 눈을 치켜뜨더니 그날은 더 이상 나와 이야기를 하지 않았다. 나는 엄마의 화가 오래갈 거라고 생각했다. 그러나 그다음 날 나는 엄마가 한 말에 놀라지 않을 수 없었다. 엄마는 내가 서커스단에서 일하고 싶다는 것이 진짜라는 걸 이제 완전히 이해했다는 것이다.

내가 곧바로 서커스단에 받아들여진 데 대해서는 엄마에게 고마워해야 한다. "고마워."—"뭣 때문에?" 엄마의 두 손은 놀랄 만큼 컸다. "엄마의 손은 왜 이렇게 커?"—"나 토스카잖아." 그 무렵에는 서커스단에서 일하려는 사람들이 정말 많았다. 뛰어난 기술을 가진 곡예사라도 자리를 얻으려면 투쟁을 해야 했다. 그래서 엄마는 묘안을 하나 생각해 낸 것이다. 엄마는 '부슈 서커스단'에 가서 나를 동물을 다루고 청소를 하는 무급 직원으로 받아 달라고 요청했다. 엄마의 이별 선물은 속담이었다. "어떻게 들어왔는가는 중요하지 않아. 한번 그 안에 들어간 사람들은 모두 아주 높이 올라갈 기회를 얻은 거야."

비록 내부적으로는 이미 허락을 받았더라도 나는 채용되기 위해 공식적으로 정한 날짜에 인터뷰하러 나가야 했다. 단장을 미래의 단원과 분리하는 시가 연기의 구름 속에서 나는 어린아이였을 때에 서커스단에서 보조 일을 했었다고 이야기했다. 부족한 서커스 경력을 보충하기 위해서 나는 전보국에서 일하는 동안에도 자전거 곡예술을 혼자서 익혔노라고 말했다. 서커스단장은 내 나이를 물었다. 나는 정직하게 대답했다. "스물네 살요." 그는 "여기서 기다려!"

라는 지시를 내리고는 사무실 카라반을 떠났다.

화장을 하지 않아도 광대처럼 보이는 남자 한 명이 바로 들어오더니 말 사육장과 헛간을 보여 주었다. 그 사람이 얀이었다. "여기에서 잘 거면 밤에는 아이들 카라반에 가서 자고 또 아이들도 돌봐야 해. 그렇게 할 수 있지?" 나는 고개를 끄덕였다. 그 어린이 카라반에는 담요와 옷들이 어지럽게 널브러져 있었다. 거기에는 일곱 명의 아이들이 사는 듯했다.

나는 6시에 일어나서 동물들을 돌보고 인간들도 돌보고 청소하고 닦고 쓸었다. 나는 옷을 빨고 아이들을 각자 자기 과제가 있는 곳으로 데려다주고 심부름을 하고 아이들을 재웠다. 그러면 하루가 다 갔다. 밤 동안에는 자주 우는 작은 아이들 때문에 깨곤 했다.

다른 많은 곳에서처럼 서커스단에서도 아이들이 태어났다. 단원들 중에 아이들을 사랑하는 사람들도 많았지만 하루 종일 부모 노릇을 할 시간이 있는 사람은 아무도 없었다. 당시에는 일곱 명 중 세 명이 학교에 다녔는데 순회공연 때문에 학교에 갈 수 없는 때도 있었다.

학교가 파하면 아이들은 연습에 참여해야 했고 그게 끝나면 숙제를 해야 했다. 나는 아이들이 숙제할 때 도와주었는데 많은 아이들이 산수를 어려워했다. 다른 아이들은 실러의 발라드를 외워야 했고 그들의 낭독 연습을 인내심을 가지고 들어 주어야 했다. 한번은 아이들에게 장난삼아 물어보았다. "너희는 진짜 열심히 공부를 하는구나. 어른들이 너희에게 그러라고 하지도 않았는데 말이야. 공부하는 게 재미있니?"—"예, 그럼요! 저희는 노동자의 아이들에게 저희가 더 잘한다는 것을 보여 주고 싶어요."

아이들은 순회 예술가들의 자녀를 위해 특별히 제작된 교과서를 사용하고 있었다. 이 세련된 교육체계에서는 어떤 순서대로 배우든 큰 상관이 없었다. 과목들도 서로 분리되어 있지 않았다. 어떤 책이라도 읽고 쓰고 계산하는 법과 지리학과 역사를 배울 수 있었다. 어떤 책에서 나는 편집자의 후기를 읽었는데 그는 드레스덴에 사는 서커스 연구자였다. 그의 의견에 따르면 미래에는 모든 직업이 이동 서커스단처럼 유동적 성격을 띠게 된다는 것이다. 적어도 그때가 되면 사람들은 이 책의 값어치를 제대로 평가하게 될 거라는 것이다.

서커스단의 어린이들은 너무나 두꺼운 책들은 많이 끌고 다닐 수 없다. 여러 과목을 나누어 배울 시간도 없다. 그 아이들에게는 '배움'이라는 과목 하나가 있을 뿐이다. 그들에게는 배우는 것과 일하는 것을 분리하는 것도 낯설었다. 서커스단에는 체육이 없다. 아이들은 걷기 시작하면 일상에서 곡예를 배우게 된다. 음악 수업도 없다. 그러나 모든 서커스단원들은 적어도 악기 하나는 연주할 수 있어야 한다. 내가 지금 가지고 있는 모든 쓸모 있는 기술들을 나는 이 시기에 아이들과 함께 습득했다. 아이들은 그럼에도 불구하고 아이들이다. 내가 아이들에게 찬물을 뿌려 대면 아이들은 작은 곰처럼 환호했다. 나는 아이들의 옷을 오래된 양은 빨래 통에서 빨았고 내가 두 나무 사이에 쳐 둔 빨랫줄에 널었다. 바람이 심하게 부는 날이면 빨래들은 자기 파괴적으로 펄럭거렸다. 바람과 함께 날아가서 다시는 돌아오지 않는 빨래들도 있었다.

단장이 우연히 빨래터를 지나갈 때 나는 막 빨래를 널고 있었다. "당신은 참 현명한 사람이네. 요즘 젊은 사람들은 모두 다 빨리 스타가 되고 싶어 하지. 그렇지만 나는 동물을 돌보고 심부름을 하고 아이들을 돌보는 사람이 필요해. 당신은 자신만을 보는 게 아니라 서커스 전체를 파악하고 있지. 당신은 어느 부분에서 노동력이 부족한지 보고 있는 거야. 대단해. 당신 같은 사람이 서커스단을 이끌어야 해." 마지막 문장을 말하면서 단장은 거리낌 없이 크게 웃었다. 단장은 나를 칭찬하지만 사실상은 제 발로 걸어 들어온 무급 노동자에 대해 기뻐하는 것이다. 이 생각도 내가 계속 헌신적으로 일하는 것을 막지는 못했다.

누군가와 차를 마시거나 떠들고 싶으면 나는 그 대신에 아이들 방을 청소했다. 뭔가 단것이 먹고 싶으면 나는 아무것도 먹지 않고 빨래를 했다. 나는 훈련된 사람이다. 내가 진짜 즐겨 하는 일은 동물을 돌보는 것이었다. 처음에는 말 담당이었지만 사람들이 마이스터라 부르는 맹수 조련사가 나를 신뢰하고 나서부터는 그의 사자들을 돌보았다.

세상에는 여러 종류의 똥이 있다. 말의 똥은 품위가 있어 보인다. 나는 이 똥을 교회에 제물로 가지고 갈 수도 있었다. 마치 추수 감사제에 이삭을 바치듯이 말이다. 말의 똥은 바닥에 떨어질 때 예술 작품의 형태를 지닌다. 나는 말처럼 요령 있게 똥을 떨어뜨리는 것을 배우고 싶다. 사자의 똥은 엄청나게 양이 많은 고양이의 똥이라 할 수 있는데 가히 괴물이라 할 만하다. 나는 그 사자 똥의 냄새를 맡을 때마다 숨이 턱 막혔다. 나는 입으로만 숨을 쉬려고 했지만 그러자 속이 메슥거렸다.

우리에게 배급된 양의 식량으로는 그럭저럭 살아가기도 빠듯했다. 우리는 몰래 쥐덫에 잡힌 쥐 고기를 헛간에 모아 두었다. 나는 사자의 먹이를 밀 이삭과 섞어야 했다. 사자는 먹이에 만족을 못 하면 참을성이 없어지고 공격적이 되었다. 마이스터가 농담조로 다음처럼 말하면 나는 간담이 서늘해졌다. "사자가 너를 잡아먹어야 하는 상황이 닥치면 그건 네 잘못이야. 왜냐하면 사자는 자발적으로 절대 그런 짓을 하지는 않거든."

내가 육가공 공장을 방문해서 반쯤 썩은 고기라도 달라고 애걸하는 일까지 벌어졌다. 짚을 자르면서 왜 말들은 건초만 먹고 사는데도 바람처럼 달릴 수 있을까 하는 의문이 생겼다. 먹이가 짚 하나만으로 충분하다면 도대체 동물들은 왜 고기를 먹으려는 수고를 마다하지 않을까? 일을 하다 말고 다시 이 문제에 골몰했을 때 나는 딱 걸리고 말았다. "지금 무슨 생각을 그렇게 하니?"라고 나에게 질문한 것은 얀이었다. "육식동물은 왜 있는 거지? 채식주의자인게 정상인 것 같은데."―"자연 속에서는 먹을 만한 풀을 충분히 찾는 게 쉽지 않지. 그렇다면 너는 그 자리가 민둥해질 때까지 하루 종일 먹기만 해야 해. 그리고 그다음엔 다른 장소로 옮겨 가야 하고." 얀이 대답했다. "그럼 육식동물들은 옛날에는 초식동물이었을까?"―"예를 들어 곰들은 원래는 채식주의자였어. 그러나 곰들 중 많은 수가 자기 식성을 바꾸어야 했어. 북극곰을 생각해 봐! 북극에는 풀이 자라지 않아. 거기에서는 열매나 과일도 못 구하지. 북극곰들은 추위도 이겨 내야 해. 암컷들은 겨울잠을 잘 동안에도 새끼를 낳고 젖도 주어야 하지. 먹을 것도 없는데 말이야. 북극곰들은 그래서 몸에 지방을 저장해 놓아야 해. 기름진 고기를 먹어 두어야 하는 거야. 내 생각에 곰들은 그래서 채식주의자에서 육식주의자로 변한 거지. 바닷개들은 잡기 쉽지도 않고 고기도 맛이 형편없어. 그러나 그게 중요한 게 아니거든. 모든 생물은 어떤 생존 전략을 가질 것인가를 알고자 애를 써야 하지. 대개의 경우 간신히 생존하는 데에만 성공해도 말이야. 죽지 않기 위해 우리가 뭔가를 먹어야 한다는 사실이 나는 참 불쌍한 것 같아. 나는 미식가들을 증오해. 그들은 먹는 것이 그들 삶의 미학적 가치를 높여 주는 장식품인 양 행동하지. 그러면서 그들은 매번 먹어야 한다는 것이 얼마나 비참한가 하는 생각을 내몰아 버리는 거야!"

가끔 나는 우리가 서커스단에 살면서 사회체제 밖에 있고 문명과는 분리되어 있다는 느낌을 받는다. 나는 시간이 없으면 밤에 몰래 서커스단의 땅에 구덩이를 파야 했다. 너무 많이 나오는 똥을 안 보이게 하려고 말이다. 죽은 쥐는 맹수들의 먹이로 저장하려면 몰래 말려 두어야 했다. 나는 또 아픈 아이들이 낫는 데 도움이 되는 약초도 찾아야 했다. 많은 것들을 우리는 사지 않고 그때그때 머리를 짜내어 해결했다.

전후라는 시간은 내가 느끼기도 전에 빨리 지나가 버렸다. 내가 도시에서 뭔가를 처리하고 우연히 고개를 들어 높

은 곳을 보자 시대의 새로운 전면이 나를 놀라게 했다. 이
것은 분명히 오래전에 이미 나 없이 시작된 것이다. 곧 텔
레비전도 살 수 있을 것이라는 소문까지 있었다. 그러한 발
전에서 우리는 너무 동떨어져 있었다. 서커스단은 하나의
섬이다.

"당신은 한때 당신 당나귀랑 같이 엄청난 성공을 거두었
지. 당나귀 이름은 로시난테였어, 안 그래? 당신은 그 당나
귀랑 스페인에도 갔었지." 우리가 막 결혼했을 즈음 마르쿠
스는 여러 번 그 이야기를 했다. 그는 나에게 질투를 느끼
고 있었고 나의 과거에서 뭔가를 캐내려 했다. "응, 스페인
에도 갔었지 뭐. 그렇지만 우리는 관광객으로 간 게 아니어
서 즐길 만한 시간은 없었어. 낮에는 연습하고 밤에는 공연
을 했거든."─"그래도 당신들은 레스토랑에 가서 파에야를
먹었을 것 아니야."─"아니야, 우리는 빵과 피클, 헝가리 막
대 살라미를 충분히 가져갔어."

스페인에서의 공연 도중에 나는 우리의 열화와 같은 성
공을 피부로 즉각 느낄 수 있었다. 나는 그러나 눈에는 잘
안 띄는 나의 당나귀 프로그램이 신문에서 그토록 극찬을
받았다는 사실은 몰랐다. 단장은 그것을 알았지만 내게는
비밀에 부쳤다. 아마도 내가 그에게 감사하고 열심히 그를
위해서 일하는 대신 오만 방자해질까 봐 지레 걱정해서 그

런 것 같았다.

　나는 한밤중에 잠에서 깨었다. 공기는 후덥지근했다. 갈
증 때문에 침대에서 벗어나 빨래터를 지나가다가 그네 곡
예를 하는 여자가 초라한 플라스틱 의자에 앉아 있는 것을
보았다. 어쩌면 바깥에서 몸을 좀 식히려고 한 것인지도 모
르겠다. 그 여자가 나를 발견했을 때 나를 시험하듯 보더
니 가까이 오라고 손짓을 했다. "신문에 쓰여 있더라. 자랑
스러운 그녀의 여성스러운 몸의 곡선, 그리고 때 묻지 않고
진지하면서 금발로 감싼 얼굴이 관객들을 매료시켰다고.
그게 도대체 누구 이야기인지 알아?" 나는 잠시 생각을 해
보았다. 이어 나의 두 뺨은 갑자기 불을 먹은 듯 붉어졌다.
"그래, 정확히 맞혔어. 바로 네 이야기라고. 어떤 스페인 신
문이 너에 대해 아주 자세하게 썼단다. 대단해! 너는 당나
귀에 대해 훤히 아는 나라를 당나귀 프로그램으로 매혹시
킨 거야. 나는 스페인어를 할 줄 알아. 우리 엄마가 쿠바 사
람이거든. 너는 라틴아메리카의 정열에 대해 들어 본 적 있
니?" 나는 당황해서 그 질문에 대해 뭐라고 답을 해야 될지
몰랐다. "너에게 탱고를 가르쳐 줄게. 그다음에 너는 아르
헨티나로 날아가는 거야. 그러면 새 탱고 프로그램으로 큰
박수갈채를 받을 수 있을 거야." 여자는 자기의 두 손을 나
의 허리에 얹고는 탱고 멜로디를 흥얼거리면서 첫 스텝들

을 가르쳐 주었다. 나의 두 발은 두 개가 아니라 미지의 수였다. 나는 비틀거리다가 발이 꼬여서 바닥으로 넘어졌다. 나는 내가 가죽이 벗겨져 빨간 맨살인 채로 해변가에 속수무책으로 누워 있는 토끼인 것 같았다. 나의 구원자는 나를 보더니 머리를 쓰다듬고 그다음에 허리를 쓰다듬었다. 그리고 나의 배를 조심스럽게 마사지했다. 삶이 다시 내게로 돌아왔다. 그러나 그 이상은 하면 안 된다고 내 안의 목소리가 말했다. "밤공기가 점차 차가워지고 있어. 우리 안으로 들어갈까?" 이 말을 하면서 나는 나를 구해 준 그 여인에게서 도망치려고 했다. 그렇지만 여자는 대답했다. "북극에서는 혀가 뜨거울 수도 있지." 이날 나는 인간의 혀가 얼마나 두꺼울 수 있는지를 처음으로 경험했다.

사람이 키스로 얼마만큼 시간을 멈추게 할 수 있는지를 그 여자로부터 배운 뒤로 나는 다시는 어떤 여성에게서도 비슷한 정도의 만남의 쾌감을 맛보지는 못했다. 라틴아메리카의 밤은 중단되었고 훨씬 후에야 계속될 수 있었다.

서커스단장은 관객의 기대를 충족시킬 수 있는 좋은 무대 기획을 찾고 있었으나 잘되지 않았다. 사람들은 그다음 시즌에도 나를 무대에서 보기를 원했다. 나는 좀 더 공격적으로 협상을 해야 한다고 생각했다. 그래서 맹수와 일을 하겠다고 단장에게 제안했다.

사람들은 위험하다는 낌새를 채면 바로 자기 계획을 포기할 줄 알아야 한다. 그게 맹수와 일할 때 가장 중요한 것이다. 용기 하나만 가지고는 되지 않는다는 것을 알아야 한다. 내 컨디션이나 의욕이 아주 높아도 표범의 기분이 영 아닐 때면 자주 연습을 중단해야 했다. 나는 긴장을 푼 채로 있어야 했고 그 텅 빈 날을 다른 과제로 채우면서 첫 공연 앞의 날짜를 초조하게 세고 있었다. 마치 설산을 올라가는 것과 똑같았다. 누가 잔뜩 야심을 가지고 일을 추진하면 꼭 사람이 죽는 사고가 났다. 공포는 극복하라고 있는 것이 아니다. 공포는 우리가 생을 일찍 마치지 않도록 보호해 주는 것이다. 나는 내 안에서 조금이라도 불안하다는 생각이 들면 절대로 맹수에게 가까이 가지 않았다. 그러나 연습도 하지 않은 채 여러 날들이 지나자 더 이상 압박을 참을 수가 없었다. 단장이 나의 상황을 항상 이해해 준 것은 아니어서 그는 내게 시비를 걸었다. "왜 당신은 일을 하지 않는 거야? 당신은 어제도 일을 하지 않았고 오늘도 하지 않으려 들잖아." 그러면 나를 언제나 잘 이해하는 마이스터가 단장에게 나를 가만히 놔두라는 손짓을 해야 했다.

하루는 정말 느닷없이 경찰관 몇 명이 와서 마이스터를 데려갔다. 단장은 며칠 뒤에 우리에게 마이스터가 몰래 망명을 계획하고 있었다고 이야기해 주었다. '망명'이라는 단어는 그 당시에 내 귀에는 유령의 이름처럼 들렸다. 단장의 걱정은 우리의 걱정과는 완전히 다른 것이었다. 그는 자기 주위로 모여든 작은 원을 절망적으로 바라보았다. 마치 그 얼굴들 중의 하나에게서 답을 구하려는 듯이 말이다. "내가 뭘 해야 하지? 경찰은 이미 나를 도청하고 있어. 나는 그들에게 우리의 다음 시즌은 없을지도 모른다고 이야기했어. 왜냐하면 맹수 조련사가 없이 아무것도 안 되잖아! 그랬더니 한 명이 비꼬면서 그러더라고. 왜요? 당신들은 새로운 젊은 여자 조련사가 있잖아요. 당신들은 그 늙은 마이스터가 더 이상 필요하지 않아요."—"그 경찰이 비꼬았든 아니든 상관없어요, 우리 그걸로 뭔가 만들어 봐요. 걱정 마세요! 제가 해낼게요."—"당신은 할 줄 아는 게 없잖아."—"마이스터는 다음 시즌에 저 혼자 무대에 오를 수 있게 훈련을 시켰어요." 단장은 놀라서 나를 쳐다보았는데 그다음에는 평정을 되찾은 것 같았다. 그 평정이라는 것이 지배권을 상실한 절망에 지나지 않을지라도 말이다.

공연이 시작되었고 성공적으로 끝났다. 나는 내가 높은 수준의 기술을 구사하지 못한다는 것을 잘 알고 있어서 공연에서는 가장 소박한 동작들로 축소시켰다. 그 대신 눈에 띄는 번쩍거리는 의상을 입고서 조명 기술자와 악단에 무대를 상상이 가득한 공간으로 변신하게 만들어 달라고 요청했다. 표범 한 마리, 갈색곰 한 마리, 사자 한 마리, 호랑이 한 마리가 나란히 만들어진 거실에 앉았다. 맹수는 의자 위에 얌전히 앉아 있었다. 다른 맹수는 침대 위에. 그들은 그 공간에 조화롭게 배분되었다. 색칠한 유리를 통해서 사람들은 밤하늘의 향기 속에 빛으로 쏘아 올린 인공 보름달이 떨리는 것을 보았다. 동물들은 계속적으로 평온하게 교대되면서 천천히 자기 위치를 바꾸었고 마지막에 사자가 나에게 앞발을 내밀었다. 마치 잘 자라고 하는 것처럼 말이다. 나는 호랑이가 그사이에 한 번 포효를 할 것임을 알고 있었다. 관객들은 혼비백산했고 내가 채찍을 올리자 호랑이가 조용해졌다. 호랑이는 결코 나를 위협할 의도가 없었다. 자기가 한 번 포효를 하면 내가 고깃덩어리를 줄 거라는 것을 호랑이는 알았다. 그렇지만 관람객들은 내가 맹수와의 어려운 관계를 채찍으로 다시 손에 쥐었다고 생각했고 나에게 엄청난 박수갈채를 보냈다.

쇼가 끝난 후에 신문기자가 벌게진 얼굴로 곡예사 대기실로 와서 내게 말했다. "젊고 여린 여성이 여러 마리의 위험한 맹수를 손에 쥐락펴락하는 걸 보는 건 정말 대단했어요." 나는 그 말에 놀랐고 다른 사람들의 눈에는 내가 젊고 여려 보인다는 것을 처음으로 알게 되었다. 다음 날 신문에서 나는 젊고 아름다운 여성이 맹수들을 자유자재로 다스린다는 기사를 읽었다. 나에게 '맹수'라는 단어는 낯설게 들렸다.

맹수 그룹과 대성공을 거둔 후 나는 단장에게 오로지 사자들로만 한 그룹을 이루어 일하고 싶다는 제안을 했다. 내 소원은 이루어졌지만 그 그룹을 오래 이끌지는 못했다. 내가 사진을 보관하지 않았더라면 사자들과 같이 체험했던 그 평화로운 시간의 섬을 기억하지 못했을 것이다. 사람들은 사진을 간직할 수 있지만 만족스러운 감정은 간직할 수 없다. 사진이라는 것은 누가 만들었을까?

다섯 마리의 사자와 나는 한 공간에 있었다. 사자 한 마리는 소파에 비스듬히 누웠고 다른 사자는 좋아서 그런지 아니면 연대감 때문인지 딱딱한 나무 의자를 선택했다. 그 어떤 집고양이도 나의 사자들처럼 그런 부드러운 표정을 짓지는 못한다. 그들은 마치 나에게 무언가를 말하려는 것 같다. 고되게 일하고 싶지 않아요. 쉬고 싶어요. 기분 내키고 좋아하는 것만 하고 싶어요라고 말이다.

나는 암사자들에게 열광하는 짓 따위를 그만두었다. 곰들이 있는 한 나는 과거에 대해 이야기할 이유가 없다. 사자가 동물들의 왕인 것은 그렇다 치자. 그러나 동물들의 대통령은 곰이다. 사자 왕조의 시대는 지나갔다. 사람들이 열

마리의 북극곰이 열을 지어 서 있는 것을 보면 다른 포유류들은 모두 새까맣게 잊게 된다.

커튼이 열리기 전까지는 이제 5분 남았다. 나는 둥근 간이 의자에 앉아 있으면서 엉덩이를 이리저리 불안하게 움직였다. 광대는 수십 번 자기 옷깃을 고쳤다. 단장은 자기병에서 투명한 액체를 따라 마셨고 빈손은 떨고 있었다. 음악이 시작되었고 일곱 가지 빛깔이 무대를 자기의 화려한 혀로 핥았다. 마르쿠스는 왼쪽의 커튼 뒤에 서서 인상을 쓰고 있었다. 그는 관객들이 존경하는 맹수 조련사의 남편이다. 그는 오늘은 조수 역할을 해야 했다. 그의 이름은 한 번도 불리지 않을 것이다. 그는 지금의 자기 상황에 만족하는 듯 보였다. 나는 내 주변에 있는 동료들을 쳐다보았다. 대부분이 무대 공포증을 가지고 있다는 것을 인정했지만 긴장을 풀려고 안간힘을 쓰는 다른 이들도 있었다. 그때까지나는 한 번도 동료들의 곡예를 일부러 보러 간 적이 없었다. 호모 사피엔스가 다람쥐처럼 한 가지에서 다른 가지로 뛰어오르거나 원숭이처럼 줄을 타고 올라가는 것은 확실히 대단한 업적이라 할 수 있다. 그러나 그런 의례적인 곡예는 결코 매력적으로 보이지 않았다.

우리 팀은 다 같이 모여 무대에 대한 여러 아이디어를

모았다가 버렸다가 하는 동안 관객들에게 소박하고 일상적
인 장면을 보여 주기로 결정했다. 의자에 앉기, 침대에 눕
기, 식탁 위의 통조림 따서 단것 꺼내기, 계속 이어서 냠냠
먹기 말이다. 판코프는 얼굴 표정을 하나도 안 바꾸고 거북
할 정도로 공식적인 말을 입에 올리는 재주가 있었다. "서
커스의 존재 의미는 사회주의의 우월성을 보이기 위한 데
에 있습니다." 우리는 우리가, 즉 다시 말해 인간과 곰처럼
완전히 다른 존재들이 서로 죽이지 않고 다 같이 일상을 헤
쳐 나가는 것을 보여 주는 것도 엄청 멋지다는 결론을 내
고 있었다. 그래서 평화롭고 특별하지 않은 일상을 보여 주
자는 생각이었다. 판코프가 연습을 한번 보러 왔을 때 그는
우리의 공연이 죽도록 지루하다고 말했다. 차라리 큰 공 위
에서 탱고를 추어야 한다는 것이다. 그는 계속 그걸 주장했
지만 나는 그런 일상적인 곡예는 언제나 할 수 있고 그게
바로 지루한 것이라고 생각했다.

바바라와 나는 어떤 장면을 진짜 제일 마지막에 보여 주
기로 결정했다. 판코프와 마르쿠스에게는 미리 알려 주지

않았다. 우리는 그것을 우리가 같이 꾸는 꿈속에서 연습했다. 내가 혼자서만 그 꿈을 꾸었는지, 바바라도 같이 꾸었는지는 불확실해서 걱정이 되었다. 행동으로 옮긴 다음에 나 혼자서만 그 꿈을 꾸었다는 것을 알게 되면 나는 어떻게 해야 할까? 이 생각을 하고 있을 때에 각설탕의 달콤한 맛이 사라지고 등에서 불편한 뻣뻣함을 느꼈다.

드디어 우리 차례가 되었다. 바바라와 나는 손에 손을 잡고 무대에 들어섰다. 관객들은 열광해서 박수를 치고 있었다. 특별히 볼만한 것도 없었는데 말이다. 나는 무대 위 관객석에서 상당히 가까운 곳에 앉아 두 다리를 어린아이처럼 쭉 뻗었다. 마르쿠스의 명령에 따라 아홉 마리의 곰들이 무대 위로 행진했다. 그들 중 스포츠맨 유형인 세 마리의 곰은 파란 공 위에서 균형을 잡고서 공을 가지고 후진하였다. 다른 여섯 마리의 곰은 옆의 의자에 앉아 있었다. 바바라가 채찍으로 바닥을 탁 쳤다. 공 위의 세 마리는 능숙하게 그들의 공을 굴렸고 몸을 돌려 관객들에게 그들의 하얀 엉덩이를 보여 주었다. 어떤 연유에서인지 관객들이 와 하고 웃음을 터뜨렸고 바바라는 고개를 깊게 숙여 인사했다. 나는 왜 관객들이 북극곰의 하얀 엉덩이를 우습다고 생각하는지를 알아낼 여유가 없었다.

마르쿠스가 썰매를 가져와서 북극곰 중 두 마리를 마치

썰매를 끄는 개처럼 썰매에 묶었다. 바바라가 썰매에 타고 고삐를 쥐었다. 채찍이 휙 소리를 내자 썰매가 나아가기 시작했고 얼음 다리를 한 번 빙 돌았다. 그다음에 아홉 마리 곰이 모두 다리 위에 올라갔고 채찍을 다시 한번 울리자 모두들 두 발로 섰다. 악단은 정확하게 이 순간에 탱고 멜로디를 연주하기 시작했다. 나는 천천히 일어서서 바바라와 마주 바라보았고 탱고 스텝을 시작했다. 나는 내가 아주 능숙하게 춤을 출 수 있음을 알고 있었다. 탱고 음악이 끝나자 나는 각설탕을 받았고 바바라와 손을 맞잡고서 관객들에게로 가서 고개를 숙여 인사했다. 공식 프로그램은 여기에서 끝이 났다.

나는 각설탕을 자기 혀 위에 올려놓는 바바라의 손가락을 보자 신경이 예민해졌다. 이 순간에 우리가 내내 같은 꿈을 꾸고 있었다는 것이 드디어 완전히 분명해졌다. 나는 바바라 아주 가까이에 서서 내 위치를 눈에 띄지 않게 수정했다. 왜냐하면 이제부터는 1센티미터가 아주 중요하기 때문이다. 나는 바바라보다 두 배나 몸집이 커서 아주 깊숙이 몸을 숙여야 했다. 나의 목은 어깨에서 자라나고 나의 혀는 앞으로 내밀어져서 바바라의 입속에서 각설탕을 끄집어냈다. 바바라는 두 손을 높이 들었고 그때 관객석이 진동했다.

이 장면은 그 뒤에 더 자주 반복되어야 했다. 그건 스캔들이 되기는 했지만 검열의 대상이 되지는 않았기 때문이다. 이 서커스는 어떤 신문이 제목으로 뽑았던 '죽음의 키스'라는 명칭을 얻었다. 입장권은 매번 매진되었고 우리는 동구권뿐 아니라 서방의 여러 도시에서 객원 공연을 요청받았다. 우리가 미국과 일본의 순회공연에 초청을 받았다는 것은 나로서도 놀랄 만한 일이었다.

외국에 가서 객원 공연을 하는 동안 우리는 예상치 못한 난관에 부딪혔다. 미국에서 보건 위생상의 이유로 우리의 키스 장면을 허용하지 않은 것이다. 우리를 신대륙에 데리고 온 에이전트 대표인 짐은 충격을 받았음에 틀림없다. 이미 표는 사전 판매로 매진되어 버렸고 관객들은 우리의 죽음의 키스 공연을 보고자 했기 때문이다. 위생과 건강을 담당하는 관청은 내 배 속에 회충이 너무 많다는 것을 이유로 들었다. 그 말을 들었을 때 나는 그 관청을 명예훼손으로 고발해야 하는 것 아닌가 할 정도로 화가 머리끝까지 났다. 나는 절대 내 배 속의 회충의 수를 관청이 규정하도록 가만 놔두지 않을 것이다! 동물들 스스로 건강을 유지하기 위해 자기 배에 몇 마리의 회충을 가지고 있어도 되는지 알고 있어야 하는 것이다.

짐은 나중에 우리에게 설명을 해 주었다. 그는 우리가 위생 당국에 책임을 전가해서는 안 된다고 말했다. 그들이 우리의 키스를 허용하지 않으려는 근본주의 종교 단체의 압력을 받았기 때문이라는 것이다. 많이 온 협박 편지들에는 다음처럼 쓰여 있었다. '곰에 대한 성적 판타지는 게르만족의 야만적 습성이다.' 다른 편지에는 '퇴폐적이고 공산주의적인 문화가 인간의 존엄성을 훼손한다'라고 쓰여 있었다. 나는 그 당시에 이미 모든 나라에 종교에 관한 극단주의자가 있음을 알았고 도가 넘는 그들의 판타지는 의도되지 않았더라도 웃겨 보인다는 사실도 알았다. 그렇지만 거기에서 성적 판타지를 이야기한다는 것은 도를 넘은 과장이다. 바바라와 나는 각설탕과 혀만 가지고 공연을 한다. 호모 사피엔스에게 포르노그래피는 어른들 머릿속에 존재한다는 가정은 분명히 맞는 것이리라.

공연 도중에 관객 중에서 어린아이를 발견하면 나는 기쁜 마음이 들었다. 아이들은 열린 눈과 열린 입으로 우리를 뚫어져라 바라본다. 우리는 일본에서 다음과 같은 편지를 받은 적도 있다. '이런 더운 여름에 곰 가죽을 뒤집어쓰고 무대 위에서 공연하는 것은 틀림없이 굉장히 힘들겠지요. 그래서 나는 멋진 공연에 더욱 감사를 드립니다. 우리 아이들은 모두 놀랐답니다.' 내가 진짜 곰이라는 것을 믿지 못하는 관객들도 분명히 존재했다. 그럼에도 불구하고 공연자 대기실로 와서 내 곰 가죽을 벗어 보라고 요구하는 사람들이 없었던 것은 행운이었다.

어떤 미국 신문에 바바라의 큰 사진이 실렸다. 서독에서도 우리 공연은 대성공이었다. 물론 찡그린 표정을 짓는 관객도 있기는 했지만 말이다. 우리가 순회공연을 마치고 다시 집에 돌아갔을 때 우리는 좀 묘한 미소로 반겨졌다. 한 동료가 말했다. "당신들은 망명을 안 했네." 바바라는 내 머리를 감싸고 말했다. "내가 혼자서 망명을 갈 거라고 생각했니?" 바바라는 이상한 질문을 계속 더 받았다. 햄버거 아니면 스시 먹어 본 적 있어? 콜라는 마셔 보았니? 게이샤를 본 적이 있어? 바바라는 이런 질문들에 관심이 없었다. "서커스는 섬이야. 떠다니는 섬. 멀리 가더라도 우리는 우리 섬을 떠나지 않아." 우리에게는 시간이 별로 없었지만 서둘러 기념품이라도 사라고 한 시간의 자유 시간을 할당받았을 때는 기뻤다. 우리 공연 달력은 총연습, 공연, 사진 촬영, 인터뷰와 이동 등으로 빼곡하게 다 차서 빈틈이 없었다.

바바라는 일본에서 벚꽃 문양이 있는 아침용 가운을 하나 샀다. 우리가 다 같이 아사쿠사 시장에 갔을 때 나도 그런 것을 하나 사고 싶었으나 거기에는 알록달록한 것만 있었다. 나는 내 하얀 위장 색깔을 버리면 공황 상태에 빠질 거라는 걸 알고 있었다. 나는 여점원에게 혹시 하얀 아침 가운

있느냐고 물어보았다. 그 여자는 놀라서 나를 보더니 혹시 귀신 축제를 하려고 그러느냐고 되물었다. 일본에서는 죽은 사람의 귀신들이 하얀색 옷을 입는다는 것이다. 일본 포스터에서 우리는 '동독의 볼쇼이-서커스'라 소개되고 있었다. 금세 내 기분이 비비 꼬였다. 나는 러시아 서커스의 아류가 되고 싶지 않기 때문이다. 통역사인 구마가야 양은 그건 60년대에 일본에서 대히트를 친 러시아 서커스단이라고 나를 안심시켜 주었다. 이 서커스단의 이름 '볼쇼이-서커스'는 일본인의 뇌리에 강하게 기억되어 있다. 구마가야 양은 우리 서커스단이 이 서커스단과 관련을 짓는 것이 유리하다고 강조했다. 우리는 70년대의 이 서커스단이 발전한 그다음 단계지, 절대로 이류의 베끼기 극단이 아니라는 것이다. "당신은 러시아에서 태어나지 않았어요?"라고 구마가야 양이 내게 물었다. "아니요, 캐나다에서 태어났는데요"라고 누군가가 내 대신 대답했다. 그때 나는 내가 캐나다에서 출생했다는 것으로는 아무것도 할 수 있는 게 없구나 하는 생각이 들었다.

바바라의 기억 속에서 나중에 두 암곰은 서로서로 섞였다. 늙은 곰도 나처럼 이름이 토스카였다. 그리고 바바라는 이미 60년대에 이 곰과 키스를 했었다. 나도 캐나다에서 태어났지만 그건 1986년이었고 통일이 되기 조금 전에 베를린으로 왔다. 나는 늙은 토스카의 부활이었고 내 안에 이 늙은 곰에 대한 기억을 가지고 있었다. 우리는 외모가 똑같았고 체취도 거의 구별되지 않았다.

그 어떤 서커스 동물들도 통일의 날이 다가올 것을 예상하지 못했다. 나는 불안한 봄의 징표처럼 공중에서 뭔가 반짝이는 것을 보았다. 내 발바닥은 참을 수 없이 가려웠다. 사람들이 곰에게 공동체의 미래를 점치게 하는, 오랜 종족들의 지혜를 진지하게 받아들였다면 그들은 내 간질거리는 발바닥에서 미래의 모습을 찾아낼 수 있었을 것이다. 그리고 그들이 '통일'이라는 개념을 생각하지 못했었더라도, '납치' '셰어하우스' 혹은 '입양' 같은 단어는 찾을 수 있었을 것이다. 이 단어들을 알면 그들에게 대체 어떤 일이 벌어질지 알 수 있었으리라.

이 격동의 시대에 바바라는 하루에 두 번씩 베를린 공원에서 열광하는 관중의 박수갈채를 받았다. 그 여자 세대의 사람들은 모두 다 은퇴한 지 오래되었다. 바바라는 매일 아침 일찍 일어나 화장을 하고 자기를 북극의 여왕으로 만들었다. 서커스 예산은 정말 인정사정없이 확 줄었다. 그러나 옛날의 연줄을 통해서 바바라는 좋은 무대 복장을 계속 공급받을 수 있었다. 매일 첫 번째 공연이 끝나면 바바라는 공연자 대기실의 오래된 소파에서 깊은 잠이 들었다. 두 번째 공연이 끝난 후에는 산더미처럼 많은 스파게티를 먹었다. 그러고는 얼굴을 세심하게 닦고 침대로 갔다. 이제 공연에는 우리 둘의 키스만 남았다. 70년대만 하더라도 공연 내용이 풍성했었다. 제일 먼저 아홉 마리 곰이 공 위에서 춤을 추고 바바라가 선 채로 썰매를 타고 돌아다니고 그다음에는 바바라와 내가 탱고를 한 바퀴 추고 그리고 아주 마지막에 죽음의 키스 시간이 있었다.

이제는 우리의 키스만 남았다.

바바라가 내 앞에 서면 그 몸은 언제나 완전히 긴장한 상태였다. 오로지 혀만 나긋나긋하고 부드러웠다. 그녀가 내게 모든 것을 다 주듯 혀를 내밀었을 때 말이다. 첫 번째 키스 이후에 바바라의 인간 영혼이 한 조각 한 조각 내 몸 안에 녹아들어 왔다. 내가 상상했던 만큼 인간의 영혼이 낭만적이지는 않았다. 영혼은 대부분 언어로 구성되어 있었는데 일상의 이해 가능한 언어뿐 아니라 많은 망가진 언어 조각들, 그리고 언어의 그림자들과 아직 단어가 되지 않은 이미지들이었다. 통일은 분명히 그 원인이 아니었음에도 불구하고 나는 이 정치적 사건과 실제 일어난 일 사이의 설명할 수 없는 상관관계를 느끼고 있었다. 마르쿠스가 바바라가 보는 앞에서 코디액 불곰에게 살해당했던 것이다. 바바라와 나는 그가 죽은 이후에도 계속적으로 우리의 키스를 반복했다.

초기 단계에서는 입을 크게 벌리고 혀를 앞으로 쑥 내밀었다. 언제인가부터는 그녀는 입술을 아주 가볍게 조금만 열어도 되었다. 그 작은 틈으로도 나는 구강의 어두움 속에서 하얀 빛을 볼 수 있었다. 나는 그 달콤한 조각을 혀에서 재빨리 빼앗아야 했다. 그러지 않으면 녹아 버렸기 때문이다. 바바라도 매일 그 달콤한 맛을 즐기는 것 같았다. 한번은 너무 지쳐서 그녀의 입이 아래로 죽 처졌고 나는 당황했다. 바바라가 그녀의 치과 의사에게서 번쩍거리는 새 금이빨을 얻었을 때 내 혀는 그 오만한 금의 광채에 기가 좀 죽었다. 그러나 자잘한 혼란들은 내게는 장애물이었다기보다는 차라리 기쁨이었다. 나는 바바라와 함께 좋은 시절, 나쁜 시절을 모두 다 겪기를 바랐다. 그리고 수백만 번 키스를 반복하고 싶었다. 하지만 1999년 서커스연합이 해체되고 바바라도 근 50년간 성공적으로 일했던 서커스단에서 하루아침에 해고되었다. 바바라는 병이 들었고 좁은 침대에 누워만 있었다. 나는 내가 베를린 동물원에 팔렸다는 소식을 들었다. 나는 아직은 사회 변화에 적응할 만큼 충분히 젊다고 느끼고 있었다. 그래서 컴퓨터를 사서 우리가 진짜로 떨어져 살아야 한다면 이메일로 계속 연락을 하자고 바바라에게 말했다.

일을 그만두고 나서 바바라는 그 후로 10년을 더 살았다. 바바라는 인간들에게 너무나 실망해서 더 이상 인간들 생각을 많이 하려 하지 않았다. 자기 자신에 대해서도 마찬가지였다. 나는 의무교육조차 받지 않았지만 그럼에도 불구하고 바바라의 삶을 종이에 옮기는 과제를 떠맡았다. 과거에 과연 어떤 곰이, 세상에, 인간 친구의 삶을 써 준 적이 있던가? 그건 오로지 바바라의 영혼이 키스를 통해 내 몸 안에 흘러 들어 왔기 때문에 가능했던 것이다.

베를린 동물원에서 라스를 만나고 사랑에 빠져 크누트와 크누트 남동생을 낳은 시기에도 나는 펜이 쉬도록 허락하지 않았다. 나는 신생아를 극진하게 보살피는 고양잇과에 속하지 않는다. 크누트의 동생은 태어날 때부터 병약했고 태어나자마자 우리 곁을 떠났다. 나는 크누트를 다른 동물에게 길러 달라고 맡겼다. 그게 쉬운 일은 아니었으나 글을 써야 해서 시간이 없었다. 그것 말고도 크누트는 역사의 위인이 되어야 했다. 로마를 건설한 형제들은 다른 포유류인 늑대의 젖을 먹고 자랐다. 크누트도 다른 포유류에게서 젖을 얻어먹을 것이다. 내 꿈이 실현되었다. 그리고 크누트는 이 지구의 환경을 위해 투쟁하는 주목할 만한 행동가가 되었다. 그것만이 아니다. 크누트는 북극곰이 대중의 관심을 끌고 인간의 마음을 움직이고 애정과 존경을 불러일으키는 데 더 이상 서커스 프로그램이 필요치 않다는 것을 보여 주었다. 그렇지만 이것 모두는 그의 이야기다. 나는 그의 삶이 나의 업적인 것처럼 내 아들의 삶에 대해서 이야기하고 싶지 않다. 호모 사피엔스 종족의 엄마들 중에는 아들이 마치 본인의 자본인 양 생각하는 부류가 있다. 그에 반해서 내 과제는 여자 친구인 바바라의 위대한 일생에 대해서 이야기를 하는 데에 있다. 안 그랬으면 바바라는 크누트의 그늘 속에서 오래전에 잊혔을 것이다.

2010년 3월에 바바라는 이 세상을 떠났다. 바바라는 겨우 83세였다. 곰에게는 상상할 수도 없을 정도로 긴 삶이지만 그녀는 인간이었다. 그래서 나는 그녀가 더 오래 살기를 바랐었다. 나는 바바라와 같이 북극에 가서 꿈속에서 더 이야기하고 싶다. 나는 바바라와 설탕 냄새가 나는 키스를 반복하고 싶다. 백 년 동안, 천 년 동안이나 말이다.

나는 지금도 인간들이 생각해 낸 시간 체계에 익숙하지 않다. 그러나 나는 우리 행복의 절정이 언제였는가를 계산해 내려 애쓰고 있다. 그것은 1995년 여름이었을 것이다. 우리는 하루에 두 번씩 이 죽음의 키스를 반복했다. 나는 곰의 시각에서 죽음의 키스를 묘사하면서 이 전기를 끝맺고 싶다.

나는 두 다리로 서 있고 등을 좀 둥글게 굽히고 어깨에서는 힘을 빼고 있다. 내 앞에 서 있는 이 작고 사랑스러운 인간 여성은 꿀처럼 달콤한 냄새를 풍긴다. 나는 아주 천천히 내 얼굴을 이 여자의 파란 눈 쪽으로 움직이고 여자는 각설탕을 자기의 짧은 혀 위에 올려놓고 입을 나에게로 쭉 내민다. 나는 각설탕이 여자의 입속에서 반짝이는 것을 본다. 그 색깔은 눈을 생각나게 한다. 나는 북극을 향한 동경에 사로잡힌다. 그다음에 나는 그 빛나는 각설탕을 끄집어내어 오기 위해 인간의 피처럼 붉은 입술 사이로 내 혀를 과감하게 그렇지만 조심스럽게 밀어 넣는다.

제 3 장

북극의 추념

그는 고개를 옆으로 돌렸다. 그랬더니 입에 딱 달라붙은 것처럼 젖꼭지도 같이 따라왔다. 정말 홀릴 듯 달콤한 냄새가 났고 뇌는 이 냄새에 녹아 버릴 것만 같았다. 입이 포기하고 헤벌어질 동안 코는 세 번이나 벌름거렸다. 턱에서 흘러내리는 이 미지근한 액체는 우유일까 아니면 침일까? 그는 자신의 모든 힘을 입술에 모으고 꿀꺽 삼킨 후에 그 미지근한 것이 아래로 내려가서 위에 도착하는 것을 느꼈다. 배는 점점 더 둥글어졌고 두 어깨는 힘이 빠졌고 네발은 무거워졌다.

두 귀는 소리의 카오스 속에서 목소리 하나를 가려들었다. 그 소리는 시력을 일깨웠다. 사물들이 점차 분명한 형태를 갖추어 갔다. 털이 난 두 팔이 있었고 두 팔 가운데 한 팔에서 우유가 흘러들어 왔고 다른 한 팔은 지금 마시고 있는 자의 몸을 편안한 자세로 잡고 있었다. 마실 때면 그는 이 세상 모든 것을 잊어버렸고 배가 완전히 다 차면 잠에 빠져들었다. 깨어나면 그는 언제나 낯선 네 벽에 둘러싸여 있었다.

그는 높이 올려다보았고, 벽의 위쪽 모서리에 작고 하얀 종이가 한 장 붙어 있는 걸 알아보았다. 그는 그 종이에 닿을 수 있다고 생각했다. 그러나 너무 높은 곳에 매달려 있었다. 저게 뭐지? 두 개의 까만 코와 네 개의 눈이 있었고 그 외에는 모두 다 하얗다. 눈처럼 하얗다. 그리고 귀들도 있었다. 정말 이상한 동물 한 마리이거나 아니면 동물 두 마리가 종이 하나에 그려졌을 수도 있다. 이 생각은 신경을 너무 많이 쓰게 해서 그는 다시 깊은 잠으로 빠져들었다.

얼마 안 있어 그는 자기가 네 벽에 둘러싸여 있는 게 아니라 어떤 상자 안에 누워 있다는 것을 알았다. 푹신푹신하고 부드러운 헝겊 인형이 문득 옆에 앉아 있었다. 이렇게 부드러운 동물과 같이 한 담요에 둘둘 말려 감싸여 있다면 그 누가 감히 잠의 욕구에 저항할 수 있을까?

그가 잠자는 동물들의 나라에 들어가자마자 공기는 급속도로 냉각되었고 은색의 반짝거리는 빛의 입자들이 그 위로 떨어졌다. 그는 작은 눈송이들이 어떻게 움직이는지,

중력에서 벗어나 춤을 추다가 시간이 가면 아래로 떨어지다 결국에는 완전히 얼어 버린 바닥에 착륙해서 사라지는 것을 관찰했다. 하얀 얼음 바닥에는 금이 가 있었다. 걸을 때마다 이 금은 점점 더 커져서 얼음층 아래로 파란 물이 보였다. 그 꿈을 꾸는 자가 몸무게를 한 발에 옮기면 그는 파란 물에 파도의 원이 생겨나는 것을 볼 수 있었다. 차가운 물속에 들어가는 것은 확실히 쾌적한 일이리라. 그렇지만 물속에서 밖으로 올라올 수 없다면 어떻게 숨을 계속 쉴 수 있을까?

누군가가 오는 소리가 들렸다. 하얀 세계는 사라졌고, 털이 나고 바랜 녹색이 그의 주위로 자라 있었다. 그것은 정말 멋없는 담요였는데 여러 가지 형태로 모양을 바꿀 수 있었다. 나무로 된 높은 벽들은 물결과 원 모양의 특이한 무늬로 이루어져 있었다. 그 갇힌 자는 이미 가파른 나무 벽은 기어 넘어갈 수 없음을 알았다. 그럼에도 불구하고 가만히만 있을 수는 없었다. 그는 오른팔을 높이 들었는데 그러자 바로 왼쪽으로 넘어졌다. 다음 시도를 할 때에는 오른쪽으로 넘어졌고 그다음에는 다시 왼쪽으로 넘어졌다.

누군가가 저 위에서 숨을 들이쉬고 내쉬었다. 자신의 숨과 그 낯선 사람의 숨은 서로 박자를 맞출 수가 없었다. 이 둘은 서로 분리된 존재였다. 한 사람이 들이쉬면 다른 사람은 내쉬었다. 숨이 새어 나오는 입 주위에는 수염이 있었다. 그 위에는 코가 하나 있었고 더 위에는 눈이 두 개 있었다. 이들로부터 털이 달린 두 개의 팔이 뻗어 나왔다. 그 사이에 있는 것은 아직도 무엇인지 알아보기가 어려웠다. 그러나 점점 그 모든 게 한 몸에 속해 있고 한 사람이라는 것이 분명해졌다. 바로 우유의 원천이다. 상자의 안쪽 벽은 참을성 없이 긁혀 있었다.

"아하, 베를린 장벽을 기어 넘어가려고? 그렇지만 장벽은 오래전에 이미 없어졌다는 걸 모르니?" 그 털이 난 강한 두 팔이 말하면서 벽을 기어오르는 자를 자기 수염까지 높이 잡아 올렸다. 수염의 숲 가운데에서 입술 두 개가 촉촉하게 반짝였다. "너 좀 전에 상자에서 나오려고 했지. 자 이제 바깥에 있네. 바깥에 있으니 기분이 어떠냐? 첫인상이 어땠는지 물어보아도 되겠니? 응? 내 주인님아." 우유를 마시는 자는 '바깥'이라고 부르는 공간이 있다는 것에 기뻐했다. 그는 바깥에서 우유를 받아 마셨기 때문이다. 그러나 그게 그가 '바깥'을 사랑하는 유일한 이유는 아니었다. 배가 고프지 않을 때에도 그의 두 앞발은 바깥을 동경하고 있었고 상자의 안쪽 벽을 긁고 있었다. 그는 목을 아주 높이 위로 뻗어 바깥에 뭐가 있는지를 보고 싶어 했다. 비록 그게 항상 아주 잠깐만 성공을 했었더라도 말이다. 그의 삶의 의지는 바로 그 안쪽 공간을 벗어나고 싶어 했다.

그의 주둥이에는 앞으로 밀고 나가려는 힘이 있었다. 그의 네발은 걷기에는 아직 너무 약했다. 참을성 없는 주둥이가 네발을 몰아대었다. 두 앞발은 자주 옆으로 벌어지며 미끄러져 넘어졌고 그러면 턱은 바닥과 부딪쳤다.

강력한 두 팔을 가진 남자는 우유가 온다는 것을 알리려고 매번 정열적으로 "크누트!"라는 단어를 사용했다. 하얀 액체를 기다리는 즐거움은 '크누트'라는 이름을 얻었다.

그가 우유를 몇 번 안으로 빨아들이자마자 그 온기가 가슴을 통해 자신의 길을 가기 시작했다. 크누트라는 이름을 가진 우유 기운은 배에 도달했다. 심장도 느낄 수 있었다. 뭔가 따뜻한 것이 심장의 한가운데에서 부채처럼 퍼져 나갔고 발가락의 맨 끝까지 도착했다. 아랫배가 우울하게 꿀렁거렸고 항문이 가려웠으며 잠을 자기 조금 전에 그는 그 따뜻해진 전체 부위를 통틀어 크누트라고 부를 준비가 되어 있었다.

새로운 한 남자가 그 공간에 나타났다. 그는 강력한 두 팔을 가진 우유를 주는 사람에게 '마티아스'라는 이름을, 그리고 우유를 먹는 자에게는 '크누트'라는 이름을 주었다. 새로운 남자는 탁자 위에 상자를 하나 갖다 놓더니 말했다. "마티아스, 이게 내가 갖고 싶어 날마다 안달을 냈던 바로 그 저울이야. 아주 정확하고 믿을 만하고 사용법도 간단해. 이 기계만 있으면 파리의 무게까지도 잴 수 있다니까." 크누트는 그 기계를 열심히 보았다. 아마도 만지거나 핥는 것이리라고 그는 희망에 차 생각했다. 그러나 새로운 친구는 그를 바로 실망시켰다. 그 친구는 플라스틱처럼 하얀색이었고 매끌매끌하고 또 지루했다. 상자 위에는 작은 욕조가 장착되어 있었는데 물은 보이지 않았다.

크누트는 욕조 안으로 옮겨졌다. 그는 오른쪽 앞발을 욕조의 가장자리에 놓았고 그다음에는 왼발도 놓았다. 거기에서 나가고 싶었기 때문이다. 마티아스가 두 발을 재빠르게 다시 욕조 안으로 집어넣었다. 이번에는 크누트가 두 앞발뿐만 아니라 두 뒷발을 가장자리에 올려놓았다. 오징어처럼 관절이 유연한 아기 곰은 주위 세계를 후진으로 탐험하기 위해 엉덩이를 들어 올렸다. 새로 온 남자는 크누트의 꽉 잡은 네발을 아주 침착하게 가장자리에서 떼어 내고 하얀 등을 부드럽게 눌렀다. 그러고 나서 손을 잠시 떼고 몸을 굽혀 옆에서 저울을 관찰했다. 다 잰 다음에 그는 크누트를 마티아스의 손에 넘겨주고 자기의 손가락을 연필로 늘린 다음에 펼쳐진 공책의 표면을 긁었다. 새로 온 남자는 손가락 자체가 이미 아주 길었다. 그가 만족하려면 그의 손가락은 얼마나 더 길어져야만 하는 것인가? 마티아스도 우유를 휘저을 때면 긴 금속 막대로 자기 손가락을 늘렸다. 두 남자들은 즉 연장된 손가락이라는 종에 속하는 것이다.

하루 종일 크누트는 이 연장된 손가락 종족들 외에는 어떤 종족도 보지 못했다. 밤에는 벽 바깥을 돌아다니는 쥐들의 소리를 들었다. 그는 쥐가 작은 몸집에 모터를 가진 동물이라고 상상했다. 한번은 쥐 한 마리가 크누트의 침대를 둘러싼 벽을 바깥에서 위로 기어 올라왔다. 쥐는 막 크누트 영역의 경계를 넘어오기 직전이었다. 이 쥐는 가느다란 수염이 많았고 자랑스러운 앞니를 두 개 가지고 있었다. 작은 얼굴은 갈색 털로 덮여 있었고 앞발들은 비록 아기 털로 덮여 있었지만 반짝거리는 장밋빛을 띠었다. 크누트는 외롭다 못해 죽을 지경으로 심심했기 때문에 너무 기뻐서 소리를 질렀다. 비록 그 쥐는 사랑스럽다기보다는 한심하게 생겼지만 말이다. 그러나 그렇게 크게 소리를 지른 것은 실책이었던 게 분명했다. 그 쥐는 완전히 얼어붙어 후진하다가 떨어졌고 크누트는 그 이후로 다시는 그 쥐의 작은 얼굴을 볼 수 없었던 것이다. 다시 생각해 보니 그 얼굴에는 사랑스러운 부분도 약간은 있었던 것 같다. 하루는 젊고 용기 있는 남자 쥐 한 마리가 나타났다. 그때는 크누트 혼자가 아니었고 마티아스가 그 공간의 한가운데에 있었다. 그는 "쥐가 있어!"라고 소리치더니 크누트를 조심스럽게 바닥에 내려놓고는 막대를 그 쥐 쪽으로 높이 들어 올렸다. 그러나 쥐는 이미 벽의 구멍으로 쏙 미끄러져 들어간 후였다. "크리스티안, 좀 전에 이 구멍으로 쥐 한 마리가 나왔어"라고 그는 막 그 방에 들어온 두 번째 남자에게 말했다. 그래서 크누트는 두 번째 남자 이름이 크리스티안인 것을 알게 되었다.

크리스티안은 이를 살짝 맞부딪치고 두 입술을 옆으로 잡아당겨 미소를 짓더니 말했다. "호모 사피엔스뿐만 아니라 쥐들도 이 아기 곰에 관심이 있나 봐." 크누트는 이 연장된 손가락 종족이 자기 스스로를 호모 사피엔스라고 부른다는 것을 알게 되었다.

크리스티안은 매일 크누트를 방문해서 순서대로 건강진단을 했다. 처음에는 몸무게를 쟀고 그 몸무게는 소수점까지 표시하는 숫자로 바뀌어서 매일 어떤 공책에 기록되었다. 그다음에 크리스티안은 손가락을 크누트의 목구멍에 집어넣고 작은 손전등으로 비추어 보았다. 목 깊숙이에는 '딸꾹질'이라 부르는 동물이 한 마리 살고 있었다. 입을 아주 크게 벌릴 때마다 이 동물이 튀어나왔다. 약간 우유 냄새가 났지만 우유처럼 홀리는 달콤함은 없었다. 그 홀리는 유혹이 금세 역한 맛으로 바뀌었기 때문이다. 크리스티안은 뭔가 차가운 것을 크누트의 귀에 집어넣고 능숙한 손가락으로 크누트의 눈꺼풀을 위로 올리고 항문을 열어 보고 발가락들과 발톱을 검사했다. "호모 사피엔스는 매일 건강진단을 받지는 않지"라고 크리스티안이 입가에 약간 비꼬는 미소를 띠고 말했다. "난 동물원에 취직한 이후로 한 번도 건강진단을 받은 적이 없어"라고 마티아스도 인정했다.

마티아스가 하는 일은 크누트에게는 모두 다 쉽게 이해되었고 편안했다. 그는 맛이 좋은 우유를 주고 배를 쓰다듬어 주고 함께 놀아 주었다. 크리스티안은 그와 달리 뭔가 불편한 일을 했는데 크누트는 그걸 왜 하는지 도무지 이해할 수가 없었다. 마티아스의 도구는 모두 다 가지고 놀아도 되었다. 예를 들어 마티아스가 잘못해서 바닥에 떨어뜨린 숟가락만 해도 그랬다. 크누트는 숟가락을 껴안았고 마티아스는 그가 이 새로운 금속 친구와 놀도록 잠시 허락해 주었다. 그렇지만 크리스티안은 단 한 번도 크누트가 자기 도구를 건드리는 것을 허락하지 않았다. 크리스티안은 뭘 떨어뜨린 적도 없고 놀아 주지도 않았고 자기 일만 다 하면 그 방에서 나가 버렸다.

마티아스와 크리스티안은 공통점도 있기는 했다. 둘 다키가 쭉쭉 위로 뻗었고 아주 말라서 손목에서 뼈의 형태를 볼 수 있었다. 두 남자의 팔에 털이 나 있어서 크누트는 이사람들은 온몸에 털이 났을 거라고 오랫동안 생각했지만 나중에 그렇지 않다는 게 밝혀졌다.

마티아스와는 달리 크리스티안은 수염이 없었다. 그리고 언제나 하얀 가운을 입고 있었다. 그렇지만 둘 다 바지는 파란 거친 천으로 된 것을 입었고 그 바지에 크누트의 발톱이 자주 걸리곤 했다.

마티아스가 한숨을 쉬며 말했다. "또 청바지에 우유를 흘렸네." 크리스티안이 낮은 소리로 웃었다. "네 부인이 잔소리 좀 하겠다." — "내 옷은 내가 빨아 입어. 내 물건에는 동물 털이 붙어 있으니까. 그런 걸 아이들 옷과 같이 세탁기에 넣을 수는 없다는 거야. 우리 집사람 말씀이야." — "좀 너무한데." — "농담이야. 그런 말 할 사람이 아니잖아." — "나도 알아. 나도 네 부인이 어떤 사람인지 알지. 예쁘기만 한 게 아니라, 음 뭐라 할까, 그래 마음이 넓지."

크리스티안은 바삐 움직였다. 그러나 쥐와 달리 천성이 재빠른 것은 아니었다. 그는 항상 쫓기는 듯 살고 있었다. 자기 일을 급하게 처리하려 했고 자기가 할 수 있는 것보다 더 빨리 하려 했다. 기다리지 못하는 게 그의 약점이었다. 하루는 크누트의 기분이 좋지 않아 저울을 바깥에서 꽉 쥐고는 도무지 몸무게를 재려 들지 않았다. 크리스티안은 크누트의 발을 비틀었고 그러자 크누트가 반사적으로 크리스티안의 손가락을 물어 버렸다. 크리스티안은 소리를 지르면서 크누트를 땅바닥에 떨어뜨렸다. "애가 날 물었어." 그의 목소리는 평상시보다 좀 높았다. "황태자가 오늘 기분이 좋지 않으시군. 오늘은 우리더러 아무것도 못 하게 하시네"라고 마티아스가 평온한 목소리로 말하면서 크누트의 머리를 쓰다듬었다.

크리스티안은 의자에 앉았다. 그로서는 드문 일이었다. 그는 끙끙거리면서 마티아스와 이런저런 이야기를 나누었고 그러면서도 크누트에게서 계속 눈을 떼지 않았다. 크누트로서는 처음으로 크리스티안의 얼굴을 잘 관찰하고 그것에 대해 생각해 볼 시간을 갖게 되었다. 그의 금발 머리는 짧게 깎여 있었고 머리털 하나하나가 마티아스가 바닥을 청소할 때 사용하는 솔처럼 바짝 솟아올라 있었다. 크리스티안의 입에는 하얗고 네모난 이빨들이 빛나면서 위아래로 줄지어 있었다. 그러나 크누트는 크리스티안이 무얼 먹는 것을 본 적이 한 번도 없었다. 그의 피부는 깨끗하고 말끔했고 살은 단단했다. 그 살은 얇고 맛있어 보이는 기름층으로 덮여 있긴 했다. 그의 두 입술은 말을 할 때에는 불꽃처럼 붉었다. 입 주위의 피부에는 털도 하나 없었고 면도한 흔적도 없었다.

산뜻한 크리스티안과 달리 마티아스의 피부와 머리털은 바싹 말라 있었다. 그의 얼굴은 피가 잘 안 통하는 것처럼 그늘져 있었다.

언제부터인가 두 남자만 크누트의 방에 들어오는 시기가 끝이 났다. 매일매일 새로운 얼굴들이 새로운 땀 냄새와 꽃향기와 아니면 담배 냄새를 가지고 더 많이 나타났다. 새로운 인간들의 대부분은 크누트와 마티아스에게 플래시 불빛과 더불어 질문들을 내뱉었다. 마티아스는 눈이 부시자 사진사들에게 괴롭다는 표현으로 대응했다. 때로 그는 카메라 종족들 앞에서 자기 얼굴을 팔로 가리기도 했다.

인간들의 질문에 대답을 제대로 잘하는 것은 마티아스의 재능과 거리가 멀었다. 대답을 하려 할 때 그의 입술이 뭔가를 말하려는 듯 움찔 움직이기는 했지만 아무 소리도 나오지 않았다. 그런 순간들에는 크리스티안이 앞으로 나서서 적절한 말로 대답했는데 그는 동료를 보호하려는 듯 보였다.

그리고 사람들은 크리스티안을 '박사님'이라고 불렀다.

크누트의 몸무게는 매일 측정되었고 몸무게 느는 것만큼이나 허기도 같이 성장했다. 크리스티안은 '발달'이라는 말을 자랑스럽게 했는데 틀림없이 이러한 변화를 지칭하는 것 같았다.

방문객들과 크리스티안이 다 그 방을 나가면 마티아스는 완전히 기운이 빠져서 크누트를 다시 상자 안으로 옮길 기력도 없이 바닥에 주저앉아 머리를 숙인 채 두 팔로 자기 무릎을 껴안았다. 그러면 크누트는 앞발을 마티아스의 무릎에 얹고는 걱정스럽다는 듯이 그의 수염과 두 입술, 콧구멍 그리고 두 눈의 냄새를 킁킁거리며 맡았다. "지금 내 걱정을 하는 거니? 나는 총을 맞고 땅바닥에 죽어 누워 있는 엄마 곰이 아니야. 걱정 안 해도 돼! 나 아무 일도 없다니까. 그건 총알이 아니고 그냥 불빛이야. 사람들은 그렇게 쉽게 나를 죽일 수 없어"라고 마티아스는 얼굴에 주름을 잡으면서 말했다. 크누트는 그 주름을 해석할 수 없었다.

크누트는 매일 성장했고 그에 반해 마티아스는 매일 쪼그라들었다. 불현듯 크누트는 어쩌면 우유는 마티아스의 몸에서 나오는 것이 아닐까 하는 생각이 들었다. 그는 매일매일 고통스럽게 우유를 짜내는 것일지도 모른다. 크누트가 더 많이 마시면 마실수록 마티아스는 점점 더 작아지고 점점 더 말라 갔다.

기자들 모두가 취재 허가를 받는 것도 아닐 텐데 방문객의 수는 겁날 정도로 늘어만 갔다. 마티아스는 가끔 신경이 예민해지면 방구석으로 도망을 가서 고개를 안쪽으로 잡아당기고 벽을 보며 서 있었다. 아마도 그는 자기가 투명인간이 되기를 바랐으리라. 대부분의 방문객은 크리스티안이 하는 말들을 공책에 열심히 받아 적었고 그러면서도 기대에 찬 눈길을 마티아스에게 돌렸다. 그리고 끝에는 이 수줍어하는 남자에게로 가서 기어코 사진 좀 찍게 해 달라고 구걸했다. 어떤 이유에서인지 그들에게는 크리스티안의 사진을 찍는 것만으로는 부족한 모양이었다. 마티아스는 내키지 않는 듯 우유병을 한 손에 들고 다른 한 손으로는 가슴에 크누트를 안으면서 화난 표정으로 카메라 렌즈를 바라보았다. 크누트는 마티아스의 부드러운 인간 손가락들이 떨리는 것을 느꼈고 그의 내장에서 큰 바닷소리가 나는 것을 들었다. 크누트의 아랫배도 거기에 동조해서 같이 꾸르륵거렸다.

마티아스의 두 눈은 플래시 빛을 불안해했고 아주 작은 불빛에도 껌뻑거렸다. 반면 크누트의 두 눈은 빛을 눈부셔하지 않았다. 여러 번 계속해서 플래시가 터져도 크누트 눈동자의 부드러운 어두움은 변하지 않고 그대로 있었다.

첫 번째 방문객은 기자라는 이름을 가졌고 두 번째 방문객도 그랬다. 그러니 세 번째 방문객의 이름도 기자라면 놀랄 일도 아닌 것이다. 곧 크누트는 마티아스와 크리스티안이란 이름은 세상에 하나밖에 없는데 기자는 많다는 것을 알게 되었다.

그렇지만 사진을 찍는다는 이 비밀스러운 의식이 가진

의미는 무엇일까? 기자들 중의 한 명이 소수민족인 아이누와 사미의 곰 숭배 관습에 대한 이야기를 했다. 크누트는 곰 숭배라는 단어를 듣고는 순간을 영원으로 동결시키기 위하여 인간들이 곰을 죽이고 플래시로 사진을 찍는 의식을 상상했다.

"너는 하루 종일 일을 하지. 그러고도 또 크누트 옆에 누워서 잠도 자. 그런 게 누구나 다 할 수 있는 일은 아니야." 크리스티안의 칭찬에 마티아스는 별다른 변화 없이 다음과 같이 대답을 했다. "여기서 잠을 자지 않으면 내가 어떻게 다섯 시간마다 우유를 줄 수 있겠어?"—"그렇지만 네 부인은 뭐라 하는데? 우리 집사람은 이틀마다 초과근무를 하면 바로 이혼하자고 협박할 거야."

크누트는 마티아스가 밤이고 낮이고 언제나 자기 옆에 있을 거라고 생각했다. 그러나 아기 곰은 언젠가부터 이 두 발 달린 동물이 가끔 그 방을 조용히 떠난다는 것을 알아차렸다. 밤 우유를 다 먹으면 그다음은 잠잘 시간이었다. 호모 사피엔스의 소리는 이제 더 들리지 않았다. 그리고 다른 동물들의 소리가 점점 커졌다. 이러한 동물적인 환경에 자극을 받은 마티아스는 책상 옆에서 등장 순서를 기다리고 있는 검은 가방에서 기타를 가져왔다. 그러고는 악기를 가지고 바깥쪽으로 나갔다. 크누트는 일어나서 그와 같이 가고 싶었으나 잠이 그를 말렸다. 아기 곰의 귀는 깨어 있었다. 그렇지만 그러는 동안에 몸의 나머지 부분은 꿈속으로 여행을 떠났다.

크누트는 기타 줄이 뜯기는 소리를 들었다. 그것이 그를 편안하게 해 주었다. 그 소리가 들리는 동안에는 마티아스가 그에게서 그렇게 멀리 떠나갈 수 없을 것이다.

마티아스는 방으로 돌아와서 크누트를 상자에서 꺼내 주었는데 크누트는 기타가 보이지 않아 실망했다. "네가 여기에 오기 전에도 나는 일이 끝나도 집에 바로 갈 생각은 안 했어. 그래서 곰의 우리에서 기타를 연주했었지. 집에서는 가족들이 나를 기다리고 있고 나도 가족을 사랑해. 그래도 그들에게 바로 가고 싶지는 않아. 그런 나를 이해할 수 있겠니? 아마 못 할 거다." 마티아스는 인간이 가까이에 있으면 말을 많이 하지 않았다. 크누트와 단둘이만 있으면 그는 자기 이야기를 많이 했다.

어느 날 크누트는 책상과 벽 사이에 있는 기타 가방을 발견하고는 그새 자란 자기 발톱으로 긁었다. 마티아스는 모든 물건을 다 갖고 놀도록 허락해 주었다. 숟가락이든 양동이든 빗자루든 먼지 삽이든지 말이다. 그렇지만 악기는 그에게는 신성한 것이라 크누트의 손이 닿지 않도록 멀리 두었다. 크누트가 발톱과 송곳니로 기타 가방의 덮개를 밀려고 온갖 애를 썼지만 그 마법의 상자는 열리지 않았다. 그것을 열 수 있는 작은 알루미늄 열쇠는 선반에 있었다. 크누트에게 기타를 만질 기회가 있었더라면 그는 자기의 이빨로 매혹적인 음악을 연주했으리라. 비참할 정도로 얇은 손톱을 가진 마티아스도 기타를 울리게 할 수 있으니 말이다. 그러니 만약에 크누트가 그의 경탄할 만한 발톱으로 힘차게 연주를 하게 된다면 얼마나 대단한 소리가 나겠는가?

크누트는 언제부터 자기에게 음악이 시작되었는지 기억나지 않았다. 들을 수 있다는 것을 알았을 때 그는 이미 휴식을 허락하지 않는 영원한 소리들의 쇠사슬에 묶여 있었다. 그의 탄생 이전에 시작되었던 이 음악은 그가 죽고 난 후에도 그치지 않을 터였다. 기타 소리는 동물원의 소리 심포니의 일부분일 뿐이었다. 언젠가부터는 크누트도 매일 반복되는 일련의 소리들을 구별할 수 있었다. 마티아스가 부엌 찬장에서 냄비를 가져올 때 들어 보면 우선 딱딱 소리가 나고 이어 두 고무 표면이 서로 잡아끄는 소리가 났다. 그 소리와 더불어 찬장의 문이 열렸고 그다음에는 점점 높아져 가는 소리들이 연속적으로 들려왔다. 그것은 냄비에 우유를 붓는 소리였다. 음식을 준비하는 과정에는 점점 더 많은 음악가들이 같이 연주를 했다. 한 덩어리의 가루를 냄비에 부었고 숟가락 하나가 그것을 저었고 그때 숟가락은 금속으로 된 냄비의 안쪽을 때려 달그락달그락 소리가 났다. 마지막으로 그 숟가락은 세 번 냄비의 가장자리를 단호하게 두드렸다. 〈아기 곰을 위한 이유식 만들기〉라는 제목을 가진 작은 심포니가 끝나는 소리였다. 이에 감동을 받았다는 표시는 눈물이 아니라 바로 침이었다. 되풀이되면 곰은 그 특정한 소리를 구별해서 알아들을 수 있었다. 그 소리들에는 시작과 끝이 있었다. 크누트는 다른 인간들의 발소리와 마티아스의 발소리를 구별할 수 있었다. 마티아스가 그 방을 나가면 크누트의 몸 전체가 귀로 변했다. 크누트는 그가 돌아올 때까지는 마음 편히 쉴 수가 없었다. 그렇지만 마티아스가 밖에서 자고 오는 일이 점점 더 많아졌다. 아주 나쁜 습관이 들어 버린 것이다. 밤에 마티아스는 크누트에게 그날의 마지막 우유를 주고 상자 한구석에서 헝겊 인형을 가져와 안겨 주고 담요를 덮어 준 다음 기타가 아니라 가죽 가방을 들고 사라졌다. 아침에 해가 뜰 때가 되어서야 그는 돌아왔다.

마티아스가 없는 밤에는 다른 사람이 우유를 주러 왔다. 크누트는 이제 더 이상 아기가 아니었다. 꼭 엄마인 마티아스가 우유를 줄 필요는 없었다. 다른 남자는 볼에 살이 많았고 두 손은 이례적으로 따뜻했다. 이 남자에게서 살짝 나는 버터 냄새는 크누트의 마음에 들었다. 그래서 이제 마티 아스가 없어도 크누트는 배부르게 먹을 수 있었다. 마티아 스가 없어도 기분 좋은 밤을 보낼 수 있었다. 그럼에도 불구하고 아주 희미하게 불안감은 남아 있었다. 원래는 한 명이 아니라 백 명의 남자가 우유를 준다면 그게 더 마음이 놓이는 일일 터이다. 그러나 크누트 안에 있는 뭔가가 이미 마티아스에 고정되어 있었다. 크누트는 마티아스가 오는 소리를 들으면 상자 안쪽을 미친 듯이 긁어 대었다.

"잠깐, 뭐 하는 거야? 크누트, 이런, 네 부모 사진을 찢어 버렸잖아. 일부러 내가 토스카와 라스의 사진을 가져다주었는데. 네가 아무것도 보지 못할 때부터 여기에 계속 붙어 있었잖아? 모르겠니? 그 곰들이 바로 네 부모야!" 그렇지만 그 사진은 이미 완전히 가망 없이 망가져 버렸다. 마티아스는 그 사진을 휴지통에 버려야 했다. 크누트는 그 사진을 제대로 본 적이 한 번도 없었기 때문에 깜짝 놀라지 않을 수 없었다. 그러나 이미 너무 늦었다. 그 종잇조각이 자기 부모의 사진이라는 걸 크누트가 대체 어떻게 알 수 있었으랴. 크리스티안은 크누트가 평소보다 불안해한다는 것을 알아채고 마티아스에게 말했다. "크누트는 어쩌면 사진이 없어져서 외로워하는 건지도 몰라. 너희 사진을 한 장 찍으면 어때? 네가 크누트를 팔에 안고서 병으로 우유를 주는 사진. 나는 생물학적 부모보다 키워 준 부모가 더 중요하다고 생각해. 언젠가 분명히 신문기자들이 네가 성모 마리아인 양 어린 아기 예수인 크누트를 가슴에 안고 있는 사진을 찍은 적이 있는데."—"지금 날 놀리는 거야? 이제는 저녁이면 집에 가도 된다고 겨우 나 스스로에게 허락을 해 주었는데. 우리 가족도 다시 나와 잘 지내고"라고 마티아스가 말하면서 크누트의 머리를 쓰다듬었다. '가족'이란 말은 마치 나중에 그에게 뭔가 불행한 일이 닥치기라도 할 것처럼 크누트를 불안하게 만들었다.

크누트는 매일 아침 어둠이 물러간 것에 기뻐하는 새들의 지저귐을 들었다. 그사이 태양이 일을 하러 나왔다. 날개가 있는 짐승들은 아침거리를 찾을 수 없을까 봐 그 두려움에 쫓기고 있었다. 가끔은 약한 새들이 더 강한 새들에게 공격을 받아서 깍깍 소리를 내며 하늘로 피신하러 갔다. 크누트는 새들을 볼 수는 없었지만 소리를 통해 그들의 일상 드라마가 어떨지 상상하는 것만으로도 그 세계가 정말 다채롭게 느껴졌다.

가끔이지만 크누트의 방을 들여다보는 건방진 새들도 있었다. 새들은 모두 그냥 새라고 불렸다. 그들은 날개를 가졌고 난다는 것 이외에는 서로 공통점이 없었다. 참새는 수줍음과 서두름이 혼합된 갈색 종자였고 지빠귀는 대놓고 들이대지 않는 유머 감각을 가지고 있었고 퍼렇고 허연 칠을 한 얼굴을 가진 까치도 있었으며 매번 기회가 있을 때마다 "아, 그래요? 너무나 재미있네요. 저는 그것을 몰랐어요"라고 반복해서 말하는 비둘기도 새였다. 크누트는 수많은 새들의 소리를 듣고는 바깥세상은 새들 천지겠구나 하고 생각했다. 그런데 크누트와 마티아스, 그리고 쥐들은 왜 날개가 없을까? 크누트에게도 날개가 있으면 바로 창가로 날아가서 바깥세상을 내다볼 수 있었을 텐데 말이다.

크누트는 마티아스가 자기를 방에서 꺼내 주면 자유를 느꼈다. 그렇지만 '바깥'이라는 존재를 아주 분명하게 인식하기 시작하면서부터 자기의 조그만 자유로는 더 이상 만족할 수 없었다. 크누트는 방에서 나가고 싶었다. 마티아스는 "너는 매일매일 더 시건방져지는구나"라고 말했지만 그 말은 맞는 말이 아니었다. 바깥세상이 크누트를 끌어내기 때문에 네발을 그냥 가만 놔둘 수가 없는 것이다. 얼마나 간절하게 크누트가 문을 긁어 댔던가. 마티아스는 어찌할 바를 모른 채 크누트를 혼내는 수밖에 없었다. 이제 크누트는 바깥세상에 대해 단지 추측만 하는 것은 그만두고 싶었다. 그 대신 바깥세상을 한번 제대로 알아보고 아울러 세상에 대해 실망도 하는 것이 아주 시급한 일이 되었다.

크누트는 자기의 영혼이 바깥세상에 다다를 수 있는 방법 하나를 통해서 그럭저럭 만족할 수 있었다. 바로 열심히 듣는 것이다. 그가 듣는 세계는 너무나 크고 너무나 화려해서 그가 보는 세계는 결코 이를 능가할 수 없었다. 그것은 어쩌면 호모 사피엔스들이 때로 자부심을 가지고 이야기하는 그 음악의 힘이기도 했다. 크리스티안은 자기가 집에서 피아노를 친다는 것을 털어놓았다. 그는 그것을 취미라고 불렀다. "하지만 내가 피아노를 너무 오래 치면 가족들은 귀마개를 하고 모두 집구석으로 사라져 버려. 너희 가족은 어때?"라고 크리스티안은 기타를 가진 자기 동료 마티아스에게 물었다. "나는 아직까지 한 번도 집에서는 기타를 쳐야겠다는 생각을 해 본 적이 없는데. 우리 가족이 거기에 반대할 것 같지는 않아. 다만 나는 혼자서 연주하는 게 좋아. 그건 음악이 아니라 고독의 즐거움 같은 거야."

크누트는 '가족'이란 말을 들으면 거의 질식할 지경이었다. 그것은 그가 끝까지 연주할 수 없는 어떤 불행의 전조 같은 것이었다.

크누트는 새 소리나 기타 음악은 좋아했지만 소화하기 어려운 음악의 종류도 있었다. 바로 일요일 날 울리는 교회의 종소리였다. 처음 들었을 때 벌써 크누트는 그 소리로부터 자기를 보호하려고 머리를 웅크리고 두 팔로 감싸 안았다. 그는 숨까지 꾹 참고 마지막 종소리가 울릴 때까지 기다렸다. "크누트 넌 기독교를 믿지 않지?"라고 크리스티안이 말하더니 마치 돌바닥에 떨어지는 동전들처럼 웃어 댔다. 그러고는 진지한 표정으로 덧붙였다. "곰들은, 그래, 맞아. 옛날에는 게르만족이 늑대랑 곰을 숭배했었지. 그래서 교회는 자기 자리를 잡기 위해 곰들과 맞서 싸워야 했었어. 교회의 종소리는 아직도 우리 마음속에 있는 곰들을 퇴치하기 위해서 울리는 거야."—"그 이야기 진짜야?"라고 마티아스가 미심쩍어하는 목소리로 물었다. "그런 이야기를 어디에서 몇 번 읽었어" 하고 크리스티안이 건성으로 대답했다. 그의 관심은 이미 딴 데로 가 있었다. 그는 집으로 가려고 자기 물건들을 서둘러 싸고 있었다.

마티아스와 크리스티안은 일요일에도 일을 하러 왔다. 크리스티안은 크누트에 대한 의무적인 정기검진을 보통 때보다 훨씬 빨리 해치웠다. 마티아스도 점심때까지는 일을 끝내려고 했다. 그다음에 버터 냄새를 가볍게 풍기는 새 남자가 크누트 담당이 되었다. "모리스, 이제 나는 너에게 모든 걸 일임하고 집에 간다. 오후에 크누트에게 우유를 주고 침대에 데려가 재워야 하는 건 너도 알지. 그다음에는 집에 가도 좋고 아니면 하고 싶은 다른 뭔가를 해도 좋아. 그렇지만 늦어도 새벽 2시에는 밤 우유를 주러 꼭 여기에 와 있어야 해"라고 마티아스는 사무적이면서도 편안한 목소리로 이야기를 했다. 새로운 남자인 모리스는 이 말을 듣는 동안 꿈을 꾸듯이 아니면 사랑에 빠진 듯한 표정으로 마티아스를 쳐다보았다. 모리스에게 마티아스의 얼굴이 마음에 든 게 확실했다. 모리스는 열심히 들은 것 같지는 않았다. 그는 그 방을 떠나지 않았기 때문이다. 초저녁의 우유 시간과 한밤중인 2시의 우유 시간 사이에도 방을 뜨지 않았다. 크누트는 자다가 깰 때마다 모리스가 방에 있는 것을 보았다. 그는 자주 구석에 쪼그리고 앉아서 책을 읽었다. 크누트가 더 자고 싶어 하지 않으면 모리스는 크누트를 상자에서 꺼내어 둘이 같이 레슬링을 했다. 모리스는 크누트를 천천히 그리고 부드럽게 바닥에 눕히고는 배와 두 귀를 아주 열심히 문질러 주어 크누트는 온몸이 뜨끈뜨끈해질 지경이었다.

"우리 이제 정말 피곤하지. 스포츠는 그만하자. 내가 책을 읽어 줄게. 누구 이야기를 듣고 싶어?" 모리스는 오스카 와일드, 장 주네와 유키오 미시마 중에서 고르라고 했다. 크누트는 이 작가들의 이름을 발음할 수가 없었지만 그건 아무래도 좋았다. 왜냐하면 모리스가 어떤 책을 고르든지 그것은 편안한 자장가로 변신해서 크누트를 잠의 나라로 데려가 주었기 때문이다.

모리스는 점점 더 자주 오게 되었는데 일요일이 아니더라도 마티아스 대신에 일을 하러 왔고 새벽 1시 반이 되어서야 그 방을 나갔다. 모리스가 집에 가 버리고 방에 호모 사피엔스가 없어지면 크누트는 갑자기 바깥에서 동물들이 행사를 하는 듯한 소리들을 들었는데, 마치 모든 동물이 그 순간을 기다리고 있었던 것 같았다.

모리스는 규칙적으로 일을 했지만 모리스 대신에 낯선 사람이 와서 크누트를 돌보아 주는 일도 있었다. 그는 모리스와 비슷한 냄새를 풍겼다. 크누트는 그 사람의 이름은 알 수가 없었다.

크누트는 밤의 소리에 청각을 선사할 때면 찌르는 것 같은, 그럼에도 매혹적인 자극을 몸에 느꼈다. 대부분의 목소리들은 크누트에게 불안감이 아니라 오히려 일종의 존경심을 불러일으켰다. 그는 모든 목소리에 뭔가 아주 강력하고 팽팽하게 당겨진 긴장이 담긴 걸 들었다. 모든 동물은 살아가면서 항상 최고의 주의력을 기울여야 하고 자신의 모든 능력과 지력을 온전히 사용해야 한다. 그러지 않으면 살아남을 기회가 없는 것이다.

크누트는 한번은 부엉이 박사의 어둠에 관한 일련의 강

연을 들을 행운을 가졌다. 부엉이 박사의 어조는 아주 추상적이었고 마음에서 우러난 것과는 거리가 멀었지만 그럼에도 불구하고 어둠과 더불어 살 줄 아는 그의 지혜는 감명을 주었다. 자기 종족에게 따돌림을 당한 원숭이가 부르는 한밤의 비가는 크누트에게 집단생활을 하는 종족들의 잔인함을 가르쳐 주었다. 크누트는 때로는 여자 쥐 대장의 긴 수다를 듣는 일도 있었다. 그 쥐가 하고 싶었던 말을 한 문장으로 간단히 요약하면 대충 이랬다. '조심을 안 하면 너는 잡아먹히고 말 것이다.' 크누트를 잡아먹을 만한 동물이 있을까? 크누트는 인정사정없는 두 수고양이가 암고양이 한 마리를 놓고 싸우는 소리를 유심히 들어 보았다. 둘 다 이 암고양이와 섹스를 하고 싶어 했다. 왜 이 둘은 한 마리를 놓고 싸울까? 누구와 섹스를 하든 상관이 없지 않나 하고 크누트는 생각했다. 그는 동물의 세계를 이해하지 못했다. 가시가 많은 고슴도치의 독백은 그들과는 가까이할 수 없다는 느낌을 주었다. 그들은 크누트를 다치게 하고 싶은 게 아니라 자신들의 세계상을 보여 주려 한 것뿐이었지만 말이다. 크누트는 일단 소리가 나면 어떤 소리라도 열심히 들었다. 소리들의 세세한 차이 하나하나와 이 다양한 차이들이 선사하는 합주는 마술인 양 매일 밤 세상에 하나뿐인 독특한 색깔을 만들어 내었고 크누트에게는 기적처럼 느꺼졌다.

크누트는 밤에 기타에서 흘러나오는 음악을 곧 구별할 수 있게 되었다. 그중에는 윙윙거리는 꿀벌 떼의 소리를 모방한 음악도 있었다. 이 음악을 들을 때마다 아기 곰의 등이 간지러웠다. 그 외에 다른 음악도 있어서 크누트는 유빙이 서로 부딪치고 그다음에는 방울졌다가 튀는 물소리를 들을 수 있었다. 마티아스는 크리스티안에게 그 간지러운 꿀벌 작품의 제목이 〈엘 아베호로(땅벌)〉이며 에밀리오 푸홀이 작곡한 것이라고 가르쳐 주었다. 유빙 음악은 〈방앗간 주인의 춤〉이라는 곡인데 마누엘 데 파야의 것이라고 했다. 크누트는 방앗간 주인이 어떤 춤을 추는지는 도통 알 수가 없었지만 그 음악을 들을 때에는 허리가 덩실덩실 움직였다.

크누트는 밤의 기타 연주를 즐겼지만 너무 오래 계속되면 안 되었다. 그러면 지루해져서 마티아스가 돌아오기만을 기다리기 때문이다. 그것은 어릴 때 놀이 동무가 돌아오기를 고대하는 기다림인 동시에 마음을 아프게 만드는 부재이기도 했다. 그 아픔은 크누트가 멜로디의 순서를 알아채게 만들었다.

끝날 즈음이면 마티아스는 항상 어떤 슬픈 멜로디를 연주했다. 그러고 나면 만족스러운 표정으로 돌아왔다. 그다음에는 기타를 다시 집어넣고 크누트에게 팔을 내밀어 크누트의 볼을 자기 볼에다가 갖다 대었다.

"방금 전에 연주한 곡은 정말 슬픈데. 그 곡 제목이 뭐야?" 한번은 놀랍게도 크리스티안이 밤에 나타나 이 음악을 듣더니 질문을 던졌다. 마티아스는 대답하지 않고 그저 확신범인 것처럼 얼굴을 한 번 찡그리고 말 뿐이었다. 이 음악 속의 슬픔은 마티아스에게 삶의 기쁨을 가져다주었다. 이 멜로디는 크누트에게도 좋았는데 마티아스가 곧 자기에게로 온다는 표시였기 때문이다.

크누트는 마티아스의 이 부재를 참을 수 없는 시간으로 인식하게 되었다. 주변에 사람이 한 명도 없어서 그는 다 해어진 헝겊 인형을 꾹 눌렀다. 이 인형의 머리 속에 솜밖에 든 게 없다는 것은 정말 화나는 일이었다. 아무리 세게 크누트가 구석으로 몰아가도 이 인형은 아무런 반응을 보이지 않았다. 마티아스라면 크누트에게 바로 되받아치거나 공중에 던져 버리는 시늉을 할 것이다. 노는 데는 완전히 젬병인 크리스티안조차도 적어도 반응을 보일 줄을 안다. 크누트가 손을 꽉 잡으면 그도 같이 꽉 잡는 것이다. 크누트가 크리스티안의 손을 물면 그는 소리를 지르고 두 입술과 두 눈을 꽉 감는다. 이 멍청한 헝겊 인형은 그렇지만 단 한 번도 어떤 반응을 보이지 않아서 정말 소리라도 지르고 싶을 정도로 재미가 없었다. 이 지루함은 크누트에게는 속수무책, 적막감, 그리고 버려짐을 의미했다. 이 지루한 애야, 너는 그 뼈도 없는 몸을 가지고 늘 거기에 있으면서 뭘 물어도 대답을 하지 않는구나. 도대체가 세상에 너에게 흥미 있는 일이 있기는 하니? 크누트는 그에게서 어떤 대답도 들은 적이 없었다. 너는 도대체가 정말 쓸모가 하나도 없구나, 이 헝겊 인형아!

도대체 마티아스는 언제나 오려나? 이 질문은 크누트에게 참을 수 없는 것이었지만 어쩌면 이 질문이 아니라 시간 자체가 그런 것일지도 모른다고 크누트는 생각했다. 시간이라는 것은 일단 존재하기 시작하면 시간 자신이 자기 손으로 그 끝을 맺을 수는 없다. 해가 진 다음에 창문이 잃어버린 자신의 밝음을 다시 찾기까지는 얼마나 오래 걸리던지 참을 수가 없을 지경이었다. 시간이 흐르며 크누트의 인내심이 바닥날 즈음에야 드디어 발자국 소리를 들을 수 있었다. 그는 방문이 열리는 소리를 들었다. 마티아스는 상자로 몸을 숙이고 크누트를 두 손으로 끄집어내어 인간의 코로 곰 주둥이를 대고 누른 후에 "안녕, 크누트!" 하고 인사했다. 바로 이 순간에 항상 크누트가 '시간'이라고 느끼던 것이 사라졌다. 왜냐하면 크누트는 이 순간부터는 시간에 대해 생각할 시간이 더 이상 없었기 때문이다. 그는 어디에

나 대고 코를 쿵쿵거리고 음식을 먹고 수많은 음식물들과 씨름해야 했다. 마티아스가 그 방을 떠나면 그때부터 시간은 다시 시작되었다.

시간은 음식과는 비교가 되지 않았다. 시간은 아무리 열심히 먹어도 양이 줄지 않았다. 시간 앞에 서 있으면 크누트는 무력감을 느꼈다. 시간은 마치 고독으로 이루어진 빙산 같았다. 크누트가 갉아 먹고 긁어 대도 아무 일도 없었다. 크리스티안은 자주 시간이 없다고 불평을 했다. 그래서 크누트는 그가 부러웠다.

마티아스는 크누트에게 '코와 코를 맞대고' 하는 인사를 좋아했다. 그렇지만 크누트는 그걸 좋아하지 않았다. 마티아스의 코에는 수분이 너무나 적었기 때문에 할 때마다 걱정이 되었다. 만약 동물이 마티아스처럼 그렇게 코가 건조하면 틀림없이 병이 들어서 그런 거다. 사람들은 마티아스를 위해 뭐라도 빨리 해야 한다. 그러지 않으면 그는 일찍 죽을 거다. 크누트는 자기 코를 마티아스의 수염 속에 묻었다. 거기에서는 삶은 달걀과 햄 냄새가 났다. 그것은 크누트를 안심시켰다. 입에서는 이를 닦기 전에 튜브에서 짜내는 치약의 냄새가 났다. 크누트는 이 냄새는 좋아하지 않았다. 그는 마티아스의 눈에서 나오는 자연 요리*를 더 좋아했고 기회 있을 때마다 그것을 빨아 먹기를 주저하지 않았다. 마티아스는 "제발 그만둬!"라고 소리를 지르면서 얼굴을 뒤로 뺐다. 그렇지만 그때 그의 목소리는 즐겁게 들렸다. 그의 머리카락에서는 비누 냄새가 났고 담배 냄새도 났다.

마티아스는 자기 얼굴을 탐험해 보라고 한동안 내주었고 가느다란 눈으로 이 작은 탐험 연구자를 관찰했다. "크누트, 언제나 내가 신기하다고 생각하는 게 뭔지 아니? 이 곰 사육사 자리를 얻었을 때 북극 탐험에 대한 책을 읽기 시작했거든. 나는 곰에 대해서 더 많은 걸 알고 싶었어. 글쎄 어떤 탐험 연구자가 북극곰의 눈을 들여다본 적이 있는데 그때 거의 기절할 뻔했다고 쓴 거야. 그는 이 끔찍했던 순간을 평생 잊어버릴 수가 없었어. 자기에게 닥칠 구체적 위험 때문이 아니라 그 곰의 눈에서 발견한 공허함 때문이었어. 그 눈들은 아무것도 반사하지 않았거든. 늑대의 눈에서는 적대감을 읽고 개의 눈에서는 복종심을 읽었다고 생각하는 그 사람은 북극곰의 눈에서 아무것도 발견하지 못해서 죽을 정도로 놀랐어. 네가 거울에서 네 모습을 다시 못 보게 된 거나 마찬가지야. 마치 북극곰이 인류란 존재하지 않는다고 말하는 것 같았겠지. 웃기지만 나는 이런 깜짝

* 눈곱.

309

놀라운 순간을 만나고 싶었어. 그렇지만 너의 눈은 텅 빈 거울이 아니야. 너는 인간들을 반사하고 있어. 그게 죽고 싶을 정도로 너를 불행하게 만드는 일은 없기를 바라."

마티아스는 눈썹을 모으고는 자신의 시선으로 북극곰 눈의 심연으로 빨려 들어갔다. 크누트는 거울이 되기보다는 레슬러이고 싶었다. 그래서 그 지루해하는, 잠시 철학자이고 싶어 했던 남자를 공격했다.

어느 날 의무 검진을 마친 후에 크리스티안은 크누트를 바닥에 내려놓았고 자기의 오른손을 곰의 주둥이 앞에서 펼쳤다. 크누트는 기뻐서 그 손 위로 뛰어올랐다가 거부당했지만 크누트는 거기에 주눅 들지 않았다. 이리저리 힘겨루기를 한 후에 크리스티안은 크누트를 다시 첫 번째 지점에 앉히고 자기의 오른손을 펴서 마치 성벽처럼 유지했다. 크누트는 그걸 노려보다가 그의 내면에서 지금이야! 하는 소리를 들었을 때 그 손으로 뛰어올랐다. "내가 생각했던 그대로네" 하고 크리스티안이 흥분해서 이야기했다. "무슨 말이야?"라고 마티아스가 의아하게 물어보았다. "크누트는 손을 오른쪽으로 움직여야지 하고 내가 생각하기도 전에 오른쪽으로 가고 있어. 그 말은 크누트가 내가 인지하는 것보다 더 빨리 내 생각을 읽을 수 있다는 거야."—"그건 말도 안 돼!"—"말 된다니까. 직접 한번 실험해 봐."—"나중에."—"이거 엄청난 발견이네. 난 직접 그걸 시험해 보고 싶었거든. 과학 학술지에서 그것에 대해 읽은 적이 있어. 크누트는 축구팀의 코치가 되어야 해. 상대편 선수가 자기 의도를 알아차리기도 전에 그의 움직임을 읽을 수 있으니까. 크누트의 팀은 모든 경기를 이기게 될 거야."—"이의 있음! 크누트는 축구를 좋아하지 않아. 크누트를 상상 속에서라도 축구팀 코치로 만들 수는 없어."—"크누트가 축구를 좋아하지 않는다는 걸 어떻게 알았는데?"—"텔레비전에서 권투 선수나 레슬러가 나오면 하루 종일 크누트는 그걸 열심히 봐. 그렇지만 축구 경기는 아니야."—"그럼 네가 좋아하는 연속극은 어떤데?"—"크누트는 그런 방송들을 좋아하지."—"그건 너 때문에 영향을 받은 거야. 우리 모두가 알고 있듯이 네가 크누트 엄마니까."—"내가 아빠가 아니고 엄마라고?"—"그래 너는 남자 엄마야. 너는 엄마 남자이기도 하고."

마티아스는 때로 그가 어느 날 가져왔던 쥐색 텔레비전 앞에 앉아 있곤 했다. 크누트는 재미있는 놀이가 없다 싶으면 같이 앉아서 동무를 해 주었다. 축구는 크누트에게는 재미가 없었다. 텔레비전에서는 개미처럼 움직이는 검은 점들밖에는 알아볼 수 없었기 때문이다. 크누트는 프로레슬링과 여자 얼굴이 크게 나오는 드라마들을 좋아했다. 슬픈 얼굴들은 볼만하긴 했지만 동정심 같은 것은 그에게는 낯선 것이었다. 최근에 어떤 장면이 있었는데 한 남자가 한 여자에게 이제 자신은 더 이상 그녀에게 올 수 없다고 말했다. 그는 문을 닫고 거리로 나갔는데 거리에는 자동차들이 많이 주차되어 있었다. 여자는 머리가 길었다. 그 여자는 부엌에서 울었는데 그때 부엌에는 맛있는 바나나가 납작한 접시에 담겨 있었다. 남자는 아마도 여자를 배신한 것 같았는데 다른 도시에 다른 여자와 친자식들이 있었다. 마티아스는 눈을 깜빡거리는 것도 잊고 화면만 열심히 보았다. 크누트는 갑자기 큰 소리로 울고 싶어졌다. 마티아스가 어느 날 이제 더는 올 수 없다고 자기에게 말하면 어떻게 해야 할까? 마티아스도 동물원 밖에 다른 여자와 친자식들이 있을까?

우유는 점점 더 많이 다른 음식들과 섞이게 되었고 마티아스가 크누트를 위한 식사를 준비하는 시간이 점점 더 길어졌다. "지금은 시간이 안 될 것 같네. 혼자서 텔레비전 보면서 기다릴래?"라고 마티아스가 크누트에게 말했다. 그러나 혼자서 텔레비전 보는 것은 불가능했다. 크누트는 마티아스의 몸을 통해서만 권투 선수의 승부욕과 여자의 슬픔을 느낄 수 있었기 때문이다. 마티아스가 없으면 그 기계는 깜빡거리는 작은 빛 입자를 지닌 죽은 상자에 불과했다. 그 상자는 인간을 통해서만 생명을 얻을 수 있었다. 물론 마티아스가 크누트와 레슬링을 하게 되면 훨씬 근사할 것이다. 크누트에게는 생명체라면 저 작은 쥐나 아니면 이름 없는 다람쥐나 할 것 없이 이 대머리 기계보다는 훨씬 흥미로웠다.

크누트는 매일 더 위로 또 더 옆으로 성장했다. 벽에서 멀리 떨어져 두 다리로 서면 그는 창문을 통해 호두나무를 기어 올라가는 다람쥐를 볼 수 있었다. 새들과 다람쥐는 거의 무게가 없는 것이나 마찬가지였고 그들은 아주 쉽게 수직 방향으로 움직일 수 있었다. 크누트는 왜 그렇게 뚱뚱하고 또 투박하게 생겼을까? 그도 한 번은 벽을 따라 기어 올라가 사람들이 '바깥'이라고 부르는 것을 보고 싶었다.

마티아스가 손이 많이 가는 곰 식사를 준비하는 동안에 크누트는 요리사의 다리를 타고 올라가 보자는 생각이 들었다. 요리사의 수염을 쿵쿵거리며 냄새 맡을 수 있을 정도로 아주 높이 말이다. 그러나 인간의 다리는 퍽 길었고 수염은 마치 나무 위에 앉은 다람쥐처럼 저 높은 곳에 있었다. 요리 시간이 길어지면 기다림은 우선 크누트의 위를 비게 만들었고 그다음에는 가슴을, 마지막에는 두개골을 비게 만들었다. "오래 안 걸려. 너는 좀 참을성을 가져야 해.

건강에 좋은 재료들을 아직도 더 많이 섞어야 하거든." 마티아스는 참깨를 갈고 신선한 오렌지즙을 짜고 곡물을 끓이고 이 모든 것을 통조림 재료와 같이 섞었다. 그러고는 거기에다가 호두 기름을 넣고 아주 조심스럽게 저었다.

한번은 마티아스가 고양이가 바깥에 그려진 통조림을 손에서 놓쳐 버렸다. 크누트는 얼른 자기의 혀를 행주로 사용해서 순식간에 바닥을 청소했다. 그다음부터 크누트는 마티아스가 통조림의 내용물을 그대로 주어도 되고 뭘 더 첨가할 필요가 없다는 생각을 하게 되었다. 그는 도대체 왜 사람들이 그렇게 많은 건강식을 갈고 누르고 작게 자르고 거기에 뭘 더 넣으려고 하는지 이해가 되지 않았다. 크누트는 북극에 살려면 무엇보다도 지방이 필요하다는 것을 잘 알고 있었다. 크리스티안이 기자에게 여러 번 그런 말을 했던 것이다. 그렇지만 크누트는 베를린에 살고 있어서 피부 아래에 지방층이 필요 없었다. 심지어 이제 겨울이라는 소문도 있지만 열기는 여전히 이 도시를 떠나지 않아서 크누트는 겨울이 되었다는 것을 믿을 수가 없었다.

지방만이 문제가 되는 것은 아니었다. 분명히 표범의 신선한 피는 비타민을 듬뿍 담고 있었다. 크리스티안은 크누트의 영양 계획에 대한 질문을 받았을 때 다음처럼 설명했다. "표범 살코기가 가장 이상적이기는 하지요. 그렇지만 그게 어떻게 가능이나 한가요, 안 될 말이지요. 우리는 그래서 크누트에게 소고기를 제공합니다. 거기에다가 채소와 과일, 견과류, 곡식을 더하지요." 안경을 쓴 젊은 기자는 그 문제를 더 깊이 파고들었다. "크누트가 최고급 고양이 사료를 먹고 그 사료는 깡통 하나에 100달러라는 소문이 있어요. 이 상표가 미국의 백만장자들에게 인기가 있다고도요. 그 말이 맞나요?" 크리스티안은 냉소를 짓더니 기자를 노려보았다. "정말 재미있네요! 미국에 백만장자 친척이 있으신가 봐요. 나는 그런 소문 난생처음 듣는데요. 대부분의 소문들이 그렇듯이 매우 창의적이네요. 브란덴부르크에는 크누트가 슈프레발트의 오이 피클*을 제일 좋아한다는 소문도 있답니다."

마티아스와 크리스티안은 익명의 우편물을 받았다. 아주 세심하게 포장된 상자에는 두 개의 앞치마가 들어 있었다. 둘 다 곰이 그려져 있었다. 크누트가 생각하기에 개념을 아주 넓게 잡으면 그것도 곰이라고 인정해 줄 수는 있었다. 그러나 정말 특이한 종류였다. 몸통은 검은색이었고 옷

---

* 독일 브란덴부르크의 슈프레발트는 유네스코가 지정한 생물권보전지역으로, 기후와 토양이 오이의 성장에 최적화되어 있는 오이의 명산지이다.

깃만 까맣게 칠하는 것을 잊었다. 두 남자가 같은 앞치마를 허리에 두르자마자 이미 그들의 엉덩이는 같은 박자로 움직이기 시작했다. 그날 둘은 크누트의 식사를 같이 준비하는 것에서 아주 특별한 기쁨을 얻었다. 그들은 듀엣으로 재료를 갈고 비비고 섞었다. 크누트는 자기 머리를 짧고 포동포동한 두 팔로 감싸고 한숨을 쉬고는 제발 음식이 빨리 식탁에 놓이기만을 기다렸다.

크누트는 구운 소시지로 배를 잔뜩 채우는 것이 소원이었다. 가끔 마티아스가 참을 수 없는 허기를 느끼면 바깥에서 소시지를 가져왔다. 크누트는 한 입만 달라고 아주 간절하게 애원했지만 인색한 호모 사피엔스는 아주 분명하게 대답했다. "안 돼, 이건 프롤레타리아의 음식이야. 너는 이걸 먹을 수 없어, 우리 황태자님." 크누트는 프롤레타리아의 바짓가랑이에 딱 달라붙어 젖 먹던 힘을 다해 무릎까지 기어 올라갔다. 마티아스는 황태자의 코에서 소시지를 멀리 떼어 놓기 위해서 손을 온 사방으로 다 뻗어 보았다. 그러다가 결국 포기하고는 황태자 전하에게 소시지 전부를 바쳤다. 크누트는 허겁지겁 소시지를 먹었는데 몇 번 안 씹고 꿀꺽 삼켜 버렸다.

크리스티안은 크누트의 몸무게를 저울에서 받아 적고

는 목소리를 높여 말했다. "너희는 이제 곧 무대 데뷔를 하게 될 거야." 어두운 그림자가 마티아스의 얼굴에 드리워졌다. "텔레비전에서 크누트가 열심히 귀엽게 돌아다니는 걸 보여 주면 시청자들은 기후변화에 대해 진지하게 생각하게 되겠지. 북극의 유빙은 더 녹아서는 안 된다고. 그렇지 않으면 앞으로 50년 안에 북극곰의 수는 3분의 1로 줄어들게 될 테니까." 마티아스가 자기 말에 아무런 반응을 보이지 않자 크리스티안은 당황했다. 그 대신 마티아스는 크누트를 보고 말했다. "너는 데뷔하는 날 담요 위에 앉아 있어야 해. 나는 그 담요를 썰매처럼 내 뒤로 끌고 다닐 거야. 그리고 아주 당당하게 무대에 나갈 거고. 그러면 너는 마치 덴마크 왕이 하듯이 한 손을 들어 흔들어 줄 수 있겠니?" 크리스티안은 크누트의 오른손을 잡아 높이 끌어 올렸다. 크누트는 크리스티안의 손을 경고로 가볍게 깨물었는데 그게 그를 웃도록 만들었다. "크누트, 너는 이미 아주 고상한 하얀 장갑을 끼고 있구나. 그렇지만 네 행동거지는 아직 왕실의 예법이라 할 수 없어. 예를 들어 너는 대사의 손을 깨물면 안 되는 거야."

크누트는 '데뷔'가 새로운 음식인지 아니면 새로운 장난감인지를 몰랐다. 그러나 그는 크리스티안이 말한 그의 데뷔 날이, 그날이 왔다는 것을 아주 정확하게 알아차렸다.

이미 아침부터 좀 어수선했고 들뜬 분위기가 감돌았다. 사람들에게서는 뭔가 허위와 걱정 냄새가 났다. 크누트는 알지 못했던 무엇인가가 뒤섞인 분위기였다.

마티아스는 사실 늘 오던 시간에 나타났다. 그리고 보통 때와 똑같은 옷을 입고 있었다. 그러나 그는 숨을 고르게 쉬지는 않았다. 크리스티안은 하얀 양복을 입고 있었다. 그리고 '로자'라는 이름의 화장 전문가를 데리고 왔다. 여자는 크누트를 보더니 달콤하고 때 묻은 목소리로 소리를 질렀다. "아이고 이렇게 조그맣다니! 정말 인형 같아요!" 크리스티안은 이 말에 골을 내면서 설명을 해 주었다. "이제 크누트더러 조그맣다고 말하면 안 돼요. 태어났을 때는 겨우 800그램밖에 나가지 않았었다고요. 크누트는 44일을 인큐베이터에 있었어요. 지금은 아주 제대로 잘 큰 겁니다. 다시는 조그맣다 어떻다는 따위의 말을 하지 마세요!"—"아, 죄송합니다. 정말 크고 힘센 곰이네요!" 로자는 자기 생각을 바로 고치고는 젖은 솜으로 크누트 얼굴에서 침과 눈곱을 닦아 내었다. 그렇지만 크누트는 인형과의 모욕적인 비교를 그렇게 쉽게 잊을 수는 없었다. 그러나 로자에 대한 적개심은 그 여자의 엉덩이에서 나는 쾌적한 향수 냄새 때문에 곧 사라졌다. 속상하게도 로자는 어깻죽지 아래에 이상하게 신 냄새가 나는 화학제품을 바르고 있었다. 크누트는 주둥이를 뒤로 빼고 코를 훌쩍이면서 마티아스의 뒤로 몸을 숨겼다. 크리스티안은 크누트를 내내 바라보면서 언제까지고 사랑이 가득 담긴 미소를 지었다.

로자는 크누트 쪽으로 얼굴을 더 가깝게 대면서 크누트의 기분을 올려 주려 애썼다. "독일이 지금 필요로 하는 건 스타야!"라고 크누트에게 속삭였다. 크누트는 사람들이 두 그룹으로 나뉘는 텔레비전 방송이 생각났다. 한 그룹은 노래 담당이었다. 다른 그룹은 판정 담당이었다. 판정은 예를 들면 어떤 사람에게는 더욱 분발해야 된다고 내려지는 반면에 다른 사람에게는 전혀 재능이 없다고 내려졌다. 크누트는 마티아스와 그 쇼를 보고서는 자기가 지원자가 아니라는 것이 기뻤다. 아마도 오늘의 데뷔는 이 방송과는 상관이 없을 것이다. 이러한 생각을 하자 불안해졌다. 로자의 존재 덕분에 크리스티안에게서는 오늘 아주 좋은 냄새가 났다. 그렇지만 마티아스가 불안해서 흘리는 땀은 크누트에게는 부담이 되었다. 어쩌면 크리스티안은 로자와 한 쌍이 되고 싶은 게 아닌가 하고 크누트는 생각했다. 그러나 어제 그는 자기가 늘 곰하고 같이 일을 하기 때문에 그의 눈에는 마른 여자는 빈한해 보이고 관능적이지도 않다는 말을 했었다. 로자는 바싹 말랐고 지빠귀라도 한 번 콕 찍으면 손목이 바로 부러질 듯했다. 크리스티안은 이 살가

죽-그리고-뼈다귀-여자에게 만족할 수 있을까?

"사무실이 플라밍고 우리 옆이라고 들었어요." 로자의 달콤한 목소리는 이 장밋빛 문장으로 크리스티안과의 대화를 열었다. 크리스티안이 대답할 때 그의 목소리에 벌거벗은 기쁨이 묻어 있었다. "제대로 잘 알고 계시네요! 예, 저는 플라밍고의 이웃이에요. 어쩌면 그래서 제가 일을 할 때 한 다리로 서서 하는 건지도 몰라요. 제가 일하는 곳에 한번 와 보시겠어요?" 크누트는 저렇게나 부드럽고 저렇게나 적절하게 움직일 줄 아는 크리스티안의 혀를 부러워했다. 크누트에게 혀는 아직도 낯선 도구였다. 한번은 속이 깊은 그릇의 물을 마시려고 했다가 혀에 쥐가 난 적이 있었다. 그때는 거의 숨이 넘어갈 뻔했다. 크리스티안은 곧바로 아기 곰을 물구나무서게 해서 등을 살살 두드려 주었다. 숨이 돌아왔다. 누구든 자기 혀 때문에 죽임을 당할 수도 있는 것이다.

로자는 참새와 같아서 한시도 부리를 가만두지 않았다. "양양이 아프다가 죽었네요. 혹시 당신들이 크누트에게만 관심을 쏟고 양양을 소홀히 한 것이 이 죽음과 상관이 있을까요?" 로자의 목소리는 끈적끈적했다. 크리스티안의 콧구멍이 넓어졌다. "아니요. 양양이 사랑 때문에 병이 나거나 심지어 그것 때문에 죽었다는 건 상상도 할 수 없는 일이에요. 제 성적 취향을 말해도 된다면 저는 오로지 호모 사피엔스하고만 사랑을 할 수 있지, 암곰과는 절대로 할 수 없다고 확실하게 말할 수 있어요." 크리스티안은 경쾌한 자부심을 가지고 이 말을 하면서 아주 우아하게 한쪽 눈으로 찡긋 눈짓을 했다. 이 모든 게 도대체 무엇에 좋다는 걸까? 도대체 양양은 누구지?

마티아스는 크누트를 팔에 안고서 속삭이며 물어보았다. "너 노래들은 다 연습했니? 춤은 어떻고? 이제 데뷔 시간이 다가왔어." 크누트는 깜짝 놀랐다. 노래라니? 춤이라니? 그는 그런 것들 중 배운 게 아무것도 없었다. 아, 얼마나 멍청한가! 크누트는 〈방앗간 주인의 춤〉이라는 노래를 들을 때마다 엉덩이를 들썩들썩하며 춤을 추고도 싶었지만 그때에도 자기의 재능으로 뭘 좀 해 보려 하지 않고 그냥 자러 갔었다. 바깥세상의 화려한 새들의 지저귐을 들을 때에는 자기도 새들처럼 노래를 할 수 있으면 얼마나 좋을까 하고 부러워만 했다. 한 번도 시도하지 않았던 것은 새들이 자기를 비웃을까 겁이 났기 때문이다. 침묵을 지키는 동안은 자신에 대한 자부심도 더 있었고 본인에게 더 값어치가 있다고 생각했었다. 왜 자기가 목소리에 힘을 잔뜩 주고 자기가 웃음거리가 되도록 시도해야 할까? 크누트는 고집이 세고, 건방지고, 게을렀는데 이 모든 것은 바로 두려워서 그런 거였다. 그는 이런 게 창피했다. 그가 데뷔하는 날까지 열심히 먹기만 하고 실컷 자고 아무것도 배운 게 없다는 건 확실했다. 아무런 준비도 안 되어 있는데 이제 무대에 올라가야 한다. "너는 아무것도 할 수 있는 게 없어! 그게 내 골치를 썩이는구나. 내가 네 나이였을 때에는……" 누군가가 크누트에게 꿈속에서 이런 도덕 설교를 한 것이 언제였던가? 그때 크누트는 그 연설을 제대로 귀담아듣지 않았었다. 그 앞에 엄청 큰 눈의 여왕이 서 있어서 제정신이 아니었기 때문이다. 눈의 여왕은 나이가 아주 많았는데 도대체 나이 따지는 게 헛짓이라 할 정도로 나이가 많았다. 여왕의 몸은 마티아스 몸의 열 배나 되게 컸다. 여왕의 뒤에는 끝없는 설원이 펼쳐져 있었다. 여왕의 눈의 외투는 크누트를 눈부시게 해서 그는 연설의 내용을 따라갈 수 없었다. 여왕이 가려고 했을 때 크누트가 제정신을 차렸고 공포에 사로잡혀서 물었다. "이름이 뭐예요? 제 말은 무슨 동물이냐고요?" 눈의 여왕은 그의 질문에 정말로 눈에 띄게 화들짝 놀랐다. "너는 세상에 아는 것이라곤 하나도 없구나. 지식도, 능력도, 재주도 없어. 자전거도 못 타고. 너의 유일한 장점은 귀여워 보인다는 것뿐이구나. 왜 너는 언제나 그대머리 기계 앞에만 앉아 있니?" 여왕은 말의 홍수에 빠졌는데 분명히 원해서 그런 것 같지는 않았다. 왜냐하면 이미 한참 전부터 갈 준비를 하고 있었기 때문이다. 크누트는 여왕의 비난에 충격을 받았다. 마티아스와 크리스티안은 아직 한 번도 크누트를 야단친 적이 없었다. "제가 왜 자전거를 타야 하는데요? 당신이 말하는 재주란 건 도대체 무엇인데요?" 그 늙은 여자는 천천히 말했다. "재주라는 것은 관객들에게 활기가 생기게 만들어 주는 거야."—"하지만 사람들은 저를 보기만 해도 기뻐하는걸요. 저는 그들 앞에서 뭘 하면서 보여 줄 필요가 없다고요."—"너는 정말 가망이 없는 아이구나. 나는 네가 내 후손이라는 것을 믿을 수가 없어. 네가 지금은 인기가 많다 치자. 너는 아직 어리고 건강한 데다가 게다가 우연이지만 귀여워 보이기까지 하니 말이다. 내가 너라면 너무나 창피해서 동굴로 도망갈 거다. 그건 동굴에서 겨울잠을 자는 것과는 상관이 없는 일이야. 너는 조상들이 아주 유명하고 그래서 주변 세계의 존경을 받고 아무런 근심 걱정 없이 살고 있지. 네가 사람이었다면 쉽게 회사나, 어쩌면 정부에서도 요직에 올랐을지 몰라. 그렇지만 북극곰의 세계에서는 다른 가치가 훨씬 더 중요하단다." 크누트는 이 꿈을 기억해 내자 더욱더 불안해졌다. 그는 이제 더 이상 진실을 비껴갈 수가 없었다. 데뷔는 그가 예술가로서 처음으로 등장하는 것인데 그에게는 아무런 재주가 없었던 것이다. 그는 후회가 어떤 느낌인지를 배우게 되었다. 마티아스는 왜 그에게 한 번도 노래나 춤을 가르치지 않았을까? 크누트는 기타 연주자가 혹시 자기만을 위해서 연습하고 오늘 그 박수갈채도 독차지하려 했던 것이 아닌가라는 의심을 해 보았다. 그러면 크누트는 그 환호성을 받는 기타 연주자 옆에 아무런 재주도 없이 서서 엄지만 빨고 있을 것이다. 마티아스는 그렇게 음흉한 사람이 아닌데 도대체 왜 아무것도 가르치지 않았을까?

그 화장 전문가 로자는 시선을 마티아스에게 고정하고 있었다. 비록 마티아스는 고개를 숙이고 앉아서 그녀와 전혀 상대하지 않으려 했지만 말이다. 로자는 그의 바로 앞에 가서 물어보았다. "당신 화장 안 받아요? 텔레비전 스튜디오에서는 남자들도 다 화장을 받아야 해요. 기본으로 분은 발라야 하고요. 하지만 오늘은 녹화가 야외에서 있으니, 원하시는 대로 할게요. 녹화할 때 화장을 할지 안 할지 말이에요." 로자는 그러면서 크림색의 작은 통을 높이 들어 올렸지만 마티아스는 다른 쪽을 보면서 아무런 대답도 하지 않았다. "아, 그럼 당신은 어때요?"라고 로자는 크리스티안에게 유혹하는 목소리로 물어보았다. 이 목소리는 이 자리에는 전혀 어울리지 않았다. 그는 자기의 볼을 장난스럽게 그녀에게 내밀면서 말했다. "제 화장 좀 해 주십사 하고 부탁을 드리겠습니다. 그리고 크누트도 분칠을 해 주셔야 해요. 관객들은 당연히 북극곰이 눈처럼 하얗기를 기대하고 있어요. 그런데 크누트는 먼지 때문에 회색이 되었잖아요."

로자는 분가루를 크리스티안의 매끈매끈한 피부에 골고루 나누어 폈고 자기가 들은 모든 것을 떠벌렸다. "오늘은 어림잡더라도 정상회담 때만큼이나 기자들이 많이 올 거라던데요." 크누트는 '정상'이라는 말의 삐죽한 울림 때문에 겁이 나서 장식장 뒤로 숨었고 벽 쪽으로 몸을 압착시켰다. 크리스티안이 일어서서 긴 두 팔로 장식장과 벽 사이에 있는 크누트를 끄집어내 왔다. "이러다 스타가 걸레가 되겠네." 그는 크누트의 먼지를 떨어냈다.

몇몇 기자들은 마티아스가 무대에 오르기 전에 사진을 찍으려고 벌써부터 방 안으로 몰려왔다. "기자들은 아무도 이 방에는 들어오지 않기로 이미 합의를 보았는데요"라고 마티아스가 화가 나서 말하고는 플래시 공격을 막으려고 팔꿈치로 얼굴을 가렸다. 크누트는 사진기를 전혀 겁내지 않아서 어떤 사진사가 자신을 피사체로 조준하자 카메라 렌즈를 가만히 쳐다보았다. 이 사진사는 테두리가 있는 액체처럼 까만 두 눈이 되받아 쳐다보자 갑자기 얼어서 굳어 버렸다. 좀 지나서 사진사는 제정신이 들어 물어보았다. "크누트는 자기가 스타라는 걸 벌써 알고 있나요?" 이 질문은 크리스티안의 신경을 다시 한번 건드렸다. "그런 건 말도 안 되는 난센스예요." 다른 사진사가 삐죽거리는 입을 하면서 그의 말에 반박했다. "그렇지만 잘 보세요. 크누트는 사진기 앞에서 의식적으로 포즈를 취하고 있잖아요."—"그건 당신의 생각을 크누트에게 뒤집어씌운 거예요. 그리고 크누트가 하지도 않는 일을 보는 것이지요. 크누트는 지금 포즈를 취한 게 아니에요. 북극곰들은 일반적으로 사람에게 관심이 없어요."—"그렇지만 크누트는 마티아스에게 관심이 있는데요."—"마티아스는 그냥 사람이 아니에요. 크누트의 엄마니까요."—"크누트는 누가 엄마든 상관이 없지 않나요? 우유병을 들고 있는 사람이라면 모두 다 그에게 중요하잖아요."—"절대 그렇지 않아요." 크리스티안은 주잔나란 이름의, 원시성 눈을 가진 곰 사육사에 대해 기자들에게 이야기해 주었다.

주잔나는 남독일의 한 동물원에서 일했는데 갓 태어난 북극곰을 돌보게 되었고 아주 잘 키워 냈다. 북극곰의 이름은 얀이었는데 정말 빨리 성장했다. 간단히 사건을 말하자면 얀의 몸무게가 50킬로그램을 넘어가자 놀이를 하는 중에 주잔나를 다치게 했다. 얀은 나쁜 마음을 먹고 한 것이 아니었고 아직 어린 데다 놀다가 흥분해서 인간의 피부가 얼마나 얇은지 깜빡한 것이었다. 그 경험 많은 사육사는 이 부상을 별것 아닌 것으로 여겼지만 동물원과 보험회

사는 주잔나에게 더 이상 얀과 접촉하지 말라는 금지령을
내렸다.

주잔나는 이 이별의 슬픔을 이겨 낼 수 없었고 그래서
사표를 내고 한 남자와 결혼했다. 남자는 학교에 다닐 때
부터 주잔나를 일방적으로 계속 쫓아다닌 사람이었다. 4년
이 지나자 주잔나는 딸을 하나 낳았고 유모차를 끌고 동물
원에 갔다. 상당히 먼 거리에서 주잔나는 얀을 알아보았다.
동물원을 떠난 이후로 이미 과거와 비교할 수 없을 정도로
커진 곰의 몸 때문이 아니라 곰의 얼굴에 나타난 표정 때문
에 주잔나는 얀이라는 것을 즉각 알아보았다. 주잔나는 그
자리에 서서 움직일 수가 없었다. 아기 곰에 대한 기억이
현재에 갑작스레 나타났기 때문이다. 옛날에 그녀의 두 팔
안에서 고정된 무게중심도 없이 이리저리 흔들렸던 그 곰
의 무게가 다시 현재에 느껴졌다. 주잔나는 또 우유병의 꼭
지를 강력하게 물던 곰 주둥이의 강력한 힘도 다시 느꼈다.
주잔나는 곰의 온기와 빛나는 두 눈과 빨아 먹는 주둥이 사
이에서 본 듯한 흔들리는 얼굴 표정도 기억해 냈다.

그 순간 바람이 주잔나의 체취를 낚아채 얀에게로 날라
다 주었다. 얀은 이 체취를 알아차리고는 공기에 킁킁거리
고 냄새를 맡다가 아주 빠른 걸음으로 암벽의 바깥쪽 꼭대
기까지 언덕을 기어 올라갔다. 얀은 코를 최대한 바깥으로

뻗었다. 그리고 그리움에 가득 차서 그 바람을 들이마셨다. 곰은 근시이기 때문에 아마도 주잔나의 얼굴을 다시 알아보기는 어려웠겠지만 냄새로 그녀와 재회한 것이다. 크리스티안의 이야기가 끝나자 로자는 두 눈에서 눈물을 닦아냈다.

복도에서 웅성거리는 사람들의 소음이 들려왔다. 로자는 얼른 사라졌다. 그리고 그녀가 있던 자리에 양복을 입은 한 남자가 서 있었다. 크누트는 그를 이미 한 번 본 적이 있었고 그가 '원장님'이라 불리는 사람이란 걸 기억해 냈다. 그의 뒤로 다른 남자 한 명도 더 나타났는데 이 사람에게는 뭔가 곰 같은 면이 있었다. 원장은 크리스티안과 마티아스의 손을 흔들고 자기 시계를 한 번 보더니 말했다. "크누트는 10시 반부터 오후 2시까지 일반 관람객과 접촉하게 될 거고 그다음에는 신문기자 인터뷰가 있어요. 제가 제대로 알고 있는 것이 맞지요?" 그의 시선이 공간 전체를 한번 쓱 돌아보았다. 그러고 나서 원장은 의아스럽다는 듯 물었다. "기후변화의 원치 않은 진행을 멈출 수 있다던 그 대사는 도대체 지금 어디에 있는 거지요?" 마티아스는 어쩔 수 없이 장식장으로 걸어가서 벽과 장 사이의 좁다란 틈에다 대고 말했다. "크누트, 이제 좀 나와 봐!" 그렇지만 크누트는 나올 생각이 없어서 엉덩이를 벽에다 대고 더 꽉 눌렀다. "크누트가 흥분을 좀 했나 봅니다. 크누트를 가만히 놔두지요!"라고 마티아스는 낮은 목소리로 영혼이 빠져나간 사람처럼 이야기했다.

원장이 장식장 뒤의 비밀을 자기 눈으로 직접 확인해 보려고 걸어갈 때 그 육중한 발걸음 하나하나마다 바닥이 삐걱삐걱 소리를 내다가 그가 멈춰 서니 멈추었다. 그의 콧구멍 속에는 시꺼멓게 뭐가 자라 막혀 있었고 이것을 보자 아기 곰은 더욱 불안해졌다. 도시 공기의 더러움에서 자기를 보호하기 위해 사람들은 콧속에 그렇게 털이 많이 필요한가? 원장은 사람으로서가 아니라 오로지 코털로 크누트에게 인지되고 있음을 알아차리지 못한 채 신사의 어조로 점잖게 이야기를 했다. "나는 네가 아주 자랑스럽단다. 우리 기관의 미래는 바로 네 어깨에 달려 있다고 할 수 있지." 그의 곰 같은 동반자가 장식장 뒤로 시선을 돌렸다. 얼굴에 주름을 지으며 그는 자기가 곰에게 푹 빠진 것을 감추지 못하고 그대로 드러내면서 안 해도 될 말을 덧붙였다. "엄청나게 귀엽군, 이 크누트란 녀석. 우리 애만큼이나 귀여워."

크리스티안은 장식장 뒤로 두 팔을 뻗어서 전문가의 여유를 가지고 크누트를 끄집어냈다. 그는 곰의 몸을 두 명의 방문자의 눈높이로 들었다. 그러고는 곰의 몸을 돌려서 온 사방에서 볼 수 있도록 했다. 그다음에 수의사는 동물을 다시 뒤로 잡아당겨 방문객들을 등진 채로 전문가로서의 소견을 말했다. "우리는 지금 크누트의 귀를 좀 닦아 주어야 합니다." 그는 파란 휴지를 바지 주머니에서 꺼내서 곰의 두 귀를 닦으려 했다. 크누트는 자기 상체를 크리스티안 쪽으로 돌리고 그의 뺨을 때리려 했지만 수의사의 동작이 그때 더 빨랐다. 그래서 그는 간발의 차이로 자기 얼굴을 구할 수 있었다. 그다음에 그는 이 공격에 대해서 아주 매력적인 설명을 했다. 로자가 이제 그 방에 없었지만 말이다. "저는 따귀를 피하는 데는 선수예요. 집에 있을 때 우리 집 사람하고 연습을 자주 했거든요."

"장관님하고 크누트하고 사진 한 장만 찍게 해 주시지요! 선생님, 크누트 손을 잡아 주세요!" 크리스티안은 부드럽게 크누트의 앞발을 잡아 장관에게 건네주었다. 장관은 아주 조심스럽게 앞발을 잡고는 카메라 렌즈를 통해서 국민들에게 미소를 보냈다. 사진기들의 플래시 세례는 끝이 날 줄 몰랐다.

"우리는 이제 준비가 다 끝났습니다.《뉴욕 타임스》팀도 이미 도착해 있습니다. 전 세계의 언론이 다 왔습니다. 이집트, 남아프리카, 콜롬비아, 뉴질랜드, 호주, 일본 그리고 등등등요." 젊은 남자의 흥분한 목소리가 문틈으로 들려오고 있었다. 두 남자는 그 방을 떠났고 더불어 기자들의 반이 떠났다. 나머지 반은 방 안에 남아서 계속적으로 플래시를 터뜨리며 사진을 찍었다.

마티아스는 두 팔을 들고 머리를 흔들면서 소리를 질렀다. "미안합니다! 자 이제 방을 나가 주십시오. 크누트가 스트레스를 받으면 나중에 관객들 앞에서 아무것도 안 할 거예요. 크누트는 아직 그 구역에 가 본 적이 없어요. 모든 것이 오늘 처음이고 아주 흥분한 상태예요." 그의 음성은 약하지만 떨리고 있었고 그의 시선은 다시 수줍게 바닥만 쳐다보고 있었다. 다른 사람들은 다 소리를 꽥꽥 질러 대는데 마티아스는 왜 늘 저렇게 조그맣게 말할까? 구역이란 도대체 무슨 뜻일까? 크누트는 어디든지 간에 밖으로 나간다는 생각만 해도 심장이 들썩거렸다.

마지막 기자들은 "행운이 있기를!"이라는 말을 남기고 떠났다. 크누트는 기자들의 몇 가지 이상한 제스처를 눈여겨보았다. 어떤 사람은 같은 손의 네 손가락을 엄지손가락으로 꾹 눌렀고 다른 사람은 마치 다른 이의 어깨에 침을 뱉는 것처럼 행동했다.

고요함이 다시 방에 찾아왔을 때 크리스티안이 오늘 부인과 애들이 오느냐고 마티아스에게 물었다. 마티아스는 고개를 절레절레 저었는데 크누트는 적어도 자기는 그 모습을 보았다고 생각했고 마음이 놓였다.

크리스티안이 어깨를 툭툭 쳤을 때 마티아스는 막 제정
신이 들었다. 그는 크누트를 담요에 감싸서 두 팔에 안아
데려갔다. 그의 팔에 감싸여 크누트는 익숙한 장소와 건물
을 떠나 다른 동물들의 냄새를 맡으면서 낯선 건물로 들어
갔다. 거기에서 그는 자기의 등장 순서를 기다려야 했다.
마티아스는 바깥을 바라보려 했지만 그게 그의 눈을 부시
게 했다. 크누트는 자기 목을 늘여 보았지만 그의 시력으로
는 큰 암벽의 벽판만 겨우 흐릿하게 볼 수 있었다. 다른 것
은 아직 다 가물거리고 있었다. 크누트는 아주 다채롭게 섞
인 목소리들을 들었고 그 벽판 뒤로 사람들의 엄청난 무리
가 있음을 짐작할 수 있었다.

마티아스는 담요로 썰매를 만들어 크누트를 그 안에 앉
히고 자기 뒤에 끌고 갔다. 크누트는 그게 완전히 마음에
들어서 이렇게 많은 관객이 눈앞에 있다는 것을 잊어버렸
다. 그는 또한 자기가 무대에서 보여 줄 재주가 아무것도
없다는 것도 잊어버렸다. 썰매는 그 암벽 판의 살짝 높은
장소로 끌려 올라갔고 그곳에서는 아주 멀리까지 내다볼
수 있었다. 엄청난 환호성이 저 멀리에서 들려왔다. 거기에
는 수많은 호모 사피엔스의 얼굴들이 열을 지어 있었다. 근
시안인 크누트는 얼굴들을 하나하나 구별할 수 없었다.

마티아스는 크누트에게 바닥으로 가라고 부드럽게 말

을 하고는 곰의 복슬복슬한 팔을 꺼내고 드러난 맨배를 쓰다듬어 주었다. 크누트는 놀고 싶은 생각이 드는 것을 느끼고는 마티아스의 손에서 몸을 돌리고 일어나기 위해 엉덩이를 들었다. 그는 마티아스의 손 위로 다시 용감하게 껑충 뛰었다. 공격적인 도약을 할 때 발톱이 마티아스의 손등에 박혔는데 그때 연약한 인간의 피부에서 피가 나는 일이 생겼다. 그렇지만 마티아스는 아프다고 소리 지르지 않고 계속 같이 열심히 놀아 주었다. 크누트는 잠시 주잔나의 이야기를 떠올렸다가 마티아스를 잃지나 않을까 겁이 났다. 그러나 그는 담요로 꼭꼭 감겼다가 다시 거기에서 풀려났을 때에 그런 걱정을 곧바로 잊어버렸다. 관객 중 한 명이 크게 소리를 쳤다. "크루아상에 든 소시지 같아!" 크누트는 소시지이고 싶지는 않았다. 그의 적은 지금은 마티아스가 아니라 바로 담요였다. 담요의 전략에 대해서는 크누트가 지난 시간에 이미 충분히 연구해 두었다. 성공은 바로 주둥이 앞까지 와 있었다. 소시지건 한스소시지*건 그는 이길 것이다. 크누트는 담요를 발로 차고 천으로 된 살을 물어뜯으면서 계속 싸워 나갔다. 담요가 거의 항복을 선언할 때쯤 마티아스는 담요를 손에 들고 다시 한번 크누트를 둘둘 말

* 독일어로 어릿광대 혹은 바보라는 뜻.

333

려고 했다. 마티아스는 분명히 담요 편에 서서 싸우고 있었다. 마티아스가 이렇게 배신하자 크누트로서는 최후의 승리를 쟁취하는 게 불가능해졌다. 크누트가 다시 한번 담요에서 벗어나 뛰쳐나가기까지는 시간이 꽤 많이 걸렸다. 크누트는 비틀거렸고 마치 바퀴처럼 빙그레 돌았다. 관객들은 모두 한마음으로 와아 하고 웃었다. 크누트는 그가 넘어짐으로써 사람들을 한마음으로 뭉치게 했다. 이 순간 크누트는 중요한 것을 한 가지 배운 셈인데 그것은 재능 있는 광대라도 자신의 삶에서 뒤늦게야 깨닫는 지혜였다. 어쩌면 그것은 그의 유전자에 이미 새겨진 지식이었을까?

다음 날 동물원 원장은 한 무더기의 신문을 들고 방에 왔다. 이 신문은 제물인 양 그의 두 손에 가득 들려 있었다. "우리 동물원에 어제 다 합하면 500명 이상의 기자가 왔어. 장관도 정말 기분 좋게 놀랐다고 이야기하더군. 우리가 그렇게 주목을 많이 받을 줄 누가 알았겠어?"

크리스티안은 하루 종일 보이지 않았다. 아마도 그는 휴가를 냈을 것이다. 마티아스는 의자에 앉아 있었는데 내면에 침잠해 별로 말이 없었다. 그는 완전히 지친 듯이 보였다. 원장이 방을 떠나자마자 마티아스는 자기 몸을 담요로 둘둘 말고 마치 아픈 사람처럼 방의 한구석에 가서 누워 버렸다. 크누트는 이것을 선전포고로 여겼다. 왜냐하면 마티아스가 지금 가지고 간 것은 자기의 담요였기 때문이다. 그는 그래서 신이 나 마티아스에게로 뛰어들어 그의 팔을 물어뜯을 듯 입을 크게 벌리고 막 싸움을 걸려고 했다. 그러나 셔츠 천을 긁었을 뿐, 마티아스는 아무런 반응을 보이지 않았다. 크누트는 걱정하다가 주둥이를 그의 수염 속에 꽂았는데 이 수염의 임자가 과연 숨을 쉬고 있는지 알기 위해서였다. 그 반쯤 죽었던 사내는 결국 입을 열고서 말했다. "걱정 마! 나는 그렇게 빨리 죽지 않아."

크누트는 매일 두 시간씩을 공공서비스에 바쳤다. 그의 과제는 그 구역으로 가서 마티아스와 노는 것이었다. 언덕 뒤에 인간 벽을 만든 관객들에게서 끊임없이 뜨거운 열광이 불타올랐다. 그들과 크누트 사이에 분리 벽이 없었다면 그들은 크누트에게 달려들었으리라. 처음에는 저 건너에 갇혀 자기와 같이 놀 수 없는 그 가련한 사람들에 대하여 크누트는 동정심을 느꼈다. 크누트는 아기 곰을 만져 보고 꼭 끌어안고 싶어 하는 저 인간 무리의 강렬한 소망을 온몸으로 느끼고 있었기 때문이다.

크누트는 곧 자신의 몸동작 하나하나가 관객들의 환호성을 일으킨다는 것을 확실히 알게 되었다. 몇 번의 실험을 통해서 크누트는 어떤 자세가 군중을 특히 열광시키고 어떤 것은 아닌지를 구별하게 되었다. 인간들의 거친 열광은 그로서는 편치 않았다. 그들이 맹렬하게 지르는 소리들 때문에 크누트는 귀가 아팠다. 그래서 그는 군중의 열광을 조작하는 법을 배웠다. 그는 분위기를 서서히 달구었고 클라이맥스에 도달하기 전에 짧게 떨어지게 만들었다. 그러면 함성은 뒤로 미루어졌다. 그런 다음 분위기를 아래로부터 한 계단씩 차츰차츰 올렸다. 아기 곰은 곧 신의 전지전능함을 즐기기 시작했다. 그는 관객 환호성의 밀물과 썰물을 조절하는 법을 손에 쥐고 있었다.

아직 아침 해가 어둠을 완전히 쓸어 내지 못했는데 마티아스가 새로운 겉옷을 입고 나타났다. 그는 숨을 헐떡이면서 말했다. "크누트, 우리 오늘부터 동물원에서 산책을 해도 된대. 허가를 얻었어." 크누트는 마티아스가 기뻐하는 이 '산책'이라는 놀이가 어떤 것인지를 잘 몰랐다. 문이 열렸다. 그리고 곰의 두 다리는 바깥으로 가는 길을 성큼성큼 내딛는 마티아스의 발뒤꿈치를 쫓아갔다. 그곳은 그사이에 그와 친숙해졌던 그 공공의 장소는 아니었다. 바람은 모든 방향에서 알지 못하는 냄새들을 날라다 주었지만 아직 길에는 아무도 없었다.

철망 뒤로 노른자색 외투를 입은 작은 새들이 가로로 세로로 날아다녔다. 크누트는 그들의 목소리와 냄새는 익히 알고 있었지만 이제 처음으로 자기 눈으로 보게 되었다. 철망 앞에는 자유로운 참새들이 도착해 있었다. 그들은 바닥에 흩어져 떨어진 곡식 낟알들을 쪼아 먹었다. 그다음에 그들은 다시 날아갔다. 참새들은 자유로웠고 원하는 곳으로 날아갔다. 그에 반해 새장 속의 아름다운 새에게는 자유가 없었다.

"여기에는 아프리카 대륙에서 온 새들이 살고 있어. 봐봐! 정말 예쁘지 않니? 1년 내내 빨갛고 노란 꽃들이 피는 나라에서는 화려한 색깔들이 바로 위장 색이 되는 거야. 산업국가에서는 사람들이 회색 옷을 입지. 그것도 역시 일종의 위장술이야"라고 마티아스가 설명했다.

크누트는 새들을 더 자세하게 관찰했다. 그러나 크누트 몸의 색깔은 자기가 보아도 그 자리에 어울리지 않았다. 그는 창피해졌다. 마티아스 역시 화려하게 옷을 입지는 않았지만 그래도 파랗고 초록이고 갈색이었다. 그에게는 속옷만 흰색이었다. 그렇지만 크누트는 오로지 흰색 한 가지만 입고 있었다. 열대새들은 그가 지금 속옷만 입고 왔다고 생각할 것이다. 그들은 그 이유 하나로 크누트를 얕잡아 볼 것이다. 크누트는 할 수만 있다면 갈색 스웨터와 파란 청바지를 입고 싶었다.

그들은 쉬지 않고 재잘거렸다. 그 얄미운 새들이 말이다. 그들의 말은 다음처럼 들렸다. "아기 곰, 아기 곰, 속옷만 입고 산책을 가네!" 어쩌면 이건 모두 크누트의 망상일 수도 있었다. 그는 자기 팔과 어깨에 색깔을 입히기 위해서 땅바닥에 몸을 굴려 보았다. 그다음에는 등으로 누워 몸의 가려운 자리를 땅바닥에 비벼 대었다. 그것은 정말 끝내주게 기분이 좋았다. "너 뭐 하는 거니!"라고 마티아스가 소리를 지르며 크누트를 높이 쳐들었다. "너 정말 더러워 보이는구나! 우리는 아직 하마를 방문하지도 않았는데 벌써 진흙 기술을 쓰는 거니. 어떻게 된 거야?"

돌연 크누트에게 잘 아는 암벽 판이 보였다. "저기가 네가 항상 노는 그 구역이야." 크누트는 신기해서 자기가 잘 알고 있는 그 장소를 새로운 쪽에서 관찰했다. 방문객들의 환호성이 기억에서 활성화되었다. 그것은 다른 면, 무대의 뒷면이었다. 그렇지만 뒷면이라니 이게 무슨 뜻일까? 크누트는 뇌세포들이 실룩거리기 시작하는 것을 느꼈다. 뇌수들은 그다음에 천천히 한 축을 중심으로 돌았다. 그리고 무엇인가가 중심에서 날아가 버렸다. 방금 전 그것은 무엇이었을까? 크누트는 하늘을 보았지만 뭔가가 방금 전과 같지 않았다. 그가 모든 것을 위에서 바라볼 수 있다면 시야가 바뀐다고 하더라도 결코 흔들리지 않을 텐데. "크누트, 뭘 찾고 있니? 북극성? 태양은 곧 더 높아질 거야. 그러면 하늘에는 별이 하나도 남아 있지 않게 돼. 태양만 있게 되는 거지. 우리 조금 더 가 보자!"

크누트는 마티아스를 쫓아서 울타리를 따라갔다. 그런데 그것은 곧 끝이 났다. 울타리 자리에 분리 벽이 하나 나타났는데 나무줄기와 짚으로 되어 있었다. 그 뒤에는 철망이 쳐져 있었고 그 사이로 크누트는 하얀 개들이 원을 그리고 앉아 있는 것을 보았다. 좁다란 그 얼굴들은 귀족적인 형상을 하고 있었지만 그들의 뼈만 남은 다리들은 좀 쇠약해 보였다. 그들은 크누트와 마찬가지로 하얀색 옷을 입고 있었는데, 즉 다시 말해서 속옷만 입고 사는 종족에 속하는 것이다. "이리로 와 봐, 크누트, 여기에서 더 잘 볼 수 있어. 캐나다에서 온 늑대 가족이야." 크누트는 그에게 손짓하는 마티아스에게로 뛰어갔다. 유리벽이 늑대와 방문객을 분리시켜 놓고 있었다. 늑대들 중의 하나가, 누가 보아도 그 무리의 우두머리였는데, 크누트를 보자 바로 송곳니를 드러냈다. 그의 목 주위의 피부에는 깊은 주름이 있었다. 그는 으르렁거리며 일어서더니 크누트에게로 다가왔다. 그 옆에 누워 있는 암컷이 그를 따라왔고 나머지 가족들도 따라 했다. 그들은 삼각형을 이루었는데 마치 그들이 다 합쳐져서 하나의 큰 짐승을 만들려는 것 같았다. 비록 하나하나는 곰처럼 강해 보이지 않았지만 이러한 방법으로는 거인이라도 이길 듯했다. 크누트는 이 생각을 하자 소름이 끼쳤고 마티아스의 바짓가랑이 사이로 물러섰다. "겁내지 마! 유리벽 뒤에는 깊은 구덩이가 있어. 여기선 보이지 않지"라고 마티아스가 말했다. 실제로 그들은 멈추어 섰는데 아마도 크누트가 볼 수 없는 그 구덩이가 앞인 듯했다. "너는 늑대를 안 좋아하는구나, 그렇지? 나는 충분히 이해할 수 있어. 늑대들은 언제나 함께 다니지. 자기 일족에 속하지 않는 자들은 늑대들에게 바로 다 적이 된단다. 그들은 적을 죄다 죽이지. 오로지 자기편이 아니라는 이유로. 그들에게 나쁜 의도는 없어. 단지 이미 고정된 행동 패턴일 뿐이지. 너희 북극곰들은 힘센 개인주의자들이야. 너희는 늑대들의 정서를 이해 못 해."

조금 더 앞에서 크누트는 돌판으로 된 테라스가 있는 텅 빈 우리를 발견했다. "거긴 반달곰의 영역이야. 그 암곰은 아직도 자고 있어. 어쩌면 시차 때문에. 그 곰은 아시아 곰인데 저기 저 말레이곰도 그래." 아프리카에서는 옷을 잘 차려입은 새들이 노래한다. 아시아에서는 곰들이 잠을 잔다. 그리고 캐나다에서는 위험한 늑대들이 평화로운 가정생활을 한다. 그것이 크누트가 산책을 끝내고 내린 소박한 결론이었다.

크누트는 집으로 돌아와 엄청난 허기를 느끼고는 주둥이를 음식 깊숙이 파묻고 허겁지겁 급하게 먹으며 꿀걱꿀걱 삼켰다. "씹고 난 다음에 삼켜야지!"라고 마티아스가 유용한 훈계를 했다. 그러나 이 질척한 아침 식사에는 씹을 만한 뭔가가 들어 있지 않았다. 사람들은 아기 곰에게 소화되기 쉬운 것만 주려고 했다. 되도록 빨리빨리 크라고 말이다. 북극곰뿐만 아니라 대부분의 곰들이 태어날 때에는 상대적으로 몸집이 작았다. 크리스티안은 어미 동물들이 겨울잠을 잘 동안에 새끼를 낳으므로 신생아들의 무게가 덜나가는 것이 유리하다고 말했다. 그렇지만 작게 태어난 아이에 대한 걱정은 이미 너무나 크게 크리스티안의 머릿속 깊숙이 박혀 있었다. 그는 기회가 있을 때마다 크누트의 몸무게가 지금 다시 또 얼마만큼 늘었는가를 강조해서 이야기했다. 그럼에도 기자들은 그들 나름대로 다음과 같은 질문으로 그의 아픈 곳을 건드렸다. "북극곰은 새끼 사망률이 특별히 높은데 엄마에게서 떨어지면 더욱 높다고 합니다. 크누트가 사망할 위험이 여전히 아주 높다고 할 수 있지 않습니까?" 크누트는 크리스티안이 긴장을 풀고 대답하는 것을 들었을 때 마음이 놓여 숨을 내쉬었다. "아니요, 이제는 아무런 위험도 없습니다."—"어떤 시각에서 보아도 다 그렇다고 할 수 있습니까? 위험이 이제 없다는 말입니까?"—"없습니다."—"0퍼센트입니까?" 몇몇 기자들은 속으로 크누트가 죽기를 바라는 듯이 보였다. "크누트가 죽을 확률이 0퍼센트는 아닙니다. 저나 여러분 역시 내일이라도 당장 죽을 수 있지 않습니까?"라고 크리스티안은 기운이 빠져서 말했다.

한번은 원장이 크리스티안에게 헛기침을 하더니 다음처럼 말했다. "크누트가 아직도 살아 있는 것은 기적이야." 크누트는 누군가가 자기 뒷머리를 망치로 때린 것 같은 기분이 들었다. 크누트가 아직 안 죽은 것이 기적이란 말인가? 크리스티안은 원장에게 머리를 가볍게 끄덕여 보였다. "그렇지만 인간의 손에 키워진 북극곰은 의외로 정말 많아요. 제가 조사를 해 보았거든요. 지난 25년간 독일에서만도 70건이 넘어요." 원장은 헛기침을 했다. "우리 기자들에게 그런 걸 이야기하는 것은 그다지 현명한 일은 아니라고 봐. 크누트는 정말 유일무이해. 설령 유일한 경우가 아니더라도 그렇게나 큰 관심을 받고 있기 때문이지. 예수같이 말이야. 부활한 사람들은 많았지만 예수만 유명해졌잖아. 거기에 그의 유일무이함이 있는 것이지. 크누트는 아주 특별한 별 아래에서 태어났어. 그는 우리의 희망을 어깨에 짊어질 의무가 있는 거야." 원장의 작은 해설은 마지막에는 열정적인 연설로 바뀌어 있었다.

마티아스는 크누트를 '입구까지의 산책'에 데려가도 된다고 하자 기뻐서 어쩔 줄을 몰랐다. 입구는 바로 정문의 입구를 말하는 것인데 그것은 그도 크리스티안도 원장도 그리고 크누트도 아직 아무도 이용해 보지 못한 것이다. 정문은 표를 사서 들어오는 인간들을 위해서 있는 것이기 때문이다. 참새, 독수리, 쥐들, 그리고 고양이들은 정문 여는 시간을 한 번도 지키지 않고 시도 때도 없이 아무 때나 입장권도 없이 동물원에 들어왔다.

크누트를 보려는 관람객은 끝도 없는 장사진을 치고 있었다. 정문만 열고 나면 이 장사진은 크누트가 매일 노는 구역까지 강물처럼 밀려왔다. 마티아스는 이 놀이를 '쇼'라고 불렀다. 이 단어는 좀 비꼬는 뒷맛이 있었다. 기자들은 그것을 다르게 '사역'이라고 불렀다. 한번은 크리스티안이 마티아스에게 이야기를 했다. "사역은 강제 노역이란 뜻이야. 저녁에는 노동자들이 자기들의 감방에 다시 갇히게 되는 거지. 나는 쇼라는 말이 더 나은 것 같아."

크누트에게 쇼는 즐거웠지만 곧 쇼를 통해서는 새로운 것을 배우지 못한다는 걸 알게 되었다. 그와 비교하면 산책은 아주 배울 것이 많았다. 동물원은 그에게는 엄청나게 큰 교과서나 마찬가지였다. 크누트는 어떤 우리들은 거기 사는 동물들과 아무 말도 나누지 않고 지나쳤다. 예를 들어 크누트는 기린이나 코끼리와는 단 한 번도 말을 나눈 적이 없었다. 그들의 모습은 저 멀리에 있는 신기루처럼 흔들거렸고 그렇게 움직였다. 아름답게 가꾼 녹색의 공원에 있는 호랑이에게는 말을 걸 수가 없었다. 호랑이는 서 있지 않고 이 구석에서 저 구석으로 왔다 갔다 했다. 바닷개는 너무나 까맣고 너무나 매혹적으로 반짝거려서 크누트는 그를 덮치고 싶을 정도였다. 마티아스가 크누트를 마지막 순간에 저지했다. 그다음부터 마티아스는 그에게 다시는 바닷개를 보여 주지 않았다. 또 호모 사피엔스와 거의 구별이 가지 않는 동물들도 있었다.

아침 시간의 산책은 크누트에게는 어느새 포기할 수 없는 하루 일과의 한 부분이 되었다. 원장은 마티아스와 크리스티안에게 크누트가 산책을 갈 때 기자가 동행해도 될지를 물어보았다. "크누트는 언론에 많이 노출되어 있어. 당신들 덕분이지. 인터넷에서 심지어 크누트에 대해서만 정보를 나누는 웹사이트도 보았어. 우리가 새로운 것을 제공하지 않으면 그들은 크누트에 대해서 이야기를 점점 덜 하게 될 거야. 그래서 내가 생각해 낸 것인데 우리가 매주 뭔가 새로운 걸 제공할 수 있지 않을까 하고. 다음 주에는 산책, 그다음 주에는 수영 강습 등등 이렇게 말이야." 마티아스는 침을 삼켰고 크리스티안은 한 걸음 앞으로 나서서 말했다. "아직은 너무 이릅니다. 우리는 언론에게 좀 기다려 달라고 부탁을 하는 게 좋겠어요. 크누트가 산책을 가다가 카메라에 놀라서 갈색곰의 우리에 뛰어들거나 하면 좋을 게 뭐가 있겠어요. 그것 말고도 만약에 열성 팬들이 산책한다는 말을 듣고서 아침마다 동물원에 들이닥치면 우리가 무슨 일을 할 수 있을까요? 존 레넌이 죽은 다음부터 우리는 열성 팬보다 더 위험한 게 없다는 걸 알게 되었잖아요." 원장은 자신의 왼손을 코앞에서 부채처럼 움직이다가 방을 나갔다.

크누트는 아침 산책을 할 때마다 새로운 동물 종족들을 알게 되었다. 한 동물이 높은 가지에 여유롭게 앉아 있었는데 좁게 딱 들러붙는 셔츠를 입고 있어서 관능적으로 보였다. "말레이곰과 한번 말을 나눠 봐!" 크누트가 보기에는 말레이곰이 건방지거나 천박하지 않은 것 같아 이 제안을 따랐다. "오늘도 다시 더운 날이 되겠네요. 이 시간에 벌써 이렇게 덥잖아요." 크누트의 조심스러운 말에 말레이곰은 슬렁슬렁 대답했다. "전혀 덥지 않은데. 지금은 추운걸."—"당신이 옷을 얇게 입어서 그런 것 아닐까요. 크누트 좀 보세요. 예쁜 털 스웨터를 입고 있잖아요." 말레이곰이 이 말을 들었을 때 갑자기 얼굴에 수많은 웃음 주름이 나타났다. "너는 자신을 크누트라고 부르니? 삼인칭으로 말하는 곰일세! 그런 웃기는 짓거리를 내 평생 한 번도 들어 본 적이 없는데! 너 아직도 아기니?" 크누트는 화가 꽉 끓어올라 앞으로 말레이곰과는 어떠한 접촉도 하지 않으리라 굳게 결심을 했다. 크누트는 그냥 크누트다. 왜 크누트가 크누트를 크누트라 부르면 안 되는가? 말레이곰의 말을 머리에서 떨쳐 버리기는 불가능했다. 마티아스와 크리스티안이 하는 말을 주의 깊게 들어 보면 사람들은 요컨대 마티아스가 스스로를 마티아스라 부르지 않는다는 것을 알 수 있었다. 그는 자기의 이름을 사용하지 않았다. 마치 그 이름이 자기와 아무 상관이 없다는 듯 말이다. 그러고는 자기를 다른 사람들에게 넘겨주었다. 이 얼마나 이상한 현상이란 말인가! 마티아스는 자기를 뭐라고 부르는가? '나'. 그렇지만 더 이상한 것은 크리스티안도 자신을 '나'라고 부른다는 것이다. 어째서 모두 다 자기 자신에게 같은 단어를 사용하는데 서로 혼동이 오지 않을까?

그다음 날 아침에 '나'는 다시 말레이곰의 우리 앞을 지나게 되었다. 그러나 서운하게도 그는 거기에 없었다. 아마도 자기 동굴에서 아직 자는 모양이었다. 나는 그 이웃 우리에서 반달곰을 발견하고 목을 가다듬은 후에 이 '나'라는 말을 처음으로 사용해 보았다. "나는 크누트라고 해, 혹시 당신이 모를까 봐 하는 말이야." 반달곰은 나를 뚫어지게 바라보더니 작은 눈을 더 작게 하고 중얼거렸다. "카와이."

나는 이미 이 단어를 들은 적이 있지만 언제나 삐쩍 마르고 성숙하지 못한 여자애의 입에서 들었었다. "어느 나라 말에서 그 단어가 온 거야?"―"우리 할머니가 태어난 사세보에서 쓰는 언어야. 그 단어는 요사이 페스트 번지듯 번졌어. 여기 동물원에서는 종종 외국인 방문객에게서 그 단어를 들을 수 있을 거야."―"알았어. 그런데 그게 도대체 정확히 무슨 뜻이니?"―"누군가가 너무너무 귀여운데 내가 팔에 끌어안고 잡아먹고 싶을 정도로 그렇다는 말이야."

나는 그의 메뉴판에 들어가고 싶지 않아 작별 인사도 하지 않고 멀어졌다. 우리의 대화를 이해하지 못하는 마티아스는 등 뒤에서 질문들을 던졌다. "너 왜 그래? 왜 그렇게 서둘러? 사람들이 반달곰의 더러운 옷깃을 세탁소에 가져가야 한다고 생각하지 않니?* 전에는 나는 널 세탁기에 넣었어야 했어. 너는 도대체 왜 모래 바닥에서 구르는 거니? 위장 색이 필요하다고 생각해서? 베를린의 겨울은 회색이

---

* 반달곰은 독일어로 '옷깃곰Kragenbär'으로 번역된다.

지. 그래서 너는 회색이 되고 싶었니? 북극의 겨울은 아마도 눈처럼 하얗고 엄청나게 예쁠 거야."

그러나 귀엽다고 생각하는 것을 잡아먹고 싶다는 반달곰의 말은 도대체 무슨 뜻일까? 그들의 고향 사세보에는 그런 관습이 있다는 걸까? 나는 지금까지 어떤 종족을 카와이 하다고 느낀 적이 없었다. 나는 마티아스가 항상 사랑스럽다고 생각했지만 한 번도 그를 잡아먹고 싶다고는 생각하지 않았다. 나는 어떤 동물의 사랑스러움과 그것에 대해 느끼는 식욕의 연관 관계에 대해서 조사해 보았지만 헛수고였다.

산책자로서의 내 수업은 성공적으로 계속되었지만 나에게 깊은 상처를 남겼다. 삼인칭으로 이야기하는 자는 아기다. 이 말로써 말레이곰은 나의 자존심에 상처를 입혔다. 내가 사랑스럽기 때문에 나를 잡아먹고 싶어 한다. 반달곰은 나를 겁쟁이로 만들었다. 내가 '나'라는 단어를 사용한 이후부터 다른 사람들의 말은 돌처럼 나를 때렸다. 완전히 지치고 맥이 빠져 나는 침대에 누웠고 생각을 해 보았다. 내가 만약 마티아스랑 단둘이서만 시간을 보낼 수 있다면 얼마나 좋으랴. 그와 단둘이서. 그것은 나 혼자 있는 것만큼 좋은 것이다. 아니 어쩌면 내가 '나'라고 부르는 새로운 짐을 어깨로부터 내려놓고 나를 크누트라고 편하게 부를 수 있어서 더 좋을 것이다. 그러나 기력을 보충해 준 잠에서 깨어나자 다시 외부 세계에 대해 더 많이 알고자 하는 호기심이 무럭무럭 자라났다.

어느 날 산책을 할 때 사진사 한 명이 우리와 동행했다. 그는 나에게 별로 방해가 되지 않았다. 크리스티안은 한 명만 같이 가도록 허용하겠다고 고집을 부렸다. 기자들이 단체로 오면 나에게는 생명의 위협이 될 수도 있다는 이유에서였다. 내가 산책하는 장면을 녹화한 비디오는 당장 그날 저녁 뉴스 시간에 나와서 나는 내 모습을 텔레비전 화면에서 볼 수 있었다. 크리스티안은 마티아스에게 이야기했다. "어떻게 너는 하루 종일 녹화되고 있다는 걸 알면서도 저렇게 자연스럽게 행동할 수 있는 거지? 수많은 예민한 사람들이 대머리 기계 앞에 앉아 걱정하거나 아니면 간단히 말해서 크누트가 살아남는지를 지켜보고 있는데. 그런데도 너는 크누트하고 맘 편하게 산책을 가네, 그냥 거리에서 잡종견 한 마리 발견한 것처럼."—"나한테는 크누트가 거리의 개라면 더 좋겠어. 혼혈 개라면 제일 좋겠고."—"너는 스타의 권력을 과소평가하면 안 돼. 스타는 사회에 영향을 미칠 수 있단 말이야. 어쩌면 정치가보다도 더 많이. 나는 크누트가 훗날 잔 다르크처럼 환경보호의 큰 깃발을 손에 들고 시위대의 앞장을 설 것이라는 꿈을 꿔."

쇼를 밥벌이와 비교한다면 산책은 대학 교육과 비교할 수 있다. 내 직업을 좀 수월하게 하기 위해 나는 어떤 조건에서 어떤 이유로 사람들의 기쁨이 생겨나고 또 언제 다시 사라지는가의 법칙을 찾아내려고 해 보았다. 내가 그 생각을 많이 하면 할수록 그것은 점점 더 복잡해 보였다. 내가 뭔가를 의도적으로 하면 그것은 관객들의 마음에 들지 않았다. 미리 계획을 하고 뭘 해서는 안 되었다. 내가 너무 자주 반복하면 관객들은 지루해한다. 새롭고 천재적인 착상들이 연이어 나와도 그것들은 너무 과도하다는 평이 빠르게 나온다. 그러면 보는 사람들은 웃기를 멈추고 자기들의 작은 정신세계로 물러나 버린다. 나는 흥분을 마치 대양의 파도와 같이 연출해 냈다. 열광이 고조되는 것을 들으면 나는 내 프로그램을 가지고 잠시 뒤로 물러났다. 반응이 너무 조용해지면 나는 다시 그들에게 다가갔다.

나는 갈색곰과 반달곰과 말레이곰과 느림보곰이 그들의 가족과 같이 사는 거리에 '곰들의 거리'라는 이름을 붙여 주었다. 나는 점차 왜 마티아스가 이 다양한 짐승들을 곰이라는 그룹에 소속시키는지 이해하게 되었다.

대부분의 곰은 밤에 사람들이 밖에서 볼 수 없는 침실에 가서 잔다. 그리고 아침에는 돌판으로 만들어지고 수영장이 딸린 테라스에 들어선다.

오로지 판다들만 다른 거리에서 산다. 비록 그들도 곰 가족에 속하지만 말이다. 그들은 야외 우리가 아니라 엄청나게 큰 새장 우리 속에서 산다. 거기에 테라스는 없지만 옆에는 대나무 정원이 있다. 마티아스는 나에게 말했다. "크리스티안은 양양을 정성껏 돌보아 주었어. 양양이 죽었을 때 크리스티안은 완전히 무너졌지. 그리고 몇 달 동안이나 슬퍼했지. 네 덕분에 크리스티안이 기운을 빨리 차려 다리로 서게 된 거야." 나는 사람들이 정말 아끼는 동물을 잃고, 엄청나게 슬퍼하다가 그리고 새로운 동물을 통해 다시 두 다리나 네 다리로 서게 된다는 것은 어떤 걸까 하고 상상해 보았다. 그때 내 생각의 흐름이 중단되었다. 판다 한 마리가 그때까지 사각거리는 나뭇잎을 먹고 있다가 나를 머리끝부터 발끝까지 훑어보더니 건조한 평가를 내렸기 때문이다. "너는 외모가 상당히 귀엽구나. 그렇지만 조심해! 너무 귀여워 보이는 짐승들은 다 멸종하거든." 나는 너무 놀라서 그게 무슨 말이냐고 물어보았다. "너는 귀여워 보이잖아. 나도 그렇고. 우리는 멸종할 위기에 처해 있기 때문에 호모 사피엔스에게 보호 본능을 불러일으켜야 돼. 이러한 목적 때문에 자연은 우리의 얼굴들을 인간 취향에 맞추어 자꾸 그 방향으로 개조하는 거야. 여기에 있는 쥐들 좀 봐. 쟤들은 인간이 자기를 귀엽다 여기든 말든 아무런 상관이 없어. 어떠한 상황에도 쥐 종족들은 멸종할 위기에 처할 리 없거든."

　나는 산책을 하기 전에는 늘 긴장했다. 어떤 새로운 지식이 나를 놀라게 할지 몰랐기 때문이다. 그에 반하여 마티아스는 산책 전이나 산책 중에 긴장을 풀고 어깨와 등을 늘어뜨리고는 강한 장딴지가 떠받들게 했다. 그러나 쇼를 할 시간이 다가오면 다가올수록 그는 정신이 없어졌다. 그리고 내가 쇼 직전에 그의 등에 뛰어 올라가면 어깻죽지가 돌처럼 단단히 굳어 있었다. 나는 쇼 때문에 불안해지지는 않았다. 성공할 확신이 있었기 때문이다. 마티아스는 쇼를 하는 도중에 1초도 쉬면 안 된다고 생각했다. 나에게 연달아 프로그램을 제안하지만 그가 진짜 즐길 기분은 아니라는 걸 알았다. 레슬링을 하는 것은 나에게 그렇게 거슬리지 않았다. 왜냐하면 그라는 사람을 두 손의 온기 속에서 느낄 수 있었기 때문이다. 그러나 공을 가지고 하는 놀이는 내게 좀 문제가 되었다. 그가 던지는 모든 공이 내게 재미있지는 않았기 때문이다. 심지어 단 한 번도 만지고 싶지 않은 공도 있었다. 그 공은 금화의 색깔을 띠었고 고무 냄새가 났다. 단어 세 개가 공 위에 쓰여 있었다. 세계화, 혁신, 커뮤니케이션, 이 세 단어가 말이다. 내가 의심스러워하면서 이 공을 무시하자 마티아스는 불안해졌다. 나는 이 공이 중요한 스폰서의 선물이라는 것을 알았고 그래서 공 위로 뛰어 올랐지만 여전히 공을 품에 안을 수는 없었다. 나는 항상 협조하는 편이었지만 공을 사랑하는 척하기는 어려웠다. 그래서 그 공을 힘차게 다시 되돌려 주었는데 그 공은 하늘로 높이 날아갔고 관객들은 환호했다.

마티아스는 다음으로 내게 더 작은, 잘 보이지 않는 붉은 공을 하나 던져 주었다. 나는 공을 심장에 대고 눌렀다가 바닥에 누워 두 발로 가볍게 쳤다. 관객들은 숨을 멈추고 다음에 무슨 일이 일어날까 기다렸다. 관객들의 심장은 점점 더 빨리 뛰어서 매초마다 그 기대감이 커져 갔다. 그러나 나는 관객들의 소망에 어떻게 부합할 수 있을지는 몰랐다. 나는 계속 바닥에 누워 있었고 공은 얌전하게 내 배위에 놓여 있었다. "얼마나 더 휴식 시간을 가지게? 도대체 언제 공을 찰 건데?" 끼어든 한 관객의 말이 군중을 웃게했고 이것은 내 귀에는 천둥소리처럼 들렸다.

나는 쇼가 계속되려면 뭔가 새로운 것을 제공해야 한다는 것을 알고 있었다. 그러나 마땅한 게 떠오르지 않아서 내 배에 꼭 붙은 그 공을 계속 차고 있었다. 그러다가 1초동안 주의를 게을리하자 내 발힘이 너무 세서 공은 내 팔을 떠나 날아갔고, 굴러서 암벽 아래로 떨어지더니 수영장의 물에 빠져 버렸다. 사람들은 너무나 기뻐하면서 메아리를 치며 웃었다. 이미 다 자란 호모 사피엔스를 행복하게 만드는 건 때로는 아주 쉬웠다. 왜냐하면 그들에게는 어린아이 같은 천성이 있었기 때문이다.

기대하지 않았던 것이 가장 재미있는 것이다. 나는 이날 새롭게 그걸 다시 배웠다. 나는 공이 물속으로 빠질 수 있다는 것은 계산에 넣지 않았는데 그래서 더 좋았던 것이다. 한 작은 여자아이가 애원하는 목소리로 소리 질렀다. "크누트, 물속으로 들어가! 공을 꺼내다 줘!" 그러나 나는 물속으로 가고 싶지 않았다. 아직 수영 강습을 받은 적이 없었기 때문이다.

꿈속에 그 아름답고 나이가 많은 여왕이 다시 빛나는 하얀 털외투를 입고 나타났다. 여왕은 나를 칭찬했다. "너는 절대 나쁘지 않았어! 내가 너를 과소평가했구나." 나는 그 여왕을 본 지 벌써 오래되었고 내가 그동안 머리 하나만큼은 더 자랐다는 것을 알았다. "누가 가르쳐 주지도 않았는데 너는 무대가 어때야 하는지를 잘 알고 있구나. 너는 특별한 것을 보여 주는 게 아니라 일상적인 어린이 놀이가 얼마나 재미있는가를 보여 주려고 했지. 어쩌면 그게 바로 내가 짐작하지 못했던 새로운 예술일 거야."—"당신은 누구인데요? 제 할머니예요?"—"나는 너의 할머니고 너의 증조할머니고 또 너의 고조할머니다. 나는 수많은 조상들이

겹쳐진 거야. 앞에서 보면 한 명만 보이지만 내 뒤에는 수많은 조상들의 끝없는 행렬이 있단다. 나는 한 명이 아니라 여러 명인 거야."—"그럼 우리 엄마도 돼요?"—"아니야. 나는 죽은 자들만을 대표한단다. 너희 엄마는 아직도 살아 있어. 왜 너는 엄마를 보러 가지 않니?"

쇼가 끝났다는 것은 마티아스에게는 언제나 긴장이 풀림의 시작을 의미했다. 방으로 돌아가 그는 필터 커피를 내렸고 신문을 뒤적거렸다. 오랫동안 나는 신문지란 구겨지고 접히고 찢어지기 위해서 존재한다고 생각했었다. 장난감이라고 생각했던 것이다. 마티아스는 신문에서 매일 아침 기사 하나를 읽어 주었다. 그래서 나에게는 신문은 읽어주어야 하는 것이라는 확신이 점점 더 강하게 들었다.

별난 이야기들이 신문에 담겨 있었다. 예를 들어 어떤 동물원이 재정 위기를 메우고자 미식가 레스토랑에 죽은 캥거루 고기와 죽은 악어 고기를 제공했다는 이야기가 있었다. 고기는 미식가를 위한 특식으로서 제공되었는데 뭔가 색다른 것을 맛보고 싶던 고객들이 먹었다. 그러자 내 등에 소름이 죽 끼쳤는데 반달곰의 말이 떠오른 탓이다. 어떤 동물이 먹고 싶어질 만큼 귀엽다는 말 말이다. 마티아스는 헛기침을 하고 말했다. "그치들 참 안되었네." 나는 그가 스테이크로 구워진 캥거루에게 동정심을 느낀다고 생각했다. 그렇지만 그런 게 아니었는데 마티아스가 덧붙여 말했다. "다른 동물원들도 돈이 없어 고생을 하는구나." 마티아스가 기사를 읽어 주는 동안 나는 인쇄된 글자들을 공부하는 것이 습관이 되었다. 첫째로 나는 O라는 철자를 알아볼 수 있었다. 동물원인 독일어 'Zoo'라는 단어에는 O가 두 번 나온다. 언젠가 나는 문맹에서 탈피할 것이다.

바깥세상에서 매일 우리에게 편지와 소포가 답지했다. 마티아스는 화를 내며 편지 봉투를 열었고 팬의 편지들을 읽은 다음에는 커다란 새 휴지통에 먹이로 던져 주었다. 우리는 다양한 모양과 크기의 소포들을 받았다. "크누트, 이건 네 팬이 보낸 선물이야. 초콜릿인데 이건 건강에 나쁜 거야. 이 초콜릿은 자선단체에 전달할 거야. 그래도 되지?" 마티아스는 나에게 한 번도 초콜릿을 먹어 보게 한 적이 없었다.

하루는 마티아스가 커다란 상자를 들고 방에 들어왔다. "크누트, 이게 뭔지 알겠니?" 그것은 커다란 초콜릿색 입방체였다. 그러나 상자에서는 우리 텔레비전과 비슷해 보이는 다른 물건이 나왔다.

"너는 여기에 이름을 입력한 다음 여기를 클릭해야 돼.

잘 봐! 그건 네 사진이야. 이제 너는 인터넷에서 네 모습을 볼 수 있어." 마티아스는 다시금 자판을 쳤고 나는 뭔가 하얀 것이 암벽 바위 위에 누워 있는 것을 보았다. "너인지 알아보겠니? 저게 너라고. 얼마나 귀엽니!"

마티아스는 마치 사랑에 빠진 것처럼 다른 크누트를 열심히 뚫어져라 쳐다보았다. 진짜 크누트가 바로 옆에 앉아 있는 것을 잊어버렸다는 듯이 말이다. 만약 저 사진이 크누트라면 나는 크누트가 아니다.

크리스티안이 방으로 들어왔다. 그는 눈 주위에 완전히 지쳤다는 흔적을 가지고 있었다. "아, 너는 그런 걸 안 할 줄 알았는데. 결국 곰의 왕국에 컴퓨터를 들여놓은 거야?" 마티아스는 이마를 찡그렸다. "홍보부의 요청을 받았어. 되도록 팬 편지에는 모두 다 답을 해 주라고. 그들은 크누트에 열광하는 것으로는 충분치 않은가 봐. 요즘 팬들은 예전의 팬들과는 달라. 그들은 크누트가 자기를 알아주기를 원하지. 몇몇 팬은 아이돌이 자기를 몰라본다고 죽여 버리려고 하기도 해. 우리는 매일 100통이 넘는 팬레터를 받아. 전부 답장해 주는 건 불가능하지. 그래도 나는 가능한 한 그들에게 뭔가 대답을 해 주려고 해. 여기 예가 하나 있네!"라고 마티아스가 말하고는 자기 앞에 놓은 편지 중의 하나를 큰 소리로 읽었다. "사랑하는 아기 곰아, 내 이름은 멜리사야. 나는 세 살이야. 나는 언제나 너만 생각해. 특히 자러 갈 때에는 언제나."—"존경하는 크누트 씨, 저는 이제 전기 자동차를 사려고 합니다. 북극의 얼음이 더 이상 녹지 않도록 무엇인가를 하는 것이 저의 중대 관심사가 되었답니다. 다정한 인사를 보내며, 당신의 프랑크."—"크누트에게, 나는 이번 주에 일흔 살이 되지만 여전히 눈 속에 산보를 다니곤 하지. 나는 네 사진을 항상 부적처럼 지니고 다닌단다. 너의 귄터."—"사랑하는 크누트, 내 취미는 뜨개질이야. 나는 너에게 스웨터를 하나 떠 주고 싶단다. 네 몸 사이즈가 어떻게 되지? 좋아하는 색깔은 무엇이니? 인사를 담뿍 담아, 마리아." 영어로 쓰인 메일은 마티아스가 읽으면서 독일어로 번역을 해 주었다. "영어로 메일을 써서 미안. 혹시 너 영어 할 수 있니? 북극에 살면 집에서는 어떤 언어를 쓸까 하고 혼자서 자문하곤 해. 영어니, 아니니? 사랑을 보내며, 존." 마티아스는 즐거워했지만 이 팬레터의 어디가 재미있다는 건지 나는 도통 이해를 할 수 없었다.

많은 동물들은 나의 관심을 무시하는 것이 그다지 어려워 보이지 않았다. 예를 들어 아프리카에서 온 새들은 내게 특별한 게 없다고 생각했다. 나는 정말 한도 끝도 없이 이 새들을 쳐다보고 살 수 있는데도 말이다. 나는 마티아스가 인내심을 잃어버릴 때까지 그들 앞에 머물렀다. 하마와 코뿔소의 질질 끄는 듯한 진흙투성이 발걸음도 나를 사로잡았는데 그들은 한 번도 내 쪽으로 머리를 돌리지 않았다. 반대로 나는 반달곰과 갈색곰에게는 아무런 흥미가 없었는데 그들은 나를 위해서 일부러 치장을 하고는 잘 보이려 애를 썼다. 크리스티안의 덕으로 나는 일찍부터 여자 동물들의 위험에 대해서는 익히 알고 있었다. 나는 만물박사 크리스티안 수의사가 기자들과 이야기할 때 모든 것을 다 배웠다. "생물학적 엄마가 아니라 우유를 먹고 자라서 자기 동족과 의사소통하는 법을 배우지 못한 젊은 수곰에 대한 연구 사례가 있어요. 혈기 왕성한 이 곰이 어떤 암곰에게 사랑을 고백했는데, 암곰이 그 곰을 세게 한 방 때려 부상을 입혔다는군요." 크리스티안은 그때 양심적으로 다음과 같이 대답했다. "걱정하지 마세요. 우리는 크누트가 암곰의 공격에서 자기를 보호할 만큼 충분히 힘이 세져야 암곰과 같이 있게 할 테니까요." 이 말인즉슨 내가 여자들에게 오해를 받는다면 나를 키운 인간들의 우유병이 바로 그 죄인이라는 것이다. 그리고 그 결과로 내가 심각한 신체 상해를 입을 수 있다는 것이다.

그다음 날 아침에 산책을 할 때 갈색곰이 다시 나에게 집적거렸다. "잠깐만 기다려 봐. 너는 왜 나에게 겁먹고 있니?" 나는 갈색곰을 무시하려 했으나 마티아스가 말렸다. "너희 북극곰들이 근친상간의 규칙을 지키게 되면 너희는 모두 멸종할 수밖에 없어"라고 그 갈색곰은 주장했다. 나는 마티아스가 도대체 곰들의 언어를 어느 정도 이해하는지를 잘 몰랐다. 적어도 그의 생각은 곰들의 생각과 같은 주파수 위에서 움직이고 있기는 했다. 그게 아니라면 하필 바로 이 순간에 마티아스가 북극곰과 갈색곰 사이의 혼혈 곰들이 점점 많아진다는 말을 했을 리가 없다. "물론 동물원에서 그러한 결합을 장려하는 건 아니야. 그렇지만 북극곰이 살 곳이 점점 없어지니까 자연에서는 저절로 그런 일이 일어나는 거지. 북극곰들은 이제 점점 남쪽으로 이주할 수밖에 없거든." 나는 어떤 일이 있더라도 남쪽으로 이주할 일은 없을 거라 생각했다. 그러나 갈색곰은 포기하지 않고 주둥이를 울타리 너머로 뻗고는 말했다. "국제결혼이 점점 많아지고 있잖아. 순종들은 멸종할 거야. 너는 도대체 왜 갈색곰과 섹스를 하는 게 어떤지 알아보려는 시도조차 하지 않니?" 마티아스의 시선은 갈색곰과 나 사이를 왔다 갔다 했다. "크누트, 너는 네가 갈색곰과 친척이라는 것을 아니? 원한다면 갈색곰하고는 결혼해도 돼. 그렇지만 말레이곰은 너와 별로 그렇게 가깝지는 않아."

그 마른 몸이 매력적이라고 생각한 적은 없어서 어찌 되었든 말레이곰과는 결혼할 생각이 없었다. 나는 어른이 되면 마티아스와 결혼하고 그와 같이 살 것이다. 삶이 우리를 갈라놓을 때까지 말이다. 그는 호모 사피엔스와 북극곰이 유전적으로 얼마나 가까운지에 대해서는 말해 주지 않았다. 말레이곰 우리 앞에 서서 나는 나를 마티아스와 말레이곰과 나란히 비교해 보았다. 어떤 각도에서 바라보든 간에 나와 마티아스와의 유사성이 나와 말레이곰과의 유사성보다 컸다.

"자기를 삼인칭으로 이야기하던 우리 아기 곰, 오늘은 기분이 좀 어때? 아니면 네 문제가 이제는 삼각관계니? 삼인칭이 아니고?" 내가 바쁜 척을 하면서도 몰래 자기를 관찰하고 있었다는 것을 말레이곰은 다 알고 있었다. 그렇지만 그의 말은 나를 자극했다. "너는 그 얄미운 말로 도대체 누구 이야기를 하는 거야?" 그의 코가 건방지고 비웃는 주름을 지었다. "너, 마티아스, 크리스티안 말이야."—"우리 셋은 사이가 좋은데."—"그렇지만 너는 마티아스나 크리스티안이 도대체 누구랑 관계를 맺고 있는지 전혀 모르잖아. 내말은 동물원 바깥에서 말이야." 그의 말은 내게 벼락같은 충격을 안겨 주었는데 그는 나의 반응은 무시한 채 그 대신에 유리 같은 두 눈으로 계속 말했다. "다음 달에 나는 어떤 여자랑 결혼해."—"말레이시아 출신이야?"—"아니야, 어떻게 그런 생각을 할 수 있니. 그 여자는 뮌헨 출신이야."

다시 혼자가 되었을 때 곰곰이 생각해 보았다. 마티아스는 동물원에서 일을 하지 않을 때에는 무슨 일을 할까? 나는 방의 네 벽을 떠나 동물원 안에서 산책을 해도 된다고 허락받았을 때 정말 아무런 남김 없이 자유로움을 느꼈다. 그렇지만 외부 세계는 나를 다시 불안하게 만드는 또 다른 외부 세계를 가지고 있었다. 동물원 바깥에는 무엇이 있을까? 나는 언제쯤 가장 바깥의 외부 세계에 갈 수 있을까?

밤새 비가 공기를 깨끗이 씻어 주었다. 나는 공기를 깊숙이 들이마셨다. 그에 대한 답이라도 하듯 다람쥐 한 마리가 덤불에서 미끄러져 나왔다. 다람쥐는 갑자기 멈추더니 O자형 다리로 계속 기어가다가 다시 멈추어 섰다. 다람쥐는 반원을 그리고는 다시 덤불로 사라졌다. "그건 공룡의 후손이었어"라고 마티아스가 말했다. "그 조상들은 엄청 몸집이 컸어. 오늘날의 코끼리보다도 훨씬 더 컸지. 우리 포유류는 양서류의 조상을 너무나 무서워해서 대낮에조차 밖에 나가 볼 생각도 못 했었지." 그런 종을 실제로 본 적이 없었는데도 스스로 생각해도 놀라울 만큼 곧바로 그런 공룡의 형상을 머릿속에 그릴 수 있었다. 그것뿐만이 아니다. 며칠 뒤에 동물원을 산책할 때 다른 다람쥐 한 마리가 내가 가는 길을 가로질러 간 순간 그 다람쥐는 곧바로 코끼리의 크기로 내 망막에 나타났다. 나는 너무 놀라서 껑충 뛰었다. 마티아스는 웃지 않았다. 그리고 나에게 겁이 나느냐고 물었다. "겁을 내는 것은 상상력이 있다는 증거지. 녹이 슨 머리는 겁을 내지 않거든." 녹이 슨 머리라니 마티아스는 도대체 어떤 머리를 말한 것일까?

마티아스와 나는 다람쥐를 관찰했다. 우리는 꼬리가 덤불 속으로 완전히 빨려 들어갈 때까지 한눈팔지 않고 다람쥐를 지켜보았다. 나는 마음이 한결 가벼워졌다. "우리 포유류는 언제나 걱정을 너무 많이 해"라고 마티아스가 한숨을 쉬면서 이야기했다.

어느 날 크리스티안이 마티아스에게 가족들이 잘 있는가를 물어보았다. "우리 가족은 아주 잘 지내지. 하지만 아이들이 무슨 생각을 하는지 도통 모르겠는 때가 가끔 있어. 아마도 내가 너무나 지쳐 있어서 그런 것 같아."—"그런데 넌 곰들이 무슨 생각을 하고 있는지는 잘 알잖아. 내 말이 맞지 않아?"—"곰들을 자기 자식하고 비교하면 안 되지."—"안 되지, 그렇지만 너는 모든 것을 크누트하고만 이야기하잖아. 부인하고도 다 이야기해? 아니면 부인에게 비밀로 하는 게 뭐 있나?"—"없어."—"너는 훌륭한 부인과 아이들과 같이 사는 게 행복하지, 그렇지 않아?"—"너도 그렇잖아." 나는 이 대화를 하나도 알아듣지 못한 것처럼 행동했다.

곰들의 거리를 똑바로 내려가면 다리가 하나 나오는데 이 다리는 연못 위에 걸쳐 있었다. 우리는 잠시 이 다리 위에 서 있었다. 그때 오리 한 마리가 헤엄쳐 왔는데 그 오리 뒤에는 세 마리의 작은 오리들이 따라오고 있었다. 나는 마티아스가 내게 뭔가 하고 싶은 말이 있다는 걸 느꼈다. "새끼 오리들은 태어나자마자 바로 수영할 수 있어. 녀석들은 오리로 태어났고 다른 무엇이 될 수 없지. 그렇지만 크누트, 너는 수영 강습을 받게 될 거야. 너는 이제까지 여러 번 양동이 속에서 물장구는 쳐 보았어도 단 한 번도 수영장에서 제대로 수영을 해 본 적은 없지." 새끼 오리들은 물속에서 그들의 오리발을 정신없이 움직이고 있었는데 마치 엄마가 안 보이게 될까 봐 겁이 난 듯했다.

"자연 속에서 태어난 곰은 두 번의 겨울 동안 엄마와 같이 살지. 자연에서 살아남으려면 아기 곰이 배워야 할 것이 많아. 러시아에 어떤 교수가 있는데 곰 가죽을 입고 엄마가 사냥꾼에게 총 맞아 죽은 두 어린 곰과 같이 살았대. 2년 동안이나 야생에서 말이야. 그 교수는 곰들의 엄마가 된 거지. 바깥에서 수영하기에는 아직 춥지만 내가 진짜 곰 엄마

가 되려면 너한테 수영을 가르치기 위해 나 자신은 뒷전에
두어야 해."

　다음 날 아침에 마티아스는 수영복을 입고 내 눈앞에서
수영장으로 뛰어들었다. 그 액체 거울은 쪼개지더니 인간
의 몸을 품어 안고는 다시 잔잔해졌다. 오리처럼 적당한 위
치에 달려 있지 않은 자기 머리를 마티아스는 힘껏 물 위
로 지탱하고 있어야 했다. 또 익사하지 않기 위해 가느다란
두 팔을 열심히 움직여야 했다. 그는 나를 안심시키려고 얼
굴에 미소를 띠고 있었지만 그가 오리가 될 수 없다는 것은
나에게 분명해 보였다. 나는 공황 상태에 빠져 육지 위에서
이리저리 뛰어다녔고 마티아스는 물속에서 나올 때마다 나
에게 한 손을 흔들어 주었다. 그렇지만 나는 물속으로 뛰어
들 용기가 없었다. 내가 안도의 한숨을 내쉬기까지는 꽤 오
래 걸렸다. 마티아스가 결국에는 고개를 절레절레 저으면
서 물에서 나올 때까지 말이다. 그는 육지에서 내게 오래
머물지 않았다. 그의 두 눈은 나에게 고정되어 있었지만 그
의 몸은 후진해서 물속으로 사라졌다. 마티아스에게 무슨
일이 일어난 것이다. 오랫동안 망설이다가 나는 물속으로
뛰어들었다. 놀랍게도 물은 나를 다정하게 받아 주었고 나
를 안더니 업어 주었다. 아, 멋진 물이 말이다! 내 몸은 그

걸 바로 알아차렸다.

나는 발광하며 기쁨에 겨워 소리를 지르고 당장에라도 물에 빠져 죽을 듯 놀았다. 숨을 잘못 들이쉬었더니 그 형태 없는 물이 콧속의 점막을 찔러 나를 한 번 아프게 하기는 했다. 내 두 팔의 근육들은 마지막에는 헐거워진 고무밴드처럼 되었지만 나는 그만두고 싶지 않았다. 비록 마티아스가 이미 여러 번 물놀이가 끝났다고 알려 주었지만 말이다. 그가 나의 새로운 애인인 물에게서 나를 떼어 놓고자 여러 차례 경고를 하지 않았더라면 나는 물의 두 팔의 품 안에서 잠들었으리라. 육지에 올라와 나는 몸을 힘차게 흔들어 물을 떨어냈고 그래서 나의 가죽은 다시 건조해졌다.

"수영은 오락이야." 나는 다음 날 아침에 말레이곰을 보자 입을 다물고 있을 수 없었다. 그는 얇은 손가락으로 배를 긁고 있다가 대답하기 전에 내 쪽으로 몸을 돌렸다. "수영은 의미 없는 짓거리야. 나는 놀 시간 따위는 없어. 새로운 프로젝트가 나를 부르니까. 나는 말레이곰의 시각에서 말레이반도의 위대한 역사를 쓰고 싶어." 나는 말레이곰이 자기 배뿐만이 아니라 원고지도 긁고 싶어 하리라고는 생각도 못 했다. 그는 망설임 없이 '쓰다'라는 말을 했다. 그 반도라는 것이 여기에서 멀리 떨어져 있는가라는 나의 질문에 그는 코 주위에 주름을 지어 나를 경멸한다는 표시를 하면서 대답해 주었다. "너한텐 멀리라고 자신 있게 말할 수 있을 정도로 먼 게 얼마만큼인지는 모르겠지만 물론 아주 멀리 떨어져 있지. 너는 한 번도 북극에 가 본 적이 없지, 그렇지 않니?"—"내가 북극과 무슨 상관이 있어?"—"아, 너는 이제는 일인칭으로 말을 참 잘하는구나. 나는 삼인칭으로 이야기했던 아기 곰이 벌써 그리울 정도란다. 문명화된 북극곰보다 더 지루한 것은 없지. 아니, 아니야, 물론 나는 농담한 거야. 네가 북극에 갈 필요는 없단다. 그렇지만 북극이 이제 사라질 위기라는 것이 넌 걱정되지 않니? 나는 말레이반도에서 태어나지는 않았어. 그래도 내 조상이 살았던 그 지역의 미래에 대한 걱정을 하고 있지. 그래서 반도의 역사를 공부하는 것이고 문화들의 공존 가능성에 대해서도 생각해. 너도 산책을 가고 수영을 하고 공놀이를 하는 대신에 북극에 대해 생각을 좀 하는 것이 나을 거야."—"내 조상들은 모두 동독에서 왔어! 북극이 아니라고."—"뭐? 천 년 전에 살았던 네 조상들은 안 그럴 것 아니니? 너는 정말 구제 불능이구나."

그 못된 말레이곰과 달리 내가 말을 걸었을 때 느림보곰은 다정하게 대답해 주었다. "졸기에 최적화된 날씨네."—"응, 쾌적한 날씨야." 그게 우리의 첫 번째 대화였다.

그러나 우리가 두 번째 만났을 때 같은 곰은 나를 아주 세게 비판했다. "너는 동물원을 목적도 목표도 없이 어슬렁거리는구나. 쇼에서는 너 자신을 관객들에게 팔고 있고 말이야. 너의 삶이 도대체 무슨 의미가 있겠니?"—"그러면 너는. 너는 그럼 하루 종일 도대체 무얼 하는데?" 나는 되받아쳤다. "나? 빈둥거리지"라고 그가 조용히 대답했다. "빈둥거리는 것은 고귀한 일이야. 그러려면 용기가 필요하지. 관객들은 네가 그들 앞에서 뭔가 재미있는 것을 해 주기를 바라거든. 너, 쇼를 안 해서 관객들을 실망시킬 자신이 있니? 너, 매일 아침 산책을 가지. 재미가 있으니까. 너, 이 재미를 포기할 수 있느냐고? 너는 그러기에는 의지가 너무 박약하지 않니?" 그의 말이 맞았다. 나는 마티아스와 관객들을 실망시킬 자신은 없었다. 나는 빈둥거릴 수 없는 것이다.

다른 동물들과 우리의 살아가는 방식에 대해 이야기하는 것은 나를 불안하게 만들었다. 캐나다 늑대들 앞에서 나는 처음부터 겁을 먹었다. 나는 그들을 피하려고 했지만 어느 날 잘못해서 그들의 우리 앞을 가까이 지나가게 되었고 그걸 너무 늦게 알아차렸다. 늑대의 우두머리는 나에게 바로 말을 걸었다. "거기 너, 너는 언제나 혼자 헤매고 다니지. 너는 가족도 없니?"—"없어요."—"엄마는 어떻게 되었는데?"—"내 엄마는 마티아스예요. 그는 저기 있잖아요. 언제나 나랑 같이 다니고요."—"너와 마티아스는 닮은 데가 하나도 없다. 아기였을 때 틀림없이 그가 너를 납치한 거야. 나의 대가족을 보려무나. 가족들이 모두 다 한 통 속에서 나온 것처럼 닮았지." 마티아스가 나를 데리러 돌아왔는데 우리의 대화를 다 들은 듯이 다음과 같이 말했다. "늑대들은 날씬하고 우아하고 귀족 같은 몸매를 가졌지. 그렇지만 나는 곰들이 더 좋아. 왜 그런지 아니? 수늑대들은 자기가 무리에서 제일 세다는 것을 확인할 때까지 계속 싸운단다. 그다음에야 그 최강 수놈은 암놈과 후세를 생산하지. 그 무리의 다른 놈들은 아무도 자식을 못 가져. 나는 그게 끔찍해." 마티아스가 늑대들의 말을 이해하지 못한 것처럼 그 반대의 경우도 행운이었다.

나는 늑대들을 좋아하지 않았고 그들의 생각을 무시하려 했다. 그러나 늑대의 우두머리가 내게 한 말을 머리에서 떨쳐 낼 수가 없었다. 나와 마티아스가 닮지 않았다고? 내가 아기였을 때 납치당했다고? 하루 종일 이 생각이 머리에서 맴돌았다.

언론은 자주 나에 대한 기사를 썼다. 크리스티안이 우리에게 기사를 가져오면 마티아스가 내 앞에서 큰 소리로 읽어 주었다. 나는 그날 저녁에 혼자서 문장들을 모두 공부했다. '크누트를 위한 첫 수영 강습'. 사람들은 내 삶의 일부를 떼어다가 신문지 속에 가두어 버렸다. 수영을 한다면 지금 수영을 하고 있는 크누트는 바로 이 '나' 속에 있어야 하지, 하루 지나 신문지로 옮겨지면 안 된다. 아마도 나는 내 이름이 크누트라는 것을 너무 많은 사람들이 알지 못하도록 막았어야 했다. 그들은 자신의 즐거움을 위해 원하는 대로 내 이름을 막 이용했기 때문이다.

어떤 기사 하나는 내 안에 정말 오래 남았고 여러 주 동안 나를 떠나려 하지 않았다. 나에 대한 기사를 읽지 않고 보내는 날이 하루도 없었다. 그리고 그것은 이제는 꼭 호기심 때문이 아니라 오히려 걱정 때문이었다. '크누트는 태어나자마자 엄마에게 거부당했고 인간이 키우게 되었다. 크누트는 지금 수영과 그 밖의 생존 기술들을 배우는데 그것마저도 인간에게서다.' 엄마가 나를 거부했다는 것은 무슨 의미일까? 그것은 새로운 사실이었다. 나는 오래된 기사들 더미를 찾아 헤매면서 실마리를 찾았다. 내가 어떻게 인간들의 수중에 떨어졌는지 그 상황을 설명해 줄 핵심 기사가 있을 것이다. 열심히 찾았음에도 나의 생물학적 엄마에 대해 알게 된 것은 하나도 더 없었다. 그 대신 독서술만 완전히 마스터했다. 무엇보다도 다음과 같이 쓰인 기사가 있었다. '크누트와 동생을 낳은 후에 엄마 토스카는 어린 자식들에 대해 아무런 관심을 보이지 않았다. 전문가들은 몇 시간이 지난 뒤에 이 신생아들의 상태가 매우 위급하다고 판단했고 아이들을 엄마에게서 떼어 놓았다. 보통 엄마 곰들은 자기가 키우려는 생각이 없을 때에도 새끼들을 떼어 놓으려고 시도하면 매우 공격적이 된다. 그래서 떼어 놓기 전에 엄마 곰을 약으로 진정시켜야 한다. 그렇지만 사람들이 토스카에게서 갓 태어난 새끼들을 떼어 놓으려 할 때 놀랍게도 아무런 반응을 보이지 않았다. 전문가들은 토스카가 서커스의 스트레스 때문에 엄마로서의 본능을 잃어버렸다고 추정했다. 사회주의 체제의 서커스 동물들은 엄청난 성과 압박을 받고 있다고 알려져 있다.'

내가 죽도록 두려워했던 날이 예고도 없이 닥쳐왔다. 내가 놀다가 마티아스를 다치게 한 것이다. 그의 얇은 피부가 찢어져 순식간에 피로 물들었다. 마티아스는 목소리조차 높이지 않았지만 그 일은 쇼의 도중에 일어났다. 그래서 많은 관람객들이 피를 보고 놀랐고 또 히스테릭하게 소리를 지르기 시작했다. 우리는 일단 우리 방으로 물러났고 크리스티안이 상처를 봐 주었다. 그가 붕대를 감는 동안 나는 소독약 병을 맛보려 하고 있었다. 그러다가 병이 엎어졌고 크리스티안이 나에게 욕을 했다.

우리는 놀이터로 다시 돌아갔다. 나는 처음으로 관객들

의 쏘는 듯한 적의를 온몸에 느끼고는 몸을 떨었다. "관객 여러분, 부상은 아주 가벼운 것이었고 아무런 의미도 없는 것입니다!"라고 마티아스가 크게 소리를 질렀다. 그것은 그로서는 예외적인 일이었다. 관객들은 다들 열광해서 그에게 박수갈채를 보냈다.

우리는 그 쇼를 끝까지 제대로 마치려고 애를 썼다. 우리가 돌아왔을 때 크리스티안이 걱정스러운 표정으로 말했다. "지금처럼 가면 다음 주에 크누트의 체중이 상한선인 50킬로그램을 넘어갈 텐데." 마티아스가 아무 말이 없자 그는 계속해서 말했다. "우리가 50킬로그램을 상한선으로 정한 것은 벌써 오래전 일이야. 그래서 어제 나는 상한선을 60킬로로 올릴까 하고 생각을 해 보았어. 그러나 관객들이 네 피를 보았어. 게다가 크누트가 60킬로그램이 되기까지는 그리 오래 걸리지도 않을 거야. 빠르든 늦든 넌 어차피 크누트와 헤어져야 해. 어쩌면 지금이 바로 그 시간일 거야."

크리스티안은 평온하게 말을 했지만 결국에는 목소리가 울컥 뒤집어졌고 손등으로 눈에서 나오는 액체를 닦아냈다. 마티아스는 자기 손을 크리스티안의 어깨에 얹었다. "죽음이 우리를 갈라놓는다면 그건 슬픈 일이겠지. 그렇지만 그게 아니잖아. 죽음이 아니라 삶이 우리를 갈라놓는 거잖아. 나는 우리가 이만큼 해냈다는 것이 기뻐." 그다음에 그는 나에게로 몸을 돌리더니 말했다. "너 가끔은 내게 메일을 쓸 거지, 그렇지?" 그때 나는 엄청나게 큰 소리를 들었는데 그게 크리스티안의 목소리라는 것을 알고는 놀랐다. 그는 꺼이꺼이 울고 있었다. 그날 나는 어떤 방에 갇혔다. 그 방 한가운데 짚으로 된 침대가 있었다. 그 옆에 마티아스가 우리의 오래된 컴퓨터를 설치해 놓았다. 그러고 나서 그는 침대를 구석구석 다 두드려 보고 이상이 없는지를 확인했다. 앞쪽의 철창이 있는 문을 통해서 나는 우리 쇼가 매일 열리는 암벽 판을 볼 수 있었다. 뒤쪽에는 작은 접는 문이 있었는데 그리로 음식이 들어오게 되어 있었다. 마티아스는 문들을 점검하고 말없이 우리 옆에 서 있는 사람들에게 세세한 지시를 내렸다. 그다음에 나의 미래의 침대에 눕더니 눈을 감고 마치 죽은 사람처럼 있었다. 10초 뒤에 그는 일어나서 나를 보지도 않고 방을 나가 버렸다.

그 이후로 마티아스는 내게 한 번도 오지 않았다. 아침저녁으로 음식은 그 접는 문으로 들어왔다. 냄새를 맡아 보니일하는 사람들은 자주 바뀌었는데 마티아스나 크리스티안은 거기에 없었다. 매일 아침 철창문이 열리면 나는 내 구역으로 걸어가서 먼 거리에서 관객들을 보았다. 관객은 이전에 비해 눈에 띄게 줄었다. 저녁에 식사 냄새가 나기 시작하면 나는 내 방으로 돌아왔다. 컴퓨터는 침대 옆에 있었지만 나는 사람들이 그걸 어떻게 켰는지 이제 기억나지 않았다. 침대 모서리에는 내 젖먹이 시절부터 같이 있었던 그 지루한 헝겊 인형이 있었다. 그 인형은 이제 삶에 지친 것처럼 보였다.

놀이를 하면서 관람객을 열광시키려는 마음이 나에게서 사라졌다. 저 밖이 가진 유일한 장점은 태양이 나오면 머리를 밝게 해 주고 등을 따뜻하게 해 준다는 것뿐이었다. 그것은 내 고통을 줄여 주었다. 나는 사지를 배 아래에 모으고 그 자리에서 꼼짝도 하지 않았다. "크누트가 슬퍼 보여." 한 작은 여자아이의 목소리가 바람의 말을 타고서 내 고막에 도착했다. "같이 놀 사람이 아무도 없어." 아이들은 나의 상태를 한 번만 보고도 알아챘다. 그에 반해서 어른들은 생각 없이 아무런 말이나 내뱉었다. 그 말들은 냉소적인 내장의 냄새를 풍겼다. 그들의 휴머니즘이란 오로지 호모 사피엔스와 교류할 때에만 작동했다. "저 끔찍한 발톱 좀 봐! 저 발톱으로 사육사를 다치게 했지."—"다 자란 동물인 크누트는 위험해. 쟤는 야생동물이야, 개가 아니라고."—"이제 더 이상 귀엽지도 않네."

엄마는 내가 태어나자마자 바로 나를 곤경에 빠뜨렸다. 마티아스가 나를 떠난 후에 이 표현이 생각났다. 그가 곁에 있는 동안은 나는 출생의 비밀을 폭로할 충동을 느끼지 못했었다.

나를 키운 것은 남자 호모 사피엔스다. 그런 일이 잘되기는 드물고 거의 기적과 같은 일이다. 이 기적이 나의 삶의 이야기라는 것을 이해하기까지는 시간이 상당히 걸렸다. 마티아스는 진정한 포유동물이다, 그의 종족 이상으로. 왜냐하면 그는 나에게 우유와 그의 시간이라는 젖을 주었기 때문이다. 그는 모든 포유류의 자랑감이었다.

마티아스는 나의 아주 먼 친족에도 속하지 않았다. 더군다나 절대로 나의 생물학적인 아빠일 수도 없었다. 하얀 늑대는 마티아스와 내가 하나도 닮지 않았다고 확인해 주었다. 엉덩이부터 얼굴까지 우리는 완전히 달랐다. 늑대는 자기 가족들이 마치 사진을 찍은 것처럼 모두 닮았다는 것에 자부심을 느끼고 있었다. 그러나 나는 자기와는 조금도 닮지 않은 나 같은 생명에게 젖을 주고 보살펴 준 것에 대해서 마티아스를 존경한다. 늑대는 자기 가족이 느끼는 것에만 관심이 있었다. 그렇지만 마티아스는 저 멀리를, 북극까지를 바라보았다.

마티아스는 언제나 내 곁에 있었고 하루 종일 나를 돌보아 주었다. 비록 그의 매력적인 부인과 자신의 유전자를 물려준 사랑스러운 아이들이 집에서 기다리고 있었음에도 불구하고 말이다. 그는 내가 귀여운 외모를 가져서 그렇게 해 준 것이 아니다. 수백만의 걱정스러운 눈들이 그 당시에 나를 관찰하고 있었다. 내가 죽었더라면 그때 분사된 배기가스가 하늘에 엄청나고 쇠처럼 튼튼한 층을 만들어 도시 위에 압력솥의 뚜껑처럼 놓였을 것이다. 그다음에 끓는 압력 때문에 기온이 엄청나게 올라가서 도시의 시민들은 초단시간에 다 익어 버렸을 것이다. 북극에서는 모든 유빙들이 녹아 버리고 북극곰들이 질식하고 녹색 지대는 상승하는 바닷물에 삼켜졌으리라. 기적을 행하는 자 마티아스가 그의 손가락 끝으로 우유가 흐르게 하여 그 아기 천재에게 젖을 주는 데 성공했기 때문에 북극과 이 세계가 구제되었던 것이다. 작은 곰은 구제되었고 그 대가로 그에게는 북극을 다른 위험에서 구제해야만 하는 과제가 주어졌다. 그는 인간들이 과거에 지치지 않고 생산해 낸 철학 서적과 종교 서적들을 읽고서 대답을 찾아야 했다. 그는 대답을 구하기 위해 유빙의 얼음 바다를 건너고 수영을 해야 했다. 하늘만큼 넓은 기대는 그의 두 어깨에 몇천 킬로그램의 무게로 얹혔다.

이것은 마치 영웅담처럼 들린다. 그러나 나는 속수무책인 존재에 지나지 않았다. 나는 거기에 털이 뽑힌 토끼처럼 불쌍하게 누워 있었다. 텔레비전에서 내가 신생아였을 때의 모습을 보았다. 두 눈은 아직 뜨지도 못하고 있었다. 두 귀는 아직 들을 수 없었고 아래로 힘없이 처져 있었다. 두 손 두 발은 아직 헐렁거려서 바닥의 내 배조차도 들어 올릴 수 없었다. 이 아이는 왜 이 세상에 태어났을까? 계속 엄마 배 속에 머물러 있는 편이 더 낫지 않았을까? 텔레비전 시청자들은 이런 질문들을 던졌어야 했다. 만약 가능했더라면 나는 내가 그 아이였다는 과거를 부정했을 것이다.

토스카가 왜 나에게 젖을 주지 않았는가라는 질문은 오래전에는 이렇게 분명한 문장으로 떠오르지 않았었다. 엄마에게는 나도 이해할 수 있는 뭔가 합당한 이유가 아마도 있었을 것이다. 아이들은 대개 자기 부모의 머릿속에서 무슨 일이 일어나는지를 이해하지 못한다. 거기에 대해 추측해 보는 것은 덧없는 짓이다. 그것은 자연의 법칙에 속하는 것들이기 때문이다. 나라면 차라리 젖먹이들은 왜 엄마 젖이 없으면 살아남을 수 없도록 만들어져 있는지를 물어보겠다. 예를 들어 새로 태어난 새들은 아빠가 맛있는 벌레들을 잡아다 주면 엄마 젖 없이도 살아남을 수 있다. 그러나 포유류들은 이름이 이미 말해 주듯 엄마 젖을 먹어야만 한다. 우유 이외의 것을 그들은 먹을 수 없기 때문이다. 어쩌면 그것이 우리가 항상 우유 같은 과거를 회상해야 하고 새처럼 자유로울 수 없는 이유일 것이다.

내가 또 이해할 수 없는 것은 왜 여자만 우유를 생산할 수 있는가다. 아빠인 라스가 젖을 줄 수 있었다면 내 인생은 다르게 흘러갔을 것이다. 결국 토스카는 홀로 모든 책임을 져야 했다.

서커스는 자연의 모든 종류의 부당함에 저항한다. 마술사는 그의 중산모가 비둘기를 낳게 할 수 있다. 곡예사는 원숭이로 태어나지도 않았는데 이 가지에서 저 가지로 뛰어오를 수 있다. 맹수 조련사는 불을 무서워하는 동물들로 하여금 활활 타는 링에 뛰어오르게 할 수 있다. 그리고 마티아스는 자신의 손가락에 우유가 흐르게 할 수 있다. 언젠가 나는 동아시아 서커스단의 공연을 텔레비전에서 본 적이 있다. 꿩으로 분장한 여자들의 손가락 끝에서 분수처럼 물이 솟구쳐 나왔다. 정말 대단한 공연이었다! 마티아스도 적어도 그 정도의 일을 해낸 것이다. 나는 그가 우유병으로 하는 트릭을 벌써 일찍부터 알아차렸다. 그러나 그 때문에 나의 경탄과 그에 대한 내 존경심이 변하지는 않았다. 트릭이 없으면 마술도 없다. 마티아스는 우유로만 나를 돌보아 준 것이 아니다. 그는 쉬지 않고 나에 대한 걱정을 하고 혹시 내가 춥거나 덥지 않나 혹은 내가 머리를 물건의 뾰족한 모서리에 박지 않나 신경을 써 주었다. 또 그는 집에도 가지 않았고 한동안은 내 곁에서 잠을 잤고 24시간 동안 나를 살펴보아 주었다. 젖을 떼는 시기에도 매일매일 나에게 정말 손이 많이 가는 이유식을 만들어 주었다.

그는 내가 버림받았다는 느낌이 절대 들지 않도록 해 주었다. 그는 양동이에서 나의 몸을 씻어 주고 수건으로 말려 주었다. 시간이 많이 걸리는 요리를 한 후에는 내가 다 먹을 때까지 참을성 있게 기다려 주었다. 그는 나를 닦달한 적이 없다. 그는 내가 온 사방에 흘린 음식 찌꺼기를 다 모으고 바닥을 청소해 주었다. 그는 내가 텔레비전을 보면 옆에 앉아서 그 방송에 나오는 사람들에 대해 설명을 해 주었다. 그는 찬물에 뛰어들어 나에게 수영을 가르쳐 주었다. 그는 나에게 매일 신문을 읽어 주다가 어느 날 작별 인사도 없이 사라져 버렸다.

나는 계속 내 방으로 신문을 배달받았다. 마티아스가 그렇게 배려해 준 것이리라. 그것은 대체로 베를린의 무가지들이었고 사진이 많고 글은 적었다. 대부분의 기사는 내용을 이해할 수 없었고 다른 것들은 심장을 쥐어뜯을 만큼 슬펐다. 나는 나를 즐겁게 해 주는 기사를 찾지 못했다. 그럼에도 불구하고 한번 주둥이를 신문에 박으면 나는 읽는 것을 더 이상 중단할 수 없었다.

그 소식도 나에게는 신문 기사의 형태로 전해졌다. 마티아스가 죽었다는 것이다. 그는 심장마비로 죽었다. 처음에는 그게 무슨 뜻인지를 알 수가 없었다. 그래서 신문 기사를 여러 번 읽어 보았다. 그러다가 어떤 생각이 갑자기 돌처럼 나를 때렸다. 내가 마티아스를 이제 더 볼 수 없다는 사실 말이다. 그가 계속 살아 있었더라도 나는 그를 다시는 보면 안 되었다. 그러나 나는 언제나 생각했다. 마티아스를 어쩌면 그래도 한 번은 볼 수 있을지도 모른다고. 사람들은 이 어쩌면을 '희망'이라고 부르는 것 같았다. 그런데 나의 '어쩌면'이 죽어 버렸다.

마티아스는 처음에는 신장암을 앓았고 그다음에 심장마비를 겪었다. 비록 그의 첫 번째 심장마비였지만 그는 바로 죽었다. 심장이 그를 공격해 죽이기 전에 왜 그는 나를 한 번도 찾아오지 않았을까? 그는 신호로 자기 침을 조금 내 음식에 섞어 줄 수도 있었다. 그럼 그 침이 나에게 많은 것을 알려 주었을 텐데. 그는 관람객들의 무리에 숨어서 내 이름을 부를 수도 있었으리라. 그러면 나는 틀림없이 그 소리를 알아들었을 것이다.

양배추와 무는 신문지에 둘둘 말려 제공되었다. 사실 그것들은 나에게는 별 영양분이 되지 않았지만 그 방법 이외에는 나로서는 정보를 얻을 데가 없었기 때문에 양배추와 무는 매일 마지막 한 조각까지 열심히 씹어 먹었다.

어느 날 나는 마티아스의 죽음이 나 때문이라는 의견을

읽게 되었다. 내가 변덕쟁이며 악마가 진짜 아이를 나와 바꿔치기했다는 것이다. 그의 눈을 뜨게 하려고 시도했던 인간들도 있었다. 그러나 그는 자기의 진짜 아이에게 돌아가려 하지 않았고 크누트에게 남았다. 크누트를 자기의 친자식으로 여겼기 때문이다. 마티아스는 그렇게 악마의 포로가 되었다는 것이다.

나는 악마라는 이름을 가진 동물은 모른다. 왜냐하면 그런 종족은 동물원에는 없기 때문이다. 다른 기사에서 어떤 기자는 내가 마티아스의 생기를 다 빨아 먹었다고 썼다. 어쩌면 그는 내가 매일 먹는 우유 이야기를 하는 것일 수도 있다.

마티아스의 장례식은 아주 가까운 사람들끼리 모여 소규모로 치렀다고 한다. 나는 초대를 받지 못했다. 나는 사람들이 장례식에서 어떤 행사를 치르는지 모른다. 어쩌면 죽은 자의 곁에 가까이 서서 장례식장에서 다시 한번 가까움을 느끼고자 할 수도 있다. 그렇지만 아무도 나만큼 그렇게나 마티아스의 가까이에 있지 않았다. 그러나 나는 초대를 받지 못했다. 그리고 그 이유는 내게는 영원히 어둠 속에 묻혀 버렸다.

나는 크리스티안이 한 인터뷰를 읽었다. 그 인터뷰에서 그는 이렇게 말했다. "마티아스는 여러 가지로 스트레스를 받고 있었어요." 또다시 사람들은 스트레스에 대한 이야기를 하고 있었다. 사람들은 엄마가 나를 거부한 것도, 마티아스가 사망한 것도 다 스트레스가 원인이라고 한다. 그러나 스트레스라 불리는 동물은 이 세상에 존재하지 않는다. 적어도 우리 동물원에서는 그렇다. 그것은 환상의 동물임에 틀림이 없다. 사람들은 이 세상에 실제로 존재하는 동물로는 충분하지 않다고 생각하는지 환상의 동물들을 만들어 냈다. 나는 말레이곰들과 이 문제에 대해 토론하고 싶었지만 마티아스와 헤어진 이후로는 동물원 안의 산책이 더 이상 허용되지 않았고 그 누구와도 이야기를 할 수 없게되었다.

다른 동물들과 멀어지면서부터 나는 식물들이 내는 소리에 더욱 주의를 기울이게 되었다. 살랑거리는 나뭇잎들은 비록 내가 그들의 언어를 이해하지 못해도 나의 마음을 진정시켜 주었다.

저 바깥의 놀이 공간에서는 그늘에서도 뜨거운 공기가 흔들거렸다. 아주 조금만 움직여도 체온이 높이 올라가서 나는 거의 폭발하기 직전이었다. 그래서 나로서는 빙빙 돌며 수영을 하는 것 이외에는 할 수 있는 일이 없었다. 내가 물속으로 뛰어들면 관객들은 환호성을 질렀고 나에게 카메라를 들이대었다. 왜 그런지 나는 지금도 모른다. 그렇지만 물속에서 곧 나는 다시 지루해졌다. 관람객들은 나의 지루함을 관찰하는 것을 그다지 감격스럽게 여기지 않았다. 관람객의 수는 요즈음 들어 급격하게 줄고 있었다.

어느 비 오는 날 오전에 드디어 나의 인기가 바닥을 쳐서 울타리 뒤에는 오로지 딱 한 사람만이 서서 나를 바라보고 있었다. 그는 나를 뚫어지게 보았고 검정 우산을 잘못 펼쳤을 때에도 시선을 다른 곳으로 돌리려 하지 않았다. 가벼운 바람이 그의 체취를 내게 가져다주었다. 내가 아는 사람이었다. 이 남자가 누구더라? 나는 할 수 있는 한 코를 앞으로 내밀고서 열심히 냄새를 맡고 숨을 힘차게 들이마셨다. 그는 모리스였다. 밤번 대리를 섰던 그 사람. 그때에 그는 나에게 자기의 도서 목록 가운데에서 뭔가를 읽어 주었었다. 나는 주둥이를 흔들었고 그는 자기의 손을 들어 흔들어 주었다.

마티아스가 죽은 다음에 나를 혼란스럽게 만드는 일들이 연달아 일어났다. 나는 차라리 애도의 검은 털옷을 입고 슬픔이 전부 날아갈 때까지 혼자서 슬픔을 부화시키고 싶었다. 그러나 그렇게 되지 않았다. 그 대신에 나는 손발로 세상의 악랄함에 맞서야 했다. 가장 큰 문제 중의 하나는 유산이었다. 그때까지만 해도 나는 내가 마티아스의 유산을 받을 권리가 있다고 생각한 적이 없었다. 어떻게 내가 다른 사람의 돈을 달라고 요구할 수 있겠는가? 내가 동물원에 가져다준 수익에 대해서도 단 한 번도 내 몫을 요구한 적이 없는데 말이다. 그 분쟁은 나와 동물원 사이에서 일어난 게 아니고 두 동물원 사이에서 일어났다. 그들은 나의 재산을 놓고서 싸웠지만 법원은 단 한 번도 증인으로라도 나를 부른 적이 없었다. 나는 신문을 통해서만 그 재판을 계속 추적해 갈 수 있었고 내 머리를 매일 더 깊이 숙여 읽을 수밖에 없었다. 내 아빠 라스가 소속된 노이뮌스터 동물원이 나를 통해 돈을 벌었다고 베를린 동물원을 고소했다. 베를린 동물원은 벌어들인 돈에서 70만 유로를 노이뮌스터 동물원에 주어야 한다는 것이다. 나는 어떤 만화에서 내 몸이 유로화 화폐로 변신한 것을 발견한 다음부터 도통 식욕이 일지 않았다. 또 다른 기사에서는 내게 선물로 보내진 독이 든 초콜릿에 대해 이야기를 하고 있었다.

아버지를 소유한 사람은 아들도 소유하고 그럼으로써 아들의 재산도 소유한다. 한 신문은 이러한 소유관계를 고정시켜 놓은 법이 존재한다고 주장했다. 다른 어떤 신문에서 한 여자 기자는 이러한 시대에 뒤떨어진 법을 우리 사회가 수용하면 안 된다고 쓰고 있었다. 어찌 되었든 간에 노이뮌스터 동물원은 나와 나의 재산이 본래 자기들 것이라고 주장하였다. 그래서 베를린 동물원은 양보해서 노이뮌스터 동물원에 35만 유로를 주겠다는, 그렇지만 거기에서 한 푼도 더 줄 수 없다는 제안을 했다. 적어도 내가 신문에서 얻어 수집한 정보는 여기까지가 최신 정보였다.

나는 한 번도 사람들이 나를 가지고 비즈니스를 할 수 있으리라고는 생각해 본 적이 없었다. 그러나 사람들은 나 때문에 입장권을 더 많이 팔 수 있었을 뿐만 아니라 소위 '크누트 상품'으로 엄청난 이윤을 남겼다는 것이다. 내 얼굴을 가진 수만 개의 인형이 내 분신으로 팔려 나갔다. 딱딱한 재료로 만든 아주 작은 크누트도 있었고 중간 크기의 크누트도 있었고 폭신폭신한 크누트도 있었고 크기가 엄청나게 큰 크누트도 있었다. 모르긴 몰라도 헝겊 인형이 다 팔려서 판매대가 텅텅 비면 트럭이 상점 뒷문에다 산더미 같은 새 크누트를 내려놓았음에 틀림없었으리라. 모든 클론들은 크누트라는 이름을 가졌다. 나는 산더미 같은 크누트 앞에서 나를 소개하고 큰 소리로 말하고 싶었다. '여기 있는 나만이 진짜 유일무이한 크누트다'라고. 그러나 아무도 내 말을 듣지 않았다. 판매되는 크누트는 헝겊 인형만이 아니었다. 열쇠고리로, 커피 잔으로, 티셔츠로, 셔츠로, 스웨터로, DVD로도 있었다. 텔레비전에서 나는 크누트 노래를 담은 CD도 있다는 것을 알게 되었다. 왕의 머리를 내 머리로 바꾼 트럼프 카드도 있었고 손잡이가 내 모습으로 된 찻주전자도 있었다. 공책, 연필, 장바구니, 배낭, 핸드폰 케이스, 지갑도 있었다. 나의 얼굴은 온 사방에서 볼 수 있었다.

거리의 신문들은 재산을 지속적으로 늘리고 멋진 별장을 짓고 벨벳으로 까맣고 빨갛고 금색인 옷을 해 입고 파티에 갈 때 귀에 귀금속을 달고 사진에 나오는 사람들에 대해 주기적으로 보도했다. 돈은 나의 관심 대상이 아니었다. 그러나 나의 정신을 번쩍 들게 만든 기사가 있었다. 어떤 남자가 부패 혐의로 체포되었다. 그런데 그는 그다음에 10만 유로의 보석금을 지불하고 일시적으로 석방이 되었다는 것이다. 나는 마티아스가 사람들은 돈을 주고 석방될 수 있다는 말을 했다는 걸 희미하게 기억해 냈다. 비록 일정 기간만이라도 말이다. 나도 돈을 지불하면 내 감방을 떠나 자유로워질 수 있을까?

오전 일찍은 바깥 놀이 공간도 아직은 참을 수 있을 정도로 선선했다. 그러나 태양이 정점에 도달한 다음에는 끔찍한 더위가 1분 1분 더 심해져서 나를 괴롭혔다. 크누트 상품과 나를 둘러싼 재판에 대한 생각은 내 뇌의 사고 담당 기관들에 열이 나게 해서 고통스러울 지경이었다. 나는 두 팔로 머리를 감싸고 숨을 편안히 쉬려고 애를 써 보았다.

그럴 때 누군가가 울타리 뒤에서 말하는 것을 들었다. "아, 이 가망 없는 경제 위기라니! 크누트라도 이건 골머리 아프 겠다!"

어느 날 드디어 내 기운의 게임 판이 바뀌어 행운의 숫 자가 나타났다. 아침을 먹을 때 문득 내가 잘 아는 남자의 향기를 느꼈다. 바로 모리스였다. 그리고 나는 아침 식사 자리에서 편지 한 통을 발견하고 허겁지겁 봉투를 열었다. 내가 시장이 여는 내부자 파티에 초대를 받았다는 내용을 읽을 수 있었다. 내일 저녁에 모리스가 나를 데리러 올 것 이다. 동물원은 이번에 예외적으로 내가 바깥으로 외출하 는 것을 허락해 주었다. 나를 초대한 사람이 동물원으로서 도 아주 중요한 인물이었기 때문이다. 그러나 이것은 비밀 리에 처리되어야 할 개인 행사였다. 그 파티는 베를린의 호 숫가에 있는 고급 호텔 스위트룸에서 열릴 것이다. 그러면 8층의 넓은 테라스에서 나는 호수를 내려다볼 수 있을 것 이다. 리무진이 와서 모리스와 나를 태우고 파티장에 바로 데려다주기로 했다.

모리스와 나는 리무진에서 내렸다. 이미 져 버린 태양 때문인지 아니면 호수가 녹색으로 둘러싸인 광경 때문인지 몰랐지만 오랜만에 다시 신선한 공기를 들이마시게 되어 시원하고 기뻤다. 호텔 입구에는 두 명의 문지기가 제복을 입고 서 있었다. 이들은 녹색 옷을 입은 전나무처럼 보였다. 그들은 웃옷에 가죽끈을 멋지게 감고 있었고 장식도 하고 있었다. 나는 그들을 보고 미소를 지으려 했지만 우리를 세심하게 관찰하고 있는 시선은 엄격하고 마치 거부하는 듯했다. 그렇지만 않았던들 나는 그들에게 진짜 경찰인지 아니면 배우들인지를 물어보았을 것이다.

모리스는 내 오른 앞발을 잡고는 사람들이 없는 입구로 나를 데려갔다. 엄청나게 큰 샹들리에가 천장에 걸려서 그 공간을 노랗게 비춰 주었다.

나는 엘리베이터라는 시설을 텔레비전에서 보고 알고는 있었다. 이때 나는 처음으로 직접 엘리베이터를 타 보았다. 엘리베이터의 금속으로 된 문이 눈앞에서 다시 열렸을 때에 나는 완전히 다른 세상 앞에 서 있었다. 이게 도무지 진짜인지 아니면 그저 눈앞에 그렇게 비친 세계인지 확신이 없을 정도였다.

그 공간은 대화를 나누는 손님들로 벌써 꽉 차 있었다. 그들의 목소리는 나의 머리 주변에서 꿀벌들처럼 윙윙거렸다. 막 굽기 시작한 고기의 달콤한 향기가 그 공간을 통과해 밀려왔다. 그렇지만 나는 이 사람들 무리를 뚫고 저 너

머를 볼 수 없었다. 어디나 사람들의 등, 배, 엉덩이들로 가득 차 있었다! 모리스는 나를 데리고 내가 모르는 목표로 사람들 사이를 헤치고 나아갔다. 돌연 한 남자가 우리 앞에 서 있었다. 그의 얼굴은 달아올라 있었고 양복은 차갑고 세련된 것이었다. 나는 무엇이 이 남자를 그렇게 흥미롭게 만드는지 알아보려 했다. 그는 미소를 띤 채 내 눈을 뚫어지게 바라보았고 내 볼에 키스를 했다. 그러자 내 주위의 손님들이 모두 박수를 쳤다. 그들은 계속 나를 지켜보고 있었던 것이다. 모리스는 그 남자에게 생일을 축하한다는 인사를 하고 리본이 펄럭거리는 상자 하나를 건넸다. 포장지 위에는 사진이 하나 있었는데 그 사진에 바로 내가 있었다! 그 남자는 감사하다고 말하더니 우리에게 다시 한번 가볍게 키스를 하고는 상자는 풀어 보지도 않고 옆에 서서 시중드는 남자에게 전달했다. 그다음에 나는 잔을 하나 받았다. 그 안에는 노리끼리한 액체가 3분의 2쯤 차 있었다. 생일을 맞은 사람이 건배했고 그러자 청량한 쨍 소리가 났다. 그 방에 있던 남자들은 모두 잔을 높이 들어 올리더니 갑자기 소리를 질렀다. "건배!"라고.

나는 그 액체를 자세히 들여다보았다. 잔의 안쪽 벽에 아주 작은 기포들이 달라붙어 있었다. 기포들은 하나하나 잔에서 떨어지더니 위쪽으로 올라갔다. 그리고 바깥 공기에

도달하자 방울이 팍팍 터지며 사라졌다. 나는 이 작은 기포들을 계속 관찰하고 있고 싶었다. 그러나 모리스는 내게서 잔을 빼앗더니 샴페인은 마시는 않는 게 좋겠다고 속삭였다. 그는 나에게 다른 잔을 가져다주었다. 나는 한 모금 마셔 보았다가 쭉 들이켰고 사과 맛이 나는 그 주스에 만족했다.

그 남자는 강한 스피커 몸이나 특별히 강한 목소리를 가진 것은 아니었지만 그가 입을 열 때마다 그 공간에 있던 다른 사람들은 다 입을 다물었다. 그리고 모두 그의 말을 경청했다. 나는 저 남자는 스타인가 보다 생각했고 내 안에서 질투심이 서서히 올라오는 것을 느꼈다. 나 또한 한때 스타였다. 내 작은 동작 하나하나에도 매일 환호성을 지르는 엄청난 관객을 갖고 있었다. 그 당시에 나는 100만 명의 관심을 모았고 나의 힘이 엄청나다고 느꼈다. 지구 전체에 비가 쏟아지도록 구름도 멀리 날려 보낼 수 있는 것처럼, 아니면 윙크 한 번으로 태양을 불러오거나 엄청난 폭풍 같은 바람도 물리칠 수 있는 것처럼 말이다. 나는 시간을 거꾸로 돌려서 그 힘을 다시 한번 손에 쥐고 싶었다.

존경받는 그 남자는 어느 사이엔가 무리들 속으로 사라졌다. 나는 청각의 강도를 더 높여 그 남자가 이 무리 한가운데 정확히 어디에 서 있는지 포착할 수 있었다. 남자 주위로 사람의 무리가 여러 겹의 원을 만들고 있었다. 가장 안쪽 원의 사람들은 침묵하면서 그의 말을 경청했다. 더 넓은 원의 사람들은 그의 말을 변형시켜 계속 바깥쪽으로 실어 날랐다.

내 뒤에서 자기 길을 가던 어떤 남자가 나를 밀쳤다. 그래서 내 코로 모리스의 가슴을 잠깐 누르게 되었다. 나는 오래전의 버터 향기를 다시 맡았다. 내 안에서 새삼스럽게 재회의 기쁨이 불쑥 솟아올랐다. 비록 좀 늦기는 했지만 세차게 올라왔다. 나는 자발적으로 그의 볼을 핥았다. 그는 얼굴을 대놓고 뒤로 뺐는데 사실은 이 상황을 즐기고 있었다. 아니라면 부러운 듯이 우리를 지켜보던 한 남자에게 다음처럼 설명하지 않았을 것이다. "종이 다르면 관습도 다른 법이에요. 키스를 하는 방법은 정말 다양하지요."

다 구워진 고기의 향내가 사람들이 몰려가는 방향으로부터 왔다. 다들 접시를 하나씩 들고 있었는데 그 위에서 음식들을 몇 점 볼 수 있었다. 모리스는 내 얼굴 표정을 읽더니 말했다. "조금만 더 기다려 봐. 우리도 음식을 가져오면 되는데 지금은 아니야." 나는 오랫동안 기다렸지만 더 이상 참을 수가 없어서 눈에 띄지 않게 후각이 이끄는 방향으로 향했다. 모리스는 나를 제지했는데 걱정스러운 표정을 짓고 있었다. "네 음식을 가져다줄게. 여기서 기다리고 있어." 나는 모리스가 왜 그렇게 걱정을 많이 하는지 이해하지 못했다.

내가 기다리는 동안 남자들 몇 명이 내 쪽으로 와서 말을 걸었다. 나를 텔레비전에서 본 적이 있다는 것이다. 한 명은 조심스럽게 내 털가죽을 만져 보았다.

마침내 모리스가 접시 하나를 들고 왔는데 그 위에는 고기 한 덩어리와—그것은 죽은 쥐 반 마리쯤으로 매우 좀스러웠는데—세 조각의 감자 그리고 사과 간 것 한 덩이가 같이 올라가 있었다. 나는 신문에서 이 도시의 경제적 상황이 안 좋다는 이야기를 물리도록 읽었었다. 동물원도 자금이 부족해서 지금 어려움을 겪고 있었다. 그러나 여기에서 사람들이 혀로 먹는 음식의 이 끔찍하게도 적은 양을 보니 그 빈곤함은 내 상상의 도를 이미 넘어섰다는 것을 알 수 있었다. 내 접시를 보자 벌써 텅 비어 있었다. "여기에서 네 배를 채우려고 하면 안 돼"라고 모리스가 속삭였다. 나는 모욕당한 기분이었다. 그래서 혼자 테라스로 가서 큰 호수의 검은 물의 표면을 관찰했다. 달이 물결 사이에서 떨고 있었다.

테라스에 원을 이루며 선 사람들 중의 한 명이 맑은 목소리로 끊임없이 이야기를 하고 있었다. 나는 그가 어제 텔레비전에서 방송되었던 어떤 토크쇼에 대해 이야기하는 것을 같이 들었다. 그 사람은 농담으로 토크쇼의 참석자를 흉내 냈는데 나는 처음에는 그가 매를 흉내 낸다고 생각했다. "나는 결혼한 부부들이라면 모두 아이를 입양할 수 있다는 것에 대해 반대합니다. 사람들이 원하든 원하지 않든 오늘날에는 동성 결혼도 존재합니다. 거기까지는 좋습니다. 그러나 그들마저 아이를 입양하고 이 아이들에게 영향을 미치려 한다면 안 됩니다. 이 아이들도 커서 언젠가 아이들을 입양하려 할 것입니다. 그러면 우리 나라에는 언젠가 더 이상 아이들이 태어나지 않겠지요. 다들 입양만 하려 할 것입니다!" 웃음소리. 흉내를 내던 사람은 직업적인 그로테스크한 표정에서 자기 본래의 얼굴로 돌아갔다. "'믿을 수가 없네요.' 이 말을 한 사람은 아직 젊은 사람이었는데 벌써 과장급의 머리 모양을 하고 있었습니다. 그렇지만 최고는 그다음에 있었지요. 즉 회색 머리의 우아한 부인이 일어났는데, 여든 살이 넘어 보였습니다. 그리고 조용한 어조로 이야기를 했지요. '그러나 나중에 동성애 관계를 맺는 아이들의 부모는 거의 다 이성애자들입니다. 그들이 아이들을 그렇게 만든 것입니다. 그런 걸 원치 않으면 우리는 먼저 이성애-결혼을 금지시켜야 합니다.'" 몇몇 남자들은 큰 소리로 웃었고 다른 몇몇은 찡그렸다. "나는 얼마나 많은 시청자가 과연 이 부인을 이해했을지 모르겠습니다. 돌처럼 굳은 머리들이 너무나 많으니까요. 그들은 아이러니도 모르고 유머도 모르고 비유도 모릅니다. 정신은 언제나 확대되고 또 확대될 수 있다는 것이 중요합니다. 나는 텔레비전 화면 앞에서 박수를 치지만 그 부인에게는 내 존경심을 표하고 싶었습니다. 도대체 그분은 누구십니까?"—"나는 그 부인을 본 적이 있습니다. 바로 어떤 책의 저자입니다. ……제목이 뭐였더라?"

나는 그 원 안으로 들어갈 용기가 없어서 줄곧 구석의 안락의자에 앉아 있었다. 거기에서 나는 좁은 바지를 입은 낯선 골반들을 보았다. 그것들은 완벽하게 훈련된 긴장된 골반들이었다. 다 튀어나온 작업복같이 축 처진 내 엉덩이와 비교하면 차이가 컸다. 나는 부끄러워서 일어날 수가 없었다. 내 옆의 안락의자는 비어 있었다. 그러나 아무도 와서 앉으려 하지 않았다. 그래서 나는 천천히 나의 가죽 안으로 들어갔다. 낯선 남자가 눈처럼 하얀 스웨터를 입고 나에게 다가오기 전까지 말이다. "기분이 별로 안 좋은가 봐?" 그는 부드러운 목소리로 내게 물었다. 그의 얼굴은 어딘지 고양이상이었지만 그럼에도 불구하고 아름다웠다. 그에게 매료되어 나는 그를 바라보았다. 그는 자기를 '미하엘'이라고 소개했다. 순간적으로 나는 내 이름을 말해야 할지 아니면 내가 먹고 싶은 것을 이야기해야 할지 몰라서 우왕좌왕했다. 나는 후자를 택했다. "파슬리에 삶은 감자가 좋겠어. 더 좋은 건 버터를 잔뜩 넣은 감자 퓌레고." 미하엘은 웃었다. 그의 긴 속눈썹과 상대적으로 높은 광대뼈 사이에 깊은 그늘이 나타났다. "나는 음식이라면 대개 참을 수가 없어. 그래서 파티에서는 차라리 아무것도 먹지 않지. 집에서도 물론 뭔가를 먹기란 쉽지 않은 일이긴 해. 그 때문에 내가 아주 보기 싫게 말라 보인다는 것은 알고 있어. 어렸을 때 사람들은 나더러 외모가 귀엽다고 늘 이야기를 해 주었지. 그다음에 사춘기가 와서 몸이 엄청나게 커졌고. 이제 내가 매력이 없어졌다는 말을 들었을 때 나는 정말 깜짝 놀랐어. 이후로 식욕이 없어지고 체중이 줄고 더 이상 과거의 나로는 돌아갈 수 없었지." 그의 두 뺨은 움푹 들어가 있는 반면에 도톰한 입술은 계속 피처럼 붉은빛이 났다. "사람들이 네가 더 이상 귀엽지 않다고 말했을 때 슬펐니?"—"고독하고 버려진 느낌이었어. 그땐 텔레비전 드라마에 나오는 감상적인 말들만 생각이 났지. 아무도 나를 더 이상 사랑하지 않아! 같은 말. 최악의 시기에 우리 엄마마저 우리를 버리고 떠났지."—"엄마가 돌아가셨어?"—"아니. 엄마가 우리에게서 도망쳤어." 모리스는 붉어진 뺨을 하고 돌아왔다. "집에 갈 시간이야." 그것은 제안이 아니라 명령이었다. 모리스는 미하엘이 마치 거기에 없는 것처럼 그를 무시하고 인사도 하지 않았다. 동정에 가득 찬 내 눈길에 대해 미하엘은 달래는 어조로 말했다. "곧 보러 갈게. 네가 어디에 사는지 알아." 그의 목소리는 꿀벌이 꿀을 가졌을 때 지닐 수 있는 품질을 가졌다. 침이 꿀꺽 내려갔다.

모리스는 내 앞발을 잡고 사람들 사이를 통과해 끌고 갔다. 우리는 스위트룸에서, 그리고 그 호텔 건물에서 나왔다. 엘리베이터에서 그는 팔을 내 어깨 위에 올려놓았다. 나는 집에 가고 싶지 않았다. 리무진에서 나는 모리스에게 말했다. "나는 다시 너랑 같이 파티에 가고 싶어." 그는 불쌍한 듯 나를 쳐다보더니 가슴의 털을 쓰다듬어 주었다.

그다음 날 햇빛은 보통 때보다 더 밝게 암벽의 판을 반사해서, 거의 눈이 멀 지경이었다. 나는 아주 편안하게 온몸을 펴고는 일부러 햇빛에 가서 서서 마치 올림픽 수영 선수들이 하듯 두 팔을 앞으로 쭉 뻗고 물속으로 들어갔다. 그때 관람객이 딱 세 명이었는데 그들은 폭풍과도 같이 엄청난 박수갈채를 보냈다. 처음에 나는 자유형으로 수영을 했다. 그다음에는 몸을 뒤집어 배영으로 수영을 했다. 내 앞에는 나뭇가지 하나가 물 위에서 떠다니고 있었다. 나는 이 나뭇가지의 상태를 이빨로 테스트해 보았다. 그러고 나서 이 나뭇가지를 입에 물고 수영을 했다. 나는 머리를 흔들어 나뭇가지가 물을 어떻게 혼탁하게 만드는지를 관찰했다. 관람객들이 점차 늘어나기 시작했다. 이미 열 명이 거기에 서서 카메라를 나에게 향하고 있었다. 불쑥 놀고 싶다는 생각에 사로잡혀 나는 그 나뭇가지를 이리저리 힘차게 저었다. 찰싹거리는 소음을 내면서 유리처럼 맑은 물방울들이 공중으로 올라가 둥근 구멍들을 때렸다. 나는 나뭇가지를 휘젓다가 물속으로 가지고 들어가 더 이상 참을 수 없을 때까지 숨을 참고 물속에 머물렀다. 그다음에 힘차게 다시 물 밖으로 뛰쳐나왔다. 환호성. 나는 다시 한번 물속으로 잠수했고 할 수 있는 한 숨을 참았다가 잠영하여 가장 멀리 떨어진 곳에서 갑자기 물 밖으로 뛰쳐나와 머리를 흔들어서 온 사방으로 물을 뿌려 댔다. 벌써 서른 명이 넘는 사람들이 울타리에 있었다. 그다음 배영으로 수영을 했는데 그사이 나의 하늘은 카메라 렌즈로 뒤덮여 있었다.

저녁노을이 지면서 방문객의 목소리가 점점 작아졌다. 곧 새들의 지저귀는 소리가 동물원의 청각적 형상을 지배했다. 그 후에 인간들의 목소리는 띄엄띄엄하게만 들렸다. 태양이 그 큰 고층 빌딩 뒤로 내려가자 이제는 새들의 주둥이도 모두 입을 다물었다. 자정이 되자 늙은 늑대들이 울부짖는 소리만 가끔 들려왔다. 늑대가 내 좋은 친구는 아니지만 외로운 밤이라면 나는 늑대하고라도 말을 나누고 싶다는 생각이 들었다.

밤은 어떠한 음악 소리도 동반하지 않고 깊어만 갔다. 등 뒤에서 뭔가 차가운 소름이 끼쳐서 나는 몸을 돌렸고, 저쪽에서 먼지를 뒤집어쓴 컴퓨터가 내부에서부터 빛나는 것을 보았다. 그 기계는 처음부터 그곳에 마치 가정의 제단인 양 서 있었다. 그렇지만 내게는 이미 오래전에 잊혀 버린 기계였다. 나는 미하엘이 그 화면에 나타났을 때에는 놀라서 하마터면 자리에 주저앉을 뻔했다. "오늘은 기분이 아주 좋네, 그렇지 않아?" 미하엘이 태평한 목소리로 물었다. 전혀 이상할 것 하나도 없다는 듯 말이다. 그러나 나는 내가 깜짝 놀랐다는 걸 감출 수가 없었다. "너는 내내 나를 관찰하고 있었던 거야?"—"그래."—"어디에 있었는데? 슬프게도 나는 사람들 얼굴을 하나하나 알아보지는 못해. 너무 멀거든. 나는 그게 남자인지 여자인지 아니면 아이인지 정도만 알아볼 수 있어, 그것도 주위 분위기와 흐릿한 윤곽선으로 말이야."—"나는 관람객들 사이에 있지 않았어. 나는 구름 위에서 너를 관찰하고 있었어."—"말도 안 돼."—"너 오늘 신문을 읽었니?"—"아니."—"그들은 네가 엄마를 만나게 하려는 계획을 짜고 있어."—"내 엄마라고? 마티아스 말이야?"—"아니 토스카."

나는 내 생물학적 엄마와의 대화를 상상해 보려고 애썼

지만 곧바로 실패하고 말았다. 나에게는 토스카 대신에 어떤 어린이 그림 하나가 떠올랐다. 두 눈사람이 나란히 서 있는 그림이었다. "미하엘, 너는 아는 것이 많지, 그래서 하나 물어보고 싶어. 사람들은 왜 우리 엄마가 노이로제에 걸렸다고 이야기하지?" 미하엘은 자신의 매끈한 턱을 쓰다듬었다. 그의 턱에서는 면도한 자국조차 찾아볼 수 없었다. "그건 그리 간단한 문제가 아니야. 내 대답이 맞는지도 잘 모르겠고. 그렇지만 내 생각에는 동물원의 사람들은 서커스를 자연스럽지 않다고 여기는 것 같아. 그곳에서는 돌고래와 범고래가 공중회전을 하고 서로 공을 주고받지. 거기까지는 그럴 수 있다고 쳐. 그런데 암곰이 자전거를 탄다면 그건 정말 너무한 것이라고 생각을 하는 거지. 만약에 곰이 그런 곡예를 하면 그 곰은 틀림없이 영혼이 병들었을 거라는 거야. 자유에 대하여 특정 생각을 가진 사람들은 그렇게 생각을 해."―"우리 엄마가 자전거를 탔었어?"―"나도 정확히는 몰라. 어쩌면 너희 엄마는 공 위에서나 줄 위에서 춤을 추었을 거야. 어찌 되었든 간에 무대 프로그램을 했었고 그런 것들은 훈련을 엄청 세게 받지 않으면 안 되는 거야. 나는 토스카가 강제로 했는지 아니면 조상들이 했던 것을 유전으로 물려받았는지까지는 몰라. 나처럼 말이야."―"너도 서커스에서 일한 적이 있어?"―"아니, 그렇지만 그 비슷한 데에서 일했었어. 다섯 살 때부터 벌써 무대에 서서 노래하고 춤추었지. 내가 두 발로 서자마자 이미 엄청난 훈련이 시작되었어. 나는 무슨 뜻인지도 모르면서 사랑의 노래를 불렀어. 나는 아주 가파른 성공의 가도에 서 있었고 쉬지 않고 그 길을 올라갔어. 내가 사춘기에 들어서자 사람들은 내가 이제는 별로 예쁘지 않다고 생각했어. 어떤 친구가 나는 내 진정한 유년 시절을 폭력적으로 탈취당했다고 말했어. 그러니 유년 시절을 다시 얻기 위해 투쟁해야 한다고."—"너도 억지로 춤을 추고 노래를 한 거였어?"—"처음에는 그랬지. 그렇지만 언제부터인가는 나를 강제로 하게 만든 사람은 바로 나 자신이었어. 나는 더 이상 다른 것을 할 수 없었던 거야. 도취되는 것이 너무나 재미있었기 때문이지."—"우리 엄마도 똑같이 그랬을까? 그래서 엄마가 병들게 된 걸까?"—"나는 그렇게 생각하지는 않아. 네가 엄마를 보게 된다면 직접 물어볼 수 있잖아. 이제 나는 집에나 가야겠다."

미하엘이 찾아오고 난 이후로 나는 아무 걱정 없이 아주 깊은 잠에 빠지게 되었다. 다시 깨어났을 때 나의 눈썹 안쪽은 장밋빛으로 빨갛게 빛이 났다. 아침을 먹은 다음에 나는 아무 생각 없이 어릴 때처럼 신나게 놀이 공간으로 나갔다. 마티아스는 이제 더 이상 거기에 없었지만 그의 미소는 언제나 나의 뇌 속에서 어른거렸다. 울타리의 다른 쪽에는 이미 수십 명의 관람객들이 카메라를 손에 들고 나를 기다리고 있었다. 그때 불어온 바람은 나에게 원장의 냄새를 실어다 주었다. 나는 오른손으로는 암벽 바닥의 틈새에서 홀로 자라는 나무를 잡고 왼손으로는 나의 오랜 지인에게 손짓을 했다. 그도 나에게 손짓으로 답해 주었다. 그러고 나서 시작되었다. 마치 워밍업을 하는 육상 선수처럼 나는 어깨를 위로 들었다 내렸다 하면서 머리를 돌렸다. 오전이 지나면서 관람객 수가 늘었다.

가장 더운 시간에는 숫자가 좀 줄었지만 오후 늦게는 관람객 수가 다시 늘었다. 사람들은 두 겹 세 겹 아주 빽빽하게 모여 서서 나에게 시선을 고정하고 있었다.

새로운 놀이를 생각해 내는 것은 쉬운 일은 아니었다. 나는 새 아이디어를 쥐어짜느라고 머리를 혹사했다. 그러자 체온이 높이 올라가서 기분이 나빠졌다. 관람객들에게 새로운 놀이를 보여 주겠다는 나의 소망은 무모할 정도로 컸다. 관람객들의 기대도 마찬가지였다. 특히 어린아이들이 그랬다. 어른들은 처음에는 큰 호기심을 보이지 않기 때문에 나는 그들의 관심을 살살 긁어서 불러일으켜야 했다. 그게 성공했을 때 사람들의 뻣뻣한 몸이 부드러워지고 얼굴에서 빛이 나는 것을 나는 기쁘게 지켜보았다.

이날 불쑥 아이디어가 하나 떠올랐는데 어찌 되었든 없는 것보다는 나았다. 암벽 판이 얼음층으로 덮여 있으니 내가 그 위에서 미끄러져 내려오면 어떨까 하고 생각을 해 보았다. "와, 크누트가 얼음 위에서 걷는 연습을 한다!"라고 한 사내아이가 소리쳤다. "아마 크누트는 북극에 대한 향수를 느끼나 보다." 한 어른 남자 목소리가 대꾸했다. "크누트는 언젠가 북극으로 돌아갈까?"라고 슬픈 여자아이 목소리가 물었다. 나는 예전에 텔레비전에서 보고 감탄했던 여자 피겨스케이팅 선수들이 생각났다. 나도 그 선수들처럼 되고 싶었고, 짧은 치마를 입고 얼음과 같이 냉정한 춤을 추고 싶었다. 나는 그 사람들처럼 가슴에는 반짝거리는 장식품을 달고 싶었다. 아니면 그것은 얼음 부스러기나 물보라였나? 피겨스케이팅 선수들은 뒤로 미끄러지면서 앞으로 나아갈 수 있었다. 나 또한 그걸 시험해 보고 싶었으나 어떤 이유에서인지 잘되지 않았다. 나는 뒤로 넘어겼고 관객들이 시끄럽게 웃는 소리를 들었다. 노력해서 안 되는 일은 없다. 나는 내일 다시 이 연습을 할 것이다.

고통스러운 뜨거운 날들을 동반한 여름이라 나로서는 그늘에 앉아서 해가 지기를 바라는 것밖에는 할 일이 없었다. 여름은 늘어지고 있었다. 나는 눈을 4분의 3 정도 감고 적어도 머릿속에서라도 설원을 보기 바랐다. 그러기는커녕 거기에서도 물의 면적이 넓어지고 있었다. 나는 그 물이 녹은 얼음으로 만들어졌다는 것을 냄새로 알아냈다. 물 위에는 작은 유빙조차 없었다. 그것은 저 멀리 수평선까지 빈틈없이 파랗게 반짝였다. "아, 크누트가 익사한다!"라고 한 꼬마가 소리쳤다. 나는 너무 놀라서 제정신이 들었고 육지로 가려고 서둘러 가슴으로 수영하였다. 할머니는 이미 오래 전부터 내 꿈에 나타나지 않고 있었다.

미하엘의 방문은 곧 내가 하루 종일 고대하는 저녁 고정 프로그램이 되었다. "너는 관객들에게 기쁨을 주는구나." 그는 하루 종일 관찰하는 듯했다. "나에게도 그래."—"나도 예전에는 무대에서 기쁨을 느꼈지. 비록 처음에는 강요로 시작했지만 말이야. 아이일 적 노래나 춤 연습을 할 때 내가 잘못하면 저녁밥이 안 나와도 당연하다고 생각했어."—"마티아스는 나보고 뭘 하라고 강요한 적이 한 번도 없었어."—"나도 알아. 네가 신세대인 걸 보니 기뻐. 그렇지만 너는 아직 자유롭지는 못하지. 그리고 아직도 인권이 없어. 그러면 사람들은 너를 아무 때나 기분 내키는 대로 죽일 수도 있는 거야."

미하엘은 나에게 어떤 마이어라는 사람 이야기를 해 주었다. 그는 동물법 전공자였는데 작센 동물원의 원장을 고소했다. 원장이 어미에게 버림받은 느림보곰 한 마리를 죽였기 때문이다. 지방 검찰은 이 고소를 다음과 같은 이유로 각하했다. 사람의 손에 큰 곰은 나중에 인성 장애를 겪을 수 있고 이러한 끔찍한 결과는 오로지 안락사를 통해서만 미리 막을 수 있다는 것이다. 사람들은 이 문제가 그 정도에서 해결되었다고 보고 있었다. 그러나 사람들은 아직도 마이어 씨가 동물이 아니라 동물법을 사랑한다는 것을 이해하지 못한다. 취미로 물고기를 잡는 남자들이 있다. 취미로 사슴을 사냥하는 남자들도 있다. 마이어 씨는 완전히 다른 포획물을 노린 것인데, 즉 법을 사냥했다. 그는 어미에게 버림받은 곰을 안락사 시키지 않았다고 베를린 동물원을 고소했다. 사람 손에서 자란 곰에게는 곰 사회에서 제대로 버틸 능력이 없다는 것이다. 또한 그런 문제 곰은 이 세상에 존재하지 않는 편이 낫다. 그래서 원칙적으로 이러한 끔찍한 결과를 방지하기 위해서 그 곰을 총으로 쏘아 죽였어야 했다는 것이다. 작센 동물원이 무죄라면 베를린 동물원은 유죄다. 두 동물원이 다 무죄라고 선언하는 것은 비논리적이다. 마이어 씨는 이렇게 근거를 댔다. 내 척추에 서리가 지나갔고 다음에는 내 뇌 속이 온통 혼란의 도가니가 되었다. 나는 정수리에서 열 기둥이 자라는 것을 느꼈다. "사람들은 자연스럽지 못한 것은 모두 증오해"라고 미하엘이 설명했다. "사람들은 곰은 곰으로 남아야 한다고 생각하지. 많은 사람들은 바로 똑같은 논리로 하층민은 하층민으로 남아야 한다고 생각을 해. 다른 것들은 모두 그들에게는 자연스럽지 못한 것이지."—"그러면 동물원은 왜 만들었데?"—"아, 그게 사실상 모순인 거지. 하지만 모순이 인간의 유일한 천성이야."—"너 사기 치는 것 아냐!"—"너는 자연스럽거나 부자연스럽거나 한 것에 대해 너무 골치를 썩이면 안 돼. 그냥 네 마음에 드는 그대로 살면 돼!"

자연스러움에 대한 질문은 나에게 잠이 잘 들고 또 깊이 자는 자연스러운 능력을 앗아 갔다. 내가 토스카의 젖꼭지를 맹목적으로 입안에 넣고 힘차게 빠는 것이 자연스러웠을까? 시작도 끝도 없는 따뜻한 가죽 털이 나를 받아들이고 나를 절대로 떠나지 않으면 자연스러운 것인가? 그러면 나는 엄마의 몸 냄새가 나는 동굴 속에서 내 인생의 첫 주를 보냈을 것이다. 험한 겨울이 지나갈 때까지 말이다. 태어난 이후로 나는 자연과는 거의 관련이 없었다. 나의 인생은 그래서 자연스럽지 못한가? 나는 마티아스가 플라스틱 젖병으로 우유를 주었기 때문에 살아남았다. 그것은 더 큰 자연의 일부가 아니란 말인가? 호모 사피엔스는 괴물은 아니더라도 돌연변이의 결과다. 그리고 바로 그 호모 사피엔스가 버림받은 북극곰의 새끼를 살리겠다고 결정을 내렸다. 그것은 자연의 기적 아닌가?

모든 것이 자연의 질서에 따라 이루어졌다면 나는 곰 동굴의 한가운데에서 엄마의 몸을 발견했을 것이다. 그러나 내가 자라난 상자의 한가운데에는 아무것도 없었다. 나의 코앞에는 장벽이 이어지고 있었다. 나는 장벽 뒤에 있는 세계에 대해 동경을 가지고 있었다. 이것은 내가 베를린 토박이라는 증거가 아닌가? 내가 태어났을 때 베를린 장벽은 이미 역사의 한 조각이 되었지만 많은 베를린 사람들은 아직도 장벽을 머릿속에 가지고 있었다. 이 장벽이 오른편 반과 왼편 반을 나누고 있었다.

한 번도 북극에 가 보지 못한 북극곰을 경멸하는 사람들이 있다. 그러나 말레이곰 역시 말레이반도에 한 번도 가 본 적이 없고 반달곰도 군인들이 깃을 높이 세우는 사세보에 한 번도 가 본 적이 없다. 우리는 다 베를린밖에 모른다. 그리고 그게 우리를 경멸하는 이유가 될 수는 없다. 우리는 모두 베를린 토박이인 것이다. "미하엘, 너는 어떻게 생각하니? 너도 우리처럼 베를린 토박이니?" 그는 당황해서 미소를 지었다. "베를린에는 들르기만 해. 무대에서 물러난 다음부터 나는 자유롭게 아무 데나 여행을 다녀도 되지. 그래서 항상 어딘가 여행 중이고."—"너는 어디에 사는데?"—"너는 이제까지 달에서 거닐어 본 적이 있니?"—"아직 없어. 아마도 거기는 편안한 추운 곳이겠지."—"너에게 베를린은 너무나 더운 곳이지. 너는 어쩌면 에어컨이 없다고 원망할 수는 있지만 사실은 없는 게 더 좋은 거야."—"왜?"—"네 방이 그렇게 냉장고 속처럼 시원하고 바깥은 그렇게 정오의 사막처럼 뜨거우면 너는 절대로 밖으로 나가지 않을 거니까. 너는 좋아서 밖에 나가는 거잖아, 그렇지 않니?"—"응, 나는 바깥을 사랑해. 바깥보다 더 좋은 건 없어"라고 나는 큰 소리로 대답했다. "너는 언젠가는 완전히 바깥으로 나가게 될 거야, 나처럼"이라고 미하엘은 미소를 지으면서 말하고 사라졌다. 늘 그렇듯 그는 그렇게 나와 작별 인사를 했다. 마티아스는 어느 날 갑자기 작별 인사도 하지 않고 사라져 버렸다. 나는 엄마인 토스카의 이별의 말은 아무것도 기억 속에 간직하고 있지 않다.

다음 방문에서 미하엘은 나에게 나와 어떤 젊은 암곰과의 만남이 준비되고 있다고 말해 주었다. 만약 토스카와의 만남이 잘 진행된다면 말이다. 그러면 그다음에는 어쩌면 아빠인 라스를 보게 될 것이다. 나는 이전처럼 규칙적으로 신문을 읽지는 않았다. 미하엘은 말했다. "나는 잠재적 파트너와 만나게 하는 것을 어떻게 판단해야 될지 모르겠어. 너의 통합 능력을 시험해 본다는 것 자체가 원래는 좀 가당치 않은 일이지. 그게 암곰과 만나게 하는 주요한 이유인데 말이야. 너는 심리적으로 아직 건재하거든!" 나는 한숨을 쉬었고 미하엘은 위로하듯 나의 어깨를 쓰다듬더니 말을 이었다. "거기에 대해서 너무 생각하지 마. 그들은 다른 모든 동물들을 통제해야 한다는 그런 생각을 계속하고 있어." 미하엘은 이날 창백해 보였는데 그 옛날의 마티아스보다 훨씬 더 창백했다. 나는 걱정이 되어 물어보았다. "너 어디 아픈 것 아니지, 그렇지?"—"아니야. 나에게 아주 편치 않은 일이 지금 막 생각났어. 내가 생각을 하느라 어딘가에 쏠려 있으면 내 피는 몸 안에서 순환을 하려 하지 않아. 내 문제는 여자 문제가 아니고 한 번도 거기 관심은 없었지만, 나는 아이를 갖고 싶었어. 그들과 아주 가까이 있고 싶었고. 그런데 아무도 그걸 이해하지 못했어. 나는 벌을 받기도 전에 모든 수단을 통해 고통받고 있어."

나는 거의 모든 것에 대해 적합한 단어들을 찾을 수 있었으나 이번 여름의 더위는 한마디로 그냥 내 입을 다물게 만들었다. 매일매일 나는 오늘이 바로 이번 여름 더위의 최고 기록을 세운 날이라고 생각했지만 다음 날이면 더위는 더욱 심해지기만 했다. 도대체 태양은 언제나 되면 자기의 성과에 만족하고 계속 삽질하는 것을 멈출까? 미하엘은 밤에만 나를 찾아왔다. 밤에는 보통 기온이 조금이나마 내려갔다.

나는 미하엘에게 버스로 왔는지 자전거로 왔는지를 물어보았다. 왜냐하면 언젠가 그가 자기는 자동차 타는 것을 좋아하지 않는다고 말한 적이 있기 때문이다. 그는 가볍게 머리를 숙여 가로저었지만 대답을 하지는 않았다. 그의 바지 주머니가 납작한 것이 눈에 띄었다. 그 바지 주머니에는 지갑이 아무리 작아도 넣을 수 없었다. 그 외에 그는 시계도 차고 있지 않았다. 그는 머리끝부터 발끝까지 매끈했고 세련되었다. 마치 검은 표범처럼 말이다.

이 더위가 동물원 방문객들에게는 별로 방해가 되지 않는 것이 분명했다. 매일매일 점점 더 많은 방문객이 내 동물 우리 앞에 모여들었다. 주말뿐 아니라 주중에도 정말 빈틈없이 빼곡 차서 인간의 몸으로 된 두 줄짜리 벽이 생겨났다. 나는 매일 사람들의 얼굴을 정확하게 보려고 애를 썼기 때문에 언젠가부터 원시가 되었다. 나는 아주 작은 아이들이 유모차 속 강보에 싸여 있는 것을 보았다. 그 애들은 두 손을 앞으로 내뻗고 화난 수고양이처럼 울어 댔다. 유모차 뒤에 서 있는 엄마들의 표정은 엄마들이 얼마나 다를 수 있는지를 나에게 가르쳐 주었다. 한 엄마는 아주 지친 듯 그리고 아주 엄한 듯 보였고 두 번째 엄마는 파란 하늘처럼 텅 빈 것처럼 보였으며 세 번째 엄마는 자기를 명랑함에 묶어 두었다.

그날은 넉 대의 유모차가 나란히 서 있는 것을 보았다. 네 엄마들은 어떤 본에 따라 찍어 낸 듯이 키도 똑같고 얼굴에 나타난 즐거운 표정까지도 서로 베낀 것 같았다. 불현듯 나는 살아 있는 아이는 세 명뿐임을 알게 되었다. 네 번째 유모차에는 내 얼굴을 한 헝겊 인형이 있었다. 그러면 아이는 어디로 갔을까? 나는 그 생각을 하자 소름이 끼쳤고 좀처럼 인형을 가진 엄마에게서 시선을 뗄 수가 없었다. 그녀의 정수리에는 안테나처럼 한 무더기의 머리털이 솟아 있었다. 그녀의 블라우스 옷깃은 헝클어져 있었다. 그 여자는 내가 행복한 엄마를 상상할 때의 그 엄마처럼 빛나고 있었다. 이 여자는 자기 아이가 헝겊 인형이라는 것을 알고 있을까? 그걸 받아들이기로 한 걸까?

유모차의 인형은 나의 죽은 쌍둥이 남동생이었을 수도 있다. 나는 그 형제에 대해 기억이 나지는 않지만 신문에서 읽은 적이 있다. 동생은 태어난 지 나흘 만에 죽었다는 기사를 말이다. 죽은 자는 더 자라지 않는다. 그때부터 동생은 계속 아기로 머물러 있었을 수도 있다. 그리고 헝겊 인형으로 유모차에 앉아서 동물원을 돌아다닐 수도 있다. 그러면 동생은 몇 년을, 그리고 몇십 년을 더 그렇게 헤매고 다니게 될까?

더위가 드디어 한풀 꺾였다. 그래서 나에게 '가을'이라는 단어가 떠올랐다. 아침을 먹을 때 잘못해서 우유를 바닥에 쏟았다. 일하는 사람이 오래된 신문들을 바닥에 죽 깔았다. 나는 신문의 앞면에서 미하엘의 커다란 사진을 보았다. 원시가 온 눈 때문에 나는 신문의 잔글자들은 이제 잘 읽지 못했다. 갖은 애를 써서 나는 사진 아래에 있는 글자들을 간신히 해독할 수 있었다. 미하엘이 죽었다는 것이다. 그렇지만 날짜까지 해독하기에는 글자가 너무나 작았다.

이날 밤에 미하엘이 나를 다시 찾아왔다. 마치 그에게 아무 일도 없었던 것처럼. 내가 신문 기사를 잘못 이해했음에 틀림없다. 논란이 있는 문제는 당사자에게 직접 물어보는 게 가장 좋지만 이런 경우에는 어떻게 물어보아야 할지 난처했다. 미하엘은 나에게 엄마를 만났느냐고 물었다. "아니, 아직 아니야. 그렇지만 곧 만남이 있을 거라는 소문이 있어."—"너는 그 전에 뭘 물어볼지 생각을 해 놓아야 해. 만나면 너무 흥분해서 뭘 물어보아야 할지 생각이 안 나거든. 그러면 너무 안타까울 거야."—"만약 가능하다고 한다면 너 같으면 엄마에게 뭘 물어볼 건데?"—"나 같으면 아빠가 없었더라면 엄마는 우리를 어떻게 키웠겠느냐고 물어보았을 것 같아. 아빠는 너무나 가난해서 우리더러 대중 가수가 되어 성공하라고 강요했었거든. 나는 아빠는 오로지 돈 생각만 하는구나 하고 생각했었어. 그런데 알고 보니 돈이 아빠에게는 제일 중요한 것이 아니었어. 어렸을 때 아빠도 음악가가 되고 싶었대. 악기도 여러 가지를 연주할 수 있었다고 하고. 그때 아빠의 형이 아빠를 비웃었나 봐. 형에게는 아빠가 음악가가 될 수 없다는 게 너무 뻔히 보였거든. 형에 대한 증오가 아빠를 미치게 만든 거지."—"너는 그런데 도대체 왜 무대를 떠났니?"—"나는 우리의 몸과 마음을 바꿀 수 있으면 환경의 변화 정도는 모두 이겨 낼 수 있다고 생각했어. 그렇지만 나한테는 이제 환경이 없어. 그래서 그렇게 될 수가 없었어."

그럼 나는 그런 환경을 가지고 있는가 하고 자문해 보았다. 미하엘을 빼놓고는 이제 아무도 나를 개인적으로 찾아오지 않는다. 나는 수영장을 가진 저 큰 테라스를 혼자서 사용하지만 그것은 나를 위한 환경은 아니다. 하늘을 바라볼 때면 나는 멀리 여행하고 싶다는 소망이 생겨났다. 나는 한 번도 제대로 바깥에 있었던 적이 없다. 그럼에도 불구하고 나는 이 지구가 엄청 크다는 것을 확신하고 있다. 그렇지 않다면 하늘이 그렇게 클 수는 없기 때문이다.

겨울이 멀리서부터 천천히, 무거운 장화 걸음으로 다가왔다. 만약 저 먼 곳이라는 것이 존재하지 않는다면 겨울은 베를린의 더위 때문에 자기의 차가움을 잃어버리고 말 것이다. 어느 날 나에게 드디어 찬 겨울바람이 불어왔다. 도시의 더위 앞에서 추위가 자신을 보호하고 살아남을 수 있는 저 먼 곳은 존재하고 있음에 틀림없다. 나는 거기에 가고 싶다.

동물원 관람객들은 외투를 입고 나타났다. 어떤 사람들은 목에다 모직 목도리를 감고 있었고 심지어 장갑까지 끼고 온 사람도 있었다. 그들은 울타리 뒤에 서서 참을성 있게 나를 바라보았는데 그들의 코는 추위로 빨개져 있었다.

최근에 어떤 관람객이 호박을 하나 내 우리 속에 던져 넣었다. 그것은 재미있는 선물이었다. 호박은 떼굴떼굴 구르다가 물속에 빠져 버렸지만 익사하지는 않았다. 호박은 놀랍게도 수영을 할 줄 알았던 것이다. 나는 호박을 따라 물속으로 뛰어들었고 코로 호박을 밀고 갔다. 한참 지나서 나는 호박의 모서리를 베어 먹어 보았다. 나는 배가 좀 고팠다. 그리고 호박 맛이 그리 나쁘지 않다는 것을 확인했다. 나는 호박을 가지고 계속 더 놀았다. 호박은 이제 한 모서리가 다 없어졌다. "크누트는 춥지 않나 봐. 야외에서 수영을 하고 있잖아!"라고 아이 하나가 놀라서 소리쳤다. "아니야, 곰은 절대 추위를 타지 않아. 곰은 북극에서 왔잖아."
이 어른의 목소리는 거짓말을 하고 있다. 나는 북극에서 오
지 않았다. 나는 내가 베를린에서 태어났다는 것을 여러 번
신문에서 읽었다. 또한 엄마도 캐나다에서 태어나 동독으
로 와서 자랐다는 것도 몇 번 읽었다. 그럼에도 불구하고
사람들은 계속 내가 북극에서 왔다고 이야기를 했다. 내가
눈처럼 하얀 털을 가지고 있으니 그러는 것이리라.

밤에는 기온이 눈에 띄게 확 떨어졌다. 미하엘은 내게 올
때 외투를 입지 않았다. 어쩌면 외투가 없어서 그랬을 수도
있다. 이날 밤에 미하엘은 늘 그랬듯 옷깃이 세워진 하얀
색 셔츠를 입고 왔다. 그 위에는 아주 얇은 검은 정장을 입
었고 양말은 하얗고 가죽 신발은 검은색이었다. "까만 머리
색깔 때문에 너는 정말 근사해 보여"라고 내가 말했다. "나
는 하얀 털에 대한 동경이 있어. 그래서 내가 너를 보러 오
는 거야." 그는 농담조로 대답했다. "그렇지만 아무에게도
내가 찾아왔다고 이야기를 하지는 마. 나는 기자들이라면
지긋지긋해."—"나 이제 신문을 안 읽어. 거기에는 거짓 이
야기들이 쓰여 있거든."—"기자들이 너에 대해 쓰는 이야
기는 정말 어떤 때에는 모욕적이야"라고 미하엘이 화가 나
서 이야기했다. 나는 그에게 고개를 끄덕여 주고는 말했다.
"너에 대해서도 그 사람들은 말도 안 되는 이야기를 써!" 나

는 그 이야기를 하지 않으려 했었지만 이미 늦었다. 미하엘의 얼굴이 얼어 버렸다. 그가 나에게 대답을 하기까지는 꽤 오래 걸렸다. "나에 대해서는 신문에서 쓸 말이 확실히 아무것도 없을 텐데."—"아니야, 나는 네가 죽었다는 기사를 읽었어."

호박은 바람이 내 테라스에 가져다준 가을 낙엽과 비슷하게 노랗고 초록으로 색깔이 섞여 있었다. 미하엘이 마지막으로 나를 방문한 이후로 얼마나 많은 날들이 지나갔을까. 그는 더 이상 오지 않았고 나는 시간을 잴 줄 모른다. 이제 나날이 추워져 여름을 잘 버텨 냈다는 생각이 나의 기분을 가볍게 해 주었다. 그러나 이 가벼움도 내 슬픔의 고통을 작게 해 주지는 못했다. 무엇에 대해 기뻐할지 이제 더는 알지 못했기 때문이다. 부모를 보게 될 날을 고대해야하나? 미래의 부인을 만나게 될 날을 고대해야 하나? 나는 결혼을 하기보다는 모리스와 같이 다시 파티에 가고 싶었다. 나는 여자 친구를 사귀고 싶지도 않고 가족을 꾸리고 싶지도 않았다. 다시 외출이 하고 싶은 것이다!

나는 겨울이 더 깊어져서 얼음이 어는 계절로 풍덩 들어가고 싶었다. 겨울은 여름의 지옥 불을 견뎌 낸 이들 모두에게 주어지는 보상이다. 나는 차가워진 공기 속에서 북극에 대한 꿈을 꾸고 싶었다. 나는 내 눈앞에서—수다와 헛소리로 도배된 신문지보다는—얼룩 하나 없이 하얗게 반짝거리는 설원을 보고 싶었다. 북극은 엄마 젖처럼 그렇게 달콤하고 그렇게 영양분이 많으리라.

축축한 공기가 하늘에 무겁게 걸려 있었다. 나는 울어야 할지 아니면 큰 소리로 웃어야 할지 몰랐다. 나는 목에서 뭔가 편치 않음을 크게 느꼈다. 척수도 이상하게 차갑고 뭔가 완전히 축축하고 무겁다는 느낌이 들었다. 이제 금방이라도 정신을 잃어버릴 것 같다는 생각이 들었다. 기분은 축축하고 어두웠지만 그럼에도 불구하고 쾌감에 덮여 있었다. 이 쾌감이 하루 종일 나를 누르고 있다가 오후가 되자 참을 수 없이 두터워졌다. 축축한 바람이 나의 피부를 핥았고 내 살과 그다음에는 골수를 먹고 싶어 했다. 하늘의 흐릿한 막 뒤로 무대조명이 켜져 있었다. 약한 빛은 우리 모두를, 나와 그리고 내 주위의 물건들을 흐릿하게 만들었다. 울타리와 암벽은 이상한 색을 띠고 있었다. 그들은 마치 지금 막 새벽에 동이 트는 것을 겪었는지 아니면 저녁노을이 지는 것을 겪었는지 모르는 듯 보였다. 나는 위를 쳐다보았다. 공기보다 더 어두운 무엇인가가 중간 지역에서 펄럭거리고 있었다. 그것은 바로 눈송이였다. 눈이 온다! 그리고 또 한 송이. 눈이 온다! 그리고 또 한 송이! 눈이 온다! 눈송이들이 여기저기에서 춤을 춘다. 눈이 온다! 눈은 하얀 결정체인데도 처음에는 놀랄 정도로 어두워 보였다. 눈이 온다! 밝은색의 움직임이 순간적으로 어두워 보일 수 있다는 것은 참 신기했다. 눈이 온다! 눈송이들은 떨어지면서 방향을 바꾸었다. 눈이 온다! 또 한 송이. 눈이 온다! 또 한 송이. 눈이 온다! 끝이 없었다. 나는 이제 위만 쳐다보고 있었다. 나의 왼쪽, 그리고 오른쪽에서 하얀 잎들이 폭풍이 올 때 가을 잎사귀들이 날듯 날아다닌다. 눈은 우주선이고, 나를 태우고 가능한 한 아주 빨리 날아가는데, 두개골의 방향으로, 그것은 바로 우리 지구의 두개골이었다.

1. 작가와 이중 언어 글쓰기 그리고 번역

독일어와 일본어의 두 언어로 글을 쓰는 작가 다와다 요코는 최근 세계적으로 큰 인정을 받고 있는 작가이며 독일과 일본뿐 아니라 세계 각국에서 유수의 문학상들을 다수 수상했고 이제 한국에도 꽤 알려진 작가가 되었다. 다와다는 일본에서 태어나 와세다 대학에서 러시아 문학을 전공했고 독일로 건너간 이후 독일어로 글을 쓰기 시작하였다. 현재는 베를린에 살고 있으며 세계 각국을 돌아다니면서 활발하게 낭독회와 문학콘서트를 열고 있다. 2개 언어를 넘나들면서 글을 쓰는 다와다만의 독특한 주제, 사상, 논리와 번뜩이는 아이디어, 그리고 매력적이고 낯선 언어는 정말 독보적이라 할 수 있다. 우리나라에서는 독일어로 쓴 작품들이 먼저 번역되었다.『목욕탕』『영혼 없는 작가』가 10여 년 전에 번역이 되어 좋은 평을 받았었고 최근에는 일본어 작품들이 번역이 되었는데『용의자의 야간열차』『여행을 떠난 말들』『헌등사』가 그것이다.

다와다 스스로가 2개 국어로 쓴 작품도 있다.『오비디우스를 위한 아편; Opium für Ovid; 変身のためのオピウム』(독일 2000, 일본 2001),『벌거벗은 눈; Das nackte Auge; 旅をする裸の眼』(독일 2004, 일본 2004),『보르도의 매형; Schwager in Bordeaux; ボルドーの義兄』(독일 2008, 일본 2009)은 먼저 독일어로 글을 쓰고 작가가 다시 일본어로 썼다. 이와 정반대의 과정을 거친 유일한 작품이 이 책인데, 2011년에 일본어로『눈의 연습생雪の練習生』으로 발표되고 2014년에『눈 속의 에튀드Etüden im Schnee』라는 제명으로 독일에서 발표되었다.

작가는 번역에 대한 독특한 생각을 가지고 있다. 그녀에게는 오랫동안 한 작품을 다른 작품으로 번역할 때 그리고 특히 번역을 평가할 때 '등가성'이 중요한 척도였었고 이때 중점은 원작에 놓여 있었다. 즉 어떻게 원작을 그대로 목표어 문학으로 옮기는가가 중요한 것이다. 그러나 최근의 번역 이론들은 특히 포스트식민주의의 번역 이론의 영향을 받아 '차이'를 강조하는데 이는 번역본의 가치를 원작과 동등하게 보는 입장이고 다와다 역시 이러한 계열에 서 있다. 심지어 작가는 '원작 없는 번역'이라는 언급도 하고 있으며 출발언어 작품과 도착언어 작품 간의 차이를 강조한다. 자신이 쓴 이 작품에 대해서도 마찬가지의 말을 하고 있고 번역이라는 용어도 사용하지만 '일본어로 글을 쓰고' '독일어로 글을 쓰다'라는 표현을 통해 두 작품을 모두 저자라는 관점에서 바라보고도 있다. 이에 대해 한 인터뷰(《문학과 사회》 2019년 여름 호)에서 다와다는 다음과 같이 이야기한다.

"예, 일본에서 2012년에 먼저 나왔을 때에는 『눈의 연습생』이었어요. 곰을 연습을 하는 학생으로 본 것이지요. 그런데 독일어에는 이에 해당하는, 딱 들어맞는 단어가 없었어요. '실습생Praktikant'이나 '연습을 하는 사람Übungmacher' 정도가 될까요? 게다가 두 단어가 별로 마음에 들지도 않았고요. 그래서 제목을 연습곡, 에튀드라고 바꾸었지요. 음악적 뉘앙스도 있고요. 마음에 들었어요."

"『눈 속의 에튀드』는 유일하게 일본어로 먼저 쓰고 그다음에 독일어로 쓴 소설입니다. 혹은 일본어로 먼저 쓰고 독일어로 번역했다고도 할 수 있는데요. 독일어로 쓸 때 일본어 소설을 따라 쓰려고 노력을 많이 했는데 쉽지가 않았어요. 독일어로 옮길 때 처음부터 독일어로 썼다면 이렇게 안 썼을 것이라는 생각을 많이 했었습니다. 그랬으면 상황이나 사건이나 인물을 다르게 구성했을 거라는 부분들이 많았어요. 그렇지만 독일어로 새로 쓸 힘은 없었습니다. (웃음)"

『눈 속의 에튀드』는 여러 나라 말로 번역되었는데 영어로는 Memoirs of a Polar Bear라는 제명으로 수전 버노프스키가 번역하여 2016년 출간되었다. 작가가 쓴 작품은 이처럼 각 나라 언어로 옮겨져 새로운 작품들을 만든다. 때문에 역자는 이 작품이 일본어판에서도 한국어로 번역이 되면 좋겠다는 바람, 그러면 번역본들을 가지고 새롭게 다와다를 논의할 수 있지 않을까 하는 희망을 품고 있다. 독일어판, 일본어판, 독역판, 일역판, 혹은 영역판을 읽은 사람, 그리고 이런저런 판본들을 중첩하여 읽은 사람 등, 독자층은 이렇게 다양하게 구성이 될 것이고 이들이 모여 각 작품들의 차이를 놓고 토론을 하면 얼마나 흥미진진할까를 생각해 본다.

2. 동물 이야기

이 작품은 이름 없는 할머니 곰과 딸 토스카, 그리고 손자 크누트의 3대에 걸친 곰 이야기이다. 이러한 동물에 대한 이야기는 하나의 새로운 장르라고 할 수 있다. 멀리 거슬러 올라가면 동물 이야기는 고대의 신화에서는 당연한 한 부분이었다. 세상 모든 생명체의 경계가 아직 뚜렷하지 않았던 시대에는 이집트 신화에서 보듯 신들도 동물의 형상으로 변신하고 있다. 그 외에도 우리에게 친숙한 이솝 우화도 동물 이야기의 한 종류이다. 그러나 우화는 동물을 등장시키고 각 동물의 특성을 살려 이야기를 풀어 나가지만 근본적으로는 인간의 이야기이다. 즉 인간사의 여러 측면과 인간이 알아야 하는 지혜나 인간 사회에 대한 비판 등을 동물의 몸을 빌려 들려주는 것이다. 이러한 동물 이야기는 사실상 근대 이후에는 본격문학 장르에서 점차 사라졌다. 근대 이후로 역사의 주체로 떠오른 인간의 이성이 자연 세계를 객체로 격하시키고 인간의 관점에서 지배의 대상으로 여기면서 문학 속에서 자연은 인간과 동등한 자격, 그리고 그들의 목소리를 잃어버렸다. 이성이 서사 장르를 장악하면서 인간과 이야기하는 동물이나 식물은 점점 더 드물게만 등장한다. 낭만주의 소설이나 최근에는 카프카의 작품에서 사례를 찾아볼 수 있을 뿐이다. 카프카의 작품에서는 「변신」에 등장하는 갑충, 혹은 「어느 학술원에 드리는 보고」의 원숭이, 「어느 개의 연구」의 개, 「요제피네, 여가수 또는 쥐의 종족」에서 등장하는 쥐 등이 있지만 작가가 동물을 위해 이야기를 썼다기보다는 인간 사회에 대한 은유나 비유로 이해하는 것이 적합할 것이다. 그 외 동물 이야기는 어린이들을 위한 동화 장르에서 찾아볼 수 있고 본격문학에서는 보기 힘들다.

그러나 최근에는 이러한 동물을 위한 동물 이야기가 드물긴 하지만 새롭게 쓰이고 있다. 인간이 자기 필요에 의해─일부는 가축이나 애완동물로 남기고─동물들을 지구상의 서식지에서 몰아낸 지금에 와서 말이다. 한국에서는 『추락』이라 번역된 J. M. 쿳시의 『불명예*Disgrace*』가 대표적인 예이다. 이 작품에서는 남아프리카의 대학에서 치욕스럽게 쫓겨난 주인공이 시골의 딸을 찾아갔다가 동물 보호소에서 일을 거들게 된다. 그곳에서 주인공은 베브 쇼가 동물들을 안락사 시키는 장면을 목격한다. 베브는 삶의 마지막 몇 분 동안 최대한의 관심을 쏟으면서, 개를 만지고 개에게 이야기를 하며, 개가 가야 할 길을 편하게 해 준다는 내용을 담고 있다. 더 이상 동물들은 인간의 경보 시스템이나 먹이로서만 존재하는 것이 아니라 인간과 마찬가지로 지상의 유일무이한 한 번뿐인 삶을 사는 존재로서의 경험을 인간과 공유한다.

다와다의 소설『눈 속의 에튀드』역시 새로운 동물 이야기에 속한다. 작가는 이 책의 서문―「『눈 속의 에튀드』에 부쳐」에서도 밝히고 있듯 이 소설을 쓰게 된 계기를 자신이 살고 있는 도시 베를린의 동물원에서 관람객들에게 인기 있던 어린 백곰 크누트를 관찰하면서라고 한다. 다와다의 독특함은 항상 어떤 행동이나 사건의 다른, 낯선, 보통 생각하기 힘든 측면들을 본다는 데 있다. 동물원에서 공연을 하는 곰들에 대해서도 강제성이라는 측면뿐만 아니라 관객들의 반응에 호응하고 싶어 한다는 측면도 보는 것이다. 앞서의 인터뷰에서도 이 계기에 대해 언급한다.

"이 소설은 예전에 베를린 동물원에 있었던 전 세계적으로 유명했던 백곰 크누트를 보고 썼습니다. 제가 보기에는 크누트에겐 자유가 있었지만 자유롭지는 않았어요. 자연에서 살아 본 적도 없었고요. 아침 10시쯤이었나요? 제가 동물원에 갔더니 그 시간에도 벌써 200여 명의 관람객이 크누트를 에워싸고 보고 있었습니다. 크누트도 뭔가를 했지요. 관객들은 박수를 쳤고요. 그들 사이에는 소통이 있었어요. 예술가들처럼요. 물론 동물원의 곰이나 서커스의 곰이나 모두 기예를 하는 예술가

로도 볼 수 있지요. 동물들은 뭔가를 해야 하지만 동시
에 또 뭔가를 하고 싶어 하기도 합니다. 이 둘은 항상 공
존하지요. 관람객들의 반응에 매번 대응을 해야 합니다.
그래서 슬프기도 한 상황이지만 또 그렇지 않은 상황이
기도 하지요."

　작가는 이 작품을 쓰기 위해서 곰에 관한 자료들을 다각
도로 수집했다. 이 작품에 나오는 것처럼 동물로서의 곰에
대한 일반 학술 서적, 논문뿐 아니라 서커스의 동물들에 대
한 언론 보도들도 수집을 했다. 제1장과 제2장의 서커스 곰
들의 이야기는 실화에 바탕을 둔 것이다. 특히 제2장의 동
독의 조련사 우르줄라 뵈트허는 전설적인 곰 조련사였고
실제로 '죽음의 키스'와 유사한 공연을 오랫동안 하였다. 나
아가 작가는 심지어는 곰에 대한 각국의 수많은 전설, 설화,
문학작품들까지 수집했고 작중에도 일부 등장한다. 예컨대
이누이트의 곰에 대한 지식까지 언급하면서 동물학자들이
이들의 지식을 무시한다는 데서 재치 있게 '동물학을 전공
하지 않기를 잘했다'고 이야기하며 둘을 비교하여 결코 학
술 지식을 민간신앙이나 전설보다 우위에 놓지 않는다.
　다와다의 동물 이야기가 기존의 동물 이야기와 가장 다
른 점은 동물의 시각에서 글을 쓰려 시도했다는 것이다. 이

솝 우화나 기존의 동물 이야기들은 동물을 의인화하거나 혹은 동물을 등장시키되 동물을 위한 이야기라기보다는 너나없이 인간을 위한 도구화라 볼 수 있다. 다와다에게서도 이러한 측면을 물론 찾을 수 있다. 제1장이나 제2장, 심지어 제3장에도 소련의 사회주의, 동독의 사회주의, 또한 독일의 자본주의 사회에서 어떻게 동물들을 착취하는지에 대한 사회 비판, 체제 비판이 들어 있고 제1장은 기존의 다른 동물 이야기에서 그러하듯 상당 부분 인간 사회에 대한 비유담으로 볼 수 있다. 그러나 제1장에는 동물들이 인간 사회에서 어떻게 느끼고, 생각하고, 살았는가, 아울러 어떻게 인간 사회에 적응해 가는가에 대한 작가 나름의 새로운 접근인 상상 세계가 들어 있다. 또한 제2장, 제3장으로 가면서 점차 더 많은 부분에서 동물들의 내면세계로 들어가는 점이 다와다의 '다른' 동물 이야기의 핵심이라 할 수 있다. 압권은 제2장의 '죽음의 키스' 공연에서 그들의 공연이 가능했던 이유를 인간과 동물이 같이 꾼 꿈으로 돌리는 데 있다.

나는 각설탕을 자기 혀 위에 올려놓는 바바라의 손가락을 보자 신경이 예민해졌다. 이 순간에 우리가 내내 같은 꿈을 꾸고 있었다는 것이 드디어 완전히 분명해졌다. (265쪽)

최근 대중매체에서는 자연과학의 시각에서 쓴 동물 이야기도 볼 수 있고 특히 동물 다큐멘터리도 많이 나오고 있다. 그러나 많은 사람들의 생각처럼 다큐멘터리가 동물의 세계를 과연 가장 객관적으로 여과 없이 투명하게 보여 준다고 할 수 있을까? 이러한 다큐멘터리가 '그들'의 이야기를 되도록 있는 그대로 보여 주려고 노력하고 있으나 인간의 음성으로 해설이 붙고 무엇보다도 결국 인간의 시각에서 편집을 한다는 점에서 이 또한 마찬가지로 인간의 입장에서 본 '그들'인 동물 이야기로 볼 수 있다. 다와다의 이 작품은 이러한 동물 이야기에 이야기의 본질을 들어 대응한다. 즉 다와다는 자기 이야기가 노골적으로 허구임을 드러낸다. 그리고 소설이라는 허구의 틀 안에서 그 나름으로 새로운 동물 이야기의 가능성을 보여 준다. 화자가 곰에 대해 이야기를 하는 것이 기본 소설의 흐름인데, 여기에서도 기발한 상상력이 동원되어 제1장에서 곰은 마치 인간인 것처럼 사회주의 체제의 회의에도 참석하고 반정부 발언과 글을 발표하여 서방으로 망명까지 한다. 그러나 작가의 진정 새로운 착상은 곰에게 자서전을 쓰도록 하는 데 있으며 이로써 '곰 이야기를 쓴다'는 작업이 가질 수 있는 다양한 차원을 보여 준다. 자서전自敍傳의 정의가 필리프 르죈이 주장하듯 자기가 자기 삶에 대해 쓴 글이라는 점, 또한 거기에 자서전의 진실과 약속이 담겨 있다는 점을 생각해 보면 작가는 자서전이라는 정의까지도 동물을 등장시켜 허구임을 드러내고 유희하고 있다. 게다가 우리의 곰은 이제까지 자기가 살아온 삶이 아니라 살아갈 미래를 글로 쓴다고 하지 않는가. 삶과 글의 관계는 이렇게 전도된다. 제2장과 제3장에서 작가는 점차 곰의 내면으로 보다 깊숙이 들어간다. 이를 위해 제2장에서 조련사 바바라의 이야기를 중심으로 전개를 하다가 후반부에 이르러서는 바바라의 상상을 더 많이 전개시키면서 곰 토스카를 합류시키고 마지막에는 곰 토스카로 하여금 인간 친구 바바라의 이야기를 쓰게 하고 있다. 제2장 도입부를 이러한 관점에서 다시 읽어 보면 인간과 진한 우정을 나눈 곰이 자신의 입장에서 쓴 서커스 공연 이야기인 것이다. 제3장에서는 크누트의 전 생애를 크누트의 시각에서 쓰고 있다. 처음에는 '그'로 시작하지만 그것은 아직 '나'라는 자의식이 생기기 전의 단계를 묘사하기 위해서일 뿐 실제로는 '나'의 이야기이다. 제3장은 내용 전체가 곰의 삶에 헌정되어 있다. 아울러 마지막에는 자유로운 바깥 세계를 꿈꾸나 동물원에서 홀로 외롭고 쓸쓸하게 크누트가 죽어 가는 장면을 묘사해서 그 자체로 슬픈 장면이다. 그러나 늘 추위를 동경하는 곰들을 위해 적어도 하늘에서 눈이 펄펄 내리도록 함으로써 작가는 크누트뿐만 아니라 독자에게 위로를 주고 또한 곰에게 자연과 화합하면서 자신의 원천으로 되돌아갈 여지를 만들어 주고 있다. 다와다의 동물 이야기는 인간 독자를 위해서 쓰였으나 지구에서 같이 살아가는 생명체로서의 동물의 생각과 느낌을 상상해 본다는 점에서 소설의 가능성을 한껏 살린 새로운 동물 이야기라고 할 수 있다.

3. 낭만주의? 포스트식민주의?

이 작품은 여러 가지 독법으로 읽어 낼 수 있다. 우선 앞서 말한 것처럼 동물 이야기 장르로 읽을 수 있다. 소련의 곰이나 동독의 곰이나 혹은 캐나다와 서독(나중에는 통일 독일)의 곰 이야기로 말이다. 소련의 서커스에서 곰들이 어떻게 조련되었는지 어떻게 살았는지는 할머니 곰과 조련사 이반을 통해서 알 수 있다. 또한 사회주의 동독의 곰 이야기는 제2장의 곰 토스카와 조련사 바바라의 이야기를 통해 알 수 있다. 작가는 실제 있었던 이야기를 모델 삼아 곰과 인간 간의 소통의 문제를 다룬다. 그리고 마지막 장에서는 통일 독일 베를린의 동물원에 있었던 크누트라는, 많은 사람들의 사랑을 받은 실존했던 아기 곰 이야기를 하고 있다. 이때에도 독일 자본주의 사회는 한편에서는 대단히 의료적, 인도

적(?) 배려를 해 주지만 수의사의 자연보호 캠페인에 이용되거나 동물원의 상업적 이익에 따라 크누트의 삶이 바뀜을 보여 줌으로써 역시 비판적 시각을 견지한다. 작가는 앞서 이야기한 것처럼 철저한 자료 조사를 바탕으로 곰들이 실제로 어떻게 느꼈을지, 어떤 환경(서커스단, 동물원, 북극 등)에서 살아갔을지, 인간과는 어떻게 소통했을지, 더 나아가 어떻게 사랑했을지의 이야기를 있을 법하게 쓰고 있다. 이 지점에서 항상 다와다가 쓴 동물 이야기의 재치와 통찰력, 공감력은 일반인의 상식과 어긋나는 점에서 흥미로워진다.

혹은 이 이야기는 낭만주의 미학 속에서 읽어 낼 수 있다. 독일의 낭만주의는 진보적인 문학사조로서 인간과 자연, 그리고 많은 반대되는 것들의 합일을 추구했다. 좁은 시민사회의 틀을 벗어나는 여러 가능성 가운데 예를 들어 E. T. A. 호프만의 『수고양이 무어의 인생관』에서처럼 글을 쓰는 고양이를 상상했었다. 낭만적 아이러니의 본질은 바로 서로 상반되는 것을 연결해 정신의 다음 단계로 상승하여 나아가는 데 있다. 이 과정은 끝이 없이 무한대로 지속된다. 다와다 역시 자서전을 쓰는 곰이라는 착상 속에서 낭만주의와 연결되는데 이러한 대립되는 것의 공존이라는 아이러니의 철학적 본질을 간직하면서도 동시에 유희로 희석시키는 독특한 현대적 아이러니를 보여 준다. 예를 들어 제

3장에는 다음과 같은 구절이 있다.

> 그렇지만 사진을 찍는다는 이 비밀스러운 의식이 가
> 진 의미는 무엇일까? 기자들 중의 한 명이 소수민족인
> 아이누와 사미의 곰 숭배 관습에 대한 이야기를 했다.
> 크누트는 곰 숭배라는 단어를 듣고는 순간을 영원으로
> 동결시키기 위하여 인간들이 곰을 죽이고 플래시로 사
> 진을 찍는 의식을 상상했다. (292~293쪽)

다와다는 서로 전혀 어울리지 않는 전통과 현대의 풍습
들, 즉 언론 기자들이 사진을 찍는다는 의미와 소수민족 아
이누와 사미의 풍습을 연결한다. 이 소수민족들은 곰을 죽
여 곰을 숭배하는 원시민족으로 알려져 있는데 현대의 기
자들도 플래시를 터뜨리며 사진을 찍어 곰의 형상을 영원
히 간직한다는 점에서 곰 숭배라는 공통점을, 또한 비밀스
러운 의식이라는 공통점을 가지고 있다. 그러나 독자들은
이러한 낯선 연결 속에서 촌철살인적인 계기를 읽을 수 있
는데 바로 곰의 죽음이다. 이것이 순간을 '영원'으로 동결
시킨다는 것의 새롭고 낯선 해석이다.

혹은 포스트식민주의의 틀 안에서 해석해 볼 수도 있다.
포스트식민주의의 정치시학을 좇아 읽다 보면 곰들은 자본

주의 사회이든 사회주의 사회이든 인간에게 착취당하는 최하 계층이 된다. 가야트리 스피박은 인도 최하 계층의 순장된 여성들인 사티를 가리키면서 자신을 표현하거나 대변할 언어를 갖지 못한 계층의 사람들을 '서발턴'이라 부르고 있다. 동물들은 그러한 기준에 의하면 인간 서발턴보다 더 아래에 속하는 정말 최하의 계급이라 할 수 있다. 자신들의 삶의 영역에서 인간에 의해 집단적으로 쫓겨나고 사냥당하고 강제로 끌려와 서커스에서 혹은 동물원에서 재롱을 떨어야 하는 최하층 계급으로서 말이다. 자기 자식도 스스로 기를 수 없고 자기가 먹을 먹이를 구하러 갈 자유조차 없다. 북극곰은 북극에는 가 본 적도 없다. 심지어 동물원의 곰을 안락사 시키는 것의 정당성을 주장하는 법학자의 말은 아이러니와 그로테스크를 넘어 현대에도 서발턴은 여러 형태로 존재할 수 있음을 보여 준다. 이 상황에서 냉장고에 든 캐나다의 최고급 훈제 연어가 북극곰에게 최상의 먹이일까?

작가는 이 최하층 계급에게 '연어'가 아니라 '언어'를 선사한다. 제1장에서는 자서전을 쓰는 곰으로 등장시키고 제2장에서는 인간과 서로 사랑을 하며 심지어 인간 친구의 이야기도 써 주게 된다. 제3장에서는 크누트의 일인칭 입장에서 태어날 때부터 죽을 때까지의 삶을 상상해 본다.

역자는 작품을 번역하면서 여러 가지 선택을 해야 했다. 작중인물의 말투나 어휘 선정에 있어 여러 번역 가능성 가운데 선택을 해야 하는 것은 모든 역자가 늘 맞닥뜨리는 동일한 고민이라고 할 수 있으나 작가가 가진 풍부한 지식 때문에 수많은 상호텍스트성을 가진 어휘나 맥락을 제대로 번역했는지 자신이 없다. 또한 역자가 해야 했던 선택 중의 하나는 동물 이야기를 구별하기 위해 원작과 달리 곰이 쓴 부분을 모두 기울임체로 표시한 것이다. 독일어로 읽을 때에도 신경을 써야 하지만 그래도 곰이 쓴 부분임이 분명하게 느껴지는데 한국어로는 그렇지 않아 독자들이 보다 쉽게 알아볼 수 있게 하기 위해서였다. 특히 제2장에서는 263쪽에 곰의 발바닥 자국이 마치 서명처럼 찍혀 있다. 이 배려는 사족이 될지도 모르겠다.

최윤영

다와다 요코 작품 목록

다와다 요코 작품 목록

2007 문학 에세이 『언어경찰과 놀이다언어화자_Sprachpolizei und Spielpolyglotte_』

에세이 『녹는 거리 비치는 길溶ける街 透ける路』

2008 장편소설 『보르도의 매형_Schwager in Bordeaux_』

2009 장편소설 『보르도의 매형ボルドーの義兄』

2010 장편소설 『수녀와 큐피드의 활尼僧とキューピッドの弓』

시집 『독문법의 모험_Abenteuer der deutschen Grammatik_』

2011 장편소설 『눈의 연습생雪の練習生』

2012 장편소설 『뜬구름 잡는 이야기雲をつかむ話』

함부르크 시 강의집 『이방異邦의 물_Fremde Wasser_』

2013 희곡집 『내 작은 발가락은 하나의 단어였다_Mein kleiner Zeh war ein Wort_』

에세이 『말과 함께하는 산책 일기言葉と歩く日記』

2014 장편소설 『눈 속의 에튀드_Etüden im Schnee_』

소설집 『헌등사獻灯使』

2016 에세이 『외국인 억양이 없는_akzentfrei_』

산문시 『달아나는 저녁을 위한 발코니 자리_Ein Balkonplatz für flüchtige Abende_』

2017 연작소설집 『백 년의 산책百年の散步』

시집 『슈타이네シュタイネ』

2018 장편소설 『지구에 아로새겨져地球にちりばめられて』

소설집 『구멍 난 에프의 첫사랑 축제穴あきエフの初恋祭り』

장편소설 『사자使者 Sendbo-o-te』

2020 장편소설 『별에 넌지시 비치어星に仄めかされて』

옮긴이 **최윤영**

한국에서는 처음으로 다와다 요코에 관한 논문 「매체로서의 언어, 매체로서의 몸―요코 타와다의 『목욕탕』과 『벌거벗은 눈』을 중심으로」를 썼고 다와다 작품의 역서로 『영혼 없는 작가』와 『목욕탕』을 출간했으며 최근에 연구서 『엑소포니. 다와다 요코의 글쓰기』를 발표하였다. 서울대학교 독어독문학과를 졸업하고, 독일 본 대학교에서 박사학위를 받았다. 현재 서울대학교 독문과 교수로 재직 중이다. 그 밖의 저서로 『한국 문화를 쓴다』 『서양 문화를 쓴다』 『카프카 유대인 몸』 『문학과 문화학』(공저) 등이, 역서로는 『개인의 발견』 『에다』(공역)가 있다.

눈 속의 에튀드

초판 1쇄 펴낸날 2020년 6월 30일
초판 2쇄 펴낸날 2024년 11월 5일

지은이 다와다 요코
옮긴이 최윤영
펴낸이 김영정

펴낸곳 (주)현대문학
등록번호 제1-452호
주소 06532 서울시 서초구 신반포로 321(잠원동, 미래엔)
전화 02-2017-0280
팩스 02-516-5433
홈페이지 www.hdmh.co.kr

© 2020, 현대문학

ISBN 978-89-7275-973-7 03850

* 책값은 뒤표지에 있습니다.
* 이 도서의 국립중앙도서관 출판예정도서목록(CIP)은 서지정보
  유통지원시스템 홈페이지(http://seoji.nl.go.kr)와 국가자료종합
  목록 구축시스템(http://kolis-net.nl.go.kr)에서 이용하실 수 있습
  니다. (CIP제어번호: CIP2020021058)